U0062185

河北省教育科学十四五规划资助课题

"课程思政背景下文学理论课程资源库建设与运用研究"（编号：2203011）

中国古典诗词名篇导读

王　昕◎主编

安徽师范大学出版社

ANHUI NORMAL UNIVERSITY PRESS

· 芜湖 ·

图书在版编目(CIP)数据

中国古典诗词名篇导读 / 王昕主编 . — 芜湖:安徽师范大学出版社,2023.10
ISBN 978-7-5676-6325-1

Ⅰ.①中… Ⅱ.①王… Ⅲ.①古典诗歌—诗歌欣赏—中国—高等学校—教材 Ⅳ.①I207.2

中国国家版本馆CIP数据核字(2023)第131868号

中国古典诗词名篇导读

王　昕◎主编

责任编辑:潘　安
责任校对:胡志立
装帧设计:张德宝
责任印制:桑国磊
出版发行:安徽师范大学出版社
　　　　　芜湖市北京中路2号安徽师范大学赭山校区　　　邮政编码:241000
网　　址:https://press.ahnu.edu.cn/
发 行 部:0553-3883578　5910327　5910310(传真)
印　　刷:苏州市古得堡数码印刷有限公司
版　　次:2023年10月第1版
印　　次:2023年10月第1次印刷
规　　格:700 mm×1000 mm　1/16
印　　张:24.5
字　　数:396千字
书　　号:ISBN 978-7-5676-6325-1
定　　价:98.00元

凡发现图书有质量问题,请与我社联系(联系电话0553-5910315)

本书编委会

主　　编：王　昕

副主编：王　峥　高树芳

成　员：王　昕　王　峥　高树芳

　　　　王　謖　赵乾坤　朱　燕

　　　　高览小　刘　倩　王稼靖

　　　　焦文博　张宇航

序　言

　　中国古典诗词是中华传统文化的重要载体,也是中华传统文化的主要组成部分。中国古典诗词记载着中国古代人民的精神追求、情感世界和诗性思考,展现了中华民族在漫长的历史中的观念演变和艺术探索,集中体现了中华传统文化的丰厚的思想内蕴和独特的审美理想。中国古典诗词以体制短小、易于诵记的艺术形式,数千年来为人喜闻乐道、传唱不衰,成为中华文化最为生动鲜明的标识和代表,在传承和发展中华优秀传统文化中具有无可替代的作用。

　　古典诗词既有境界、气格的高下之分,也有艺术表现、审美形式的优劣之别,如果不经过辨析盲目全盘接受,不仅不利于学习古典诗词所蕴含的优秀的精神品质和审美特征,还有可能会吸收落后的思想观念和表现方法。只有不断提高古典诗词的赏读、鉴别能力,并按照时代要求创新性发展,才能保证古典诗词源源不断地给人们提供精神和艺术滋养,让优秀的中华文化展现出持久魅力和时代风采。

　　真正优秀的诗词作品,是积极的思想内容和合适的艺术形式的完美融合,具有震撼心灵的艺术魅力。古典诗词名篇阅读和鉴赏,应该在诵读辨体、识字通文的基础上,用心去品味、体会诗词的语言、情思、意境、理趣、气格、诗法等艺术之美,由此来进一步把握古典诗词的主题思想和审美价值,从而获得一种感动感悟、感发感怀。

　　真正优秀的诗词作品,是诗人的灵心善感完美传达的产物,是感发生命的精神源泉。古典诗词名篇阅读和鉴赏,要通过诗词文本,尽可能地与古代先贤圣哲进行情感对话和精神交流。我们不仅要理解诗词意象、意境中融注的情感和志怀,也要体会声律、用词、表达技巧等方面所传达的情思用意,从而捕捉圣哲诗人在他们所处的历史空间中纤细幽微的情感体验和生命感悟，由此逐步提升和净化自己的艺术心灵和精神世界。

真正优秀的诗词作品，历经千年而不衰，具有生生不已的艺术生命力。我们要珍视中国古典诗词这一文化载体，坚持以马克思主义文论为指导，有效运用中西古代、现代文学理论知识和方法，在阅读和鉴赏中发掘古典诗词中跨越时空和国度、富有永恒魅力的文化精神，阐释古典诗词所体现的中华优秀传统文化的历史意义和时代价值，从而更好地传承和弘扬中华优秀传统文化！

王　昕

二〇二三年二月六日

目　录

先　秦

秦　汉

魏 晋

南北朝

隋唐　五代

宋

明

清

先秦

《诗经》(五首)

　　《诗经》原名《诗》,又称《诗三百》,汉朝起被奉为经典,是我国最早的诗歌总集,收录自西周初年至春秋中叶305篇诗歌。

周南·汉广①

　　南有乔木,不可休思②。汉有游女③,不可求思。汉之广矣,不可泳思。江之永矣④,不可方思⑤。

　　翘翘错薪⑥,言刈其楚⑦。之子于归⑧,言秣其马⑨。汉之广矣,不可泳思。江之永矣,不可方思。

　　翘翘错薪,言刈其蒌⑩。之子于归,言秣其驹。汉之广矣,不可泳思。江之永矣,不可方思。

【注释】

　　①汉:汉水,长江支流之一。广:宽广。

　　②思:语助词。

　　③游女:游玩的女子。一说汉水之神。

　　④江:指长江。永:水流长。

　　⑤方:桴,筏。此处用作动词,乘木筏。

　　⑥翘翘:本指鸟尾上的长羽,比喻杂草丛生。一说高出。错薪:丛杂的柴草。

　　⑦刈(yì):割。楚:灌木名,即牡荆。

　　⑧于归:出嫁。

　　⑨秣(mò):喂马。

　　⑩蒌:蒌蒿,嫩时可食,老则为薪。

【选评】

1.《韩诗叙》:《汉广》,说人也。

2.《毛诗序》:《汉广》,德广所及也。文王之道,被于南国,美化行乎江汉之域,无思犯礼,求而不可得也。

3.(清)陈启源《毛诗稽古编》:夫说之必求之,然惟可见而不可求,则慕说益至。

4.(清)方玉润《诗经原始》:此诗即为刈楚、刈蒌而作。

5.闻一多《风诗类钞》:求女也。终篇叠咏江汉,烟水茫茫,浩渺无际,徘徊瞻望,长歌浩叹而已。借神女之不可求以喻彼人之不可得,已开《洛神赋》之先声。

【导读】

《汉广》是一首表达企慕痴恋的情歌。全篇三章,每章八句,后四句完全相同,二、三章前四句仅改变二字,重章叠咏而稍有变化,一唱三叹诗意自然递进,真切地传达出抒情主人公在现实与幻想中复杂的心理变化,表现了其明知不可求而又一往情深的情感历程。

首章由"乔木"而"不可休"起兴,引出男子钟情"游女"却"不可求"的歌咏之意。接下去连续感慨"汉之广"和"江之永"无法渡越,形象说明"游女"的"可见而不可求"。首章八句,四言"不可",强调了男子的失望和愁苦。二、三章由此展开,表现男子在无望的思恋中的美丽而哀伤的想象。前两句描写"错薪""刈楚""刈蒌",字面虽指向采樵地点和过程,但也未必如方玉润所言的"江干樵唱";析薪、束薪是古代婚礼中的仪式,《诗经》中以析薪、伐薪等起兴,实也隐喻成婚之事。与之相应,马车为婚礼迎送而备,第四句中"秣马""秣驹"也与结婚有关。在自觉难以企及而痴情地单方面思恋时,男子自然想到自己爱慕的女子将要出嫁的场景,而他甘愿为女子婚礼做好一切准备而无怨无恨。诗歌通过想象的方式,表现了男子对女子的思恋之苦和爱情之纯。

钱锺书在《管锥编》中指出,《蒹葭》与《汉广》二诗所赋,即西方浪漫主义所谓"企慕之情境"。二诗营造的"企慕之情境"意义在于,不仅揭示了超越于爱情的人生追寻情结,也形象说明了"距离怅惘"的审美价值。相较而言,《蒹葭》渲染了一种苦苦追求而难以企及的渺茫意绪,笔法更为含蓄朦胧,意境空灵苍茫;而《汉广》倾诉了痴痴思恋却隐退不求的无奈心理,写实与想象交织,情思表现更为自然真切。

邶风·谷风①

习习谷风②,以阴以雨③。黾勉同心④,不宜有怒。采葑采菲⑤,无以下体⑥?德音莫违⑦,及尔同死。

行道迟迟⑧,中心有违⑨。不远伊迩⑩,薄送我畿⑪。谁谓荼苦⑫?其甘如荠⑬。宴尔新昏⑭,如兄如弟。

泾以渭浊⑮,湜湜其沚⑯。宴尔新昏,不我屑以⑰。毋逝我梁⑱,毋发我笱⑲。我躬不阅⑳,遑恤我后㉑!

就其深矣,方之舟之㉒。就其浅矣,泳之游之。何有何亡㉓,黾勉求之。凡民有丧㉔,匍匐救之㉕。

不我能慉㉖,反以我为雠㉗。既阻我德,贾用不售㉘。昔育恐育鞫㉙,及尔颠覆㉚。既生既育㉛,比予于毒。

我有旨蓄㉜,亦以御冬。宴尔新昏,以我御穷。有洸有溃㉝,既诒我肄㉞。不念昔者,伊余来墍㉟。

【注释】

①谷风:大风。一说生长之风。

②习习:连绵不断。一说和缓。

③以:连词,又。

④黾(mǐn)勉:努力。

⑤葑(fēng):蔓菁。菲:萝卜。

⑥无以:不用。蔓菁和萝卜都是叶和根茎并用的,现在却只要菜叶而不吃根茎,隐含对丈夫的指责。

⑦德音：道义和恩情，这是《诗经》中的习语。"德音莫违"是丈夫曾经的海誓山盟。

⑧迟迟：缓慢。此句写妇人被赶出家门，在路上行走很慢。

⑨中心：心中。违：通"悁"，恨意，妇人心中不情愿。

⑩伊：语助词。迩：近。

⑪薿：门槛。

⑫荼：苦菜。

⑬荠：甜菜。"谁谓"两句是说，苦菜的味道与妇人苦闷的心情相比，仍是甘甜的。

⑭宴：安乐，喜欢。

⑮泾：水名。渭：水名。这句解读多有不同，李山《诗经析读》认为泾水由于渭水的影响才显得浑浊，比喻自己的婚姻是受到外人的破坏。

⑯湜(shí)湜：清澈貌。沚(zhǐ)：止，停下来。泾水停下来，不受渭水影响还是清澈的。

⑰不我屑以：即以我不屑。屑，洁净。

⑱逝：去。梁：鱼梁，捕鱼的设施。

⑲发：打开。笱(gǒu)：捕鱼器物。

⑳躬：身体。阅：容。

㉑遑：何暇。恤：顾及。

㉒方：筏子，作动词，乘筏渡水。

㉓何有何无：不论有无。

㉔民：他人。丧：灾难。

㉕匍匐：手足爬行，形容竭尽全力。

㉖慉(xù)：喜悦之意。

㉗雠：仇人。

㉘贾(gǔ)：卖。用：因而。不售：卖不出。

㉙育：生计。鞫(jū)：穷困。

㉚颠覆:困苦的日子。

㉛生、育:养儿育女;一说生计顺利。

㉜旨:美好的。

㉝洸(guāng)、溃(kuì):原意水势凶猛,此处指态度粗暴。

㉞肄(yì):痛苦。

㉟塈(jì):爱。一说恨。"伊余来塈",应是妇人拷问丈夫之语,谓其不想当年对自己说的甜言蜜语。

【选评】

1.《毛诗序》:《谷风》,刺夫妇失道也。卫人化其上,淫于新昏而弃其旧室,夫妇离绝,国俗伤败焉。

2.(宋)朱熹《诗集传》:妇人为夫所弃,故作此诗以叙其悲怨之情。

3.(清)方玉润《诗经原始》:此诗通篇皆弃妇辞,自无异议。然"凡民有丧,匍匐救之",非急公向义、胞与为怀之士,未可与言,岂一妇人所能言哉?又"昔育恐育鞫,及尔颠覆",亦非有扶危济倾、患难相恤之人,未能自任,而岂一弃妇所能任哉?是语虽巾帼,而志则丈夫。故知其为托词耳。

4.(近)吴闿生《诗义会通》:窃疑此人臣不得志于君,而托为弃妇之词以自伤,未必果妇人之作也。

5.高亨《诗经今注》:这首诗的主人是一个劳动妇女。她和她丈夫起初家境很穷,后来稍微富裕。她的丈夫另娶了一个妻子,而把她赶走。通篇是写她对丈夫的诉苦、愤恨和责难。

【导读】

这是一首著名的弃妇诗。从女子的自述来看,其遭遇遗弃的原因在于男子喜新厌旧。弃妇诗中描绘的女子通常贤德能干,本诗的女主人公也如此,但与后世诸多弃妇诗相比,《谷风》有其特殊性。在后世诸多弃妇诗中,女子被休通常是因为不能生育,如《上山采蘼芜》中,女子因不能生育而被休弃,后自己上山采摘可助怀孕的"蘼芜";再如《孔雀东南飞》,刘兰芝入门多年未孕,这也是她被婆婆嫌弃的主要原因。然而《谷风》的女子明确表明"既生既育，比予于毒"，这就让读者对其命运更添一份同情，也更加痛恨这个忘恩负义的"前夫"。诗中女子在遭遇命运不公的时候，只能一遍遍重复自己的所作所为，她仍试图唤醒男子的良知，希望能重温往日的恩情。然而，"及尔同死""伊余来塈"的誓言如同噩梦一般，一遍遍刺激着受伤的女子，她无能为力，只能发出"毋逝我梁，毋发我笱"这样无力的怒喊。

学界对这首诗歌主旨的理解基本统一，唯有方玉润、吴闿生等由诗中"凡民有丧，匍匐救之"一语，怀疑其并非出自女性之口，而是由不得志的士人托拟而成。李山《诗经析读》认为，当时社会中富裕的家庭在经济上有对族人帮扶的责任，因此仅凭"凡民有丧，匍匐救之"不能断定诗歌必为托拟之词。

王风·黍离

彼黍离离①，彼稷之苗②。行迈靡靡③，中心摇摇④。知我者，谓我心忧，不知我者，谓我何求？悠悠苍天，此何人哉⑤！

彼黍离离，彼稷之穗。行迈靡靡，中心如醉。知我者，谓我心忧，不知我者，谓我何求？悠悠苍天，此何人哉！

彼黍离离，彼稷之实。行迈靡靡，中心如噎⑥。知我者，谓我心忧，不知我者，谓我何求？悠悠苍天，此何人哉！

【注释】

①黍：一年生草本植物，去皮后称黄米。离离：低垂貌。

②稷：一种粮食作物，有谷子、高粱、不粘的黍三种说法。

③行迈：前行。靡靡：迟缓貌。

④中心：心中。摇摇："愮愮"的假借，忧心无主貌。

⑤此何人哉：造成这样结果的到底是谁啊！

⑥噎(yē)：堵塞，气逆不顺，用以形容心情。

【选评】

1.《毛诗序》：《黍离》，闵宗周也。周大夫行役，至于宗周。过故宗庙宫室，尽为禾黍。闵周室之颠覆，彷徨不忍去，而作是诗也。

2.（宋）朱熹《诗集传》：既叹时人莫识己意，又伤所以致此者，果何人哉？追怨之深也。

3.（清）方玉润《诗经原始》：三章只换六字，而一往情深，低回无限。此专以描摹虚神擅长，凭吊诗中绝唱也。

4.余冠英《诗经选》：从诗的本身体味，只见出这是一个流浪人诉忧之辞。

5.程俊英《诗经注析》：这是诗人抒写自己在迁都时心中难过的诗。

【导读】

《黍离》一诗的主旨，历来争议颇多。《毛诗序》认为是闵周室之颠覆；《韩诗》认为是尹吉甫之子伯封寻找其兄伯奇之作。近代以来学者们又从诗歌本身出发，或认为是流浪者之歌，或认为是难舍故乡之作等。这些争论都与诗歌模糊不清的背景有关。我们认为，《黍离》既然位于《王风》之首，其创作主旨应当与政治有关。《王风》起于"王城"，《郑笺》解释王城是东周的王畿之地，但东周政治地位下降，已经无法让诗歌复兴《雅》诗之正，故降为《王风》。从这个角度来看，《黍离》位于《王风》之首，或如《毛诗序》所言，是平王迁都后一位东周大夫重回西周故地所作，他看到以前繁华的城市如今遍地黍稷，于是悲悯世事变迁，慨叹政治兴亡，并从中寄托自己无尽的爱国情怀。

《黍离》全诗三章，结构相同，取同一物象的历时变化体现时间流逝，同时伴随着作者反复吟唱、诉说着自己的苦闷心绪。这种创作手法让古今读者产生共鸣，成为激发民众爱国情感的创作母题。此外，诗作所形成的厚重、深沉的风格，对后世如杜甫"沉郁顿挫"的诗风也产生了一定影响。

秦风·无衣

岂曰无衣？与子同袍①。王于兴师②，修我戈矛，与子同仇③！

岂曰无衣？与子同泽④。王于兴师，修我矛戟，与子偕作⑤!

岂曰无衣？与子同裳⑥。王于兴师，修我甲兵，与子偕行！

【注释】

①袍：长衣，战袍。

②于：语助词。一说同"曰"。

③同仇：共同抗敌。

④泽："襗"的假借，贴身汗衣。

⑤作：行动。

⑥裳：下衣，战裙。

【选评】

1.《毛诗序》：《无衣》，刺用兵也。秦人刺其君好攻战，亟用兵，而不与民同欲焉。

2.(汉)郑玄《郑笺》：(首二句)此责康公之言也。君岂尝曰女无衣，我与女共袍乎？言不与民同欲。(下三句)君不与我同欲，而于王兴师，则云"修我戈矛，与子同仇"，往伐之，刺其好攻战。

3.(宋)朱熹《诗集传》：秦人之俗，大抵尚气概，先勇力，忘生轻死，故其见于诗如此。

4.(清)王夫之《诗经稗疏》：《春秋》：申包胥乞师，秦哀公为之赋《无衣》。……则此诗哀公为申胥作也。若所赋为古诗，如子展赋《草虫》之类，但言赋，不言为赋也。

5.余冠英《诗经选》：这诗是兵士相语的口吻，当是军中的歌谣。

6.程俊英《诗经注析》：这是一首秦国的军中战歌。

【导读】

此诗的作者，王夫之据《左传·鲁定公四年》有"楚申包胥乞师，秦哀公为之赋《无衣》"的记载，认为"为之赋"是创作的意思，因此他将作者归为秦哀公。但是我们据《左传·文公七年》记载，"荀林父为赋《板》之三章"，认为《大雅·板》并非荀林父所创。

此诗的主题,学界多认为是一首秦国军歌。《汉书·赵充国辛庆忌传赞》中说秦地"修习战备,高上勇力,鞍马骑射",此诗恰好体现这一特点。诗共三章,采用重章叠唱的形式,却没有简单重复,而是不断递进,从情绪、准备再到行动,过程描绘得清晰明了,感情也烘托得激奋昂扬。

《毛诗序》认为这首诗是讽刺之作,《郑笺》进一步从诗句文意表达上剖析,肯定这一看法。《毛诗序》《郑笺》的观点涉及诗句表达的语法分析,不应简单处理成"政治附会"言论。郭晋稀先生沿着这一思路重新思索,认为《无衣》确为讽刺之作。郭先生认为,《无衣》的诗句存在"探下承上而省"的问题,其原意应是这样的:[王未兴师,]岂曰无衣,与子同袍。王于兴师,[则曰]修我戈矛,与子同仇。郭先生从"词气"的角度将诗句原本省去的内容加以补充,这样《无衣》的讽刺主题就凸显无疑了。郭先生的观点得到赵逵夫等学者的推崇,今备一说。

小雅·采薇

采薇采薇①,薇亦作止②。曰归曰归③,岁亦莫止④。靡室靡家⑤,猃狁之故⑥。不遑启居⑦,猃狁之故。

采薇采薇,薇亦柔止⑧。曰归曰归,心亦忧止。忧心烈烈,载饥载渴。我戍未定⑨,靡使归聘⑩。

采薇采薇,薇亦刚止⑪。曰归曰归,岁亦阳止⑫。王事靡盬⑬,不遑启处。忧心孔疚⑭,我行不来⑮!

彼尔维何⑯?维常之华⑰。彼路斯何⑱?君子之车。戎车既驾,四牡业业⑲。岂敢定居⑳?一月三捷㉑。

驾彼四牡,四牡骙骙㉒。君子所依,小人所腓㉓。四牡翼翼㉔,象弭鱼服㉕。岂不日戒㉖?猃狁孔棘㉗!

昔我往矣,杨柳依依。今我来思㉘,雨雪霏霏㉙。行道迟迟㉚,载渴载饥。

我心伤悲,莫知我哀!

【注释】

①薇:似豌豆的植物。

②亦:又。作:生。止:语气词。

③曰:发语词,无意义。

④莫:暮的古字。

⑤靡:无。常年在外。

⑥狁狁:北方少数民族。

⑦遑:暇。启居:跪坐。

⑧柔:伸长嫩弱。

⑨戍:驻守。这里指守边处所不定。

⑩聘:往家中传递消息。

⑪刚:长成而变硬。

⑫阳:农历十月,现在仍有"十月小阳春"之说。

⑬靡盬(gǔ):没有结束。

⑭疚:痛苦。

⑮行:行役。来:回家,一说慰问。

⑯尔:"茶"的假借字,草木茂盛的意思。

⑰常:通"棠",即棠棣。华:通"花"。

⑱路:战车盛大貌。

⑲牡:驾车的雄马。业业:高大的样子。

⑳定居:停留。

㉑捷:接触、交战。

㉒骙骙:强壮貌。

㉓小人:士兵。腓:隐蔽。

㉔翼翼:整齐貌。

㉕象弭:用象牙制成的"弭"。弭是弓两端受弦的地方。鱼服:鱼皮做的

箭鞘。

⑯日戒:每日警戒。

⑰孔棘:很紧急。

⑱思:语气词。

⑲雨:降下。霏霏:纷纷。

⑳迟迟:迟缓的样子。

【选评】

1.《毛诗序》:《采薇》,遣戍役也。文王之时,西有昆夷之患,北有狁之难。以天子之命,命将帅,遣戍役,以守卫中国故歌。《采薇》以遣之,《出车》以劳还,《杕杜》以勤归也。

2.(宋)朱熹《诗集传》:此遣戍役之诗。以其出戍之时采薇以食,而念归期之远也,故为其自言而以采薇起兴。

3.(清)姚际恒《诗经通论》:此戍役还归之诗。小序谓"遣戍役",非。诗明言"曰归曰归,岁亦莫止","今我来思,雨雪霏霏"等语,皆既归之词;岂方遣既已逆料其归时乎?又"一月三捷",亦言实事,非逆料之词也。

4.(清)方玉润《诗经原始》:《小序》《集传》皆以为遣戍役而代其自言之作……愚谓曰归、岁暮可以预计,而柳往雪来,断非逆睹。使当前好景亦可代言,则景必不真;景不真,诗亦何能动人乎?

5.(清)王夫之《姜斋诗话》:以乐景写哀,以哀景写乐,一倍增其哀乐。

6.程俊英《诗经译注》:这是一位守边兵士在归途中赋的诗。旧说是文王时遣送守边兵士出征的乐歌,但从诗的语言艺术和风格看来,很像国风中的民歌,不像周初的作品。

【导读】

这是一首千古传诵的名篇。《毛诗序》说此诗是派遣戍役之作,姚际恒、方玉润等学者对此质疑。从内容来看,此诗是戍边战士的归乡之作,并非前去戍守,这从末章"雨雪霏霏"的故乡景象可以明确判断出来。

诗歌围绕着"思乡"和"战争"两个线索交替展开叙述,宛如一首交响曲,将诗人情绪及其所经历的故事铺叙开来,让读者产生共鸣。诗歌的前三章主要写边防战士多年戍守不归;四、五章回忆战斗时的场景;末章以景物衬托情感。此诗最动人之处在于末章,王夫之说"以乐景写哀,以哀景写乐,一倍增其哀乐",道破了原因所在。诗人采用相反相成的创作手法,将浓厚的情感用反差的景象加以表达,进一步渲染了归乡的悲哀之情。诗歌反映了归乡者的特殊心理,对后世诗如《十五从军征》、宋之问《渡汉江》等,也有创作启发作用。

此诗虽列入《小雅》当中,语言风格却类似《国风》作品,朴实近人。李山说这首诗可能存在男女对唱的形式,如在铺叙思乡情节中,"采薇"的句子可能就由女性进行表达,与戍边战士形成对唱。在《诗经》中采集花草的行为虽多由女子进行,却不能否认男子也会采集花草,因此这一观点未必确切。

屈　原

屈原（前340—前278），名平，字原。战国时期楚国人。楚武王后裔，曾任左徒、三闾大夫。遭贵族排挤毁谤，先后被流放至汉北和沅湘流域。楚都郢被秦破，自沉于汨罗江，以身殉国。中国历史上伟大的爱国诗人，"骚体"创始者，被誉为"中华诗祖""辞赋之祖"等。

离骚（节选）

长太息以掩涕兮，哀民生之多艰。余虽好修姱以鞿羁兮[①]，謇朝谇而夕替[②]。既替余以蕙纕兮[③]，又申之以揽茞。亦余心之所善兮，虽九死其犹未悔！怨灵修之浩荡兮[④]，终不察夫民心。众女嫉余之蛾眉兮，谣诼谓余以善淫。固时俗之工巧兮[⑤]，偭规矩而改错[⑥]。背绳墨以追曲兮[⑦]，竞周容以为度[⑧]。忳郁邑余侘傺兮[⑨]，吾独穷困乎此时也！宁溘死以流亡兮[⑩]，余不忍为此态也！鸷鸟之不群兮[⑪]，自前世而固然。何方圜之能周兮[⑫]，夫孰异道而相安？屈心而抑志兮，忍尤而攘诟[⑬]。伏清白以死直兮[⑭]，固前圣之所厚。

【注释】

①虽：与唯同。修姱：美好。鞿羁：自我约束，不苟且。

②謇：语气词。谇：谏诤。

③以：因。纕：佩带。

④灵修：有灵智远见的人，这里指楚怀王。浩荡：恣意妄为的样子。

⑤工巧：善于投机取巧。

⑥偭：面对。错：措施、设置。

⑦绳墨：木工用墨打的直线，比喻法度。曲：枉法之事。

⑧周容：相互求合取悦。度：法则。

⑨忳：忧愤。郁邑：心情抑郁。侘傺：茫然失神。

⑩溘:快速地。

⑪鸷鸟:即挚鸟,心情专一的雎鸠。用以喻自己。

⑫周:完全相合。

⑬尤:罪过。攘:忍。

⑭伏:通"服",本义佩带,这里意为保持。

【选评】

1.(汉)司马迁《史记·屈原贾生列传》:《国风》好色而不淫,《小雅》怨诽而不乱。若《离骚》者,可谓兼之矣。上称帝喾,下道齐桓,中述汤、武,以刺世事。明道德之广崇,治乱之条贯,靡不毕见。其文约,其辞微,其志洁,其行廉。其称文小而其指极大,举类迩而见义远。其志洁,故其称物芳;其行廉,故死而不容。自疏濯淖污泥之中,蝉蜕于浊秽,以浮游尘埃之外,不获世之滋垢,皭然泥而不滓者也。推此志也,虽与日月争光可也。……屈平既嫉之,虽放流,眷顾楚国,系心怀王,不忘欲反。冀幸君之一悟,俗之一改也。其存君兴国而欲反覆之,一篇之中,三致志焉。

2.(汉)王逸《楚辞章句·离骚经序》:《离骚》之文,依诗取兴,引类譬喻。故善鸟香草以配忠贞,恶禽臭物以比谗佞,灵修美人以媲于君,宓妃佚女以譬贤臣,虬龙鸾凤以托君子,飘风云霓以为小人。其辞温而雅,其义皎而朗,凡百君子,莫不慕其清高,嘉其文彩,哀其不遇,而愍其志焉。

3.(宋)朱熹《楚辞集注》:《离骚》以灵修、美人目君,盖托为男女之辞而寓意于君,非以是直指而名之也。

4.鲁迅《汉文学史纲要》:战国之世……在韵言则有屈原起于楚,被谗放逐,乃作《离骚》。逸响伟辞,卓绝一世。后人惊其文采,相率仿效,以原楚产,故称"楚辞"。较之于《诗》,则其言甚长,其思甚幻,其文甚丽,其旨甚明,凭心而言,不遵矩度。故后儒之服膺诗教者,或訾而绌之,然其影响于后来之文章,乃甚或在三百篇以上。

5.姜亮夫《重订屈原赋校注》:统观屈子情思之发展,《离骚》为疏远之情所困,欲隐之以待时。

【导读】

《离骚》是"楚辞体"最具代表性诗歌。关于《离骚》的篇名之意,学界多主张司马迁"遭受忧愁"说,认为该诗是屈原在极度困苦压抑的状态下迸发出的心灵之歌。屈原在《离骚》中构建了两个世界,即人间与天界,可悲的是诗人在人间难觅知音,在天上也惨遭闭门。在经受一次次的挫折之后,诗人仍然毫不屈服,始终坚持自己的理想和信念。

节选为屈原说明自己境遇和表露心声的一段文字。诗人倾诉了自己遭遇的各种诽谤与不公待遇,这是说给楚怀王听的,更是说给世间主持公义者听的,但却没有得到太多回应与支持,因此屈原一遍遍申述,反复表达自己坚贞不屈的品格,以及为楚国、为百姓献身的决心。屈原对理想的追求和对国家的忠贞,已经内化为中华民族精神的一部分,鼓舞和激励着后世读者。

选文大致体现了《离骚》的艺术特点。一是诗中选用大量花草来比喻不同类型的人或品质,而且喻体与本体关系较为确定,构成了一个庞大的象征体系。二是楚地名物、楚地语言等的运用,使诗歌具有浓厚的地域文化色彩。

九歌·山鬼①

若有人兮山之阿②,被薜荔兮带女萝③。既含睇兮又宜笑④,子慕予兮善窈窕⑤。乘赤豹兮从文狸⑥,辛夷车兮结桂旗⑦。被石兰兮带杜衡⑧,折芳馨兮遗所思。余处幽篁兮终不见天,路险难兮独后来。表独立兮山之上⑨,云容容兮而在下。杳冥冥兮羌昼晦⑩,东风飘兮神灵雨。留灵修兮憺忘归⑪,岁既晏兮孰华予⑫。采三秀兮於山间⑬,石磊磊兮葛蔓蔓。怨公子兮怅忘归⑭,君思我兮不得闲⑮。山中人兮芳杜若⑯,饮石泉兮荫松柏,君思我兮然疑作⑰。雷填填兮雨冥冥,猨啾啾兮狖夜鸣⑱。风飒飒兮木萧萧,思公子兮徒离忧⑲。

【注释】

①山鬼:宋元以前楚辞家多视山鬼为男性山怪,清人顾成天《九歌解》首倡山鬼为"巫山神女"之说,后世多以"山鬼"为女鬼或女神。

②山之阿(ē)：山湾。

③被：通"披"。

④睇：斜视。含睇，即含情流盼。宜笑：善笑。

⑤子：指后文"灵修"。

⑥从：使……跟从。

⑦辛夷：紫玉兰。结桂旗：系着结有花叶的桂树枝条为旗。

⑧石兰、杜衡：植物名。

⑨表：特出。山鬼等不到公子，升上空中探望。

⑩羌：楚方言，为何，竟然。昼晦：指白天昏暗。

⑪灵修：对国君、公子的美称，这里指山鬼所恋公子。憺(dàn)：安然地。

⑫晏：晚。华：使动用法，使之美貌。

⑬三秀：灵芝，一年开花三次。於山：巫山，"於"是"巫"的借字。

⑭公子：山鬼的恋人。怅：失意。

⑮君：即公子。这句是山鬼的推测。

⑯山中人：山鬼自称。

⑰然疑作：一会儿相信，一会儿怀疑。这句写山鬼的心理活动。

⑱狖(yòu)：黑色长尾猿。

⑲离：通"罹"，遭受。

【选评】

1.(宋)朱熹《楚辞集注》：今既章解而句释之矣，又以其托意君臣之间者而言之，则言其被服之芳者，自明其志行之洁也；言其容色之美者，自见其才能之高也；子慕予之善窈窕者，言怀王之始珍己也；折芳馨而遗所思者，言持善道而效之君也；处幽篁而不见天，路险艰又昼晦者，言见弃远而遭障蔽也；欲留灵修而卒不至者，言未有以致君之寤而俗之改也；知公子之思我而然疑作者，又知君之初未忘我而卒困于谗也；至于思公子而徒离忧，则穷极愁怨，而终不能忘君臣之义也。是以读之，则其他之碎义曲说，无足言矣。

2.(明)汪瑗《楚辞集解》：诸侯得祭其境内山川，则山鬼者，固楚人之所得祀者也。但屈子作此,亦借题以写己之意耳,无关于祀事也。

3.(明末清初)王夫之《楚辞通释》:此章缠绵依恋,自然为情至之语,见忠厚笃悱之音焉。然必非以山鬼自拟,巫觋比君,为每况愈下之言也。

4.(清)戴震《屈原赋注》:《山鬼》六章,通篇皆为山鬼与己相亲之辞,亦可以山鬼自喻,盖自吊其与山鬼为伍,又自悲其同于山鬼也。歌辞反侧读之,皆其寄意所在。此歌与《涉江》篇相表里,以此知《九歌》之作,在顷襄复迁之江南时也。

【导读】

《山鬼》是《九歌》中最具情韵的作品。传说炎帝之女瑶姬,尚未出嫁便过世,葬在巫山,诗中所言山鬼或指瑶姬。诗歌借山鬼口吻吟唱,讲述山鬼与恋人的一次约会。山鬼梳妆打扮后准备了礼物稍晚赴约,却没有见到心仪的男子。山鬼开始自责,她焦急地升入空中,俯瞰整个林间,却仍未见到公子所在,于是她开始漫长的等待,即便山中下起了暴雨仍在坚持。山鬼忍不住怀疑,自己思念的公子是因为公事繁忙而未赴约呢,还是已经离开了,他到底爱不爱自己呢,自己的付出是否值得呢?伴随着风声雨声,这些问题始终没有结果,只能徒增更多忧愁在心间。

这首诗脱胎于民歌,又运用了高超的表达技巧,最突出的是情景交融和心理描写。诗歌借山中景色的变化来映衬山鬼内心的情绪流动,山中的暴雨似乎是山鬼的神力所为,让诗歌笼罩着一种神异玄幻的色彩。另外,山鬼的心理也是值得玩味的,她对爱情有所期待,对爱人表示理解,对失约也有埋怨,多重焦灼的情感融汇于文字当中,这在叙事诗中并不多见。

赵逵夫先生认为,自古以来徭役、战乱、灾荒等造成无数青年妇女丧偶,山鬼就是这些现实中人的情绪投映。这首诗是历来各民族中“望夫石”“望夫台”等传说中最原始、最动人的悲歌,后世有关“望夫”题材的诗歌,多受到《山鬼》主题的影响。

秦汉

项　羽

项羽(前232－前202),名籍,字羽。秦末下相(今江苏宿迁)人。楚国著名武将,秦亡后称西楚霸王。与汉王刘邦争霸,后兵败突围至乌江自刎而死。

垓下歌①

力拔山兮气盖世,时不利兮骓不逝②。骓不逝兮可奈何,虞兮虞兮奈若何③!

【注释】

①垓(gāi)下:古地名,在今安徽省灵璧县南沱河北岸。

②骓(zhuī):乌骓,顶级宝马。

③虞:即虞姬。若:你。

【选评】

(宋)朱熹《楚辞集注》卷一:慷慨激烈,有千载不平之余愤。

【导读】

"楚声"是用楚地方言句式创作的短小诗歌,在秦末汉初时期非常流行。《垓下歌》是一首典型的"楚声"作品,也是项羽的绝命词。项羽是秦末群雄领袖,在推翻暴秦的统治中起到重要作用。秦亡之后,项羽和刘邦开始了争夺斗争,但由于坑杀降卒、烧毁咸阳城等行为,项羽失去民心而惨败。项羽在垓下陷入刘邦的重重包围之中,当听到从四面传来的楚国歌声,误认为刘邦已经把楚国全部占领,绝望之际创作了这首慷慨悲凉的《垓下歌》。

诗歌首句是项羽形象的自述,生动地体现他的气度超凡、能力出众和曾经的叱咤风云。第二、三句显示了项羽此时的无奈,他的宝马无法前行,美人虞姬也不得不离他而去。项羽不认为自己做错了什么，而将这一切悲剧归结为苍天的造化。当项羽知道自己的灭亡无法避免时，他想到的只有挚爱的虞姬。"虞兮虞兮奈若何"，这是英雄的绝望，也是项羽所有留恋的凝结。之后项羽率部突围，终因势单力薄，自刎于乌江。

司马迁对项羽的失败是有所批评的，他认为项羽是死于自己的残暴，并非命运不济。不过，这首《垓下歌》把这个英雄中最脆弱、最纯净的一面——爱情展现出来，这是它能够千古传诵的原因所在。对于英雄来说，美人与江山，是同样重要的。

班婕妤

班婕妤(前48—2),名不详。汉成帝妃子,班固祖姑。西汉著名才女,作品大多佚失,现仅存《自伤赋》《捣素赋》和《怨歌行》。

怨歌行①

新裂齐纨素②,皎洁如霜雪。裁作合欢扇③,团团似明月。出入君怀袖,动摇微风发。常恐秋节至,凉飙夺炎热④。弃捐箧笥中⑤,恩情中道绝。

【注释】

①怨歌行:题目又作《怨诗》《团扇诗》《团扇歌》。

②裂:截断。齐纨(wán):齐地出产的精细丝绢。汉代齐地生产的纺织品最为著名。

③合欢扇:绘有合欢图案的团扇。

④飙(biāo):疾风。

⑤捐:抛弃。箧(qiè)笥(sì):竹箱。

【选评】

1.(梁)钟嵘《诗品》:其源出于李陵。《团扇》短章,辞旨清捷,怨深文绮,得匹妇之致。

2.(唐)骆宾王《和学士闺情诗启》:班婕妤霜雪之句,发越清迥。

3.(明)陆时雍《古诗镜》卷二:言之惜惜,读之黯黯。情检语素,绝去矜饰,所称"雅音",可想见其为人矣。

4.(明末清初)王夫之《古诗评选》卷一:说到"常恐"便止,但堪作今人半首古诗耳,晓人不当如是,而必待之月斜人散哉?汉人有高过《国风》者,此类是也。

5.(清)沈德潜《古诗源》卷二:用意微婉,音韵和平。

【导读】

　　这首诗是宫怨题材奠基之作。班婕妤是汉成帝的妃子,赵飞燕、赵合德姐妹入宫后,二人深受恩宠,其他嫔妃渐渐成为摆设,班婕妤因此作诗以抒胸臆。诗人以"团扇"自况,叙述了自己受宠时与失宠后的境况,体现了作者精巧的构思。"团扇"意象使用极为贴切,一方面由于此物为宫中常见之物,另一方面源于生活真实的感受。"团扇"在某种意义上不仅是作者自身的写照,更深刻揭示出宫中女性普遍的心理状态和悲剧命运。

　　此诗历代赞誉不绝,梁代钟嵘的《诗品》就将这首诗置于上品。诗歌的成功主要得益于"宫怨"题材的开掘,也得益于"团扇"意象的成功运用。"团扇"作为女性红颜薄命的象征,成为后世诗人们诗中常用的意象,如王昌龄《长信秋词》:"奉帚平明金殿开,且将团扇共徘徊。玉颜不及寒鸦色,犹带朝阳日影来。"

汉乐府（三首）

　　"乐府"是汉武帝时设立的一个官署,主要职责是采集民间歌谣或文人的诗来配乐,以备朝廷祭祀或宴会时演奏之用。后人称由汉代乐府机构搜集、整理而流传下来的诗歌为"汉乐府"。

战城南①

　　战城南,死郭北②,野死不葬乌可食。为我谓乌:"且为客豪③!野死谅不葬④,腐肉安能去子逃⑤?"水声激激⑥,蒲苇冥冥⑦。枭骑战斗死⑧,驽马徘徊鸣⑨。梁筑室⑩,何以南?何以北⑪?禾黍不获君何食?愿为忠臣安可得?思子良臣,良臣诚可思:朝行出攻,暮不夜归⑫!

【注释】

　　①战城南:乐府诗题,属"鼓吹曲辞",汉代《铙歌十八曲》之一。

　　②郭:外城。这两句用了互文手法,城南城北都有战争和死亡。

　　③客:战死者。豪:同"嚎",大声哭叫,号叫。余冠英认为这是对新死者的招魂仪式,其实未必如此。死人在入葬前有丧礼,丧礼中多有亲戚朋友的哀悼,这里的"嚎"大致如此。

　　④谅:诚,当然。

　　⑤安能:怎能。子:指乌鸦。这是作者对乌鸦祈求的话。

　　⑥激激:清澈貌。

　　⑦冥冥:幽暗貌。

　　⑧枭:通"骁"。枭骑:良马。

　　⑨驽马:劣马。"枭骑""驽马"两句,也是互文手法,无论何种马,都有死亡。

　　⑩梁:表声字,无意。一说桥梁。筑室:构筑宫室。

⑪"何以"两句：指无法让百姓通过，阻碍了种植庄稼。

⑫"朝行"两句：这是对良臣命运的慨叹。良臣为国捐躯，在战乱频繁的时代，良臣越来越少，社会安定希望渺茫。

【选评】

1.（宋）陈仁子《文选补遗》卷三四：愚曰为此诗者，将以激人之忠悦，以犯难也。

2.（明）顾茂伦《乐府英华》卷三："水深激激，蒲苇冥冥"八字，浑如一幅古战场。

3.（清）陈祚明《采菽堂古诗选》卷一："水深"八字沉郁，"枭骑"二语壮。末段淋漓凄楚，"暮不夜归"句劲。朝望军士，而动感怆之心。死者诚可哀，而偷生者多。忠臣不可得，而思良臣。全师早归为上，亦《大风》之意，颇、牧之怀也。

4.（清）张玉谷《古诗赏析》卷五：此伤用人不当，使太平良佐徒死于战之诗。旧解支离，都无是处。首三，叙战死不葬事直起。"为我"四句，顶第三句申写野死之惨，作晓乌语，痛极奇极。"水深"四句，插叙战场苦景，宽以养民，而"战斗死"已补出效命之勇。"徘徊鸣"又引下惋惜意。以上俱属铺叙题面。"梁筑室"以下，皆致己惋惜之意。"梁筑"三句，惜用时之君不明也。"禾黍"句，惜死后之君无倚也。两层比喻，正反递落，良臣可思意已隐隐逗起。"愿为"句，复就死者欲忠不得，推原其心，恰好以忠臣跌出良臣。"思子"二句，点明良臣，深致景慕。末二，收转用违其才，以致败亡，兜应篇首，截然竟住。五层意思都在空处折旋，且多以比喻出之。古诗岂易读哉！

5.（清）陈本礼《汉诗统笺》：此犹屈子之《国殇》也。《国殇》自愤其力尽死，此则恨其死于误国庸臣之手。夫死非士所惜，但恐非其所耳。

【导读】

《战城南》为汉代《铙歌十八曲》之一。"铙歌"为"军乐"，本应有挑灯看剑、飞骑破敌的雄壮才是，但这首诗歌叙述了出攻不归、伏尸荒野的悲凉，以此哀音作"军乐"，极为奇特。清代以前学者多认为其为悲壮战歌，清代张玉谷等学者进一步挖掘其讽喻意味，即恨庸臣误国，感伤国破家亡的无奈。

这首诗可分为上下关联的两部分。第一部分讲述战争，诗人用阵亡将士被乌鸦啄食的特写镜头映衬战争的惨烈，并用简洁的环境描写烘托悲凉气氛。第二部分视角一转，描写城中士兵筑造防御工事的场面，继而引发思考：如果为了打仗将城池围绕起来，那城中的百姓如何出城种田呢，不种田如何生活呢？显然诗人创作的主要目的是反思战争，借由对阵亡将士的追思，表达对和平的渴望。

诗人以浪漫主义表现手法来反映社会现实，如向乌鸦祈求，想象新奇，震慑人心。诗中多次运用"互文"的修辞方式，如"战城南，死郭北"，是说城南城北都发生了战争和死亡；再如"枭骑战斗死，驽马徘徊鸣"，是说在这场惨烈的斗争中，无论良马劣马都被投入战斗，损伤惨烈，这种手法的运用使诗歌内容更为丰富，主题也更为深刻。此外，诗歌的"特色"画面描写，是乐府诗的主要创作手段，与王粲《七哀诗》、蔡文姬《悲愤诗》等叙事诗歌一脉相承。

上山采蘼芜

上山采蘼芜①，下山逢故夫②。长跪问故夫③："新人复何如？""新人虽言好，未若故人姝④。颜色类相似，手爪不相如⑤。"新人从门入，故人从阁去⑥。"新人工织缣⑦，故人工织素⑧。织缣日一匹⑨，织素五丈余。将缣来比素，新人不如故。"

【注释】

①蘼芜(míwú)：一种香草，传说能让妇人多子。

②故夫：前夫。

③长跪：直身而跪。古人席地而坐，坐时两膝接地，臀贴着足跟；跪则伸直腰股，以示敬重。

④姝：美好。

⑤手爪：手工技艺，女红。

⑥阁(gé)：旁门，小门。

⑦缣(jiān)：黄色的绢，较为廉价。

⑧素：色洁白的绢，较为贵重。

⑨匹：度量单位，一匹长四丈。

【选评】

1.余冠英《乐府诗选》：这篇《乐府诗集》未收，《太平御览》引作《古乐府》，和《陌上桑》同一类型。

2.顾农《读〈上山采蘼芜〉说汉时妇女地位》：故夫先说二人（按，当为新人）"未若故人姝"，但马上又改口说"颜色类相似"。与其说这里表现了故夫对前后两任妻子外貌的比较一时拿不定主意，不如说评价中的参差流露了他内心深处的矛盾。情形很可能是两人的外貌水平相差不多，但既然新人在劳动生产方面大大不如故人，于是其外貌也显得比较差了，但他总有点不肯坦然承认的意思。换一个角度看，故人是自己抛弃的，失掉她之后才深切地认识到她的价值，于是她的外貌也就显得更加美好。作者并不回避甚至还充分利用了故夫言谈中的前后不一来表现这个人物，表现出非凡的心理洞察力以及对艺术表达的娴熟。

【导读】

本诗最早见于《玉台新咏》卷一，《乐府诗集》未收，《太平御览》引作《古乐府》。诗歌符合乐府以叙事为主的特点，全文采用问答体对话形式，其中夹有一些旁白语句，用一种娓娓道来的口吻讲述一个悲惨的故事。诗中女子的身份是弃妇，她上山采摘蘼芜时遇见了自己的前夫，于是两人开始攀谈。女子问新妇如何，这既是对前夫的关切，也表现出自己不甘被抛弃的心情。男子的回答耐人寻味，他说新妇不如旧妇，长相虽然都很漂亮，但手工活却差不少。此时作者用"新人从门入，故人从阁去"两句旁白追忆过去，凸显女子的境遇。最后男子用织布细节来解释新、旧两人的差距。

我们不禁疑问，为何新人不如旧人，旧人却还要被抛弃呢？其实，本诗第一句已经给出答案。"蘼芜"是一种助孕的草药，新妇上山采蘼芜，表示她很可能无法生育。在古代，生育是家族繁衍的头等大事，女子如果不能生育可以休弃。女子在采摘蘼芜时遇到男子，那男子又来山上干什么呢？很有可能男子新娶的媳妇也不能怀孕。由此可以推测，诗中女子被弃或许被冤枉，这家不能生育的原因可能在男子身上，但在男尊女卑的时代，男子不会承认自己的问题，于是他一次次休弃女子来推卸责任。这首诗表现了女子的悲剧命运，在弃妇诗题材作品中具有典型意义。

陌上桑①

日出东南隅②，照我秦氏楼。秦氏有好女，自名为罗敷。罗敷喜蚕桑，采桑城南隅。青丝为笼系③，桂枝为笼钩。头上倭堕髻④，耳中明月珠。缃绮为下裙，紫绮为上襦⑤。行者见罗敷，下担捋髭须。少年见罗敷，脱帽着帩头⑥。耕者忘其犁，锄者忘其锄。来归相怨怒，但坐观罗敷⑦。使君从南来⑧，五马立踟蹰⑨。使君遣吏往，问是谁家姝？"秦氏有好女，自名为罗敷。""罗敷年几何？""二十尚不足，十五颇有余。"使君谢罗敷⑩："宁可共载不⑪？"罗敷前致辞："使君一何愚！使君自有妇，罗敷自有夫！东方千余骑，夫婿居上头。何用识夫婿？白马从骊驹⑫，青丝系马尾，黄金络马头。腰中鹿卢剑⑬，可值千万余。十五府小吏，二十朝大夫，三十侍中郎⑭，四十专城居⑮。为人洁白晰，鬑鬑颇有须⑯。盈盈公府步⑰，冉冉府中趋⑱。坐中数千人，皆言夫婿殊。"

【注释】

①陌上桑：晋崔豹《古今注·音乐》："《陌上桑》出秦氏女子。秦氏，邯郸人，有女名罗敷，为邑人千乘王仁妻。王仁后为越王家令，罗敷出采桑于陌上，赵王登台见而悦之，因饮酒欲夺焉，罗敷乃弹筝，乃作《陌上桑》以自明焉。"

②隅：角落。

③笼：篮子。

④倭（wō）堕髻（jì）：堕马髻，发髻偏，呈坠落状。

⑤襦：短衣。

⑥着：整理。帩（qiào）头：古代男子包头发的头巾。

⑦但：只是。坐：因为。

⑧使君：汉代对太守、刺史的通称。

⑨踟蹰（chíchú）：徘徊。

⑩谢：这里是"请问"的意思。

⑪不：通"否"。共载：一同前行。

⑫骊：纯黑的马。

⑬鹿卢：即辘轳，井上汲水的用具。鹿卢剑，是说剑把用丝绦缠绕起来，像鹿卢的样子。

⑭侍中郎：出入宫禁的侍卫官。

⑮专城居：一城之主。

⑯鬑鬑：长貌。

⑰盈盈：美好而悠闲的样子。

⑱冉冉：走路缓慢。

【选评】

1.（宋）阮阅《诗话总龟》卷七：旧说邯郸女子姓秦名罗敷，为邑人千乘王仁妻。仁为赵王家令。罗敷出采桑陌上，赵王登楼见而悦之，置酒，欲夺焉。罗敷弹筝，作《陌上桑》以自明不从。今其词乃罗敷采桑陌上，为使君所邀，罗敷盛夸其夫为侍中郎以拒之。论者病其不同。大抵诗人感咏，随所命意，不必尽当其事，所谓不以辞害意也。且"发乎情，止乎礼义"，古诗之风也。

2.（明）陆时雍《古诗镜》卷一：《陌上桑》："青丝为笼系，桂枝为笼钩。头上倭堕髻，耳中明月珠。缃绮为下裙，紫绮为上襦。"此辞家陋习。

3.（清）沈德潜《古诗源》卷三：铺陈秾至，与辛延年《羽林郎》一副笔墨。此乐府体别与古诗者在此。

4.(日)宇野直人、(中)李寅生《中日历代名诗选·中华篇》:这是一首勤劳贤惠的女孩拒绝大人物的诱惑,并以此为转机而对其谢绝的叙事诗。作为一首东汉的乐府诗,它具有少见的滑稽内容。

【导读】

《陌上桑》,又名《艳歌罗敷行》《日出东南隅行》,是传诵千古的汉乐府名篇。诗歌描写一位采桑女被使君调戏,后严词拒绝之事。整首诗叙事质朴,并充满幽默、诙谐的气息。值得注意的是,秦罗敷拒绝使君的方式并非激烈对抗,而是以盛赞丈夫来压倒对方,令其自觉知难而退。这种机智的行为让诗歌在"羞辱"与"反羞辱"之间形成了一种戏剧张力。

诗歌的艺术手法带有汉大赋的特色。首先,诗歌虽出自民间,却带有不少对仗、排比语句,尤其在描绘秦罗敷的美貌和旁观者的反应时更是如此。这显然经过文人的加工创作。其次,诗中秦罗敷的拒绝方式类似于汉大赋"逐步攀升"手法,如她以丈夫的身份地位、容止相貌压倒使君。此外,诗歌还大量运用衬托的方式来凸显罗敷的美,给读者留下较大的想象空间,取得极佳的艺术效果。

诗歌也客观反映出封建官僚仗势欺人,女子为男人附庸地位低下的现实情况。这首诗已成为后世诗歌的一大母题,《羽林郎》等很多描写女子被调戏题材的作品都有《陌上桑》的影子。

《古诗十九首》（三首）

　　《古诗十九首》，大致出自东汉末年文人之手，作者并不是一人，作为一个整体，收录在《文选》中。《古诗十九首》主要借游子思妇口吻，抒写离愁别恨、困顿失意、人生无常的感慨，代表了汉代文人五言诗的最高成就。

涉江采芙蓉

　　涉江采芙蓉①，兰泽多芳草②。采之欲遗谁③，所思在远道④。还顾望旧乡⑤，长路漫浩浩⑥。同心而离居⑦，忧伤以终老。

【注释】

①芙蓉：荷花。

②兰泽：长满兰草的沼泽。

③遗（wèi）：赠。

④所思：所思念的人。远道：远方。

⑤还顾：回头看。旧乡：故乡。

⑥漫浩浩：形容无边无际。

⑦同心：指感情融洽、深厚。离居：分隔两地。

【选评】

　　1.（唐）《文选》李周瀚注：此诗怀友之意也。芙蓉、芳草，以为香、美比德君子也。故将为辞，赠远之美意也。

　　2.（元）刘履《古诗十九首旨意》：客居远方，思亲友而不得见，虽欲采芳以为赠，而路长莫致，徒为忧伤终老而已。

　　3.（清）吴淇《古诗十九首定论》：此亦不得于君之诗。

4.（清）张玉谷《古诗赏析》卷四：此怀人之诗。前四，先就采花欲遗，点出己之所思在远。"还顾"二句，则从对面曲揣彼意，言亦必望乡而叹长途。后二，同心离居，彼己双顶，透笔作收。短章中势却开展。

【导读】

学界对本诗主旨的认定多有争论，主要有以下几种：其一，游子怀友。唐李周瀚称"此诗怀友之意也"，吕向也称"同心谓友人也"，二人据香草意象认为诗歌主题是对知音、挚友的思念。其二，谪臣思君。清吴淇、张庚明确称这首诗是"臣不得于君之诗"，这种说法在后世得到广泛认可。其三，女子思夫。清张玉谷认为这首诗是女子思夫，"还顾望旧乡，长路漫浩浩"二句是"从对面曲揣彼意，言亦必望乡而叹长途"，这种解释能较好地解释全诗，因而得到了一些学者的认可。其四，游子思妇。马茂元在《〈古诗十九首〉初探》中认为，这是一首"游子思妇"的诗歌，全诗讲述了一位游子因思妇而采芙蓉、还顾望乡，诗歌文字不存在曲折的幻想之词。

在众多观点当中，"女子思夫"说最值得关注。从文学角度来看，此说认为诗歌描述了一位女子思念丈夫，欲寄芙蓉而不得，思念情绪正浓时，她想象在外地的男子也正在还顾旧乡，正是这种想象，将诗歌的空间拉远了，营造了一种"天涯共此时"的意境。明末清初王夫之在《古诗评选》中说此诗"广大无垠鄂"，这种广大无垠的感觉正是打破时空界限的艺术手法带来的阅读体验，这种阅读体验只有在"女子思夫"解读下才能出现，这正是这一观点的独特价值。

迢迢牵牛星

迢迢牵牛星①，皎皎河汉女②。纤纤擢素手③，札札弄机杼④。终日不成章⑤，泣涕零如雨⑥。河汉清且浅，相去复几许？盈盈一水间⑦，脉脉不得语⑧。

【注释】

①牵牛星:俗称"牛郎星",和织女星隔银河相对。

②河汉:银河。河汉女:指织女星。

③擢(zhuó):伸出。

④札(zhá)札:机织声。弄:摆弄。杼(zhù):梭子。

⑤章:纹理,这里指整块布。

⑥零:落下。

⑦盈盈:水清澈的样子。间(jiàn):间隔。

⑧脉(mò)脉:含情相看的样子。

【选评】

1.(明)陆时雍《古诗镜》卷二:末二语就事微挑,追情妙绘,绝不费思一点。

2.(清)金圣叹《唱经堂古诗解》:妙在叠用双字,俱从织女眼中、意中描出。意中自信为皎皎,眼中却见为迢迢;其实一水相望,何尝迢迢也!

3.(清)沈德潜《古诗源》卷四:相近而不能达情,弥复可伤。此亦托兴之词。

4.(清)张玉谷《古诗赏析》卷四:此怀人者托为织女忆牵牛之诗,大要暗指君臣为是。诗旨以女自比,故首二虽似平起,实首句从对面领题,次句乃点题主笔也。中四,接叙女独居之悲。既曰织女,故只就织上写。末四,即顶"河汉",写出彼边可望而不可即之意,为泣涕如雨注脚,即为起手"迢迢"二字隐隐兜收,章法一线。

【导读】

《牛郎织女》《孟姜女哭长城》《梁山伯与祝英台》《白蛇传》,并称为我国民间四大传说。早在《诗经·小雅·大东》中就有牛郎织女传说的相关记载,《迢迢牵牛星》进一步奠定诗歌的感情基调,成为后世牛郎织女故事吟咏的母题。

《诗经·小雅·大东》:"跂彼织女,终日七襄。虽则七襄,不成报章。"谓织女终日织不成布,徒有虚名。《迢迢牵牛星》变为因相思而无心织布,充满哀怨情愫。诗人以织女的眼泪为媒介进行起承转合,开始时描述了织女工作的状态,随后说她"终日不成章",原因竟是见不到心爱的牛郎。"河汉清且浅,相去复几许"是织女的心声,这句心里话透露出埋怨的意思,在织女看来,浅浅的银河构不成阻隔二人相会的屏障,但是牛郎却以此为借口不来探望自己,牛郎的变心才是造成织女心伤的根本原因。作者将《小雅·大东》中对织女懒惰态度的责备加以改变,将诗歌主旨定为关照女性,正因如此,这首诗成为后世很多同类题材的母题,如曹丕《燕歌行》"牵牛织女遥相望,尔独何辜限河梁",正是对这一主旨的延续。

《迢迢牵牛星》在艺术上的主要特色是叠音词的运用。作者选用"迢迢""皎皎""纤纤""札札""盈盈""脉脉"等叠音词,使这首诗音节和谐、自然流畅,特别是"盈盈一水间,脉脉不得语"两句,一个充满离愁的少妇形象跃然纸上,是难得的佳句。

西北有高楼

西北有高楼,上与浮云齐。交疏结绮窗①,阿阁三重阶②。上有弦歌声,音响一何悲③！谁能为此曲？无乃杞梁妻④。清商随风发⑤,中曲正徘徊⑥。一弹再三叹,慷慨有余哀⑦。不惜歌者苦,但伤知音稀。愿为双鸿鹄⑧,奋翅起高飞。

【注释】

①交疏:纵横交错的窗格子。结绮(qǐ):张挂着绮制的帘幕。

②阿(ē)阁:四面有檐的楼阁。三重阶:形容高台之高。

③一何:何其,多么。

④无乃:莫非是。杞梁:即杞梁殖,春秋时齐国大夫。征伐莒国时,死于莒国城下。他的妻子为此痛哭十日,投水自杀。

⑤清商:清商乐的简称,曲调清越,适宜表现哀怨的感情。发:指音乐的

传播。

⑥中曲：乐曲的中段。徘徊：不能前进的样子，这里借指旋律回环往复。

⑦慷慨：不得志的心情。

⑧鸿鹄(hú)：大雁或天鹅一类善于高飞的大鸟。

【选评】

1.(清)吴淇《古诗十九首定论》：此亦不得于君之诗。自托于歌者，然不于歌者口中写之，却于听者口中写之，且于遥听未面之人口中写之。……十九首中，惟此首最为悲酸。

2.(清)张庚《古诗十九首解》：摹写声音，正摹写其人也。

3.徐中玉、金启华《中国古代文学作品选》：全诗风格朴素浑厚，但已用典，带有文人之作的特色。

【导读】

不同于《古诗十九首》的其他作品，这首诗的视角相当独特。《古诗十九首》主要以"游子"或"思妇"为主人公进行铺写，《西北有高楼》却从诗人的视角描写故事。诗歌先从西北之楼入笔，极写楼的高耸和华丽。然后交待吸引诗人的高楼弦歌之声，歌者身份不明，诗人设想为"杞梁妻"，歌者大概是一位"思妇"。清商之曲"一弹再三叹"，显然歌者是悲伤失意的；诗人深解不相识的歌者之音，可知诗人同样也是失意的，而且很可能是政治失意。"失意"正是引发诗人与歌者产生共鸣的根源。整首诗全是诗人听歌时的想象，最后倾慕于歌者的诗人化身"痴汉"，幻想出"愿为双鸿鹄，奋翅起高飞"的未来，这一表达虽然有些粗放，却不失为一种质朴而真挚的情感流露。真景、真情、真表达，这正是这首千古传唱名诗的极佳总结。

魏

晋

曹　操

曹操(155—220),字孟德,一名吉利,小字阿瞒,沛国谯县(今安徽亳州)人。东汉末年权相,曹魏政权的奠基者。古代杰出政治家、军事家、文学家。

蒿里行

关东有义士①,兴兵讨群凶②。初期会盟津③,乃心在咸阳④。军合力不齐,踌躇而雁行⑤。势利使人争,嗣还自相戕⑥。淮南弟称号⑦,刻玺于北方⑧。铠甲生虮虱⑨,万姓以死亡。白骨露于野,千里无鸡鸣。生民百遗一⑩,念之断人肠。

【注释】

①关东:函谷关以东。义士:起兵讨伐董卓的将领。

②群凶:指董卓及其党羽。

③初期:本来期望。盟津:即孟津,相传周武王伐纣时曾在此大会八百诸侯。

④咸阳:借指长安。当时献帝被挟持到长安。

⑤雁行(háng):飞雁的行列。

⑥还:同"旋",不久。自相戕(qiāng):自相残杀。当时盟军中的袁绍、公孙瓒等发生了内部攻杀。

⑦淮南弟:指袁术,于197年在淮南寿春自立为帝。

⑧刻玺:指191年袁绍谋废献帝,想立幽州牧刘虞为皇帝,并刻制印玺。

⑨虮:虱卵。

⑩生民:百姓。

【选评】

1.（明）钟惺《古诗归》："关东有义士"四句，古甚，似《书》《诰》《誓》。"军合力不齐"二句，写群力牵制，不能成功，尽此五字，即此老赤壁之败，亦未免坐此。

2.（清）陈祚明《采菽堂古诗选》卷五：此咏关东诸侯。"军合"四句，足尽诸人心事。"白骨"四句，悲哀。笔下整严，老气无敌。

3.（清）宋长白《柳亭诗话》卷十二：余按此诗全在"淮南弟称号"以下八句，即桓温谓王敦"可儿，可儿"之意。老瞒不自觉其捉鼻也。

4.（清）张玉谷《古诗赏析》卷八：此叹二袁辈讨董卓，以不和滋变，乱益甚也。首四，就本初讨逆初心说起，欲抑先扬，作一开势。"军合"六句，转笔接叙当时诸路兵起，迟疑起衅，公路竟至僭号之事。"铠甲"四句，正写诸路兵乱之惨。末二，结到感伤，重在生民涂炭。

5.（清）方东树《昭昧詹言》："铠甲"四句，极写乱伤之惨，而诗则真朴雄阔远大。

【导读】

《蒿里行》是汉乐府旧题，属《相和歌·相和曲》，本为当时人们送葬所唱的挽歌，曹操却赋予其时事内容的书写，这突破了乐府诗吟咏本事的传统，在文学史上有一定进步意义。

这首诗反映了初平二年（191）关东各郡将领起兵讨伐董卓，至建安二年（197）袁术在淮南称帝期间重大纷繁的历史面貌，揭示了各路军阀争权夺利、自相残杀以致社会民不聊生的现实景象，被后人称为"汉末实录"。曹操对袁氏兄弟互相残杀、各自投机的做法深恶痛绝，借此表达出自己要匡扶乱世的雄心壮志。诗歌的思想价值还体现在"铠甲生虮虱"以下几句，诗人将笔墨转向苦难的百姓，这是建安时期文人的普遍关注焦点，如王粲《七哀诗》、蔡文姬《悲愤诗》等，对乱世中百姓的深切同情，才是建安时期诗歌"风骨"的主要体现。

刘勰评曹氏父子的诗曾说："志不出于滔荡，辞不离于哀思。"（《文心雕龙·乐府》)锺嵘评曹操的诗也说:"曹公古直,甚有悲凉之句。"(《诗品·下》)两人都指出了曹操的诗歌感情沉郁悲怆的特点。这首诗风格质朴,沉郁悲壮,体现了一个政治家、军事家的豪迈气魄和忧患意识。

曹丕

曹丕(187—226),字子桓,曹操之子,沛国谯县(今安徽省亳州市)人。曹魏开国皇帝,世称魏文帝。三国时期政治家、文学家。

燕歌行(其一)

秋风萧瑟天气凉,草木摇落露为霜,群燕辞归鹄南翔①。念君客游思断肠,慊慊思归恋故乡②,君何淹留寄他方③?贱妾茕茕守空房,忧来思君不敢忘,不觉泪下沾衣裳。援琴鸣弦发清商④,短歌微吟不能长⑤。明月皎皎照我床,星汉西流夜未央⑥。牵牛织女遥相望,尔独何辜限河梁⑦。

【注释】

①鹄:天鹅。

②慊(qiàn)慊:空虚的意思。一说失意不平的样子。

③君何:又作"何为"。淹留:久留。

④援:引,拿来。清商:即清商乐。

⑤短歌:调类名。汉乐府有长歌行、短歌行,是根据"歌声有长短"来区分的,长歌多慷慨激昂,短歌多低回哀伤。

⑥西流:西沉,夜已深。央:尽。

⑦尔:指牵牛。辜:罪。河梁:河上的桥。此句以女子口吻而有埋怨色彩。

【选评】

1.(元)刘履《选诗补注》:忧来思君不敢忘,微吟而不能长,则可见其情义之正,词气之柔。

2.(清)吴淇《六朝选诗定论》卷五:风调极其苍凉。百十二字,首尾一笔不断,中间却具千曲百折,真杰构也。

3.(清)陈祚明《采菽堂古诗选》卷五:此七言一句一韵体,又与《柏梁》不同。《柏梁》一句一意,此连绪相承。后人作七古,句句用韵,须仿此法。盖句句用韵者,其情掩抑低回,中肠摧切,故不及为激昂奔放之调,即篇中所谓"短歌微吟不能长"也。故此体之语,须柔脆徘徊,声欲止而情自流,绪相寻而言若绝。

4.(清)沈德潜《古诗源》:句句用韵,掩抑徘徊。短歌微吟不能长,恰似自言其诗。

5.(清)张玉谷《古诗赏析》卷八:首三,突叙秋景,即将燕北雁南皆知时序,反兴而起,笔势飘忽。"念君"三句,先就彼边,揣度其客游定亦怀归,何久淹留之故,文势一曲。"贱妾"五句,方就己边,正写望归无聊情事,文势一展。末四,补写夜景也,然就双星限河遥望,为之代惜何辜。以赋寓比,阒然收住,竟不兜转怀人本旨,而彼已恰己双收,用笔入化。

【导读】

曹丕《燕歌行》共有两首,在中国诗歌发展史上占有十分重要的地位。明代胡应麟说:"子桓《燕歌》二首,开千古妙境。"这首诗采用"代言体"形式,即男子模仿女子的口吻,设身处地描写他们的生活情景和内心体验,进而表达相思离别之情。诗人"一变乃父悲壮之习矣,要其便娟婉约,能移人情"(沈德潜语),全诗语言清丽,情致委婉,音节和谐,把人物情感表现得缠绵悱恻,凄婉动人。曹丕在诗歌中注入了更多文人化的情感与表达,"婉娈细秀,有公子气,有文人气"(钟惺语),在他那里总像是有一种诉说不完的凄苦哀怨之情,而且他的言事抒情又常常用妇女的口吻,体现了建安诗人在诗歌创作风格上的多样性。《燕歌行》是中国文学史上现存最早的完整的七言诗,对后代歌行体产生重大影响,后世鲍照在此基础上进一步革新,共同为七言歌行体的形成作出贡献。

曹 植

曹植(192—232),字子建,曹操之子。沛国谯县(今安徽亳州)人。生前曾为陈王,去世后谥号思,故又称陈思王。三国时期著名文学家,有《曹子建集》。

白马篇

白马饰金羁①,连翩西北驰②。借问谁家子?幽并游侠儿。少小去乡邑,扬声沙漠垂③。宿昔秉良弓④,楛矢何参差⑤!控弦破左的⑥,右发摧月支⑦。仰手接飞猱⑧,俯身散马蹄。狡捷过猴猿,勇剽若豹螭。边城多警急,虏骑数迁移⑨。羽檄从北来⑩,厉马登高堤。长驱蹈匈奴,左顾陵鲜卑⑪。弃身锋刃端,性命安可怀?父母且不顾,何言子与妻?名编壮士籍,不得中顾私。捐躯赴国难,视死忽如归。

【注释】

①羁(jī):马笼头。

②连翩:连续不断,形容白马奔驰的样子。

③垂:同"陲",边境。

④宿昔:早晚。秉:执、持。

⑤楛(hù)矢:用楛木做成的箭。

⑥控弦:开弓。的:箭靶。

⑦月支:箭靶的名称。

⑧飞猱(náo):飞奔的猿猴。

⑨虏骑(jì):指匈奴、鲜卑的骑兵。数(shuò)迁移:指经常进兵入侵。

⑩羽檄(xí):军事文书,插羽毛以示紧急。

⑪陵:压倒,这里有踩或踏的意思。一作"凌"。

【选评】

1.(宋)郭茂倩《乐府诗集》:"白马"者,见乘白马而为此曲。言人当立功、立事,尽力为国,不可念私也。

2.(明)谢榛《四溟诗话》:(首四句)此类盛唐绝句。

3.(明)胡应麟《诗薮·内编》卷二:子建《名都》《白马》《美女》诸篇,辞极瞻丽,然句颇尚工,语多致饰,视东、西京乐府天然古质,殊自不同。

4.(清)朱乾《乐府正义》卷十二:此寓意于幽并游侠,实自况也。子建《自试表》云:"昔从武皇帝,南极赤岸,东临沧海,西望玉门,北出玄塞,伏见所以用兵之势,可谓神妙。而志在擒权馘亮,虽身分蜀境,首悬吴阙,犹生之年。"篇中所云"捐躯赴难,视死如归",亦子建素志,非泛述矣。

【导读】

曹植是建安时期成就最高的诗人。因与曹丕争夺王位,曹植的人生以建安二十五年曹丕称帝为界,分为前后两个阶段:前期志得意满,诗歌充满积极昂扬的心态,主要抒发个人的理想和抱负;后期则表达由理想与现实的矛盾所激起的悲愤情绪,充满伤悲和落寞。

《白马篇》是曹植前期的代表作。诗歌塑造了一位边疆地区武艺高超、为国立功的游侠少年形象,描写了边塞游侠儿捐躯赴难、奋不顾身的英勇行为。诗歌头两句采用特写的方式,描绘出奔驰沙场的英雄身影,引人入胜;接着以"借问"领起,用补叙的方式来介绍英雄的来历,读者可清晰地看到游侠儿高超的武艺和凌厉的身姿;"边城"六句具体说明"西北驰"的原因和英勇赴敌的气概;末八句揭示游侠儿的内心世界。游侠儿不仅武艺高超,更重要的是为国效力、视死如归的崇高信念。太史公《游侠列传》认为,救人于患难,助人于穷困,不失信、不背言的人,才能称为"游侠",但曹植笔下的游侠成了舍身为国的爱国壮士。曹植借对少年的描写,表达了自己建功立业的强烈愿望,是曹植前期人生理想的缩影。

曹植大力写作五言诗,诗歌融合其父、其兄所长,文采与风骨兼备。这首五言诗慷慨激昂,高迈不凡,诗中游侠既是诗人的自我写照,又闪耀着建安时代一批士人渴望建功立业、有所作为的理想光辉。

蔡文姬

蔡文姬,名琰,字文姬,一说字昭姬,蔡邕之女。陈留郡圉县人。博学多才,擅长文学、音乐、书法。初嫁于卫仲道,丈夫死后回家。东汉末原归降汉朝的南匈奴叛乱,蔡文姬为匈奴左贤王所掳。曹操统一北方后,重金赎回,嫁给董祀。

悲愤诗（节选）

有客从外来,闻之常欢喜。迎问其消息,辄复非乡里①。邂逅徼时愿②,骨肉来迎己③。己得自解免④,当复弃儿子⑤。天属缀人心⑥,念别无会期。存亡永乖隔⑦,不忍与之辞。儿前抱我颈,问母欲何之。人言母当去,岂复有还时。阿母常仁恻,今何更不慈。我尚未成人,奈何不顾思。见此崩五内⑧,恍惚生狂痴。号泣手抚摩,当发复回疑。兼有同时辈⑨,相送告离别。慕我独得归,哀叫声摧裂。

【注释】

①辄复:总是回复。

②邂逅:意外相遇。徼(jiǎo):同"侥",侥幸。时愿:指归乡的心愿。

③骨肉:亲人,指曹操派来的使臣。诗人见使如见亲。

④解免:摆脱被俘者的生活。

⑤当复:又得要。蔡文姬在匈奴生二子。

⑥天属:天然的亲属,如父母、子女等。

⑦乖隔:分隔。

⑧五内:五脏。

⑨同时辈:同时被掳的人。

【选评】

1.(清)贺贻孙《诗筏》:叙事长篇动人处,全在点缀生活,如一本杂剧,插科打诨,皆在净丑。……文姬《悲愤》篇,苦处在胡儿抱颈数语,与同时相送相慕者一番牵别,令人欲泣。

2.(清)陈祚明《采菽堂古诗选》卷四:《悲愤诗》首章笔调古宕,情态生动,甚类庐江小吏诗。彼所多在藻采细璱,此所多在沉痛惨怛,皆绝构也。

3.(清)沈德潜《古诗源》卷三:段落分明,而灭去脱卸转接痕迹,若断若续,不碎不乱,少陵《奉先咏怀》《北征》等作,往往拟之。激昂酸楚,读去如惊蓬坐振,沙砾自飞,在东汉人中,力量最大。使人忘其失节,而只觉可怜,由情真,亦由情深也。

4.(清)张玉谷《古诗赏析》卷六:汉五古如苏、李、《十九首》,多用兴比,言简意含,固是正宗。而长篇叙事言情,局阵恢张,波澜层叠。若文姬此作,实能以真气自开户牖,为后来杜老《咏怀》《北征》诸巨制之所祖,学诗者正不可以偏废也。

5.(近)吴闿生《古今诗范》:吾以谓(《悲愤诗》)决非伪者,因其为文姬肺腑中言,非他人所能代也。

【导读】

蔡文姬作品相传有《胡笳十八拍》、五言《悲愤诗》、骚体《悲愤诗》三首,但经学者考证,只有五言《悲愤诗》是其所作。这首五言《悲愤诗》是中国文学史上文人创作的第一首自传体长篇五言叙事诗。诗歌叙写了蔡文姬被掳走匈奴后又返回汉地的不幸遭遇和惨痛经历,真实地再现了汉末动乱的社会面貌和广大人民的悲惨遭遇,具有史诗价值。

节选蔡文姬返回故乡一段。诗人运用对比衬托手法,重在刻画与孩子离别的场面,将自己情感的崩溃表现得淋漓尽致。自掳至匈奴后,蔡文姬时刻都希望有使者接她回去,但每每希望落空让她不再抱有任何幻想,渐渐接受了匈奴的生活,并孕育了两个孩子。终有一天,曹操派使者实现了她的愿望,她在欣喜之余看到了身边的两个孩子,心中的不舍与矛盾涌上心头。尤其是面对孩子的质问蔡文姬哑口无言,心中的亏欠、难舍、纠结等顿时让她五内俱崩。然而讽刺的是,同时被掳来的人非常羡慕蔡文姬回去,各自哭喊着诉说自己的不幸。这种反差进一步加深了这首诗的悲剧色彩。全诗将抒情与叙事结合完美,字字是血,句句泣泪,诉尽真情,荡气回肠,在文学史上占据重要地位。

阮 籍

阮籍(210—263),字嗣宗,陈留尉氏(今河南开封)人。三国时期魏国诗人、竹林七贤之一。以门荫入仕,累迁步兵校尉,世称阮步兵。

咏怀(其一)

夜中不能寐,起坐弹鸣琴。薄帷鉴明月①,清风吹我襟②。孤鸿号外野③,翔鸟鸣北林④。徘徊将何见?忧思独伤心。

【注释】

①薄帷:薄的帐幔。鉴:照。薄帷鉴明月,指月光透过帐幔照了进来。

②襟:本义指衣服领口相交的部分,泛指衣服胸前部分。

③孤鸿:失群的大雁。

④翔鸟:飞翔盘旋着的鸟。北林:寓忧伤意,典出《诗经·秦风·晨风》:"鴥彼晨风,郁彼北林。"

【选评】

1.(元)刘履《选读补注》:比也,此嗣宗忧世道之昏乱,无以自适,故托言夜半之时起坐而弹琴也。所谓薄帷照月,已见阴光之盛,而清风吹衿,则又寒气之渐也。况贤者在外,如孤鸿之哀号于野,而群邪阿附权臣,亦犹众鸟回翔,而鸣于阴背之林焉。是时魏室既衰,司马氏专政,故有是喻。其气象如此,我之徘徊不寐复将何见邪?意谓昏乱愈久,则所见殆有不可言者。是以忧思独深,而至于伤心也。

2.(明)陆时雍《古诗镜》卷七:起何彷徨,结何寥落,诗之致在意象而已。

3.(清)王夫之《古诗评选》:晴月凉风,高云碧宇之致见之吟咏者,实自公始。但如此诗,以浅求之,若一无所怀,而字后言前,眉端吻外,有无尽藏之怀,令人循声测影而得之。

4.(清)沈德潜《古诗源》卷六:阮公咏怀,反覆零乱,兴寄无端。和愉哀怨,杂集于中,令读者莫求归趣。此其为阮公之诗也。必求时事以实之,则凿矣。

5.(清)方东树《昭昧詹言》卷一:此是八十一首发端,不过总言所以咏怀不能已于言之故。而情景融会,含蓄不尽,意味无穷。

【导读】

曹魏后期,大量文人隐居山林,以此对抗司马氏政权。这些文人以竹林七贤中的嵇康、阮籍为代表。嵇康因性格刚烈被害后,阮籍在畏惧之下佯装癫狂以避祸。在此境况下,阮籍创作了抒情组诗《咏怀》诗八十二首,曲折隐晦地表达自己的心声。这首诗是《咏怀》诗中的第一首,主要表达了诗人内心愤懑、悲凉、落寞、忧虑等复杂的感情,为整组《咏怀》诗奠定了情感基调。不过,诗人没有把"忧思"直接说破,他善用比兴手法,将情感蕴含在形象的描写中,通过描绘冷月、清风、旷野孤鸿和不眠人,达到"阮旨遥深"境界。阮籍本有入仕之心,也对曹家哀其不幸、怒其不争,但在司马氏高压的统治下,他为了生存只能闭口不言,用一种隐晦、委婉的方式进行创作,以自然界事物曲折含蓄地表现当时忧愤悲伤时的心情。以阮籍为代表的正始文人,为中国诗歌发展开创出一种新的艺术风格。

左　思

左思(250？—305)，字泰冲，齐国临淄(今山东临淄)人。西晋著名文学家。以诗赋闻名，《三都赋》造成"洛阳纸贵"，《咏史》诗也很有影响。后人辑有《左太冲集》。

咏史(其二)

郁郁涧底松，离离山上苗①。以彼径寸茎，荫此百尺条②。世胄蹑高位③，英俊沉下僚。地势使之然，由来非一朝。金张藉旧业④，七叶珥汉貂⑤。冯公岂不伟⑥，白首不见招。

【注释】

①离离：分散成行的样子。苗：小草。

②荫：遮蔽。百尺条：指松。

③世胄：世族子弟。蹑(niè)：履，登。

④金：指汉金日磾，其家族自汉武帝到汉平帝，七代为内侍。张：指汉张汤，其家族自汉宣帝以后，有十余人为侍中或中常侍。

⑤七叶：七代。珥(ěr)：插。汉貂：汉代侍中、中常侍帽子上，插貂尾。

⑥冯公：指汉冯唐，因年老还做中郎署长，曾指责汉文帝不会用人。

【选评】

1.(南朝梁)刘勰《文心雕龙》：左思奇才，业深覃思，尽锐于《三都》，拔萃于《咏史》。

2.(南朝梁)钟嵘《诗品》：文典以怨，颇为精切，得讽喻之致。

3.(明)胡应麟《诗薮》：太冲题实因班(固)，体亦本杜，而造语奇伟，创格新特，错综震荡，逸气干云，遂为古今绝唱。

4.(清)张玉谷《古诗赏析》卷十一:此章慨世之不能破格用人也。首四,以松苗之托迹悬殊,以致高卑颠倒比起,笔势耸拔。中四,惟崇世胄,英俊屈抑,点明章意。"地势"句兜前,"由来"句呼后。末四,实咏金、张、冯公之事,为"世胄"二句印证,竟住,老甚。

【导读】

左思出身寒门,其貌不扬却才华出众。因其妹左棻被选入宫,左思举家来到洛阳,以期取得仕途上的成功,但结果却是不尽如人意。《咏史》组诗八首大致写在左思入洛阳不久、晋灭吴之前。左思改变了以往咏史诗叙述史实的写法,借咏史以咏怀,故《咏史》组诗为抒发个人怀抱的诗作。《咏史》其二是左思最有名的一首诗。在诗中,左思将自己喻作生于涧底的松柏,把才劣质拙的士族子弟喻作长于山顶的小苗,小苗对松柏的压制,体现了士族门阀制度本身的不公平。进而诗人直言"世胄蹑高位,英俊沉下僚",而且强调这种士族制度"由来非一朝",对门阀制度进行了尖锐的批判。最后诗人以汉代张汤、金日磾之典与冯唐之事作对比,再次对门阀制度进行了嘲讽,力透纸背。诗歌语言质朴、犀利,批判当时门阀制度振聋发聩;而且比喻、用典"颇为精切,得讽喻之致",有建安风骨余风,被钟嵘誉为"左思风力"。

陆　机

　　陆机(261—303),字士衡,孙吴丞相陆逊之孙,大司马陆抗之子,吴郡吴县(今江苏苏州)人。西晋太康诗风的代表诗人,与其弟陆云合称"二陆",被后人誉为"太康之英"。

赴洛道中作(其二)

　　远游越山川,山川修且广。振策陟崇丘①,案辔遵平莽②。夕息抱影寐,朝徂衔思往③。顿辔倚嵩岩④,侧听悲风响。清露坠素辉,明月一何朗。抚枕不能寐,振衣独长想⑤。

【注释】

　　①振策:挥动马鞭。陟(zhì):登。崇丘:高丘,高山。

　　②案辔:即按辔,谓扣紧马缰使马缓行或停止。遵:沿着。平莽:平坦广阔的草原。

　　③徂(cú):往,行走。衔思:心怀思绪。

　　④顿辔:拉住马缰使马停下。嵩:泛指高山。

　　⑤振衣:振衣去尘,即指披衣而起。

【选评】

　　1.(清)沈德潜《古诗源》卷七:二章稍见凄切。

　　2.(清)张玉谷《古诗赏析》卷十一:此第二首也,辞亲望乡之意已见前首,故此只申写征途之况。前八,皆叙道途跋陟之景,插入"夕息"二语,便不平直。后四,就夜景凄其作收,明翻抱影,暗顾衔思。

【导读】

　　西晋灭吴之后,多次招吴国人才进都城洛阳为官,太康十年(289),陆机与弟弟陆云离开家乡吴郡赴洛阳，途中作《赴洛道中作》二首。此选其二。诗歌前四句铺叙道途跋陟之事，强调一路翻过山川、穿越平原之辛苦，似蕴含人生之路艰辛之意。中四句表述途中悲凉凄恻的感触，"夕息抱影寐，朝徂衔思往"，透出诗人的孤独和思虑；"侧听悲风响"进一步表现诗人的忧思和悲伤。后四句重在写途中夜宿情景，"清露坠素辉，明月一何朗"，清幽素雅之境，更引发诗人对家乡的思念；诗人抚枕不能入睡而披衣独自"长想"，除了思乡之外，也许还有对自己前途未卜的担忧。陆机作诗讲求形式技巧，此诗可见一斑。首先，善于运用对仗手法，如"振策陟崇丘，案辔遵平莽"，"夕息抱影寐，朝徂衔思往"，对仗工整，音韵和谐。其次，注意写景技巧的变化，与《赴洛道中作》其一极力铺叙山水风光不同，此诗写景简洁，注重意境的营造，如"清露坠素辉，明月一何朗"，清丽素静，每被人赞赏。陆机对诗歌艺术的自觉追求，为我国诗歌的形式技巧发展提供了经验。

陶渊明

陶渊明(365？—427),名潜,字元亮,别号五柳先生,私谥靖节,世称靖节先生。浔阳柴桑(今江西九江)人,一说江西宜丰人。开创了田园诗歌主题,被奉为古今隐逸诗人之宗。有《陶渊明集》。

读山海经(其十)

精卫衔微木①,将以填沧海。刑天舞干戚②,猛志固常在。同物既无虑③,化去不复悔④。徒设在昔心⑤,良辰讵可待⑥。

【注释】

①精卫:据《山海经·北山经》载,炎帝的小女儿女娃游东海,淹死后化为鸟,名精卫,经常衔木石去填东海,用以复仇。

②刑天:据《山海经·海外西经》载,刑天因和黄帝争权失败,被砍去头颅。但他不甘屈服,以两乳为目、肚脐当嘴,挥舞着盾牌和板斧以抗争。

③"同物"句:精卫化为鸟,已经成为一种物,即使再死也不过再化为另一种物,所以没有什么忧虑。

④"化去"句:刑天已被杀死,化为异物,但他对与天帝争神之事并不悔恨。

⑤昔心:过去的壮志雄心。

⑥良辰:实现壮志的好日子。讵:岂。

【选评】

1.(明)张自烈《笺注陶渊明集》:颇类屈子《天问》,词虽幽异离奇,似无深旨耳。

2.(清)陈祚明《采菽堂古诗选》:借荒唐之语,吐垒涌之情,相为神怪,可以意逆。

3.(清)刘熙载《艺概》:言在八荒之表,而情甚亲切,尤诗之深致也。

【导读】

陶渊明出生于官宦世家,其曾祖是东晋名臣陶侃,祖父陶茂曾任武昌太守。他自幼修习儒家经典,有兼济天下之志,《饮酒》其十六称"少年罕人事,游好在六经",正是陶渊明少年读书时期的真实写照。这组《读山海经》共十三首,学界多认为作于陶渊明壮年时期,诗中明显表现出陶渊明兼济天下的儒家理想抱负。这首诗是《读山海经》第十首。诗中选取精卫、刑天两个神话传说中极具反抗精神的形象,歌颂了他们的坚守精神,同时寄托着自己慷慨不平的情志。陶渊明并非"浑身静穆",对时事毫不关心,他不仅歌颂精卫、刑天不屈不挠的复仇思想,还称赞伯夷、叔齐、荆轲等反对"暴君"的行为。这类鲁迅称为"金刚怒目"式的诗篇,反映了陶渊明挣扎、矛盾的心态,体现了陶渊明诗作的另一风格。

饮酒(其五)

结庐在人境①,而无车马喧。问君何能尔②?心远地自偏。采菊东篱下,悠然见南山③。山气日夕佳④,飞鸟相与还。此中有真意⑤,欲辨已忘言。

【注释】

①结庐:建造住宅。人境:喧嚣扰攘的尘世。

②尔:如此,这样。

③南山:泛指南面山峰。一说庐山。

④山气:山间云气。日夕:傍晚。

⑤真意:人生真谛。

【选评】

1.(宋)苏轼《题陶渊明饮酒诗后》:因采菊而见山,境与意会,此句最有妙处。近岁俗本皆作"望南山",则此一篇神气都索然矣。

2.(宋)叶梦得《石林诗话》:晋人多言饮酒,有至沉醉者,此未必意真在酒。盖时方艰难,人各罹祸,惟托于醉,可以粗远世故。

3.(元)刘履《选诗补注》卷五:靖节退归之后,世变日甚,姑每得酒,饮必尽醉,赋诗以自娱。此昌黎韩氏所谓"有托而逃焉"者也。

4.(明)钟惺、谭元春《古诗归》:妙在题是饮酒,只当感遇诗、杂诗,所以为远。

5.(清)王夫之《古诗评选》:《饮酒》二十首,犹为泛滥。如此情至、理至、气至之作,定为杰作!世人不知其好也。

【导读】

陶渊明前半生一直在仕与隐之间挣扎,直到辞彭泽县令后,他归隐田园,找到了自己归宿。归田后二十多年是陶渊明创作最丰富的时期,《饮酒》二十首就创作于此时。此选组诗第五首。诗歌前四句写诗人摆脱世俗烦恼后的惬意,后六句写诗人从南山的美好晚景中获得的无限乐趣,表现了诗人热爱田园生活的真情和高洁人格。诗中最为人称道的是"采菊东篱下,悠然见南山"二句,"见"字看似朴素却用力极深,表现了诗人在无意间领悟到自然的真谛。陶渊明摆脱西晋以来诗歌注重雕琢的弊端,也超越了东晋玄言晦涩无趣的表达,他用最真切自然的笔墨将生活中的美好感悟真实记录下来,形成自己独特并具有持久生命力的艺术风格。这首诗就典型地体现了陶渊明诗歌平淡自然的艺术风貌。苏东坡评价陶渊明为"质而实绮,癯而实腴",可谓确论。

南北朝

谢灵运

谢灵运(385—433),名公义,字灵运,小名客儿,东晋名将谢玄之孙。陈郡阳夏县(今河南太康)人。东晋至刘宋时期文学家,山水诗派鼻祖。

石壁精舍还湖中作

昏旦变气候①,山水含清晖②。清晖能娱人,游子憺忘归③。出谷日尚早,入舟阳已微。林壑敛暝色④,云霞收夕霏⑤。芰荷迭映蔚⑥,蒲稗相因依⑦。披拂趋南径,愉悦偃东扉⑧。虑澹物自轻⑨,意惬理无违⑩。寄言摄生客⑪,试用此道推。

【注释】

①昏旦:傍晚和清晨。

②清晖:指山光水色。

③憺(dàn):安闲舒适。

④林壑:树林和山谷。敛:收拢、聚集。暝色:暮色。

⑤收:收束。霏:云飞貌。

⑥芰(jì):菱。迭映蔚:绿叶繁盛互相映照着。

⑦蒲稗(bài):菖蒲和稗草。这句是说水边菖蒲和稗草很茂密,交杂生长在一起。

⑧偃(yǎn):仰卧。

⑨澹(dàn):同"淡"。

⑩意惬(qiè):心满意足。理:指养生的道理。

⑪摄生客:探求养生之道的人。

【选评】

1.(清)王夫之《古诗评选》:情不虚情,情皆可景;景非滞景,景总含情,神理流乎两间。

2.(清)黄子云《野鸿诗韵》:舒情缀景,畅达玄旨,三者兼长,洵堪睥睨一世。

【导读】

谢灵运出身东晋显贵势族谢家,晋宋易代后,仕途很不如意,故常常寄情山水、搜奇揽胜。其诗歌多描绘游览的山水景物,寄托人生多艰的感慨。这首诗是谢灵运山水诗代表作。前六句写游览乐趣。首二句凝练而精工,勾勒出山光水色的秀美;"清晖"二句用顶真手法蝉联而出,并化用《九歌·东君》中"羌声色兮娱人,观者憺兮忘归",书写诗人在美景中的感受,自然妥帖;"出谷"二句,进一步说明对美景留恋。中间六句重点描写山水晚景。诗人精心选用拟人化的动词"敛""收""迭映""因依",再现了晚归所见林壑云霞、湖中植物之美,景色清新自然而有生趣。最后四句表达从游览中领悟的人生之理,使山水诗带上了一个玄言的尾巴。这种写法体现了东晋玄言对谢灵运诗歌创作的影响,同时也反映出晋宋易代之际玄言诗孕育而生山水诗的发展轨迹。谢灵运以其创作丰富了诗歌表现主题,使山水诗开始从玄言诗中独立出来,在中国诗歌发展史上具有开创地位。

鲍　照

鲍照(416？—466)，字明远，东海(今山东郯城)人。南朝宋文学家，与颜延之、谢灵运并称"元嘉三大家"。

拟行路难(其六)

对案不能食^①，拔剑击柱长叹息。丈夫生世会几时？安能蹀躞垂羽翼^②！弃置罢官去，还家自休息。朝出与亲辞，暮还在亲侧^③。弄儿床前戏，看妇机中织。自古圣贤尽贫贱，何况我辈孤且直^④！

【注释】

①案：放食器的几案。

②蹀躞(diéxiè)：小步行走的样子。垂羽翼：不奋飞的意思。

③还：回家。

④孤且直：孤高并且耿直。

【选评】

1.(宋)许颢《彦周诗话》：明远《行路难》，壮丽豪放若决江河，诗中不可比拟，大似贾谊《过秦论》。

2.(清)王夫之《古诗评选》卷一：《行路难》诸篇，一以天才天韵，吹宕而成，独唱千秋，更无知者。太白得其一桃，大者仙，小者豪矣。盖七言长句，迅发如临济禅，更不通人拟议。又如铸大象，一泻便成，相好即须具足。杜陵以下，字镂句刻，人巧绝伦，已不相浃洽，况许浑一流生气尽绝者哉！

3.(清)成书倬《古诗选》：《拟行路难》十八首，淋漓豪迈，不可多得。但议论太快，遂为后世粗豪一流人借口矣。

【导读】

鲍照自负才学,然因出身寒门,沉沦下僚,郁郁不得志。《诗品》谓"才秀人微,故取湮当代"。他拟乐府旧题"行路难"创作组诗十八首,诗歌多抒发自己建功立业的愿望和寒士被压抑的痛苦之情。所选《拟行路难》其六就典型体现这一主题。前四句劈空而来,以一连串的动作描写和形象化的比喻,充分展示了诗人在仕宦生涯中的极度压抑和愤懑不平;中间六句进行缓解,诗人进行权衡,意欲罢官回家,以享天伦之乐;最后两句又转而激愤,以自古圣贤贫贱与自己境遇对照,揭示了寒门才士的不得志是普遍现象,这就把个人失意上升到社会历史的高度。诗人善于调整抒情节奏,在宣泄自己满腔苦闷不平之气时,从悲愤到平缓再到激愤,首尾摄人又起伏跌宕,整体呈现一种悲壮凌厉的风格。鲍照诗歌的贡献还在于,创造出适宜表现内心情感的"歌行体",增强了乐府诗的抒情性,这对李白等诗人影响很大。

谢　脁

谢脁(464—499),字玄晖,斋号高斋,陈郡阳夏(今河南太康)人。南齐著名山水诗人,与谢灵运并称"大小谢"。

晚登三山还望京邑①

灞涘望长安②,河阳视京县③。白日丽飞甍④,参差皆可见。余霞散成绮⑤,澄江静如练⑥。喧鸟覆春洲,杂英满芳甸⑦。去矣方滞淫⑧,怀哉罢欢宴⑨。佳期怅何许,泪下如流霰⑩。有情知望乡,谁能鬒不变⑪!

【注释】

①还望:回头眺望。京邑:指南齐都城建康,即今南京。

②灞:水名。涘(sì):水边。首句化用王粲《七哀诗》句:"南登霸陵岸,回首望长安。"

③河阳:故城在今河南孟县西。京县:指西晋都城洛阳。化用西晋诗人潘岳《河阳县诗》"引领望京室"一句。

④丽:使动用法。飞甍(méng):上翘如飞翼的屋脊。

⑤绮:有花纹的丝织品,锦缎。

⑥练:洁白的绸子。

⑦杂英:各色的花。甸:郊野。

⑧方:将。滞淫:久留、淹留。

⑨怀:想念。罢欢宴:早已结束的欢乐宴会。

⑩霰(xiàn):雪珠。

⑪鬒(zhěn):黑发。

【选评】

1.（元）方回《文选颜鲍谢诗评》卷三：虚谷曰："起句以长安洛阳拟金陵，用王粲潘岳二诗，极佳！"李白云："解道澄江静如练，令人却忆谢玄晖。"此一联尤佳也。三山今犹如故，回望建康甚近，想六朝时甚盛也。味末句，其惓惓于京邑如此，去国望乡，其情一也。有情无不知望乡之悲，而况去国乎！

2.（清）王夫之《古诗评选》：折合处速甚，所谓羚羊挂角者。如此，虽有踪如无踪也。佳句率成，故中动供奉知赏。

3.（清）沈德潜《说诗晬语》：齐人寥寥，谢玄晖独有一代，以灵心妙悟，觉笔墨之中，笔墨之外，别有一般深情名理。

【导读】

谢朓与谢灵运均擅长山水诗，并称"大小谢"。《晚登三山还望京邑》是谢朓的代表作，主要写登山临江所见的春晚之景以及遥望京师而引起的故乡之思。前两句交代离京的原因和路程，化用王粲和潘岳诗歌句意，暗示自己对京邑眷恋不舍的心情。中间六句写景，诗人选取登临所见富有特征性的景物，不仅呈现了京城的繁华景象和壮丽气派，也显示了阔大江景和郊野生趣。其中"余霞散成绮，澄江静如练"是千古名句，诗人的视觉感受与黄昏平静柔和的情调十分和谐，句中"散成绮""静如练"也体现了诗人的炼字技巧。后六句写情，诗人想到还乡遥遥无期，思乡离愁之苦再次涌入心头，借景抒情，完成了感情的升华。与谢灵运山水诗相比，谢朓创作去掉了玄言的尾巴，诗歌流畅清新，富有情韵，使山水诗真正从玄言诗的体制里独立出来。李白称赏谢朓"蓬莱文章建安骨，中间小谢又清发"，"解道澄江静如练，令人长忆谢玄晖"，可见其诗歌对后世创作的深远影响。

温子昇

温子昇(495—547),字鹏举,济阴冤胊(今山东菏泽)人。北魏到东魏时文学家,与邢邵、魏收并称为"北地三才"。

捣　衣①

长安城中秋夜长,佳人锦石捣流黄②。香杵纹砧知远近③,传声递响何凄凉。七夕长河烂④,中秋明月光。蠮螉塞边逢候雁⑤,鸳鸯楼上望天狼⑥。

【注释】

①捣衣:古人制衣之前,先将布料放在石砧上敲打,使之柔软。

②锦石:指捣衣石。流黄:黄色的丝织品,这里指布料。

③纹砧(zhēn):指捣衣石,即"锦石"。远近:声音的距离。

④长河:银河。

⑤蠮(yē)螉(wēng)塞:居庸关的别名。蠮螉,是细腰蜂,因居庸关上筑土室以观望,状似蠮螉用土筑起的蜂房,故称。候雁:本指迁徙的大雁,此处代指音信。

⑥鸳鸯楼:本指汉朝未央宫中的鸳鸯楼,这里代指捣衣女居住的地方。天狼:星宿名,古人以为此星出则有战事发生。

【选评】

1.(清)沈德潜《古诗源》卷十四:直是唐人。

2.(清)陈祚明《采菽堂古诗选》卷三十一:稍见风华,尚不漓质。

3.(清)张玉谷《古诗赏析》卷二十一:辞练意含,结得妙甚。

【导读】

南北朝时期,北朝文学总体成就不如南朝,但在北魏孝文帝汉化改革后,北朝出现了"北地三才"等有一定影响力的作家,其中以温子昇为代表。温子昇诗歌风格清俊、辞藻秀丽,被萧衍誉为"曹植、陆机复生于北上"。这首《捣衣》诗是温子昇的代表作,描写中秋月夜长安城中的捣衣女给丈夫缝制衣裳时的凄凉场景。捣衣本应是家中日常工作,但诗歌却通过"长""杵声""凄凉"等字眼形容,暗示出长安城妇女的捣衣并不寻常。"七夕长河烂,中秋明月光",点出捣衣是在本应团圆的时刻。此时的妇女一边捣衣一边感叹,最后两句"蠮螉塞边绝候雁,鸳鸯楼上望天狼"给出了答案,原来捣衣女的丈夫都去戍守边关了,战事频繁,他们长久未归。戍边者或许已经战死沙场,捣衣女缝制的衣服也许根本就寄不过去,但她们仍然坚持着这样的工作,年复一年。这并非个人行为,而是当时女子共同的心灵寄托。诗歌充斥着一种群体性的悲凉氛围,诗人用明白如话的语言轻轻诉说,将温情与残忍的对比清晰地展现在读者面前。

庾 信

庾信(513—581),字子山,小字兰成。南阳新野(今河南新野)人。与父亲庾肩吾均以文才闻名。有《庾开府集》。

拟咏怀(其七)

榆关断音信①,汉使绝经过②。胡笳落泪曲,羌笛断肠歌。纤腰减束素③,别泪损横波④。恨心终不歇,红颜无复多。枯木期填海⑤,青山望断河⑥。

【注释】

①榆关:古代在边塞种榆树,故称榆关。这里泛指边地关塞。

②汉使:这里指汉地的使者,即庾信家乡的使者。

③束素:系在腰上的白绢。减:指因思念而消瘦。

④横波:指眼睛。

⑤填海:精卫填海,常衔西山木石以填东海。

⑥"青山"句:希望山崩可以阻塞河流。

【选评】

1.倪璠《庾子山集注》:昔阮步兵《咏怀诗》十七首,颜延年以为在晋文代虑祸而发。子山拟斯而作二十七篇,皆在周乡关之思,其辞旨与《哀江南赋》同矣。

2.余冠英《汉魏六朝诗选》:以远戍自喻,言久羁异域,恨心不歇,还作种种无益的希望。

3.张燕瑾《中国古代文学作品选》:本篇原列第七,写自己羁留长安,家国音信断绝,回归故乡无望的痛苦心情。

【导读】

庾信本为南朝梁人,因奉命出使西魏被扣留,又逢西魏灭梁,只能被迫仕魏。北地生活带给他刻骨铭心的伤痛和创作的飞跃,正如杜甫所称"庾信文章老更成,暮年诗赋动江关",《拟咏怀》二十七首可为代表。这首诗是《拟咏怀》组诗的第七首。前四句写自己在北地孤寂凄凉的情景。诗人远在异国仍心系故乡,但此时梁朝已亡,音信断绝,再不会有人来探望他;"胡笳""羌笛"是北地乐器,声调激昂高亢,但在诗人听来只能催人"落泪"、令人"断肠",诗人孤苦悲凉显露无遗。"纤腰"四句继承楚辞以男女喻君臣的传统,通过愈加消瘦、哭泣伤眼的女子形象,表现自己在异地的悲哀痛苦,寄托自己始终无法消弭的思乡之情。结尾二句连用精卫填海和河神开山二典,进一步表达思乡盼归的愿望。诗人寄希望于神灵,幻想精卫能填平大海,巨灵能劈开阻挡的山河,从而为他扫清回家的障碍,这是诗人绝望的呐喊,也是诗人至死不忘故国的表白。总体来看,这首诗情感悲壮凄凉,具北朝诗风格特点;比兴、拟代、用典等技法精湛,有南朝诗歌的特征,成为南北诗风融合的一个典范。

南北朝民歌（二首）

南北朝民歌，是北朝乐府民歌和南朝乐府民歌的合称。这是继《诗经》和汉乐府民歌之后，以比较集中的方式出现的又一批人民口头的创作，是中国诗歌史上又一新的发展。

西洲曲

忆梅下西洲，折梅寄江北。单衫杏子红，双鬓鸦雏色①。西洲在何处？两桨桥头渡②。日暮伯劳飞，风吹乌臼树。树下即门前，门中露翠钿③。开门郎不至，出门采红莲。采莲南塘秋，莲花过人头。低头弄莲子，莲子青如水④。置莲怀袖中，莲心彻底红。忆郎郎不至，仰首望飞鸿。鸿飞满西洲，望郎上青楼⑤。楼高望不见，尽日栏杆头⑥。栏杆十二曲，垂手明如玉。卷帘天自高，海水摇空绿。海水梦悠悠⑦，君愁我亦愁。南风知我意，吹梦到西洲。

【注释】

①鸦雏色：像小乌鸦一样的颜色。形容头发乌黑发亮。

②两桨桥头渡：从桥头划船过去，划两桨就到了。

③翠钿：用翠玉做成或镶嵌的首饰。

④莲子：和"怜子"谐音双关。青如水：和"清如水"谐音，比喻纯洁。

⑤青楼：油漆成青色的楼。唐前诗中多用来指女子的住处。

⑥尽日：整天。栏杆头：倚在栏杆上。

⑦海水梦悠悠：梦境像浩荡的江水一样悠长。

【选评】

1.（明）胡应麟《诗薮·内编》：《西洲曲》，乐府作一篇，实绝句八章也。每章首尾相衔，贯串为一，体制甚新，语亦工绝。如"鸿飞满西洲，望郎上青楼。

楼高望不见,尽日阑干头。海水绿悠悠,君愁我亦愁。南风知我意,吹梦到西洲",全类唐人。

2.(清)沈德潜《古诗源》卷十二:续续相生,连跗接萼,摇曳无穷,情味愈出。似绝句数首,攒簇而成,乐府中又生一体。初唐张若虚、刘希夷七言古,发源于此。

【导读】

《西洲曲》是南朝最长的抒情诗篇,也是艺术成就最高的乐府民歌。此诗基本以四句为一节叙述故事,并采用"回忆"的方式来抒写,但回忆者的身份却引发学界争论。余冠英认为,这首诗的篇末四句是女子的口气,而其他段落都是第三人称叙述,得到大多数学者的认同。

故事的主人公有两人,一为女子,一为女子的情郎,两人现在分居两地。"西洲"更像是男子的故乡,是二人曾共同居住过的家园,女子到西洲采莲、远望,寄托自己对情郎的思念。诗歌基本以时间顺序进行叙述,开篇点出女子下西洲的原因,然后对女子的外貌做了简单描绘,之后写女子盼郎不至后的一连串动作,如采莲、远望等,最后女子将自己的相思寄予梦境,希望南风能将她和情郎的相思连结一起,从而实现自己的夙愿。

诗人对形式技巧较为重视,这主要表现在"双关语"和"顶真"手法的运用上。"双关语"是南朝乐府民歌普遍使用的技巧,如"莲子"即"怜子"等;"顶真"手法的大量使用,则是这首诗的独特所在。诗歌的后半部分,作者有意运用顶真,让后一句压着前一句进行吟唱,使诗歌无论在声律上还是情韵上都给人自然流动又回环摇曳的美感。

木兰辞

唧唧复唧唧①,木兰当户织②。不闻机杼声③,惟闻女叹息④。问女何所思,问女何所忆⑤。女亦无所思,女亦无所忆。昨夜见军帖⑥,可汗大点兵⑦。军书十二卷⑧,卷卷有爷名⑨。阿爷无大儿,木兰无长兄。愿为市鞍马⑩,从此替爷征。东市买骏马,西市买鞍鞯⑪,南市买辔头⑫,北市买长鞭。且辞爷娘去⑬,暮宿黄河边。不闻爷娘唤女声,但闻黄河流水鸣溅溅⑭。且辞黄河去,暮至黑山头⑮。不闻爷娘唤女声,但闻燕山胡骑鸣啾啾⑯。万里赴戎机⑰,关山度若飞⑱。朔气传金柝⑲,寒光照铁衣⑳。将军百战死,壮士十年归。归来见天子,天子坐明堂㉑。策勋十二转㉒,赏赐百千强㉓。可汗问所欲㉔,木兰不用尚书郎㉕,愿驰千里足㉖,送儿还故乡。爷娘闻女来,出郭相扶将㉗;阿姊闻妹来㉘,当户理红妆㉙;小弟闻姊来,磨刀霍霍向猪羊㉚。开我东阁门㉛,坐我西阁床。脱我战时袍,著我旧时裳㉜。当窗理云鬓㉝,对镜帖花黄㉞。出门看火伴㉟,火伴皆惊忙:同行十二年,不知木兰是女郎。雄兔脚扑朔㊱,雌兔眼迷离㊲;双兔傍地走㊳,安能辨我是雄雌?

【注释】

①唧唧:纺织机的声音。

②当(dāng)户:对着门或在门旁,泛指在家中。

③杼:织布的梭子。

④惟:通"唯",只。

⑤忆:想,惦记。

⑥军帖(tiě):征兵的文书。

⑦可汗(kèhán):古代北方少数民族对君主的称呼。大点兵:大规模征集士兵。

⑧军书:征兵的名册。十二:表示很多,不是实数。

⑨爷:父亲的称呼。

⑩为:为此,指代父从军。市:买。鞍(ān)马:马匹和乘马用具。

⑪鞯(jiān):马鞍下的垫子。

⑫辔(pèi)头:驾驭牲口用的嚼子、笼头和缰绳。

⑬旦:早晨。去:离开。

⑭溅(jiān)溅:水流激射的声音。

⑮至:一作"宿"。

⑯胡骑(jì):胡人的战马。啾(jiū)啾:马叫的声音。

⑰戎机:军机,指战争。

⑱度若飞:像飞一样跨过。

⑲朔(shuò)气:北方的寒气。朔:北方。金柝:即刁斗,古代军中用的一种铁锅,白天用来做饭,晚上用来报更。

⑳寒光:指清冷的月光。

㉑明堂:帝王用来举行祭祀、听政、选士的地方,即殿堂。

㉒策勋:记功。转:勋级每升一级叫一转,十二转为最高的勋级。

㉓百千强(qiáng):形容数量多。强:有余。

㉔所欲:想要之物。

㉕不用:不做。尚书郎:官名,魏晋以后在尚书台(省)下分设若干曹(部),主持各曹事务的官通称尚书郎。

㉖千里足:指好马。

㉗郭:外城。扶将:互相搀扶。将,助词。

㉘姊(zǐ):姐姐。

㉙理:梳理。红妆:艳丽装束。

㉚霍(huò)霍:磨刀迅速时发出的声音。

㉛阁:古代女子住的小楼。

㉜著(zhuó):同"着",穿。

㉝云鬓(bìn):指女子乌黑的头发。

㉞帖(tiē)花黄:帖:同"贴"。花黄:当时流行的一种化妆款饰,把金黄色的纸剪成星、月、花、鸟等形状贴在额上,或在额上涂一点黄的颜色。

㉟火伴:古时兵制,十人为一火,火伴即同火的人。

㊱扑朔:两脚不断地在地上乱爬搔。

㊲迷离:眯缝着两眼,安静地待着。

㊳傍(bàng)地走:贴着地面跑。

【选评】

1.(明)谢榛《四溟诗话》:《木兰词》云:"问女何所思,问女何所忆。女亦无所思,女亦无所忆。""东市买骏马,西市买鞍鞯,南市买辔头,北市买长鞭。"此乃信口道出,似不经意者,其古朴自然,繁而不乱。若一言了问答,一市买鞍马,则简而无味,殆非乐府家数。"万里赴戎机,关山度若飞。朔气传金柝,寒光照铁衣。将军百战死,壮士十年归。"绝似太白五言近体,但少结句尔。能于古调中突出几句,律调自不减文姬笔力。"雄兔脚扑朔,雌兔眼迷离。双兔傍地走,安能辨我是雄雌。"此结最着题,又出奇语。若缺此四句,使六朝诸公补之,未必能道此。

2.(明)钟惺《古诗归》:英雄本色,却字字不离女儿情事。

3.(明)胡应麟《诗薮•内编》卷三:此歌中,古质有逼汉、魏处,非二代所及也,惟"朔气""寒光",整丽流亮类梁陈。……《木兰诗》是晋人拟古乐府,故高者上逼汉、魏,平者下兆齐梁。

4.(清)贺贻孙《诗筏》:叙事长篇动人啼笑处,全在点缀生活。如一本杂剧,插科打诨,皆在净丑。《木兰诗》有阿姊理妆,小弟磨刀一段,便不寂寞,而"出门见火伴",又是绝妙团圆剧本也。

5.(清)陈祚明《采菽堂古诗选》:《木兰诗》甚古。当其淋漓,辄类汉魏,岂得以唐调疑之。此诗章法脱换,转掉自然。凡作长篇不可无章法,不可不知脱换之妙。此诗脱换又有陡然竟过处,无文字中,含蓄多语,弥见高老。

【导读】

《木兰辞》是一首著名的北朝乐府民歌,与《孔雀东南飞》合称"乐府双璧"。宋郭茂倩编选《乐府诗集》收入《横吹曲辞•梁鼓角横吹曲》中。这首诗讲述了木兰替父从军的故事。全诗以"木兰是女郎"来构思传奇故事,富有浪漫色彩。诗歌虽写战争,但用力较多的却是生活场景,富有浓厚的生活气息。与南朝乐府相比,诗歌风格相对质朴,刚劲悲壮,但又与一般的北朝乐府相对粗野的表达不同,诗歌运用互文、设问、排比等多种艺术手法,显然经过了文人的再次加工。《木兰辞》在叙述安排上也颇具匠心,诗歌详写出征前及归来后的相关内容,但在描写军中征战生活时就很简括。木兰替父从军的故事体现了北朝连年征战对百姓生活的影响。在当时社会,家中男丁无论是否老迈都逃不过征召参军的命运。诗人着意描写"木兰是女郎"的戏剧化情节,无疑凸显了百姓对战争的厌倦和抵抗。由此而言,作者在体现北方民风的尚武精神的同时,也对社会现实有一定反思。

隋唐 五代

薛道衡

薛道衡(535—604),字玄卿,河东汾阴(今山西万荣)人。累迁司隶大夫,世称薛司隶。隋朝成就最高诗人。今存《薛司隶集》。

昔昔盐①

垂柳覆金堤,蘼芜叶复齐②。水溢芙蓉沼,花飞桃李蹊。采桑秦氏女③,织锦窦家妻④。关山别荡子,风月守空闺。恒敛千金笑,长垂双玉啼⑤。盘龙随镜隐⑥,彩凤逐帷低⑦。飞魂同夜鹊,倦寝忆晨鸡。暗牖悬蛛网,空梁落燕泥⑧。前年过代北⑨,今岁往辽西⑩。一去无消息,那能惜马蹄。

【注释】

①昔昔盐:隋唐乐府曲辞名。昔昔即夕夕。盐即艳,音乐的曲名。

②蘼芜(míwú):香草名。古人认为蘼芜可使妇女多子。汉乐府有《上山采蘼芜》。

③秦氏女:指罗敷。汉乐府《陌上桑》:"秦氏有好女,自名为罗敷。罗敷喜蚕桑,采桑城南隅。"

④窦家妻:指窦滔之妻苏蕙。据《晋书·烈女传》,窦滔于苻坚时为秦州刺史,被徙流沙,蕙因织锦为回文旋图诗以赠,其诗顺逆回环皆成文。

⑤双玉:喻美女的两道泪痕。

⑥盘龙:铜镜背面所刻的龙纹。"盘龙"句,指装饰有龙纹的镜子弃置不用。化用徐幹《思室》诗:"自君之出矣,明镜暗不治。"

⑦彩凤:锦帐上的凤形花纹。逐帷低:帷帐低垂,意谓思妇懒得整理房间,帷帐不挂而低垂。

⑧燕泥:燕子筑巢所衔之泥。梁简文帝《和湘东王首夏诗》:"燕泥衔复落,鹍吟敛更扬。"

⑨代北：今山西北部、河北西北部一带。

⑩辽西：辽河以西的地区。《史记·匈奴列传》：“（燕）置上古、渔阳、右北平、辽西、辽东郡以拒胡。”

【选评】

1.（宋）魏泰《临汉隐居诗话》：永叔诗话称谢伯景之句，如“园林换叶梅初熟”，不若“庭草无人随意绿”也；“池馆无人燕学飞”，不若“空梁落燕泥”也。盖伯景句意凡近，似所谓“西昆体”，而王胄、薛道衡峻洁可喜也。

2.（宋）范晞文《对床夜话》：薛道衡“空梁落燕泥”之句，人多不见其全篇。盖题是《昔昔盐》，其辞云……无非闺中怀远之意，但不知立题之义如何。

3.（宋）胡仔《苕溪渔隐丛话》前集卷二十二：《资治通鉴》云：“隋炀帝善属文，不欲人出其右。薛道衡死，帝曰：‘更能做空梁落燕泥否？’王胄死，帝诵其佳句曰：‘庭草无人随意绿，复能作此语邪？’”苕溪渔隐曰：“人君不当与臣下争能，故炀帝忮心一起，二臣皆不得其死，哀哉！然为人臣者，亦当悟其微旨。如晋武帝欲擅书名，王僧虔遂不敢显迹，常以拙笔书。宋文帝好文章，自谓莫能及，鲍照于所为文章，遂多鄙言俚句。故二君者亦无得以嫉之，终见容于二世，岂非明哲保身之要术乎？”

【导读】

这是一首闺怨诗。首四句选择垂柳、蘼芜、芙蓉、飞花四种植物，描写春末夏初的景象。蘼芜、芙蓉分别有生子、求欢之意，折柳、飞花分别与送别、惜春相关，这就为下文引出思妇作了铺垫。“采桑秦氏女”，出自汉乐府《陌上桑》，表现出思妇的美丽；“织锦窦家妻”，借苏蕙织锦之典表示思妇的相思。接下去“关山别荡子”，点出离别的场地和相思的对象；“风月守空闺”，勾勒出一个独守空房，无心观赏大自然风月美景的思妇形象。“恒敛千金笑，长垂双玉啼”，女子因思念荡子，收敛笑容，以泪洗面，描写出思妇的悲苦情状。其下四句，把思妇对丈夫的思念之情更加形象化展现。“飞魂同夜鹊，倦寝忆晨鸡”，“夜鹊”“晨鸡”代表时间的推移，表现思妇孤夜难眠；“暗牖悬蛛网，空梁落燕泥",对仗工整确切,以门庭冷落之景表现思妇凄凉悲苦的心情。诗歌不仅有近景,也有远距离的意象,"前年过代北,今岁往辽西","前年"到"今岁",反映出时间之久;"代北"至"辽西",写出了距离之遥远,从时间与空间上写对征人的思念。结尾句"一去无消息,那能惜马蹄",透露出对征夫的埋怨,反问的语气更能反衬出对征夫的思念之深。

杜审言

杜审言(648?—708),字必简,巩县人。晋征南将军杜预远裔,杜甫祖父。与李峤、崔融、苏味道并称"文章四友"。唐代近体诗奠基人之一。

和晋陵陆丞早春游望①

独有宦游人②,偏惊物候新③。云霞出海曙④,梅柳渡江春⑤。淑气催黄鸟⑥,晴光转绿蘋⑦。忽闻歌古调,归思欲沾巾。

【注释】

①晋陵:今江苏常州。丞:官名,多作佐官之称。

②宦游:在外做官。

③偏:特别,最。物候:指随季节的推移而出现的自然现象。

④"云霞"句:指破晓时云霞绚丽,倒映江中,远望似觉云霞与旭日皆从江中升起。海:此指长江。

⑤"梅柳"句:意为江南比江北早暖,诗人由江北来到江南,发现梅柳枝头已透露出春光。

⑥淑气:温煦的春气。黄鸟:即黄莺。

⑦"晴光"句:谓晴朗的阳光使蘋草转绿。化用江淹《咏美人春游》:"江南二月春,东风转绿蘋。"

【选评】

1.(元)方回《瀛奎律髓》卷十:律诗初变,大率中四句言景,尾句乃以情缴之,起句为题目。审言于少陵为祖,至是始千变万化云。起句喝咄响亮。

2.(明)杨慎《升庵诗话》:妙在"独有""忽闻"四虚字。

3.(明)陆时雍《唐诗镜》:三、四如精金百炼。"云霞出海曙,梅柳渡江春","曙""春"一字一句,古人琢意之妙。起结意势冲盈。

4.(清)王夫之《唐诗评选》:意起笔起,意止笔止,真自苏、李得来,不更问津建安。看他一结,却有无限。《过秦论》"仁义不施,而攻守之势异也"结构如此,俗笔于此必数千百言。

5.(近)俞陛云《诗境浅说》:此诗为游览之体,实写当时景物。而中四句"出"字、"渡"字、"催"字、"转"字,用字之妙,可为诗眼。春光自江南而北,用"渡"字尤精确。

【导读】

　　永昌元年(689)前后,杜审言曾在昆陵郡江阴县任县丞、县尉一类官职,此诗当是诗人在江阴任职时与同郡僚友晋陵丞陆某的唱和之作。诗开篇即抒发感慨,说明离乡宦游对异土之物候才有惊新之意。中间二联写令自己感到新奇的事物,每句都暗与家乡之景作对比,反衬出对家乡的怀念。"云霞"句写江南的新春是从海上呈现,与中原先风暖而后水暖形成对比。"梅柳"句是写初春正月的花木,同是梅花柳树,江南已是百花齐放,而北方依旧有冬天的气息。"淑气催黄鸟",化用西晋诗人陆机《悲哉行》"蕙草饶淑气,时鸟多好音",表现江南气候温暖、黄鹂欢悦的春景。"晴光转绿蘋",化用梁代诗人江淹《咏美人春游》"江南二月春,东风转绿",意为江南二月蘋草已转绿,这与中原春迟形成鲜明对比。"忽闻"句,写诗人无意间听到古调,不禁勾起思乡之情而落泪。诗歌起句惊矫不群,中间二联写景精妙,尾联与首联呼应,结构严谨而完整。从格律而言,平仄、押韵和谐,对仗工整,已是成熟的律诗作品。明胡应麟认为初唐五、七言律诗"二体之妙,实为杜审言首倡",此诗可谓为唐代近体诗体式定格的奠基之作。

王 勃

王勃（650？—676？），字子安，古绛州龙门（今山西河津）人。出身儒学世家。与杨炯、卢照邻、骆宾王并称为"初唐四杰"。

滕王阁诗①

滕王高阁临江渚②，佩玉鸣鸾罢歌舞③。画栋朝飞南浦云④，珠帘暮卷西山雨⑤。闲云潭影日悠悠，物换星移几度秋⑥。阁中帝子今何在⑦？槛外长江空自流⑧。

【注释】

①滕王阁：故址在今江西南昌赣江之滨。

②渚(zhǔ)：江中小洲。

③佩玉鸣鸾(luán)：身上佩戴的玉饰、响铃。《礼记·玉藻》：故君子在车则闻鸾和之声，行则鸣佩玉。

④南浦(pǔ)：南面的水滨。屈原《九歌》："送美人兮南浦。"

⑤西山：在今江西南昌西。雷次宗《豫章古今纪》："西山在豫章县西十二里，高四十丈，周回三百里。"

⑥物换星移：形容时代的变迁、万物的更替。

⑦帝子：指滕王李元婴。

⑧槛(jiàn)：栏杆。

【选评】

1.(明)凌宏宪《唐诗广选》：只一结语，开后来多少法门。

2.(明)胡应麟《诗薮》：王勃《滕王阁》、卫万《吴宫怨》自是初唐短歌，婉丽和平，极可师法，中、盛继作颇多。第八句为章，平仄相半，轨辙一定，毫不可逾,殆近似歌行中律体矣。

　　3.(明)陆时雍《唐诗镜》:三、四高迥,实境自然,不作笼盖语致。文虽四韵,气足长篇。

　　4.(清)王夫之《唐诗评选》:浏利雄健,两难兼者兼之。"佩玉鸣鸾"四字,以重得轻。

　　5.(清)刘文蔚《唐诗合选详解》:吴绥云:止吊滕王,不及燕会,所以为高。且补序中所未及,又约子长论赞之法。

【导读】

　　唐高宗上元三年(676),诗人远道去交趾探父,途经洪州,参与阎都督宴会,作《滕王阁序》,序末即附此诗。滕王阁是唐高祖李渊之子滕王李元婴任洪州都督时所建。首联点出滕王阁的形势,写滕王阁的居高与临远,并遥想滕王当年建此阁时豪华繁盛的宴会场景。颔联写登楼所见和所想,"飞""卷"两个动词运用巧妙,使画栋、珠帘更具有诗意和动感。颈联紧承第二句,"闲云潭影日悠悠,物换星移几度秋",抒发生命短暂、繁华易逝、人生无常的感叹,与前四句的写景相融合,营造出景与情交融之境,又为后两句的抒情过渡。尾联感慨世事变迁,"槛外长江空自流"把人的目光引向更广阔的空间,悲伤之情抒发到极致。全诗借吟咏滕王阁感慨世事变迁,寄意遥深,境界开阔,与《滕王阁序》相得益彰。

杨 炯

杨炯(650—693),字令明,华州华阴(今陕西华阴)人。显庆四年(659)进士及第,终官盈川县令。"初唐四杰"之一,有《杨盈川集》。

从军行①

烽火照西京②,心中自不平。牙璋辞凤阙③,铁骑绕龙城④。雪暗凋旗画⑤,风多杂鼓声。宁为百夫长⑥,胜作一书生。

【注释】

①从军行:属乐府《相和歌·平调曲》。

②烽火:古代边防告急的烟火。西京:长安。

③牙璋:古代发兵所用之兵符,分为两块,相合处呈牙状,朝廷和主帅各执其半。此处指代奉命出征的将帅。凤阙:宫阙名,汉建章宫的圆阙上有金凤,故以凤阙指皇宫。

④龙城:又称龙庭,在今蒙古国鄂尔浑河的东岸。汉武帝派卫青出击匈奴,曾在此获胜。此处指塞外敌方据点。

⑤凋:原指草木枯败凋零,此指失去鲜艳的色彩。

⑥百夫长:一百个士兵的头目,泛指下级军官。

【选评】

1.(明)凌宏宪《唐诗广选》:蒋仲舒曰:三、四实而不拙,五、六虚而不浮。

2.(明)陆时雍《唐诗镜》:浑厚,字几铢两悉称。首尾圆满,殆无余憾。

3.(清)王夫之《唐诗评选》:裁乐府作律,以自意起止,泯合入化。

4.(清)贺裳《载酒园诗话又编》:杨盈川诗不能高,气殊苍厚。"宁为百夫长,胜作一书生",是愤语,激而成壮。

5.（清）屈复《唐诗成法》：一、二总起，三、四从大处写其宠赫，五、六从小处写其热闹，方逼出"宁为""胜作"事。起陡健，结亦宜尔，但结句浅直耳。

【导读】

这首诗以乐府旧题"从军行"作律诗，描写一个士子在边塞战斗的过程。前两句交代事件展开的背景。"烽火照西京"，传达出军情的紧张；"心中自不平"展现出书生面对紧急军情而心中不平，有捐躯赴国难之志。次两句写出师和战争情景。"牙璋辞凤阙"，"牙璋"和"凤阙"分别代指将帅和京城，写军队辞京出师的情景，实而不拙；"铁骑绕龙城"，"铁骑"与"龙城"相对，渲染出龙争虎斗的战争气氛，"绕"字更形象地写出了唐军以迅雷不及掩耳之势抵达前线，包围了敌方城堡。五、六句通过景物描写烘托战斗的激烈，"雪暗凋旗画，风多杂鼓声"，分别从视觉、听觉角度来写战争场面，雪景使军旗黯然失色反映了雪之大，风声与鼓声交织在一起，而将士们却冒雪奋战，在战鼓声中奋勇直前，两句诗营造出一种可视可感之境。最后两句"宁为百夫长，胜作一书生"，直接抒发书生弃笔从戎、保边卫国的壮志豪情。诗人抓住最有代表性的场景，既渲染了环境气氛，又显示出人物的心理活动。全诗笔力雄劲苍厚，凸显了唐军将士气壮山河的精神面貌。

陈子昂

陈子昂(659？—700)，字伯玉，梓州射洪(今属四川)人。文明元年(684)举进士，官至右拾遗，又称陈拾遗。唐代文学变革先驱。有《陈伯玉文集》。

感遇诗三十八首(其二)

兰若生春夏①，芊蔚何青青②！幽独空林色，朱蕤冒紫茎③。迟迟白日晚④，袅袅秋风生。岁华尽摇落⑤，芳意竟何成？

【注释】

①兰：兰草。若：杜若，生于水边的香草。

②芊蔚：草木茂盛状。

③蕤：花下垂状。

④迟迟：徐行貌。

⑤岁华：双关语，表面指草木，暗指年岁。摇落：凋零。

【选评】

1.(明)高棅《唐诗品汇》：刘(辰翁)云：又以芳草为不足也。

2.(明)程元初《唐诗绪笺》：诗欲气高而不怒，怒则失于风流，此诗气高而不怒。

3.(明)唐汝询《唐诗解》：此志在登庸，忧时暮也。言虽若当春夏之时，郁然茂盛，虽居幽独，而其花茎之美，足使群肥失色，所谓"空林色"也。若于此时而不为人所知，则迟日往而秋风来，随众凋落而无成矣。比己抱美才而处山泽，若不以盛年用世，至于衰老，将安及哉？

4.(近)高步瀛《唐宋诗举要》：清吴汝纶曰：此自伤不遇明时。

【导读】

　　《感遇三十八首》是陈子昂有感于平生所遇之事而作的组诗。各篇所咏之事各异,创作时间也各不相同,应当是诗人在不断探索中积累而成的系列作品。这首五言诗所吟咏的对象是兰草和杜若两种草本植物。诗的前四句赞美兰若风采秀丽。首句先言兰若的生长时间;次句连续使用"芊蔚""何青青",着力形容草木茂盛姿态。接下去两句写兰若在幽静孤独的环境中显示风姿,"葳"为花下垂状,"朱""紫"色彩对比鲜明;"朱葳""紫茎"由"冒"字连接,突出了兰若的身姿和生长动态。后四句转而感叹芳华的凋落。"迟迟白日晚,袅袅秋风生",描写出季节变化的特点。"迟迟"表现出由夏入秋白天渐短的变化;"袅袅"用来形容秋风,展现出秋风寒而不冽的特点。最后两句"岁华""芳意",用语双关,既指花草之凋零,又借此悲叹自己的年华流逝,理想破灭,寓意凄婉,寄寓颇深。诗歌采用比兴的手法,借香兰、杜若喻自己才华出众,志趣高洁,但终随着时间的流逝,抱负落空。陈子昂的感遇诗,继承了阮籍《咏怀》诗的传统手法,托物感怀,寄意深远。

张若虚

张若虚（670？—730？），扬州（今江苏扬州）人。字号均不详，曾任兖州兵曹。与贺知章、张旭、包融并称为"吴中四士"。

春江花月夜①

春江潮水连海平②，海上明月共潮生③。滟滟随波千万里④，何处春江无月明！江流宛转绕芳甸⑤，月照花林皆似霰⑥。空里流霜不觉飞⑦，汀上白沙看不见⑧。江天一色无纤尘，皎皎空中孤月轮。江畔何人初见月？江月何年初照人？人生代代无穷已，江月年年只相似⑨。不知江月待何人，但见长江送流水。白云一片去悠悠，青枫浦上不胜愁⑩。谁家今夜扁舟子⑪？何处相思明月楼⑫？可怜楼上月徘徊⑬，应照离人妆镜台⑭。玉户帘中卷不去⑮，捣衣砧上拂还来⑯。此时相望不相闻，愿逐月华流照君。鸿雁长飞光不度⑰，鱼龙潜跃水成文⑱。昨夜闲潭梦落花，可怜春半不还家⑲。江水流春去欲尽，江潭落月复西斜。斜月沉沉藏海雾，碣石潇湘无限路⑳。不知乘月几人归？落月摇情满江树㉑。

【注释】

①春江花月夜：乐府旧题，属《清商曲·吴声歌曲》，曲调传为陈后主所创。

②海：指长江下游宽阔之江面，如张九龄《望月怀远》"海上生明月"。

③共潮生：明月从江潮中涌起。《太平御览》卷四引《抱朴子》："月之精生水，是以月盛而潮涛大。"

④滟滟：波光荡漾的样子。

⑤甸：郊外之地。芳甸，指芳草丰茂的原野。谢朓《晚登三山还望京邑》："喧鸟覆春洲，杂英满芳甸。"

⑥霰：天空中降落的白色不透明的小冰粒。形容月光下春花晶莹洁白。

⑦流霜:飞霜,古人以为霜和雪一样,从空中落下来,所以叫流霜。

⑧"汀上"句:谓月照沙滩,似覆盖白霜,白沙与月色不辨。

⑨只相似:一作"望相似"。

⑩青枫浦:地名,今湖南浏阳县境内有青枫浦。此处泛指遥远偏僻的水边。《楚辞·招魂》:"湛湛江水兮上有枫,目极千里兮伤寒心。"

⑪扁舟子:飘荡江湖的游子。

⑫明月楼:月夜下的闺楼。这里指闺中思妇。

⑬月徘徊:月光移动。曹植《七哀诗》:"明月照高楼,流光正徘徊。"

⑭妆:一作"玉"。

⑮玉户:形容楼阁华丽,以玉石镶嵌。

⑯捣衣砧(zhēn):捣衣石,捶布石。

⑰光不度:飞不出月光外,指书信断绝。

⑱鱼龙潜跃:古代有鱼传递书简之说。乐府诗《饮马长城窟行》:"客从远方来,遗我双鲤鱼。"

⑲怜:一作"非"。

⑳碣石:山名,在河北昌黎北。潇湘:潇水、湘水。碣石潇湘,指天南地北,相距遥远。

㉑摇情:激荡情思,犹言牵情。

【选评】

1.(明)胡应麟《诗薮》:张若虚《春江花月夜》流畅婉转,出刘希夷《白头翁》上,而世代不可考。详其体制,初唐无疑。

2.(明)陆时雍《唐诗镜》:微情渺思,多以悬感见奇。

3.(明)李攀龙《唐诗选》:绮回曲折,转入闺思,言愈委婉轻妙,极得趣者。

4.(清)沈德潜《唐诗别裁集》:前半见人有变易,月明常在,江月不必待人,惟江流与月同无尽也。后半写思妇怅望之情,曲折三致。题中五字安放自然,犹是王、杨、卢、骆之体。

5.(清)王闿运《王志·论唐诗诸家源流》:孤篇横绝,竟为大家。

6.闻一多《宫体诗的自赎》:诗中的诗,顶峰上的顶峰。

【导读】

这首诗歌以月为主体,以江、花为场景,描绘了一幅幽美邈远的春江月夜图,创造出景、情、理融为一体的独特的审美境界。

前八句描写春江月夜之景。诗人先勾勒出一幅壮观的图景,江潮连海,月共潮生,赋予了明月与潮水活泼的生命。月光普照江面,随波荡起涟漪;江水曲曲弯弯地绕过花草遍生的春之原野,月色泻在花树上,像撒上了一层洁白的雪;月光皎洁,不觉有霜霰飞扬,汀上白沙也不能分辨,更显示出月光之澄澈。

其下八句重在哲理的思索。天地宇宙澄澈,唯见孤月悬挂空中,使人不禁心生遐想:“江畔何人初见月?江月何年初照人?”诗人感慨人生,并且从宇宙生命的高度进行思考。“人生代代无穷已,江月年年只相似”,人的生命“代代无穷”,江月“年年相似”,都是永恒的存在;“不知江月待何人,但见长江送流水”,诗人置身江月、流水中,虽不乏离别情思的流露,但境界辽远开阔。

接下去四句总写月夜思妇与游子的两地思念之情。“白云”飘忽离去,象征游子的行踪不定;“青枫浦”是离别之地,凝结着多少离愁别恨;“扁舟子”“明月楼”,凸显了漂泊游子和闺中思妇的两地相思。

之后八句承“何处相思明月楼”,写思妇对离人的怀念。月光照耀梳妆台、捣衣砧,更进一步加剧相思。女子遥望但“不相闻”,于是萌发了“逐月华流照君”的愿望。梦想不能实现,于是有“鸿雁长飞光不度,鱼龙潜跃水成文”之想,鸿雁飞翔,而不能飞出无边的月光;月照江面,鲤鱼腾跃,也只能激起水面的波纹,显示出与夫君相见的希望破灭。

最后八句转向写游子的思乡。“昨夜闲潭梦落花”,感慨游子久不还家。接着,诗人连续写四个与月有关的意象,“江潭落月”“斜月沉沉”“乘月”“落月”,凸显了一种孤寂思念之情;同时“江水流春”,更增添几分愁思;“海雾”“碣石”“潇湘”,又见归途迷茫与遥远。最后诗人感慨“不知几人归”,把春江花月夜激荡起的无限情丝揉入“落月”“江树”凄美清婉的意境中,让人回味。

孟浩然

孟浩然(689—740),名浩,以字行,号孟山人,襄州襄阳(今湖北襄阳)人,世称孟襄阳。曾被张九龄招至幕府,后隐居。唐代山水田园派诗人代表,与王维并称为"王孟"。有《孟浩然集》传世。

夏日南亭怀辛大[①]

山光忽西落[②],池月渐东上。散发乘夕凉[③],开轩卧闲敞[④]。荷风送香气,竹露滴清响。欲取鸣琴弹[⑤],恨无知音赏。感此怀故人,中宵劳梦想。

【注释】

①辛大:辛为姓,大应是排行。孟浩然存诗中题赠辛大诗还有《送辛大不及》《都下送辛大之鄂》《张七及辛大见寻南亭醉作》,可见二人交情甚密;又有诗《西山寻辛谔》,疑辛大即辛谔。

②落:一作"发"。

③散发:古人男子蓄发,通常束发到头顶。"散发",表现诗人洒脱自由之态。夕:一作"夜"。

④轩:本指长廊之有窗,后引为指窗。如阮籍《咏怀》其十五中"开轩临四野",孟浩然《过故人庄》中"开轩面场圃"等。

⑤鸣琴:语出阮籍《咏怀》:"夜中不能寐,起坐弹鸣琴。"

【选评】

1.(唐)皮日休《郢州孟亭记》:北斋美萧悫,有"芙蓉露下落,杨柳月中疏"。先生别有"微云淡河汉,疏雨滴梧桐"。乐府美王融"日霁沙屿明,风动甘泉浊"。先生别有"气蒸云梦泽,波撼岳阳楼"。谢脁之诗句,精者有"露湿寒塘草,月映清淮流"。先生则有"荷风送香气,竹露滴清响"。此与古人争胜于毫厘也。

2.（宋）刘辰翁《王孟诗评》：刘云：起处似陶，清景幽情，洒洒楮墨间。

3.（明）郝敬《批选唐诗》：写景自然，不损天真。

4.（清）黄培芳《唐贤三昧集笺注》："卧闲敞"字甚新奇。"荷风"二句一读，使人神思清旷。

5.（清）沈德潜《唐诗别裁集》："荷风""竹露"，佳景亦佳句也。外又有"微云淡河汉，疏雨滴梧桐"句，一时叹为清绝。

6.（清）宋宗元《网师园唐诗笺》："荷风""竹露"亦凡写夏景者所当有，妙在"送"字、"滴"字耳。

【导读】

唐王士源称赏孟浩然"匠心独妙，五言诗天下称其尽美矣"（《孟浩然集序》），五言古诗《夏日南亭怀辛大》可见其艺术造诣。诗题点出题写之景和所咏之事，诗歌由此顺次展开。首两句"山光忽西落，池月渐东上"，描写夏日傍晚景致，自然简约，尤其是"忽""渐"二字运用巧妙，形象地描写了诗人看到夕阳落山和月亮池边上升的视觉感受，也与后文对友人的思念之情相互照应。"散发乘夕凉，开轩卧闲敞"，写夏夜水亭纳凉的清爽闲适，"散发"见诗人之洒脱不羁，"卧闲敞"更突出诗人的闲适自在。"荷风送香气，竹露滴清响"，分别从嗅觉、听觉入笔，抒写了夏日南亭夜景的清绝之美和诗人闲卧乘凉时的惬意感受，历来被誉为佳句。诗人以"荷"饰"风"，加之选用拟人的动词"送"，描写凉风送来荷之香气；以"竹"饰"露"，又用以动衬静的手法，通过露"滴"翠竹的清响进一步突出夜之清静，炼字自然贴切，不露任何痕迹。"欲取鸣琴弹，恨无知音赏"，诗人在幽静清绝的夜色中，静静地体会自然气息和天籁之音，不由自主地想到"弹琴"，而身边没有知音朋友，由此也引出对友人辛大的思念。"感此怀故人，中宵劳梦想"，诗人与辛大交往甚密，此前辛大来访孟浩然，二人在南亭欢醉，诗人怀念相聚时光，以至于在睡梦与友人会见，由此，思念友人未见的遗憾在美妙的梦境中不经意地流露出来。诗人善于捕捉景色引发的微妙感受，似不经意地以素淡清新的语言出之，别具天然而工的韵味。

王昌龄

王昌龄(698—757),字少伯,河东晋阳(今山西太原)人,一说京兆长安人(今西安)人。进士及第,曾授江宁丞,后被谤谪龙标尉,故又称"王江宁""王龙标"。盛唐著名边塞诗人,有"诗家夫子王江宁"之誉,后人誉为"七绝圣手"。有《王昌龄集》。

从军行七首(其二)①

琵琶起舞换新声②,总是关山旧别情③。撩乱边愁听不尽④,高高秋月照长城。

【注释】

①从军行:乐府旧题,属相和歌辞平调曲,多反映军旅辛苦生活。王昌龄以此写了七首边塞诗,此选其二。

②新声:新的歌曲。

③关山:边塞。旧别:一作"离别"。

④撩乱:心里烦乱。边愁:久住边疆的愁苦。听不尽:一作"弹不尽"。

【选评】

1.(清)黄生《唐诗摘钞》:前首以"海风"为景,以"羌笛"为事,景在事前;此首以"琵琶"为事,以"秋月"为景,景在事后,当观其变调。

2.(清)黄叔灿《唐诗笺注》:跟上首来,故曰"换",曰"总是关山离别情",即指上笛中所吹曲说。"缭乱边愁"而结之以"听不尽"三字,下无语可续,言情已到尽头处矣。"高高明月照长城",妙在即景以托之,思入微茫,似脱实粘,诗之最上乘也。

3.刘永济《唐人绝句精华》:第二首琵琶之怨声,亦撩人之怨曲,满腹离绪之人何堪听此,故有第三句。末句忽接写月,正以月边愁不尽者,对此"高高为月"但照长城,愈觉难堪也。句似不接,而意实相连,此之谓暗接。

【导读】

王昌龄用七绝组诗的形式,写了七首《从军行》边塞诗,从不同侧面反映军旅生活。其二选取了军中宴乐的片段,表现征戍者深沉复杂的感情。诗歌开篇在歌舞宴乐中展开,"琵琶起舞换新声","琵琶"与其一中"羌笛"都是边地主要乐器,不过与羌笛独奏不同,此处琵琶弹奏是为了配乐歌舞。随着舞蹈的变换,琵琶又翻出新的曲调,按说曲调变化应该给人带来新的感受,但是歌舞乐曲表现的情感内容却"总是关山旧别情"。"关山"既指边地关隘和山川,又代指表现"伤离"之情的《关山月》乐曲,这与其一中"更吹羌笛关山月"呼应。"总是关山旧别情",进一步强调了《关山月》是最能抒发内心情感、演唱最为普遍的乐曲。对于久戍边地的战士而言,琵琶舞曲又引发他们复杂的感受。"撩乱边愁听不尽",曲子勾起他们内心深处强烈的离情别愁,他们不忍去听,又不由自主想听。"听不尽"包含听者的诸多感受和情思,可到最后,作者不仅没有给出具体的答案,而是宕开一笔,以"高高秋月照长城"之景结篇。"月亮"本就是相思的寄托,"秋"更突出离别愁苦,而边地长城又进一步渲染久戍思归之愁的悲凉苍茫。边地战士们听着《关山月》曲,不由自主地仰望映照长城的秋月,这一特写图景引发读者体味和想象,意境含蓄,韵味无穷。

王 维

王维（？—761），字摩诘，号摩诘居士。河东蒲州（今山西运城）人。开元十九年（731）状元及第。官至尚书右丞，世称"王右丞"。精通诗书乐画，唐代山水田园派诗人代表，与孟浩然并称为"王孟"。有《王右丞集》等。

辛夷坞①

木末芙蓉花②，山中发红萼。涧户寂无人③，纷纷开且落。

【注释】

①辛夷坞（wù）：辋川地名，因盛产辛夷花而得名，今陕西省蓝田县内。坞，周围高而中央低的谷地。

②木末：树梢，枝头。芙蓉花：此指辛夷。辛夷形色似芙蓉花。

③涧户：山涧两崖相向，状如门户。一说涧边人家。

【选评】

1.（宋）刘辰翁《王孟诗评》：顾云：其意不欲着一字，渐可语禅。

2.（明）邢昉《唐风定》：此诗每为禅宗所引，反令减价，只就本色观，自是绝顶。

3.（清）沈德潜《唐诗别裁集》：幽极。借用楚词，因颜色相似也。

4.（清）李锳《诗法易简录》：幽淡已极，却饶远韵。

5.（清）刘宏煦《唐诗真趣编》：摩诘深于禅，此是心无挂碍境界。虽在世中，脱然世外，令人动海上三山之想。

6.（近）俞陛云《诗境浅说续编》：东坡《罗汉赞》："空山无人，水流花开。"世称妙悟，亦即此诗之意境。

【导读】

唐玄宗开元二十四年（736），李林甫一派势力上台，王维对现实十分不满而又无能为力，他在终南山下辋川建立别墅，过着亦仕亦隐的生活。王维在辋川创作绝句二十首，与裴迪诗二十首结为《辋川集》。《辛夷坞》为组诗第十八首。

辛夷坞是辋川一处盛景，因盛产辛夷花而得名。首句"木末芙蓉花"，直接把辛夷花比作"芙蓉花"，芙蓉花即荷花，辛夷花含苞待放时，很像荷花箭。不过诗人的用意显然不只在于外形，"木末芙蓉花"语本屈原《九歌·湘君》"搴芙蓉兮木末"，用以指辛夷花的高标傲世不言自明。次句"山中发红萼"，"发"强调了草木兴发时节辛夷花开始绽放，"红萼"突出了辛夷花颜色亮丽，在其所处"山中"是那么鲜明，显示出勃勃的生机。第三句"涧户寂无人"笔锋一转，这样的景观没有引来观赏者，因为辛夷花生长的山涧两岸寂静无人。尾句"纷纷开且落"又转向辛夷花，不管是否有人欣赏，辛夷花热烈地绽放，也不在意是否有人伤感，又默默地凋落，人世间的一切喧嚣在此化为了沉静和自在。

诗人把鲜红艳丽的辛夷花置于人迹罕至的山涧之中，似乎有美好事物或才华美德无人发现的落寞之感。但是，辛夷花顺应自然的规律，不为任何人而自开自落，又具有了心无挂碍的禅意。此诗每为禅宗所引，也正在于其不着一字而达到了"空山无人，水流花开"的禅境。

终南山①

太乙近天都②，连山接海隅③。白云回望合，青霭入看无④。分野中峰变⑤，阴晴众壑殊。欲投人处宿，隔水问樵夫。

【注释】

①终南山：位于今陕西省南部秦岭山脉中段。开元二十九年（741）至天宝三年（744），王维曾隐居于终南山。诗题，宋蜀本作"终南山行"，《文苑英

华》本作"终山行"。

②太乙:即太一山,终南山别称。《史记》引《括地志》曰:"终南山,一名中南山,一名太一山。"

③海隅:海边。

④青霭:山中青色的云雾。

⑤分野:古时以天上星宿位置来区分地上州国的区域,称为分野。

【选评】

1.(明)周珽《唐诗选脉会通评林》:蒋一梅曰:三四真画出妙境。周敬曰:五六直在鲛宫蜃市之间。周启琦曰:摩诘终南二诗,机熟脉清,手眼俱妙。

2.(清)吴烶《唐诗直解》:王摩诘"欲投人处宿,隔水问樵夫",孟浩然"再来迷处所,花下问渔舟",并可作画。末语流丽。

3.(清)王夫之《唐诗评选》卷三:工苦,安排备尽矣。人力参天,与天为一矣。"连山到海隅",非徒为穷大语,读《禹贡》自知之。结语亦以形其阔大,妙在脱卸,勿但作诗中画观也。此正是画中有诗。

4.(清)张谦宜《絸斋诗谈》:于此看"积健为雄"之妙,"白云"两句,看山得三昧,尽此十字中。

5.(清)沈德潜《唐诗别裁集》:"近天都"言其高,"到海隅"言其远,"分野"二句言其大,四十字中无所不包,手笔不在杜陵下。或谓末二句似与通体不配,今玩其语意,见山远而人寡也,非寻常写景可比。

6.佚名《唐诗从绳》:此尾联补题格。中四句分承说,此立柱应法。回望处白云已合,入看时青霭却无,错综成句,此法与倒装异者,以神韵不动也。

【导读】

苏轼高度评价王维诗与画:"味摩诘之诗,诗中有画;观摩诘之画,画中有诗。"五言律诗《终南山》充分体现了王维的画家笔法。诗人通过改变视角,来描绘终南山不同的画景。

首联"太乙近天都,连山接海隅",诗人从远望的角度,勾勒终南山的总轮廊。"近天都",言山峰高耸入云接近天都,极写其高峻;"到海隅",言山峰连绵延续直到海边,以述其辽远。两句虽为夸张手法,但也符合人们远处眺望秦岭诸峰时的视觉感受,所谓的夸而合实。颔联显然是诗人进入山中所见之景,"白云回望合,青霭入看无",回头看白云茫茫一片,而近处细看青霭又似有若无。诗人选择"回望"和"入看"不同的观察视角,描写所见云雾的不同,"合"和"无"的形态,"白""青"淡约的色彩,形象地描绘了山中烟云变灭的画境,也简约地把诗人游山的真实体验表现了出来,可谓"看山得三昧,尽此十字中"。颈联"分野中峰变,阴晴众壑殊",是诗人立足于中峰,纵目四望之景。由分野而变进一步突出终南山辽阔,以阴晴变化来表现岩壑的形态万千。尾联"欲投人处宿,隔水问樵夫",应该是诗人下山后之事。此联历来评价不一,有人以为其"与通体不配";有人认为"可作画";还有人认为正见出"山远而人寡"。这主要在于,前六句主要在写景,而末二句重点在人事,似不谐和,不过由"投宿"更见诗人对山中之景的欣悦,而"隔水问樵夫"不仅进一步凸显山中僻静少人,也为诗歌带来不尽余味。

诗人转换视角,从对山的远观、到近看和回望、再到俯视、最后转到人,山中之景观如一幅幅图画呈现在读者面前,可谓"机熟脉清,手眼俱妙"。

李 白

李白(701—762),字太白,号青莲居士,又号谪仙人。其生地尚无确说,一般认为是剑南道绵州昌明(今四川江油)人。曾供奉翰林,故又称"李供奉""李翰林"。唐代伟大的浪漫主义诗人,被誉为"诗仙",与杜甫并称为"李杜"。有《李太白集》传世。

月下独酌四首(其一)

花间一壶酒,独酌无相亲。举杯邀明月,对影成三人。月既不解饮,影徒随我身。暂伴月将影①,行乐须及春②。我歌月徘徊,我舞影零乱。醒时相交欢,醉后各分散。永结无情游③,相期邀云汉④。

【注释】

①将:共。

②行乐句:出《古诗十九首》:"为乐当及时。"

③无情游:朱谏注:"无情者,月与我虽曰三人,然月与影本无情也。"安旗注:"句谓月、影本无情知无情之物,而与之游,故曰无情游。一说无情犹忘情,即忘却世俗之情,亦通。"

④云汉:天河。

【选评】

1.(宋)吴开优《古堂诗话》:太白"举杯邀明月,对影成三人";又云"独酌劝孤影"。此意两用也。然太白本取陶渊明"挥杯劝孤影"之句。陶渊明《杂诗歌》:"欲言无余和,挥杯劝孤影。"

2.(明)钟惺、谭元春《唐诗归》:谭云:奇想,旷想。钟云:放言月中无人。

3.(清)沈德潜《唐诗别裁集》:脱口而出,纯乎天籁,此种诗人不易学。

4.(清)孙洙《唐诗三百首》卷一:题本独酌,诗偏幻出三人。月影伴说,反复推勘,愈形其独。

5.(清)李家瑞《停云阁诗话》:李诗"举杯邀明月,对影成三人",东坡喜其造句之工,屡用之。予读《南史·沈庆之传》,庆之谓人曰:"我每屡田园,有人时与马成三,无人则与马成二。"李诗殆本此。然庆之语不及李诗之妙耳。

【导读】

这是李白《月下独酌》四首中的第一首。诗人以月夜花下独酌的冷落情景,表现出孤独的情感。头四句描写了人、月、影相伴对饮的画面,"独酌无相亲"写出作者飘零在外、无依无靠的孤独之感;作者举杯邀月,幻出月、影、人三者,似乎诗人心中感到一些慰藉。第五句至第八句,从月影上发表议论,点出行乐及春的题意。"月既不解饮,影徒随我身",明月不能陪诗人一同饮酒,影子的陪伴也是徒劳的,但诗人无所依靠,只能暂时与月为伴,在迷醉的春季及时行乐,显示出作者的苦中作乐。最后六句写诗人希望破灭后,又生出孤独之情。诗人醉意大发,边歌边舞,月、影都成陪伴,但是醉酒后,月、影都与诗人分开,又剩下诗人孤零零一个人。诗人本想与月、影永结为朋友,但他们毕竟是无情之物,约定只能遥遥无期了。全诗表现了作者怀才不遇的寂寞和孤傲,也显示了其放浪形骸、狂放不羁的性格。

把酒问月(故人贾淳令予问之)

青天有月来几时,我今停杯一问之。人攀明月不可得,月行却与人相随。皎如飞镜临丹阙①,绿烟灭尽清辉发②。但见宵从海上来,宁知晓向云间没。白兔捣药秋复春③,嫦娥孤栖与谁邻④。今人不见古时月,今月曾经照古人。古人今人若流水,共看明月皆如此。唯愿当歌对酒时⑤,月光长照金樽里。

【注释】

①飞镜:《古绝句》:"破镜飞上天。"丹阙:红色宫门。

②绿烟:指月光未明前的烟雾。

③白兔捣药:神话传说月中有白兔捣仙药。西晋傅玄《拟天问》:"月中何有,白兔捣药"。

④嫦娥:神话中的月中女神。传说嫦娥偷吃了后羿的仙药,奔入月中。

⑤当歌:曹操《短歌行》:"对酒当歌,人生几何?"

【选评】

1.(明)钟惺、谭元春《诗归》:钟惺评"绿烟"句:"写得入微。"又评"今人"二句:"二句儿童皆诵之,然其言自足不朽。"总评:"问月妙矣,今予问之,尤妙。"

2.(明)唐汝询《汇编唐诗十集》:唐云:收敛豪气,信笔写成,取其雅淡可矣。谓胜《蜀道》诸作,则未敢许。

3.(清)王夫之《唐诗评选》:于古今为创调,乃歌行必以此为质,然后得施其裁制。供奉特地显出稿本,遂觉直尔孤行,不知独参汤原为诸补中方药之本也。辛幼安、唐子畏未许得与此旨。

4.(清)弘历《唐宋诗醇》卷七:奇思忽生,旷怀如见,"共看明月皆如此",令延之见之又当失笑。

【导读】

李白爱月如痴、嗜酒如狂,月与酒伴随他的诗歌人生。此诗因故人贾淳令问月而作,并以"把酒问月"的独特行为,展开了对月的想象和宇宙人生的思索。开篇即从问月写起,"青天有月来几时",表现了诗人对无限时空充满好奇。"人攀明月不可得,月行却与人相随",写月与人的关系。明月高悬,欲攀不能,使人感到可望难即,莫测高远;可是不管夜间人们走到哪里,都受到月光的照拂,相与同行,如在身边。"皎如飞镜临丹阙,绿烟灭尽清辉发",以"飞镜"作比喻,以"丹阙"作陪衬,描写皎皎月轮如明镜飞升,下照宫阙;"绿烟灭尽"四字尤有点染之功,为月光的出现作了铺垫。由此诗人发出感慨:"但见宵从海上来,宁知晓向云间没?"接着又联想到月宫中白兔,并对嫦娥在月宫与谁为邻发问。诗人由月的感受、想象进而对宇宙人生思索："今人不见古时月，今月曾经照古人。古人今人若流水，共看明月皆如此。"今月古月实为一个，而今人古人则不断更迭，在永恒的月亮面前，人是如此之短暂易逝。最后二句归结为及时行乐。曹操诗云："对酒当歌，人生几何？"此处略用其字面，流露出相似的人生感喟，而末句"月光长照金樽里"，从无常求常，意味隽永。这首诗从饮酒问月开始，以邀月临酒结束，由月生发出对宇宙人生的思索，情理并茂，引人涵泳深思。

行路难三首(其一)①

金樽清酒斗十千②，玉盘珍羞直万钱③。停杯投箸不能食④，拔剑四顾心茫然。欲渡黄河冰塞川，将登太行雪满山⑤。闲来垂钓碧溪上⑥，忽复乘舟梦日边⑦。行路难，行路难。多岐路，今安在⑧。长风破浪会有时⑨，直挂云帆济沧海⑩。

【注释】

①行路难：乐府旧题，《乐府诗集》列入《杂曲歌辞》。《乐府解题》云："《行路难》，备言世路艰难及离别悲伤之意。"

②樽：古代盛酒的器具。斗(dǒu)：古代容量单位，一斗等于十升。

③羞："馐"的本字，菜肴。直：通"值"，价值。

④箸(zhù)：筷子。鲍照《拟行路难》："对案不能食，拔剑击柱长叹息。"

⑤太行：即太行山，在现河北、河南、山西三省交界处。"满山"，一作"暗天"。

⑥垂钓碧溪上：据《史记·齐太公世家》载，姜尚老年时，在渭水北岸钓鱼，遇到周文王，被尊为"太公望"，后助周灭商。

⑦乘舟梦日边：《宋书·符瑞志上》："伊挚将应汤命，梦乘船过日月之傍。"

⑧岐：一作"歧"，岔路。安：哪里。

⑨长风破浪：《宋书·宗悫传》载："悫少年时，炳(案，悫叔父)问其志，悫

曰：'愿乘长风破万里浪。'"

⑩直：就，当即。云帆：船帆像出没在云雾之中。

【选评】

1.(明)朱谏《李诗选注》：世路难行如此，惟当乘长风、挂云帆以济沧海，将悠然而远去，永与世违，不蹈难行之路，庶无行路之忧耳。

2.(明)胡震亨《李杜诗通》：《行路难》，叹世路艰难及贫贱离索之感。古辞亡，后鲍照拟作为多。白诗似全效照。

3.(清)弘历《唐宋诗醇》：冰塞雪满，道路之难甚矣。而日边有梦，破浪济海，尚未决志于去也。后有二篇，则畏其难而决去矣。此盖被放之初述怀如此，真写得"难"字意出。

4.韩兆琦《唐诗选注集评》："闲来"两句：是说有些人功名事业的成就是出于偶然的……诗人用此典故，表示人生际遇变幻莫测。

5.马茂元《唐诗选》：诗中指斥统治阶级不重人才，在充满政治上幻灭的悲哀和抑郁不平的感慨中，仍然表现出一种乐观自信的积极精神和乘风破浪的前途展望。

【导读】

《行路难》是古乐府旧题，多叹世路艰难和离索伤悲。南朝宋鲍照曾作《拟行路难》十八首。李白《行路难》共三首，其一尤著名，为古今众多编者注家重视。不过，由于诗歌语言的不确定性，读者的个体差异、所据文献、阐释方式等区别，其主旨也出现"积极"和"消极"截然相反之说。我们从句解入手，以观诗人的情志趋向。

首两句极力表现筵席的华贵和丰盛。"金樽""玉盘"，写器具的豪华；"清酒""珍羞"，写酒食的精美；"斗十千""直万钱"，进一步以价格昂贵形容筵席规格之高。次二句效鲍照的"对案不能食，拔剑击柱长叹息"，"停杯""投箸"两个动作描写，凸显诗人情感的激荡不平，"四顾"又显示诗人的内心迷茫。接着两句承上而转入写"行路难"，诗人以现实中的渡河"冰塞川"、登山而"雪满山",比喻人生道路上的艰难险阻,而"欲""将"两个表时间的副词,更显示出诗人刚要施展理想抱负就受到了阻碍的困境。下两句诗人信笔一转,拈出两个典故,"闲来垂钓碧溪上",写姜尚八十岁在磻溪钓鱼得遇文王;"忽复乘舟梦日边",写伊尹在受聘于汤前梦见自己乘舟绕日月而过。对这两个典故的理解还存在分歧,如明刘咸炘认为"身在江湖心存魏阙",今人韩兆琪认为诗人用典表示"人生际遇变幻莫测"。其实,姜尚、伊尹二典,可能最直接的用意是与诗人理想受阻境况形成对比。

后半部分,诗人先化用骆宾王《从军中行路难》中"行路难,歧路几千端",四句均用三言,节奏更为短促、急快,似乎是烦躁不安、急于抉择状态下的独白,传达出诗人进退两难、不知何去何从的苦闷与迷惘,与前文"心茫然"呼应。最后两句诗人表达心怀,明朱谏认为诗人"乘长风挂云帆以济沧海,将悠然而远去",而清《唐宋诗醇》认为"日边有梦,破浪济海,尚未决志于去"。今人不乏持"消极避世"者,但更多人主张"积极进取",认为诗人用宗悫"乘长风,破万里浪"之典,表现出乐观自信的积极精神和乘风破浪的前途展望。联系李白现存诗如《怀仙歌》、另两首《行路难》等,结合此诗文本的语境,笔者认为诗人在前途无望、茫然失措时,突然坚定乐观、充满信心似乎不合情感发展逻辑,比较合理的解释是诗人在激愤和痛苦中生出消极避世之意。当然,这并非说明诗人真要弃世退隐,也不意味着诗人济世之志消失,事实上,正是诗人执着于济世,当理想无法实现时,诗人在悲愤中才发出遁世的抗议。

从全诗来看,诗人直抒胸臆与典故言志结合,使得诗歌张弛有度、跌宕起伏,具有较强的艺术震撼力;同时,由于诗歌语言的凝练性和典故表意的间接性,导致了多种解读的可能,使得诗歌在被阐释的过程中被赋予了新的意义。

塞下曲六首(其一)①

五月天山雪②,无花只有寒。笛中闻折柳③,春色未曾看。晓战随金鼓④,宵眠抱玉鞍。愿将腰下剑,直为斩楼兰⑤。

【注释】

　　①塞下曲：乐府题名，《乐府诗集》录入《横吹曲辞》。

　　②天山：今新疆哈密、吐鲁番以北一带山脉。《元和郡县志》卷四十陇右道伊州："天山，一名白山，一名折罗漫山，在州北一百二十里。春夏有雪，出好木及金铁，匈奴谓之天山。"

　　③折柳：即折杨柳，古乐府题名。

　　④金鼓：钲，铙。司马相如《子虚赋》："摐金鼓，吹鸣籁。"郭璞注："金鼓，钲也。"

　　⑤楼兰：《汉书·西域传》："鄯善国，本名楼兰，王治抒泥城。去阳关千六百里，去长安六千一百里。"

【选评】

　　1.(明)唐汝询《唐诗解》：此为边士求立功之词。言处寒苦之地，晓则出战，夜不解鞍，欲安所表树乎？思斩楼兰以报天子耳。雪入春则无花，五月可知，是真春光不到之地也。

　　2.(清)沈德潜《说诗晬语》卷上：太白"五月天山雪，无花只有寒。笛中闻折柳，春色未曾看"，一气直下，不就羁缚。

　　3.(清)吴昌祺《删定唐诗解》：此三章大不同矣，此起更妙，言夏尚有雪，春安得柳？

　　4.(近)高步瀛《唐宋诗举要》：吴汝纶曰：淡语便自雄浑(首二句下)。

【导读】

　　《塞下曲》出于汉乐府《出塞》《入塞》等曲，为唐代新乐府题，歌辞多写边塞军旅生活。李白所作共六首，此为第一首。起句从"五月天山雪"开始，点明地点和时间，五月，在内地属于夏季，而在天山还覆盖积雪，表现了边地的苦寒。"无花只有寒"，直接说这里没有春花，唯有寒气逼人。此时诗人"笛中闻折柳"，"折柳"即《折杨柳》曲的省称，表面写边地笛音，意谓眼前无柳可折，"折柳"之事只能于"笛中闻"，侧面反映天气之寒冷。此地又"无花"兼无柳，只能是"春色未曾看"了。沈德潜评论《塞下曲》前四句说:"四语直下,从前未具此格。"又说:"一气直下,不就羁缚。"诗为五律,依惯例应在第二联作意思上的承转,但李白突破格律诗的羁绊,就首联顺势而下,显示出了不拘一格的个性。其下二句紧承前意,极写军旅生活的紧张。早晨随金鼓的敲响而征战,而夜里干脆抱玉鞍而睡,"抱"字尤突出局势的紧张。末二句是借用傅介子的故事,表达自己的政治夙愿。据《汉书·傅介子传》载,汉代地处西域的楼兰国经常杀死汉朝使节,傅介子出使西域,楼兰王贪其所献金帛,被诱至帐中杀死。"愿"与"直为",凸显出作者赴身疆场、奋勇杀敌的英雄气概。

高 适

高适(704？—765？),字达夫、仲武。唐朝渤海郡(今河北景县)人。曾任散骑常侍,世称高常侍。唐代著名边塞诗人,与岑参并称"高岑"。有《高常侍集》等传世。

燕歌行①

开元二十六年,客有从元戎出塞而还者②,作《燕歌行》以示,适感征戍之事,因而和焉。

汉家烟尘在东北③,汉将辞家破残贼。男儿本自重横行,天子非常赐颜色④。摐金伐鼓下榆关⑤,旌旆逶迤碣石间⑥。校尉羽书飞瀚海⑦,单于猎火照狼山⑧。山川萧条极边土,胡骑凭陵杂风雨。战士军前半死生,美人帐下犹歌舞!大漠穷秋塞草腓⑨,孤城落日斗兵稀。身当恩遇常轻敌,力尽关山未解围。铁衣远戍辛勤久,玉箸应啼别离后⑩。少妇城南欲断肠,征人蓟北空回首。边庭飘摇那可度⑪,绝域苍茫无所有!杀气三时作阵云,寒声一夜传刁斗⑫。相看白刃血纷纷,死节从来岂顾勋⑬?君不见沙场征战苦,至今犹忆李将军⑭!

【注释】

①燕歌行:乐府古题,属相和歌平调曲。《乐府诗集》引《乐府广题》曰:"燕,地名也,言良人从役于燕而为此曲。"

②元戎:军事统帅,此处指张守珪。

③汉家:汉朝,此处指唐朝。烟尘:指边疆寇警,此指奚、契丹等的侵扰。

④赐颜色:指褒奖宠赏。

⑤摐(chuāng)金伐鼓:军中鸣金击鼓。榆关:古关名,在今山海关。

⑥旌:杆顶饰有五彩羽毛的旗。旆:大旗。碣石:山名,在今河北昌黎县

111 ·

北,此借指东北沿海一带。

⑦校尉:唐时为武散官,位次将军,此处泛指武将。羽书:又称羽檄,此处指紧急军事文书。瀚海:泛指沙漠地带。

⑧猎火:游牧民族侵扰的战火。

⑨穷秋:深秋。腓(féi):此处指枯萎。

⑩玉箸:形容妇女双眼的泪痕。

⑪边庭:边地。那可度:一作"难可越"。

⑫刁斗:军中铜制用具,日以作炊,夜以敲更。

⑬顾勋:顾到个人建立功勋的事。

⑭李将军:即李广。李广善用兵,爱惜士卒,守右北平,匈奴畏之下敢南侵,称为飞将军,事见《史记·李将军传》。一说李牧。

【选评】

1.(明)凌宏宪《唐诗广选》:蒋仲舒曰:"少妇"以后,又是一番断肠情况。

2.(清)王夫之《唐诗评选》:词浅意深,铺排中即为诽刺。此道自《三百篇》来,至唐而微,至宋而绝。"少妇""征人"一联,倒一语乃是征人想他如此,联上"应"字,神理不爽。结句亦苦平淡,然如一匹衣着,宁令稍薄,不容有颣。

3.(清)方东树《昭昧詹言》:"汉家"四句起,"扮金"句接,"山川"句换,"大漠"句换,"铁衣"句转,收指李牧以讽。

4.(清)沈德潜《唐诗别裁集》:七言古诗中时带整句,局势方不散漫。若李、杜风雨纷飞,鱼龙百变,又不可以一格论。

5.(清)吴乔《围炉诗话》:《燕歌行》之主中主,在忆将军李牧善养士而能破敌。于达夫时,必有不恤士卒之边将,故作此诗。而主中宾,则"战士军前半生死,美人帐下犹歌舞""相看白刃血纷纷,死节从来岂顾勋"四语是也。其余皆是宾中主。自"汉家烟尘"至"未解围",言出师遇敌也。此下理当接以"边庭"云云,但径直无味,故横间以"少妇""征人"四语。"君不见"云云,乃出正意以结之也。文章出正面,若以此意行文,须叙李牧善养士、能破敌之功烈,以激励此边将。诗用兴比出侧面,故止举"李将军",使人深求而得,故曰

"言之者无罪，而闻之者足以戒"也。

【导读】

据高适《燕歌行》序，开元二十六年（738），高适因感出塞而归者所咏征戍之事而作和诗。此年，张守珪裨将赵堪、白真陁罗等假以守珪之命，逼平卢军使乌知义击叛奚余党。知义不从，白真陁罗又假称诏命以迫之，知义不得已出兵，初胜后败。守珪隐其败状，妄奏克获之功。诗人所感当为此事。

开头八句写出师。首两句以汉喻唐，指出了战争的地点、性质。"男儿本自重横行，天子非常赐颜色"，似揄扬汉将去国时的威武荣耀，实则已隐含讥讽，预伏下文。"横行"典故出自《史记•季布传》，因单于尝为书轻辱吕后，樊哙对吕后说："臣愿得十万众，横行匈奴中。""横行"意味着恃勇轻敌，表明作者对战争的态度。"摐金伐鼓下榆关，旌旆逶迤碣石间"，描写金鼓震天的场面，旌旗飘扬在碣石之间，可见战争场面之壮观。"校尉羽书飞瀚海"，"飞"字表明军情危急；"单于猎火照狼山"，写敌军之势盛。从辞家去国到榆关、碣石，更到瀚海、狼山，这八句概括了出征的历程，逐步推进，气氛也从宽缓渐入紧张。

接下八句写战斗危急而失利。"山川萧条极边土"，展现开阔而无险可凭的地带，带出一片肃杀的气氛。胡骑迅急剽悍，如狂风暴雨卷地而来。汉军奋力迎敌，杀得昏天黑地，不辨死生。然而，就在此时此刻，那些将军们却远离阵地寻欢作乐，"美人帐下犹歌舞"！这样严酷的事实对比，有力地揭露了汉军中将军和兵士的矛盾，暗示了必败的原因。"力尽关山未解围"，战场失利的场面，与上文"横行"的豪气形成反差。

再下八句写征夫对思妇的思念，表现了诗人对战争的厌恶之情。"铁衣远戍辛勤久，玉箸应啼别离后"，战士征战久不归，家中思妇泪如玉箸。"少妇城南欲断肠，征人蓟北空回首"，"欲断肠""空回首"写出了征人思妇痛苦不能相见、催人泪下的场景。然而"边庭飘摇"没有尽头，"绝域苍茫"给人没有希望之感。"杀气三时作阵云，寒声一夜传刁斗"，"杀气""寒声"，更添萧瑟之感，深化了主题。

最后四句点出主旨。"相看白刃血纷纷，死节从来岂顾勋"，战士们浴血奋战,岂是为了功勋,反讽战场上将帅渎职致使连年征战。"君不见沙场征战苦,至今犹忆李将军",从对名将李将军的怀念进一步突出主题。

全诗以浓缩的笔墨,写了一个战役的全过程,即出师、战败、被围、死斗,脉理绵密,一步步揭示战争失败的原因,由此抨击了主将骄逸轻敌、不恤士卒的罪行。

岑 参

岑参（715？—770），荆州江陵（现湖北江陵）人，后徙居江陵。天宝三年（744）进士，曾官嘉州刺史（今四川乐山），世称"岑嘉州"。唐代著名边塞诗人，与高适并称"高岑"。有《岑参集》行世。

走马川行奉送封大夫出师西征①

君不见走马川行雪海边②，平沙莽莽黄入天。轮台九月风夜吼③，一川碎石大如斗，随风满地石乱走。匈奴草黄马正肥，金山西见烟尘飞④，汉家大将西出师。将军金甲夜不脱，半夜军行戈相拨⑤，风头如刀面如割。马毛带雪汗气蒸，五花连钱旋作冰⑥，幕中草檄砚水凝⑦。虏骑闻之应胆慑，料知短兵不敢接⑧，车师西门伫献捷⑨。

【注释】

①走马川：即车尔成河，又名左未河，在今新疆境内。行：诗歌的一种体裁。封大夫：即封常清，唐朝将领，蒲州猗氏人，以军功擢安西副大都护、安西四镇节度副大使、知节度事，后又升任北庭都护，持节安西节度使。西征：一般认为是出征播仙。

②走马川行雪海边：一作"走马沧海边"。雪海：指今天山主峰与伊塞克湖之间。

③轮台：地名，在今新疆米泉境内。

④金山：指今新疆乌鲁木齐东面的博格多山。

⑤戈相拨：兵器互相撞击。

⑥连钱：花纹、形状似相连的铜钱。此指马斑驳的毛色。

⑦草檄（xí）：起草讨伐敌军的文告。

⑧短兵：指刀剑一类武器。

⑨车师：唐北庭都护府治所庭州，在今新疆乌鲁木齐东北。献捷：献上贺捷诗章。

【选评】

1.（清）黄培芳《唐贤三昧集笺注》：第一解二句，余皆三句一解，格法甚奇。"大如斗"者尚谓之"碎石"，是极写风势，此见用字之诀。奇句，亦是用字之妙（"马毛带雪"二句下）。其精悍处似独辟一面目，杜亦未有此。老杜《饮中八仙歌》中，多用三句一解而不换韵，此首六解换韵，平仄互用，别自一奇格也。

2.（清）沈德潜《唐诗别裁集》：势险节短。句句用韵，三句一转，此《峄山碑》文法也，《唐中兴颂》亦然。

3.（清）宋宗元《网师园唐诗笺》：奇景以奇结状出（"一川碎石"句下）。险绝怕绝，中夜读之，毛发竖起。逐句用韵，每三句一转，促节危弦，无佶屈聱牙之病，嘉州之所以颉颃李、杜，而超出于樊宗师、卢仝辈也。

4.（清）张文荪《唐贤清雅集》：才作起笔，忽然陡插"风吼""石走"三句，最奇。下略平叙舒其气，复用"马毛带雪"三句，跌宕一番。急以促节收住，微见颂扬，神完气固。谋篇之妙，与《白雪歌》同工异曲，三句一转都用韵，是一格。

5.（清）方东树《昭昧詹言》：奇才奇气，风发泉涌。"平沙"句，奇句。

【导读】

方东树称岑参"奇才奇气，风发泉涌"，《走马川行奉送封大夫出师西征》典型体现了这一特点。

首先，以奇律构奇体。全诗共十七句，以韵分为六解。除首两句为一解外，其他均三句一解。首两句押平声"先"韵；次三句押上声"有"韵；再次三句，"飞""肥"属平声"微"韵、"师"属平声"支"韵，通押；再次三句，押入声"曷"韵；再次三句，押平声"蒸"韵；末三句押入声"叶"韵。每解逐句押韵，六解韵平仄交替，构成了体式独特的七言古诗。

其次，以奇语出奇景。"平沙莽莽黄入天"，写黄沙飞扬，遮天蔽日，可见狂风之势。"轮台九月风夜吼,一川碎石大如斗,随风满地石乱走",以夸张和比喻的手法,形象地描写如斗碎石随风乱走之景,凸显夜风强劲和猛烈。"风头如刀面如割",由写景转向写人,连用"如刀""如割"两个比喻,进一步强调夜行将士在狂风席卷下的感受。"马毛带雪汗气蒸,五花连钱旋作冰,幕中草檄砚水凝",边塞不仅风大,而且极冷,战马奔腾蒸发汗水粘着马毛迅凝成冰,军幕中起草檄文的砚水也已冻结,充分渲染了天气的严寒。

最后,以奇法出奇意。诗人一方面抓住边地的典型景物,夸张描写边地的气候恶劣;另一方面叙写将士西征半夜行军之事,表现将军以身示范和军队整肃严明。诗人运用反衬的手法,愈极力渲染环境的艰险,强调半夜行军的困难,也就愈突出将士勇武昂扬的斗志和不畏艰险的精神。

全诗以奇句绘奇景,用奇法言奇意,加之诗人以平仄转韵、促节危弦的体式,充分表现边塞战事的惊心动魄,是一篇奇思飞越又激情洋溢的边塞佳作。

杜 甫

杜甫(712—770),字子美,自号少陵野老。河南巩县(今河南巩义)人。曾任左拾遗、检校工部员外郎。后世称其杜少陵、杜拾遗、杜工部等。唐代伟大现实主义诗人,后人尊其为"诗圣",诗被称为"诗史"。有《杜工部集》传世。

垂老别①

四郊未宁静,垂老不得安。子孙阵亡尽,焉用身独完②。投杖出门去,同行为辛酸。幸有牙齿存,所悲骨髓干③。男儿既介胄④,长揖别上官⑤。老妻卧路啼,岁暮衣裳单。孰知是死别,且复伤其寒。此去必不归,还闻劝加餐。土门壁甚坚⑥,杏园度亦难⑦。势异邺城下⑧,纵死时犹宽。人生有离合,岂择衰老端。忆昔少壮日,迟回竟长叹⑨。万国尽征戍,烽火被冈峦。积尸草木腥,流血川原丹。何乡为乐土,安敢尚盘桓⑩。弃绝蓬室居,塌然摧肺肝⑪。

【注释】

①垂老别:杜甫"三别"组诗包括《新婚别》《无家别》《垂老别》。

②焉用:何以。独完:独自活下去。

③骨髓干:形容筋骨衰老。《史记》:"秦父兄怨此三人,痛入骨髓。"

④介胄:铠甲和头盔。

⑤长揖:相见礼,拱手高举,自上而下。上官:指地方官吏。

⑥土门:在今河阳孟县附近,唐军防守的重要据点。

⑦杏园:在今河南汲县东南,唐军防守的重要据点。

⑧邺城:即相州,治所在今河南安阳。唐肃宗乾元元年(758),郭子仪收复长安和洛阳,和李光弼等九节度使乘胜率军进击,在邺城包围了安庆绪叛军。唐肃宗对众领兵并不信任,不设统帅,兼粮食不足,次年唐军在邺城

大败。

⑨迟回:徘徊。鲍照诗《代放歌行》:"今君有何疾,临路独迟回。"

⑩盘桓:留恋不忍离去。

⑪塌然:形容肝肠寸断的样子。摧肺肝:形容极度悲痛。曹植诗:"黄鸟为悲鸣,哀哉伤肺肝。"

【选评】

1.(明)高棅《唐诗品汇》:王深父云:军兴之际,至于老者亦介胄,则有甚于间左之戍矣。

2.(明)陆时雍《诗镜总论》:《石壕吏》《垂老别》诸篇,穷工造境,逼于险而不括。

3.(明)钟惺、谭元春《唐诗归》:钟云:老人强作壮语,悲甚("男儿"二句下)。

4.(清)施闰章《蠖斋诗话》:《垂老别》云:"老妻卧路啼,岁暮衣裳单。孰知是死别,且复伤其寒。"曲折已明。又云:"此去必不归,还闻劝加餐。"观王粲《七哀》:"路逢饥妇人,抱子弃草间。未知身死处,焉能两相完?驱马弃之去,不忍听此言。南登灞陵道,回首望长安。"蕴藉差别。

【导读】

唐肃宗乾元二年(759),唐军邺城兵败之后,为了扭转危局,在洛阳以西、潼关以东一带强行抓丁,连老人也不能幸免。《垂老别》创作于这一历史时期,主要叙写一老翁暮年从军与老妻惜别的悲惨场景。

前八句将老翁置于战乱的环境中,语势低落,给人压抑之感。"四郊未宁静,垂老不得安",写出在战乱的环境中,连老人都不能幸免于难。"子孙阵亡尽,焉用身独完",写子孙都已在战争中牺牲,自己又何必苟活于世,字里行间充满无奈。"投杖出门去,同行为辛酸",老翁投身到战争前线,同行之人看到此情此景,都感到很辛酸,反衬出这个已处于风烛残年的老翁的悲苦命运。"幸有牙齿存,所悲骨髓干",言自己还能勉强应付前线的艰苦生活,但悲哀的是骨髓行将榨干,语气跌宕起伏,曲折地表现了老翁内心的悲愤。

接下八句主要写老妻闻听老翁要赴战场的反应。"男儿既介胄,长揖别上官",作为男子汉,理应披上戎装,在战场奋勇杀敌,显示出慷慨昂扬之气。"老妻卧路啼,岁暮衣裳单",老妻听闻消息,已哭倒在路旁,衣衫褴褛在寒风中瑟瑟发抖,情绪又急转为低沉。尽管知道这次是生离死别,老妻还规劝老翁在前线多保重,"伤其寒""劝加餐"等平常用语,将老翁与老妻之间互相安慰的话语,放在生离死别的处境中,产生悲人心肠的艺术效果。

再下八句为老翁宽慰老妻的话。先从局势进行分析,"土门壁甚坚,杏园度亦难",守卫河阳的防线坚固,敌军不易越过黄河上杏园的渡口,而且局势与邺城也有异,还未到生死存亡时刻。然后又从人情方面进行劝诫,人生总不免有悲欢离合,不只是在衰老之时。老翁虽一再宽慰老妇和自己,但"迟回竟长叹",流露出老翁无可奈何和痛不欲生之情。

最后八句老翁从宽慰老妻引到当时局势的诉说。"积尸草木腥,流血川原丹",天下到处都是征战,战争使得死亡无数,哪儿还有什么乐土?又怎敢彷徨不前?但想到自己要离开生于斯、长于斯的故乡,老翁又"塌然摧肺肝",感到撕心裂肺的疼痛。老翁这几句话,讲述了山河破碎、百姓流离失所的事实,也显示了老翁暮年从军的痛苦、悲壮、无奈交杂的矛盾心理。

客　从

客从南溟来①,遗我泉客珠②。珠中有隐字③,欲辨不成书。缄之箧笥久④,以俟公家须⑤。开视化为血,哀今征敛无。

【注释】

①南溟:南海。《庄子·逍遥游》:"海运则将徙于南溟。"

②遗:赠送。泉客:即鲛人,也叫泉先。《述异记》:"南海中有鲛人室,水居如鱼,不废机织,其眼能泣则出珠。"泉客珠:即泪水化成的珍珠。左思《吴都赋》:"泉室潜织而卷绡,渊客慷慨而泣珠。"

③隐字：隐约不清的字。《酉阳杂俎·贝编》："摩尼珠中有金字偈。"

④缄：封藏。箧笥（qièsì）：指储藏物品的小竹箱。

⑤俟：等待。公家：官家。

【选评】

1.（明）王嗣奭《杜臆》：此为急于征敛而发。上之所敛，皆小民之血，今并血而无之矣。"珠中隐字"，喻民之隐情，欲辨而不得也。

2.（明）唐元竑《杜诗攟》：纪事感怀不当如是耶。大凡诗及时事，贵在不尽，使人得于言外。若非"公家征敛"四字，分见篇中，其本意不可寻也。"珠中有隐字，欲辨不成书"，即以此语赞此诗可也。

3.（清）陈式《问斋杜意》：珠在箧笥，断无化血之理。是时广南采珠，来书必极道朝廷征敛。故既以珠美其书，而又以化血形其词之苦也。然事属广南，而公诗又似不止为广南言，整云到处如此。

4.（清）浦起龙《读杜心解》：都从"泉客珠"三字淹出。言珠必言泉客，见此物为泪点所成，非但贴切南方而已。字不成书，民欲自诉而不敢显言也。

5.（清）杨伦《杜诗镜铨》：此诗从珠上想出有隐字，从泉客珠上想出化为血。珠中隐字，比民隐莫如，上之所征，皆小民泪点所化，今并无之，痛不忍言矣。

【导读】

这首诗题目"客从"取首句二字，前两句句式又类似"客从远方来，遗我双鲤鱼"，且全诗运用叙事手法，这都是汉乐府常见的写法。诗人仿效汉乐府的形式，巧妙地选用了"泉客珠"这一神话传说意象，虚构了一个化珠为血的故事，控诉了唐代"征敛"给百姓带来的痛苦，使诗歌不仅具有深刻的思想内蕴，而且也具有艺术可读性。"泉客珠"是价值不菲的宝贝，又因为此珠是鲛人眼泪化成，就暗示了珠子与伤心、痛苦之情有关。三四句又引入佛家传说，不仅进一步说明珠子的独特和神奇，而且还具有多种象征意蕴，如有人认为"隐字"象征着百姓的难言之痛，欲自诉而不敢显言；还有人认为"隐字"喻示着杜甫欲代民立言,但终不得上书。五六句由虚转实,直述百姓珍藏珠宝以待官家征求。最后两句先构织了一个珠子化血的荒诞故事,使诗歌显得更为扑朔迷离;后以"哀今征敛无"收尾,又由虚见实,使人才顿悟原来朝廷征敛的"泉客珠",乃是由"血"与"泪"凝结而成,或者说"泉客珠"就象征着百姓的血泪。诗歌大约作于唐代宗大历四年(769),是年三月朝廷派御史向商人征税,使人民苦不堪言,时杜甫漂泊于潭州,有感于百姓生活艰辛而奋笔而书。诗歌具有强烈的现实性,体现了杜甫的忧国爱民的精神,也显示了诗人高超的叙事技巧。

月 夜

今夜鄜州月①,闺中只独看。遥怜小儿女,未解忆长安。香雾云鬟湿,清辉玉臂寒②。何时倚虚幌③,双照泪痕干④。

【注释】

①鄜州:今陕西省富县。时安禄山之乱,杜甫家人在鄜州羌村,杜甫挺身赴长安,独转陷贼中。

②"香雾"句:诗人想象妻子独自望月已久,雾深露重,使得云鬟沾湿,玉臂生寒。

③虚幌:薄帷。

④双照:言月照夫妻相会。

【选评】

1.(元)方回《瀛奎律髓》:少陵自贼中间道至凤翔,拜左拾遗。既收京,从驾入长安。时寄家鄜州。八句皆思家之言。三、四及"儿女",六句全是忆内,与乃祖诗骨格声音相似。

2.(明)钟惺、谭元春《唐诗归》:谭云:"遍插茱萸少一人","霜鬓明朝又一年",皆客中人遥想家中相忆之词,已难堪矣。此又想其"未解忆",又是客中一种愁苦,然看得前二绝意明,方知"遥怜""未解"之趣("遥怜"二句下)。钟云:"泪痕干",苦境也,但以"双照"为望,即"庶往共饥渴"意(末句下)。

3.(明)王嗣奭《杜臆》:意本思家,而偏想家人之思我,已进一层。至念及儿女之不能思,又进一层。

4.(清)沈德潜《唐诗别裁集》:"只独看"正忆长安,儿女无知,未解忆长安者苦衷也。反复曲折,寻味不尽。五、六语丽情悲,非寻常秾艳。

5.(清)浦起龙《读杜心解》:心已驰神到彼,诗从对面飞来,悲婉微至,精丽绝伦,又妙在无一字不从月色照出也。

6.(近)高步瀛《唐宋诗举要》:吴汝纶曰:专从对面着想,笔情敏妙。

【导读】

这首诗从对面着笔,借助想象,抒写自己对家人、妻子对自己的思念,离乱之痛和内心之忧熔于一炉,反映了安史之乱后带给人们的苦痛,也表现出诗人的思家忧国的复杂心情。

首联写诗人在月夜不禁涌起对妻子的思念,遥想妻子"独看"鄜州之月。杜甫与妻子曾在长安共同生活,安史之乱后,一家人逃难到了羌村。往日与妻子同看月,还能与妻子同分忧,而如今不仅不能团圆,还身陷乱军之中。颔联"遥怜小儿女,未解忆长安","忆长安"不仅充满了亲人分离的辛酸,而且交织着对于国破人亡的忧虑与惊恐;"不解",写出小儿女因为年幼,还不明白国破乱离之苦痛,不能替妻子分忧,从小孩的"不念"更能凸显出大人的"念"。颈联通过妻子独自看月的形象描写,进一步表现对长安的追忆。"香雾云鬟湿,清辉玉臂寒",遥想妻子泪水打湿了双鬟,月寒玉臂,夜深不能寐,自己也不免伤心落泪。尾联通过疑问,表现了诗人为对未来团聚的期望。"双照"与上面的"独看"对应,指出待到二人团聚之时,泪痕则始干,而如今只能"独看",更进一步凸显对妻子的思念之情。

诗歌本是写自己对妻子的思念,却设想对方对自己的思念,从对方那里生发出自己的感情。诗人写妻子"独看"鄜州之月而"忆长安",而自己"独看"长安之月而忆鄜州,亦包含其中。后文"双照"又与"独看"相互对照,回忆往日与畅想未来有机交融,章法紧密,感情真挚,令人动容。

秋兴八首(其一)①

　　玉露凋伤枫树林②,巫山巫峡气萧森③。江间波浪兼天涌,塞上风云接地阴④。丛菊两开他日泪⑤,孤舟一系故园心。寒衣处处催刀尺⑥,白帝城高急暮砧⑦。

【注释】

　　①秋兴:遇秋而遣兴。组诗八首写秋字意少,兴字意多。

　　②玉露:白露。

　　③巫峡:西起今重庆巫山县大宁河口,东至湖北巴东县官渡口,是三峡中最长者。

　　④塞上:指夔州。陈廷敬曰:"有谓'塞上'指由蜀入秦之塞。此章八句,皆指夔州,若七句指夔州,独一句指蜀塞,不成章法矣。"

　　⑤"丛菊"两开:盖自永泰元年秋至云安,大历元年秋在夔州,是两见菊开也。

　　⑥"寒衣"句:化用郭泰机《答傅咸诗》:"天寒知运速,况复雁南飞。衣工秉刀尺,弃我忽若遗。"

　　⑦白帝城:在今重庆市奉节县东白帝山上。砧:捣衣石。

【选评】

　　1.(明)高棅《唐诗品汇》:刘云:此七字拙("丛菊两开"句下)。

　　2.(清)何焯《义门读书记》:中四句,虚实蹉对。"江间波浪兼天涌"二句,虚含第二首"望"字。"丛菊两开他日泪"二句,虚含"望"之久也。

　　3.(清)吴乔《围炉诗话》:《秋兴》首篇之前四句,叙时与景之萧索也,泪落于"丛菊",心系于"归舟",不能安处夔州,必为无贤地主也。结不过在秋景上说,觉得淋漓悲戚,惊心动魄,通篇笔情之妙也。

4.(清)弘历《唐宋诗醇》:钱谦益曰:首篇颔联悲壮,颈联凄紧,以节则杪秋,以地则高城,以时则薄暮,刀尺苦寒,急砧促别,末句标举兴会,略有五重,所谓嵯峨萧瑟,真不可言。

5.(清)方东树《昭昧詹言》:起句下字密重,不单侧佻薄,可法。是宋人对治之药。三、四,沉雄壮阔。五、六,哀痛。收,别出一层,凄紧萧瑟。

【导读】

这首诗是杜甫《秋兴》组诗的序曲,通过对巫山巫峡秋色的形象描绘,烘托出阴沉萧森、动荡不安的环境气氛,抒发了诗人孤独之情和忧念国家兴衰之感。首联总写巫山巫峡的秋色,用阴沉萧瑟的秋景衬托诗人的焦虑、伤国伤时的心情。"玉露"点出时节为秋天,草木摇落,白露为霜;"巫山巫峡",交代地点;"凋伤""萧森",写出秋季的败落景象,气氛阴沉。颔联"江间"承"巫峡","塞上"承"巫山",说巫峡里面波浪滔天,乌云则从天上压下来,场面令人惊骇。其中既有景物描写,也暗寓时局动荡不安、国家命运前途未卜的处境。颈联由描写景物转入抒情,由秋天景物触动羁旅之思。"丛菊两开他日泪",既指菊花两度,又指泪流两回。从云安到夔州的这两年,诗人无时无刻不在思念长安,见到丛菊两开,不禁再度落泪。"孤舟一系故园心",孤舟漂泊,诗人始终心系故都,见出羁留夔州的悲伤。尾联在时序推移中写秋景,"寒衣处处催刀尺,白帝城高急暮砧",秋风凛冽,人们加紧赶制寒衣来御寒,白帝城传来妇女槌捣衣服的砧声。诗人听到白帝城传来的急促砧声,更能引发羁旅思乡之情。全诗以"秋"为线索,抒写了萧瑟秋景引发的国家兴衰、暮年漂泊、身世蹉跎的感慨。

韦应物

韦应物(？—791？)，字义博，京兆杜陵(今陕西西安)人。以门荫入仕，曾任江州刺史、检校左司郎中、苏州刺史，世称"韦江州""韦左司""韦苏州"。著名山水诗人，后人以王维、孟浩然、韦应物、柳宗元并称"王孟韦柳"。有《韦苏州集》等。

寄全椒山中道士①

今朝郡斋冷②，忽念山中客。涧底束荆薪，归来煮白石③。欲持一瓢酒，远慰风雨夕④。落叶满空山，何处寻行迹。

【注释】

①全椒：今安徽省全椒县，唐属滁州。诗作于兴元元年秋。

②郡斋：滁州刺史衙署的斋舍。

③白石：相传道家服食有"煮五石英法"。葛洪《神仙传》云："白石先生者，中黄丈人弟子也，常煮白石为粮，因就白石山居，时人故号曰白石先生。"

④"欲持"二句：陶潜《饮酒》："忽与一觞酒，日夕欢相持。"

【选评】

1.(宋)许顗《彦周诗话》："落叶满空山，何处寻行迹。"东坡用其韵曰："寄语庵中人，飞空本无迹。"此非才不逮，盖绝唱不当和也。

2.(宋)洪迈《容斋随笔》：韦应物在滁州，以酒寄全椒山中道士，作诗云云。其为高妙超诣，固不容赘说，而结尾两句，非复语句思索可到。

3.(明)钟惺、谭元春《唐诗归》：钟云：此等诗妙处在工拙之外。

4.(明)周珽《唐诗选脉会通评林》：周敬曰：通篇点染，情趣恬古。一结出自天然，若有神助。

5.（清）沈德潜《唐诗别裁集》：化工笔，与渊明"采菊东篱下，悠然见南山"，妙处不关语言意思。

【导读】

这首诗表达了作者对全椒山中道士的追忆之情。"今朝郡斋冷，忽念山中客"，"冷"字既写出郡斋气候的冷，更写出诗人心头的冷。诗人忆起山中之客，想象山中道士在这寒冷天气去涧底打柴，打柴回来却只能"煮白石"。在此诗人把友人比作葛洪《神仙传》中的白石先生，"尝煮白石为粮，因就白石山居"，为友人修炼服食增加一份神异色彩。诗人牵挂道士，欲持一瓢酒去慰问，使友人在这风雨之夜得到安慰。然而"落叶满空山，何处寻行迹？"落叶洒满空山，又到何处去寻觅友人，诗人的孤独和失望由此可见。这首诗虽然短小，却能让人感受到诗人情感的跳荡与反复，先是由郡斋之冷而思念友人，后来想去宽慰他，但终未能成行，展现出诗人由希望到失望的落寞之情。

孟 郊

孟郊(751—815),字东野,湖州武康(今浙江德清)人。中唐"韩孟诗派"代表诗人,有"诗囚"之称。重苦吟,与贾岛并称"郊寒岛瘦"。有《孟东野诗集》。

苦寒吟①

天色寒青苍,北风叫枯桑②。厚冰无裂文③,短日有冷光。敲石不得火④,壮阴夺正阳。调苦竟何言,冻吟成此章。

【注释】

①苦寒吟:即苦寒行,乐府相和歌辞。《乐府解题》曰:"晋乐,奏魏武帝《北上篇》,备言冰雪溪谷之苦,其后或谓之《北上行》,盖因武帝辞而拟之也。"

②"天色"二句:化自蔡邕《饮马长城窟行》:"枯桑知天风,海水知天寒。"

③"厚冰"句:反用杜甫《高都护骢马行》诗意:"腕促蹄高如踣铁,交河几蹴曾冰裂。"此处形容甚寒。

④敲石:敲击火石以取火。

【选评】

《藏海诗话》:孟郊诗云:"天色寒青苍,朔(北)风吼(叫)枯桑。厚冰无断(裂)文,短日有冷光。"此语古而老。

【导读】

孟郊一生贫困,诗多啼饥号寒,倾诉穷愁的不平之鸣。《苦寒吟》可以看作诗人一生悲凉的形象写照。首两句"天色寒青苍,北风叫枯桑",营造出一种悲凉沧桑的气氛。"青"为冷色调,给人冷的感觉,而此时的天色却是"寒青苍",令人不寒而栗;"枯桑"给人一种死气沉沉、毫无生机的感觉,"北风叫",

更突出了北风之凛冽。"厚冰无裂文,短日有冷光",冰层不仅结实,而且厚重,没有一丝裂纹;冬日虽有阳光,但也让人感到冷意。这两句以隆冬特有的景象渲染寒冷。"敲石不得火,壮阴夺正阳",天气寒冷,敲石都不能取火,阴气正盛,势头盖过逐渐回升的阳气,进一步突出寒冷。最后两句"调苦竟何言,冻吟成此章",感慨生活穷困潦倒,饱受风寒之苦,才写成此篇。全诗用冷的色调,着意描写了阴冷寒寂的境界和一个穷愁苦吟的诗人形象。苏轼评价孟东野诗"郊寒",《苦寒吟》即其代表性诗作。

韩 愈

韩愈(768—824),字退之,河南河阳(今河南孟州)人,自谓"郡望昌黎",世人称"昌黎先生"。中唐"韩孟诗派"领袖,古文运动倡导者,被后人尊为"唐宋八大家"之首。有《韩昌黎集》。

山 石

山石荦确行径微①,黄昏到寺蝙蝠飞。升堂坐阶新雨足,芭蕉叶大支子肥②。僧言古壁佛画好,以火来照所见稀③。铺床拂席置羹饭,疏粝亦足饱我饥④。夜深静卧百虫绝,清月出岭光入扉。天明独去无道路,出入高下穷烟霏⑤。山红涧碧纷烂漫,时见松枥皆十围。当流赤足蹋涧石,水声激激风吹衣。人生如此自可乐,岂必局束为人鞿⑥。嗟哉吾党二三子⑦,安得至老不更归。

【注释】

①荦确:山石奇险高大,凹凸不平。行径微:路窄。

②支子:即栀子。

③稀:依稀,模糊。一说稀少。

④疏粝:粗糙的饭食。粝,糙米。

⑤烟霏:烟雾。何焯《义门读书记》:"穷烟霏三字,是山中平明真景。从明中仍带晦,都是雨后兴象。又即发端荦确、黄昏二句中所包蕴也。"

⑥局束:拘束。鞿:此处作动词用,牵制。

⑦吾党二三子:和自己志趣相合的几个朋友。《论语》:"吾党之小子。"

【选评】

1.(宋)黄震《黄氏日钞》:《山石》诗,清峻。

2.(清)汪森《韩柳诗选》:句烹字炼而无雕琢之迹,缘其于淡中设色,朴处生姿耳。七言古诗,唐初多整丽之作,大抵前句转韵,音调铿锵,然自少陵始变为生拗之体,而公诗益畅之,意境为之一换。

3.(清)方东树《昭昧詹言》:不事雕琢,自见精彩,真大家手笔。许多层事,只起四语了之。虽是顺序,却一句一样境界,如展画图,触目通层在眼,何等笔力!五句、六句又一画。十句又一画。"天明"六句,共一幅早行图画,收入议。从昨日追叙,夹叙夹写,情景如见,句法高古。只是一篇游记,而叙写简妙,犹是古文手笔。他人数语方能明者,此须一句,即全现出,而句法复如有余地,此为笔力。

4.(清)刘熙载《艺概》:昌黎诗陈言务去,故有倚天拔地之意。《山石》一作,辞奇意幽,可为《楚辞•招隐士》对,如柳州《天对》例也。

5.(清)汪佑南《山泾草堂诗话》:是宿寺后补作。以首二字"山石"标题,此古人通例也。"山石"四句,到寺即景。"僧言"四句,到寺后即事。"夜深"二句,宿寺写景。"天明"六句,出寺写景。"人生"四句,写怀结。通体写景处,句多浓丽;即事写怀,以淡语出之。浓淡相间,纯任自然,似不经意,而实极经意之作也。

【导读】

题目"山石"二字,取自首句的前二字,虽题为"山石",却不是咏山石,而是一篇山水记游之作。诗歌按时间顺序记叙了游览惠林寺的所见所感,描绘了从黄昏入夜再到黎明的清幽景色,抒发了作者不愿为世俗羁绊,追求恬淡自由生活的情感。

前四句写晚上途中和寺庙所见之景。"荦确"写山石凹凸不平,"行径微"为路窄,反映出寺庙所处之地的偏僻、清净;蝙蝠一般在黄昏时才会出现,这就与"黄昏到寺"相照应,使山寺笼罩在暮色之下;雨后芭蕉叶子宽大,栀子果实肥硕,是"新雨"之后的特有景致,为阴沉清寂的寺院增添了亮丽的色彩。其下六句写到寺中之事。寺庙之内的僧侣介绍古壁佛画,并且秉烛相伴欣赏,遗憾的是所见模糊;之后僧侣"铺床拂席"、置备羹饭招待,粗茶淡饭足以充饥。这四句显示了僧侣的热情好客与生活简朴,使诗人感到心满意足。夜深人静之时,"百虫"都寂寞无声,此时"清月出岭光入扉",月光透过窗户照到窗前,恬静而美好。接下去六句,写清晨出发路上之景。"天明独去无道路,出入高下穷烟霏",山谷烟雾缭绕,以至于分不清道路,诗人不得不在烟雾中探寻。冲破烟雾后,看到山涧中红花灿烂,老松古枥有十围之粗。过河时诗人干脆赤足踏在涧石之上,沐浴着小风,听着流水之声,喜悦之情溢于言表。最后四句是诗人抒发感慨。人生有很多乐趣,没必要为世俗所羁绊,诗人为情投意合的伙伴到老不返回故乡而叹息,可见其对及早归耕的认同。

这首诗开拓了纪游诗的新领域。诗人按照行程顺序逐层叙写景事,善于捕捉不同景物在特定时间中独特表现,精心提炼游历中具有典型意义的事件,表现山中清幽新丽的自然美和真诚简朴的人情美,体现出作者对适意、自由生活的向往。

白居易

白居易(772—846),字乐天,号香山居士,又号醉吟先生。祖籍太原,生于河南新郑。贞元十六年(800)中进士,官至翰林学士、左赞善大夫。与元稹共同倡导新乐府运动,世称"元白"。又与刘禹锡并称"刘白"。有《白氏长庆集》传世。

长恨歌(节选)

九重城阙烟尘生①,千乘万骑西南行②。翠华摇摇行复止③,西出都门百余里。六军不发无奈何④,宛转蛾眉马前死⑤。花钿委地无人收⑥,翠翘金雀玉搔头⑦。君王掩面救不得,回看血泪相和流。黄埃散漫风萧索,云栈萦纡登剑阁⑧。峨嵋山下少人行⑨,旌旗无光日色薄。蜀江水碧蜀山青,圣主朝朝暮暮情。行宫见月伤心色⑩,夜雨闻铃肠断声⑪。天旋地转回龙驭⑫,到此踌躇不能去。马嵬坡下泥土中,不见玉颜空死处。君臣相顾尽沾衣,东望都门信马归⑬。归来池苑皆依旧,太液芙蓉未央柳⑭。芙蓉如面柳如眉,对此如何不泪垂?春风桃李花开日,秋雨梧桐叶落时。西宫南内多秋草,落叶满阶红不扫。梨园弟子白发新⑮,椒房阿监青娥老⑯。夕殿萤飞思悄然,孤灯挑尽未成眠。迟迟钟鼓初长夜,耿耿星河欲曙天⑰。鸳鸯瓦冷霜华重⑱,翡翠衾寒谁与共?悠悠生死别经年,魂魄不曾来入梦。

【注释】

①九重城阙:九重门的京城,此指长安。阙,古代宫殿门前两边的楼,泛指宫殿。

②西南行:天宝十五年(756)六月,安禄山逼近长安,唐玄宗向西南方向逃走。

③翠华:皇帝仪仗队用翠鸟羽毛装饰的旗帜。行复止:唐玄宗逃至马嵬

驿(今陕西兴平)时,扈从禁卫军不再前行,请诛杨国忠、杨玉环兄妹以平民怨。

④六军:指天子军队。

⑤蛾眉:古代美女的代称,此指杨贵妃。

⑥花钿(diàn):古时汉族妇女脸上的一种花饰,通常是用金银珠宝制成的花形首饰。委地:丢弃在地上。

⑦翠翘:古代妇人的一种首饰,状似翠鸟尾上的长羽。金雀:即金雀钗,形似朱雀。玉搔头:即玉簪。

⑧萦纡(yū):萦回盘绕。剑阁:又称剑门关,是由秦入蜀要道。在今四川剑阁县北。

⑨峨嵋山:泛指蜀中高山。唐玄宗奔蜀途中,未经过峨嵋山。

⑩行宫:皇帝离京出行在外的临时住所。

⑪夜雨闻铃:《明皇杂录·补遗》:"明皇既幸蜀,西南行。初入斜谷,霖雨涉旬,于栈道雨中闻铃音与山相应。上既悼念贵妃,采其声为《雨霖铃曲》以寄恨焉。"

⑫天旋地转:肃宗至德二年(757),郭子仪军收复长安,时局翻转。龙驭:皇帝的车驾。

⑬信马:任马前进。

⑭太液:即太液池,汉、唐宫中都有。未央:即汉未央宫,此指唐宫。

⑮梨园弟子:指唐玄宗培训的歌伶舞伎。梨园,唐代训练乐工的机构。

⑯椒房:西汉未央宫皇后所居殿名,以椒和泥涂墙壁,故名。泛指后妃居住之所。阿监:宫中侍从女官。青娥:年轻美丽的女子,此指宫女。

⑰耿耿:微明的样子。

⑱鸳鸯瓦:屋瓦成对,一俯一仰,形同鸳鸯依偎交合,故称鸳鸯瓦。

【选评】

1.(唐)陈鸿《长恨歌传》:元和元年冬十二月,太原白乐天自校书郎尉于盩厔,鸿与琅邪王质夫家于是邑,暇日相携游仙游寺,话及此事,相与感叹。质夫举酒于乐天前曰:"夫希代之事,非遇出世之才润色之,则与时消没,不闻于世。乐天深于诗,多于情者也,试为歌之,如何?"乐天因为《长恨歌》,意者不但感其事,亦欲惩尤物,窒乱阶,垂于将来也。歌既成,使鸿传焉。

2.(宋)范温《潜溪诗眼》:白乐天《长恨歌》,工矣,而用事犹误。"峨眉山下少人行",明皇幸蜀,不行峨眉山也,当改云"剑门山"。"七月七日长生殿,夜半无人私语时",长生殿乃斋戒之所,非私语地也。华清宫自有飞霜殿,乃寝殿也。当改长生为飞霜,则尽矣。

3.(清)黄周星《唐诗快》:乐天诗如《长恨歌》《琵琶行》,皆所谓老妪解颐者也。然无一字不深入人情,而且刺心透髓,即少陵、长吉歌行皆不能及。所以然者,少陵、长吉虽能为情语,然犹兼才与学为之;凡情语一夹才学,终隔一层,便不能刺透心髓。乐天之妙,妙在全不用才学,一味以本色真切出之,所以感人最深。由是观之,则老妪解颐,谈何容易!

4.(清)赵翼《瓯北诗话》:古来诗人,及身得名,未有如是之速且广者。盖其得名,在《长恨歌》一篇。其事本易传,以易传之事,为绝妙之词,有声有情,可歌可泣,文人学士既叹为不可及,妇人女子亦喜闻而乐诵之。是以不胫而走,传遍天下。

【导读】

《长恨歌》是白居易最杰出的作品之一。全诗凡120句、840字,按照时间顺序,可分为三个部分:先写唐玄宗和杨贵妃的爱情生活;其后写杨贵妃在马嵬驿兵变中被杀及唐玄宗对她的思念;最后讲道士帮唐玄宗到仙山寻找杨贵妃。此选诗歌的第二部分,集中体现了白居易善以写景营造抒情氛围、烘托表现人物情感心理的艺术功力。

诗人在叙述马嵬坡杨贵妃不得不处死之事后,就用大量的笔墨来反复渲染唐玄宗的悲痛和思念之情。首先以贵妃首饰散落遍地的场面特写,"君王掩面"和"回看"的反差动作,表现了唐玄宗不忍割爱但又欲救不得的内心矛盾和痛苦感情。接下去,描写逃往西南路上之景,凉风萧索、黄埃散漫、日色暗淡、旌旗无光等凄凉秋景,烘托和暗示人物的悲思。到达蜀地之后,又反转一笔,通过蜀地的青山碧水,反衬唐玄宗朝夕不能忘情,"以乐景写哀,倍增其哀";加之行宫月色、雨夜铃声,一见一闻,互相交错,进一步烘托人物内心的愁苦凄清。在还都路上,重点写唐玄宗重过马嵬坡,再次勾起对贵妃之死的伤悲,踌躇伤心而不忍离去。回到长安后,诗人不惜笔墨,通过细致描写宫中的景物,表现了唐玄宗复杂微妙的内心活动。往日的池苑、芙蓉、柳树依旧,但是心爱之人已亡,怎能不使人伤悲垂泪;尤其是面对"秋雨梧桐叶落"和"南内秋草残红",更增添诸多伤感。这种伤悲并非一时一地感发,而是伴随着唐玄宗的日日夜夜,从"夕殿萤飞""孤灯挑尽",到"迟迟钟鼓""耿耿星河",可以想象唐玄宗悲思萦绕、夜不能寐的情景。唐玄宗对贵妃的思念,或许还夹杂着内疚、自责、无奈、痛恨等情感在内,正是这缠绕不清的情思,不断折磨着生存者痛苦的心灵。

诗人以时间为线索,顺次展现玄宗在不同时地的景事,同时又一层层地渲染玄宗的伤情和苦思,具有强烈的震撼力和感染力。诗歌打动人心不在于叙述帝王与贵妃的爱情悲合故事,而主要在于叙事中浓郁的抒情性和形象的画面感,这也使《长恨歌》具有持久的艺术魅力。

长相思①

汴水流②,泗水流③,流到瓜洲古渡头④,吴山点点愁⑤。

思悠悠,恨悠悠,恨到归时方始休,月明人倚楼。

【注释】

①长相思:唐教坊曲,后用作词牌,又名"双红豆""相思令"等。所选词双调三十六字,上下片各四句四平韵。

②汴水:源于河南,向东南汇入淮河。

③泗水:源于山东曲阜,经徐州后,与汴水合流入淮河。

④瓜洲:在江苏扬州南,长江北岸。瓜洲本为江中沙洲,沙渐长,状如瓜字,故名。

⑤吴山：在浙江杭州，春秋时为吴国南界。此处泛指江南群山。

【选评】

1.（明）李廷机《草堂诗余评林》卷五：乐天此等词调最脍炙人口。

2.（清）陈廷焯《云韶集》卷一："吴山点点愁"是唐人语，宋人不能道，结得孤凄。

3.（近）俞陛云《唐五代两宋词选释》：此词若"晴空冰柱"，通体虚明，不着迹象，而含情无际。由汴而泗而江，心逐流波，愈行愈远，直到天末吴山，仍是愁痕点点，凌虚着想，音调复动宕入古。第四句用一"愁"字，而前三句皆化"愁"痕，否则汴泗交流，与人何涉耶！结句盼归时之人月同圆，昔日愁眼中山色江光，皆入倚楼一笑矣。

【导读】

中唐时期，不少诗人开始尝试写词，且产生了较为成熟的词作，白居易《长相思》就是杰出代表。《长相思》已具有词的正规体制，而且巧妙运用比兴、拟人、叠音等修辞方式，抒发情思自然绵远。上片用兴的手法，以山容水态引出愁思。前三句连用三个"流"字，写出水蜿蜒曲折的形态和汩汩流淌的动态，由此形成一种低回缠绵的情思，给人留下连绵不绝的韵味；后一句"吴山点点愁"，移情入物，点点愁痕，凝聚为山，为相思又增加了重感和厚度。词人巧妙选用了四个具有标志性的地名，串联了水和人的行程，也揉入绵延不尽的相思之愁。下片由直接抒怀到景事绾结。前三句，因"思"而"恨"，以"恨"写"爱"，"归时方始休"，凸显了离愁别恨的难以克制，尤其是两个"悠悠"，更突出了愁思的绵长不绝；后一句，词人以景结篇，明月映照下女子独倚高楼的凄美意境，使全词笼罩了哀怨忧伤的气氛，相思的余味也一层层叠加、扩散、蔓延。小词用浅易流畅的语句、回环和谐的音律、信手拈来的比兴手法，表现爱恨交加的相思之情。词作语浅味深，充分显示白居易驾驭语言的功夫。

刘禹锡

刘禹锡(772—842),字梦得,洛阳人。贞元九年(793)进士及第,官至监察御史。因参与永贞革新屡被贬。被誉为"诗豪",与白居易并称"刘白",与柳宗元并称"刘柳"。有《刘宾客集》等。

西塞山怀古①

西晋楼船下益州②,金陵王气漠然收③。千寻铁锁沉江底④,一片降幡出石头⑤。人世几回伤往事⑥,山形依旧枕寒流。今逢四海为家日⑦,故垒萧萧芦荻秋⑧。

【注释】

①西塞山:今湖北省大冶市东长江边。长庆四年(824)秋,诗人赴和州途经西塞山作。

②西晋:一作"王濬"。楼船:多层的大船,多为战船。益州:西晋时辖境大体相当于今四川省及云、贵两省北部,治所在今成都。据《晋书·王濬传》,晋武帝谋划灭吴,王濬受诏在蜀地修造舟舰,其规模之大、数量之多,自古未有。

③金陵:今南京,当时是吴国的都城。王气:帝王之气。漠然:一作"黯然"。

④寻:长度单位,八尺曰寻。"千寻铁锁"典出《晋书·王濬传》,王濬率水师沿江东下,吴人在险要处用铁锁横截,又在江中暗置丈余长铁锥,以递距船,王濬作大筏、火炬,破除了障碍。

⑤石头:石头城,地址在今南京市。《元和郡县图志》卷二五:"石头城在县西四里,即楚之金陵城也,吴改为石头城。"

⑥几回:总括东晋、宋、齐、梁、陈诸朝而言。

⑦四海为家：语出《史记·高祖本纪》："天子以四海为家。"此指元和后基本统一的局面。

⑧垒：营垒。

【选评】

1.（清）钱朝鼎《唐诗鼓吹笺注》：劈将王濬下益州起，加"楼船"二字，何等雄壮！随手接云："金陵王气黯然收"，下一"收"字，何等惨溃！……看他前四句单写吴主孙皓，五忽转云"人世几回伤往事"，直将六朝人物变迁、世代废兴俱收在七字中。六又接云："山形依旧枕寒流"，何等高雅，何等自然！末将无数衰飒字样写当今四海为家，于极感慨中却极壮丽，何等气度，何等结构！此真唐人怀古之绝唱也。

2.（清）屈复《唐诗成法》：题甚大，前四句止就一事言，五以"几回"二字包括六代，繁简得宜，此法甚妙。七开八合。

3.（清）薛雪《一瓢诗话》：似议非议，有论无论，笔着纸上，神来天际，气魄法律，无不精到，洵是此老一生杰作，自然压倒元、白。

4.（清）汪师韩《诗学纂闻》：假使感古者取三国、六代事，衍为长律，便使一句一事，包举无遗，岂成体制？梦得之专咏晋事也，尊题也。下接云："人事几回伤往事"，若有上下半年，纵横万里在其笔底者。山形枕水之情景，不涉其境，不悉其妙。至于芦荻萧萧，履清时而依故垒，含蕴正靡穷矣。所谓"骊珠"之得，或在于斯者欤？

5.（清）袁枚《随园诗话》：只咏王濬楼船一事，而后四句，全是空描。

【导读】

长庆四年（824），刘禹锡由夔州刺史调任和州刺史，途经六朝有名的军事要塞西塞山时，感慨六朝兴亡旧事，作诗借古讽今。首联直接写王濬率领水军驾楼船伐吴，金陵终被灭亡之事；颔联紧承上句，具体写西晋大军攻打金陵的经过及结果。"千寻铁锁沉江底"，精当地概括了西晋王濬破除东吴在江中所置铁锁、铁锥等障碍的战事；"一片降幡出石头"，形象表现东吴失败结果。

颈联继之抒发感慨。诗人面对西塞山和滚滚长江，回想起六朝旧事，不禁黯然心伤；而六朝军事重镇西塞山，现在依旧相伴长江，"山形依旧枕寒流"，寄寓了江山依旧而时世变迁、六朝已无处可寻的诸多感慨。尾联古今并列，以古鉴今。现在虽逢天子"四海为家"的统一时世，但应以六朝覆灭的历史为鉴，正如那秋季萧萧芦荻中的故垒，昭示后人吸取王朝覆灭的教训。诗人由西塞山引出对晋、吴战争的叙述，又把对历史兴亡的感慨融于景物描写之中，营造出一种涵笼深沉、苍凉悲壮的境界。

柳宗元

柳宗元(773—819),字子厚,河东(今山西芮城、运城一带)人,世称"柳河东""河东先生"。官终柳州刺史,又称"柳柳州"。唐宋八大家之一,与韩愈并称为"韩柳",又与刘禹锡并称"刘柳",与王维、孟浩然、韦应物并称"王孟韦柳"。有《柳河东集》等。

渔 翁

渔翁夜傍西岩宿①,晓汲清湘燃楚竹②。烟销日出不见人,欸乃一声山水绿③。回看天际下中流,岩上无心云相逐④。

【注释】

①西岩:当指永州境内的西山。参柳宗元《始得西山宴游记》。

②汲:取水。清湘:据《湘中记》载,"湘水至清,虽深五六丈,见底"。楚:西山古属楚地。

③欸乃(ǎinǎi):拟声词,棹歌声。

④无心:语出陶渊明《归去来兮辞》:"云无心而出岫。"

【选评】

1.(宋)释惠洪《冷斋夜话》:东坡评诗云:以奇趣为宗,反常合道为趣。熟味之,此诗有奇趣。其尾两句,虽不必亦可。

2.(明)邢昉《唐风定》:高正在结。欲删二语者,难与言诗矣。

3.(明)高棅《唐诗品汇》:刘云:或谓苏评为当,非知言者。此诗气浑,不类晚唐,正在后两句,非蛇安足者。

4.(明)胡应麟《诗薮》:子厚"渔翁夜傍西岩宿",除去末二句自佳。刘以为不类晚唐,正赖有此,然加此二句为七言古,亦何讵胜晚唐?故不如作绝也。

　　5.(清)沈德潜《唐诗别裁集》:东坡谓删去末二语,馀情不尽。信然。

【导读】

　　这首诗歌描写渔翁在山水间休憩、活动的画面,勾勒出一组令人沉醉的山水晨图,展现出诗人寻求闲逸超脱的心境。"渔翁夜傍西岩宿,晓汲清湘燃楚竹",描写的是从夜晚到拂晓的景象。渔翁夜宿于西岩之下,清晨天刚放亮,渔翁去清湘取水,燃起楚竹生火做饭。湘水清澈见底,楚竹是竹中翘楚,凸显了恬淡而惬意的生活气息。"烟销日出不见人,欸乃一声山水绿",描写渔翁在山水中的行踪。渔翁出没于山水之间,不见行踪,随着一声清亮悠长的"欸乃",山水顿时呈现绿色。"绿"字不仅写出山水之色彩,还能给人一种顷刻转换的动态之感,与王安石"春风又绿江南岸",有异曲同工之妙。"回看天际下中流,岩上无心云相逐",写中流回首所见之景。渔船随着水流驶向中流,回首望去,山上浮动着的白云相互追逐,表现出悠逸恬淡的心境。苏轼《书柳子厚〈渔翁〉诗》云:"诗以奇趣为宗,反常合道为趣。熟味此诗有奇趣。然其尾两句,虽不必亦可。"严羽《沧浪诗话》从此说,曰:"东坡删去后二句,使子厚复生,亦必心服。"然刘辰翁认为:"此诗气泽不类晚唐,正在后两句。"关于此诗后两句当去当存,可以继续争论。

元　稹

元稹(779—831),字微之,别字威明,河南洛阳人。贞元九年(793)明经及第,一度拜相。与白居易为终生诗友,共同倡导新乐府运动,世称"元白"。有《元氏长庆集》等。

行　宫

寥落古行宫①,宫花寂寞红。白头宫女在②,闲坐说玄宗。

【注释】

①行宫:皇帝在京城之外的宫殿。这里指当时东都洛阳的皇帝行宫上阳宫。

②白头宫女:白居易《上阳白发人》写道:"上阳人,红颜暗老白发新。绿衣监使守宫门,一闭上阳多少春。玄宗末岁初选入,入时十六今六十。同时采择百余人,零落年深残此身。"

【选评】

1.(宋)洪迈《容斋随笔》:白乐天《长恨歌》《上阳宫人歌》,元微之《连昌宫词》,道开元宫禁事最为深切矣。然微之有《行宫》一绝,……语少意足,有无穷之味。

2.(明)瞿佑《归田诗话》:《长恨歌》一百二十句,读者不厌其长,微之《行宫》词才四句,读者不觉其短,文章之妙也。

3.(清)沈德潜《唐诗别裁集》:说玄宗,不说玄宗长短,佳绝。

4.(清)黄叔灿《唐诗笺注》:父老说开元、天宝事,听者藉藉,况白头宫女亲见亲闻。故宫寥落之悲,黯然动人。

5.(清)李锳《诗法易简录》:明皇已往,遗宫寥落,却借白头宫女写出无限感慨。凡盛时既过,当时之人无一存者,其感人犹浅;当时之人尚有存者,则感人更深。白头宫女闲说玄宗,不必写出如何感伤,而哀情弥至。

【导读】

元稹《行宫》可与白居易《上阳白发人》参照阅读。两诗都表现上阳宫女的悲惨命运,白诗以新乐府的形式具体叙述和自由抒情;而元稹则把这一历史内容浓缩在一首五绝之中,更为注重题材取舍和技法运用。首先,元诗不像白诗直接从"上阳白发人"切入而展开叙述,而是由宫女所居之地"行宫"入笔,通过点染古行宫的寥落和冷漠,并以红色宫花和白头宫女的反衬对比,暗示红颜少女在凄凉落寞中变为白发老人宫女的悲剧。其次,元诗因为诗体字数的限制,不可能如白诗那样铺陈叙述,而是选择了宫女闲坐谈论天宝遗事这一极细小而又极具有代表性的生活片段,生动表现了宫女们在与世隔绝的环境中以回忆消磨时光的无聊和无奈,而且自然地把玄宗时代历史纳入日常闲谈又省略其具体内容,引人回味和深思。从诗歌意蕴来看,白诗重在具体叙述一位白发宫女的遭遇,概括反映后宫佳丽们的悲惨命运,以达到其"愍怨旷"和"裨补时阙"的目的;而元诗除了反映宫女的寂寞哀怨之情,也寄托了深沉的盛衰之感。这种历史沧桑感笼罩着整首诗篇,岁月消逝中行宫之"古"、随季节更替而自生自落的宫花、青春不再的白头宫女、玄宗之世成为人们谈资等,无不带有时代盛衰迁移的痕迹,因此诗歌的内蕴显得更为隽永和深沉。

李 贺

李贺(790—816),字长吉,河南府福昌县昌谷乡(今河南宜阳)人,后世称李昌谷。唐代著名浪漫主义诗人,有"诗鬼"之称。又与李白、李商隐并称为"三李"。有《昌谷集》。

秋 来

桐风惊心壮士苦①,衰灯络纬啼寒素②。谁看青简一编书③,不遣花虫粉空蠹④。思牵今夜肠应直,雨冷香魂吊书客⑤。秋坟鬼唱鲍家诗⑥,恨血千年土中碧⑦。

【注释】

①桐风:指吹过梧桐叶的秋风。

②衰灯:暗淡的灯光。络纬:即莎鸡,俗称纺织娘,季节转凉而哀鸣,声似纺线,故曰啼寒素,或曰络纬。

③青简:竹简。

④花虫:即蠹虫。竹简放得时间久,则蠹虫生其中。

⑤香魂:才人志士之魂。书客,诗人自指。

⑥鲍家诗:即南朝宋鲍照诗。鲍照有《拟行路难》组诗,抒发怀才不遇之情。

⑦"恨血"句:典出《庄子·外物篇》:"苌弘死于蜀,藏其血,三年化为碧。"

【选评】

1.(明)高棅《唐诗品汇》:刘云:非长吉自挽耶(末二句下)。

2.(清)姚文燮《昌谷集注》:衰梧飒飒,促织鸣空。壮士感时,能无激烈!乃世之浮华干禄者滥致青紫。即缃帙满架,仅能饱蠹。安知苦吟之士,文思精细，肠为之直？凄风苦雨，感吊悲歌。因思古来才人怀才不遇，抱恨泉壤，土中碧血，千载难消，此悲秋所由来也！

3.（清）纪昀等《四库全书总目》：（贺）所用典故，率多点化其意，藻饰其文，宛转关生，不名一格。如"羲和敲日玻璃声"句，因羲和驭日而生"敲日"，因"敲日"而生"玻璃声"，非真有"敲日"事也。又如"秋坟鬼唱鲍家诗"，因鲍照有《蒿里行》而生"鬼唱"，因"鬼唱"而生"秋坟"，非真有"唱诗"事也。循文衍义，讵得其真！

4.（清）王琦《李贺诗歌集注》曰：苦心作书，思以传后。奈无人观赏，徒饱蠹鱼之腹。如此即令呕心镂骨，章锻句炼，亦有何益？思念至此，肠之曲者亦几牵而直矣。不知幽风冷雨之中，乃有香魂愍吊作书之客。若秋坟之鬼，有唱鲍家诗者，我知其恨血入土，必不泯灭，历千年之久，而化为碧玉者矣。

【导读】

这首诗以桐风、衰灯、寒素、冷寸、秋坟、恨血等意象，构成一幅凄美的画面，写尽了作者心中的悲凉和痛苦。首联写秋风萧瑟，梧桐叶随风飘落，诗人不禁感慨时光易逝，壮志未酬；"络纬"即蟋蟀，"蟋蟀鸣则天寒而衣事起"，昏暗的灯光下秋虫悲鸣，更感凄凉。颔联紧承上联，写自己的编书无人欣赏，只能被蠹虫侵蚀掉，与首句"壮士苦"相照应。颈联写诗人因抱负难以施展而饱受折磨。"肠应直"反映出诗人痛苦不堪、撕心裂肺之痛，较"肠回""肠断"表示悲痛欲绝，更显诗人愁思的深重、强烈；"雨冷香魂吊书客"，写鬼魂前来凭吊书客，"吊"一般都是后人凭吊前人，诗人却用于死者来看望生者，也能显示出李贺用语奇特的特点。尾联连用两个典故，抒发怀才不遇之情。"鲍家诗"指鲍照，曾写过《行路难》；"血化为碧"典自《庄子》，苌弘含冤而死，其血死后化成碧玉，诗人内心的悲愤不平之情显而易见。全诗寄情于物，以浪漫主义的以幻写真的独特手法，在深远的悲愤和瑰丽奇特的艺术形象间达到了和谐的统一，体现了李贺诗歌诡谲凄异的风格。

贾　岛

贾岛(779—843),字阆仙,一作浪仙,自号"碣石山人"。幽州范阳(今河北涿州)人。重推敲,人称"诗奴"。与孟郊诗齐名,并称"郊寒岛瘦"。有《长江集》。

送无可上人①

圭峰霁色新②,送此草堂人③。麈尾同离寺④,蛩鸣暂别亲⑤。独行潭底影,数息树边身。终有烟霞约,天台作近邻⑥。

【注释】

①无可:僧人,贾岛堂弟,有诗名。上人:上德之人,僧人尊称。

②圭峰:位于今陕西户县西南紫阁、白阁二峰之间,其形如圭,故名。

③草堂:草堂寺,在圭峰山麓。此句谓诗人送无可离草堂寺。

④麈(zhǔ)尾:代指拂尘。麈,鹿一类的动物,其尾可做拂尘。魏晋后僧人与谈玄者持拂尘,为玄谈或讲论之助。

⑤蛩:蟋蟀。

⑥天台:山名,位于今浙江天台之北。

【选评】

1.(宋)魏泰《临汉隐居诗话》:贾岛云:"独行潭底影,数息树边身。"其自注云:"二句三年得,一吟双泪流。知音如不赏,归卧故山秋。"不知此二句有何难道,至于"三年"始成,而"一吟"泪下也?

2.(明)谢榛《四溟诗话》:逊轩子曰:凡作诗贵识锋犯,而最忌偏执;偏执不惟有焦劳之患,且失诗人优柔之旨。如贾岛"独行潭底影",其词意闲雅,必偶然得之而难以句匹,当入五言古体,或入仄韵绝句,方见作手。而岛积思三年,局于声律,卒以"数息树边身"为对,不知反为前句之累。其所为"二句三年得,吟成双泪流",虽曰自惜,实自许也。不识锋犯,偏执不回至于如此!

3.(清)施闰章《蠖斋诗话》:贾阆仙尝得句云"独行潭底影",苦难属对;久之,联以"数息树边身"。自注云:"二句三年得,一吟双泪流。"后续成一律,送无可上人……余谓此语宜是山行野望,心目间偶得之,不作送人诗当更胜。诵老杜"力稀经树歇,老困拨书眠",气象全别矣。

【导读】

　　贾岛落第后,曾与堂弟无可同住圭峰之草堂寺,无可将南游庐山,贾岛作此诗赠别。首联描写雨后圭峰空气清新,贾岛此时送别堂弟。颔联紧承上句,写堂弟离开时,只是携带了麈尾做的拂尘,表明无可的僧人身份,"蛩鸣"点出送别时间,并且渲染了两人离别的凄凉之情。颈联"独行潭底影,数息树边身"为传颂佳句。诗人不直接说堂弟孤身一人,而是通过潭水中的倒影,映衬出堂弟的形单影只;也不正面表述堂弟旅途艰辛,而是通过多次在树边休息,反映路程的劳累辛苦。这句诗的文字次序本应为"影独行潭底,身数息树边",诗人有意错置,使"独行"和"数息"突出于前,强调了无可僧人深深的孤独和极度的疲惫。明人谢榛《四溟诗话》评这两句曰:"独行,潭照影。疲累,树栖身。孤苦、清冷,扑面而来。"尾联写诗人因堂弟与佛门相依而感到慰藉。诗人在送别堂弟时,虽依依不舍,也感慨旅途艰辛,但想到堂弟有烟霞相伴、天台相依,又不免钦慕和向往。贾岛早年与无可一同出家,在还俗后又难弃禅心,诗人对堂弟的佛门生活感到欣慰,这又何尝不是他当时内心的写照。诗人依次写送别之地、送别之景、旅途之艰辛,最后抒发自己的感情,叙事层次分明,语言质朴精当,表达了诗人送别时的不舍、忧虑、欣慰等复杂感情,同时也流露出诗人对尘世厌恶和对佛门清静向往之意。

杜 牧

杜牧(803—852?),字牧之,号樊川居士。京兆万年(今陕西西安)人,宰相杜佑之孙。大和二年(828)进士,官至中书舍人。晚年居长安南樊川别墅,后世称"杜樊川"。与李商隐并称"小李杜"。有《樊川文集》。

九日齐山登高①

江涵秋影雁初飞,与客携壶上翠微②。尘世难逢开口笑③,菊花须插满头归。但将酩酊酬佳节④,不用登临恨落晖。古往今来只如此,牛山何必独沾衣⑤?

【注释】

①齐山:山名,在今安徽贵池东南。《太平寰宇记》:池州贵池县齐山,在县东南六里。

②翠微:青翠的山色,借指青翠的山。此处指齐山。

③"尘世"句:典出《庄子·盗跖》:"人上寿百岁,中寿八十,下寿六十,除病瘦死丧忧患,其中开口而笑者,一月之中不过四五日而已。"

④酩酊(mǐngdǐng):大醉貌。这句暗用陶渊明醉菊之典。萧统《陶渊明传》:"尝九月九日出宅边菊丛中坐,久之,满手把菊,忽值弘送酒至,即便就酌,醉而归。"

⑤牛山:在今山东淄博市东。此句典出《晏子春秋》:"景公游于牛山,北临其国城而流涕曰:'美哉国乎!郁郁芊芊,若何滂滂去此国而死乎!'艾孔、梁丘据皆从而泣。"

【选评】

1.（元）方回《瀛奎律髓》二十六：此以"尘世"对"菊花"，开合抑扬，殊无斧凿痕，又变体之俊者。后人得其法，则诗如禅家散圣矣。

2.（元）郝天挺《唐诗鼓吹笺注》：起句极妙，江涵秋影，俯有所思也；新雁初飞，仰有所见也。此七字中，已具无限神理，无限感慨。

3.（明）顾璘《批点唐音》：此一意下来，近似中唐，盖晚唐之可学者。

4.（明）金圣叹《贯华堂选批唐才子诗》：一句七字，写出当时一俯一仰，无限神理。异日东坡《后赤壁赋》"人影在地，仰见明月"，便是一付印板也，只为此句起得好时，下便随意随手，任从承接。或说是悲愤，或说是放达，或说是傲岸，或说是无赖，无所不可。东坡《后赤壁赋》通篇奇快疏妙文字，亦只是八个字起得好也（首四句下）。得醉即醉，义何怨乎？"只如此"三字妙绝。醉也只如此，不醉亦只如此，怨亦只如此，不怨亦只如此（末四句下）。

5.（清）陆次云《五朝诗善鸣集》：用旧事只当未用一般，善翻新法。

【导读】

唐武宗会昌五年（845）九月，张祜来池州拜访时任刺史杜牧，二人重阳节一起登齐山，杜牧感慨万千而作此诗。首联写杜牧与友人登上齐山俯览江水之景，"江涵秋影"描写江水辽阔清澈，将秋景尽收怀抱，连"雁初飞"也倒影江底。颔联感慨世间琐事让人不得开心颜，不如采菊插头更随性自在。"菊花"既扣合重阳节的习俗，又与上句"尘世"相对比，故菊花"插满头"不仅有佳节行乐之意，也表现诗人任性自然、高洁不俗之志。颈联又以大醉无忧与登临生愁进行对比。诗人故作旷达语，想趁此佳节酩酊大醉，这样就不会因登高见落日余晖而生愁恨了。尾联又借齐景公牛山涕泣事自我宽解，认为古往今来不如意事常有，没必要像齐景公那样伤感流泪。

诗人感慨尘世之烦、时光易逝，又每以自嘲或旷达出之，这与同游友人张祜有关。张祜比杜牧年长，且诗名早著，令狐楚曾上表推荐，但因受元稹排挤未得到重用。张祜此次从江苏丹阳特地来拜访杜牧，杜牧对他的遭遇感到非常同情，诗歌中"尘世难逢开口笑"既表达对友人怀才不遇的愤慨，又以菊花插满头、酩酊酬节、"牛山何必独沾衣",对友人进行安慰。诗歌多用对比手法,把愁恨与快乐、抑郁与旷达的矛盾心情进行呈现,使得诗歌具有含思凄恻又爽快健拔的风格特点。

李商隐

李商隐(813?—858?),字义山,号玉谿生,又号樊南生,荥阳人
(今河南荥阳)。开成二年(837)登进士第,因卷入"牛李党争",困顿
不得志。擅诗歌骈文,与杜牧合称"小李杜",与温庭筠合称"温李"。
有《李义山诗集》等传世。

无　题

昨夜星辰昨夜风,画楼西畔桂堂东①。身无彩凤双飞翼,心有灵犀一点
通②。隔座送钩春酒暖③,分曹射覆蜡灯红④。嗟余听鼓应官去,走马兰台类
转蓬⑤。

【注释】

①画楼、桂堂:比喻富贵人家的屋舍。

②灵犀:传说犀牛角有白纹如线,直通两头,感应灵敏,故称"灵犀"。比
喻心领神会、感情共鸣。

③送钩:古代宴会中的一种游戏,把钩在暗中传递,让人猜在谁手上,猜
不中就罚酒。

④射覆:古代一种猜物游戏,通常在瓯、盂等器具下覆盖某一物,让人猜
测里面是什么东西。

⑤兰台:原汉朝皇宫内藏书的石室,由御史中丞管辖,置兰台令史。后引
申宫廷内的典籍收藏府库、御史台和史官,都称为兰台。唐中宗时曾改秘书
省为兰台。此处泛指上任。

【选评】

1.(清)吴乔《围炉诗话》:"昨夜星辰昨夜风,画楼西畔桂堂东",乃是具文

见意之法。起联以引起下文而虚做者,常道也;起联若实,次联反虚,是为定法。

2.(清)黄叔灿《唐诗笺注》:诗意平常,而炼句设色,字字不同。

3.(清)朱鹤龄、屈复《玉溪生诗意》:一二昨夜所会时地。三四身虽似远,心已相通。五六承三四,言藏钩送酒,其如隔座;分曹射覆,唯碍烛红。及天明而去,应官走马,无异转蓬。感目成于此夜,恐后会之难期。

4.(清)程梦星《重订李义山诗集笺注》:程梦星曰:盖叹不得立朝,将为下吏也。

5.(清)钱良择《唐音审体》:义山无题诗,直是艳语耳。杨眉庵谓托于臣不忘君,亦是故为高论,未敢信其必然。

【导读】

此首"无题"诗,抒写诗人参加富贵人家一次欢聚后分离的情怀。首联写宴会的时间和地点。诗人连续用两个"昨夜",强调了时间,形成回肠荡气之美;又采用方位并置方式,视线从夜空之下转为厅堂之上,具体交代宴饮的地点。颔联写相思之情。"身无彩凤双飞翼",恨自己没有像凤凰一样的五彩翅膀,不能飞到爱人身边,使两人饱受相思之苦;不过诗人与爱人"心有灵犀",息息相通,传达出作者与爱人之间心心相印的爱意。颈联写宴会之乐。与前两联中冷清的气氛截然不同,此联是灯红酒绿、觥筹交错。在座的嘉宾开心地玩着"送钩""射覆"等游戏,满堂喧哗声与作者的萧索孤独形成巨大反差。尾联写清晨离席时的感慨。伴着更鼓声的敲响,诗人不得不去上任了,昨夕的欢宴依旧继续,我却要与席上意中人分别,这一别,相聚更是遥遥无期了。"类转蓬"是对自己身世的感慨,这既包含对功业的不满,又饱含与爱人的分离之苦。恋情的怅惘与身世的沉沦交织,诗歌流露着沉郁悲慨的自伤意味。

马嵬(其二)①

海外徒闻更九州②,他生未卜此生休③。空闻虎旅传宵柝④,无复鸡人报晓筹⑤。此日六军同驻马⑥，当时七夕笑牵牛⑦。如何四纪为天子，不及卢家有莫愁⑧。

【注释】

①马嵬(wéi)：地名，杨贵妃缢死的地方。《通志》："马嵬坡，在西安府兴平县二十五里。"《旧唐书·杨贵妃传》："安禄山叛，潼关失守，从幸至马嵬。禁军大将陈玄礼密启太子诛国忠父子，既而四军不散，曰'贼本尚在'。指贵妃也。帝不获已，与贵妃诀，遂缢死于佛室，时年三十八。"

②"海外"句：此用白居易《长恨歌》"忽闻海外有仙山"句意。九州：此诗原注："邹衍云：'九州之外，复有九州。'"

③他生未卜：无法预料死后之事。陈鸿《长恨歌传》载："玄宗命方士致贵妃之神，旁求四虚上下，跨蓬壶，见最高仙山上多楼阁，署曰'玉妃太真院'。"

④虎旅：指禁军。传：一作"鸣"。宵柝(tuò)：又名金柝，夜间报警之木梆。

⑤鸡人：《周礼》："鸡人，夜呼旦以叫百官。"《汉官仪》："宫中不得畜鸡，卫士侯于朱雀门外传鸡唱。"

⑥"此日"句：叙述马嵬坡事变。白居易《长恨歌》："六军不发无奈何，宛转蛾眉马前死。"

⑦七夕笑牵牛：陈鸿《长恨歌传》："因仰天感牛女事，密相誓心，愿世世为夫妇。"

⑧四纪：四十八年。岁星十二年一周天为一纪，玄宗在位四十五年，约为四纪。莫愁：古洛阳女子，嫁为卢家妇，婚后生活幸福。萧衍《河中之水歌》："河中之水向东流，洛阳女儿名莫愁。莫愁十三能织绮，十四采桑南陌头。十五嫁作卢家妇，十六生儿字阿侯。卢家兰室桂为梁，中有郁金苏合香。"

【选评】

1.(宋)胡仔《苕溪渔隐丛话》前集卷二十二：《诗眼》云：文章贵众中杰出，如同赋一事，工拙尤易见……马嵬驿，唐诗尤多，如刘梦得"绿野扶风道"一篇,人颇颂之,其浅近乃儿童所能。义山云:"海外徒闻更九州,他生未卜此生休。"语既亲切高雅;故不用愁怨、堕泪等字,而闻者为之深悲。"空闻虎旅鸣宵柝,无复鸡人报晓筹",如亲扈明皇,写出当时物色意味也。"此日六军同驻马,他时七夕笑牵牛",益奇。义山诗,世人但称其巧丽,至与温庭筠齐名。盖俗学只见其皮肤,其高情远意皆不识也。

2.(元)方回《瀛奎律髓》卷三:六军、七夕、驻马、牵牛,巧甚。善能斗凑,"昆体"也。

3.(明)顾璘《批点唐音》:此篇中联虽无兴意,然颇典实,起结粗浊不成风调。

4.(清)赵臣瑗《山满楼笺注唐人七言律》:"六军""七夕""驻马""牵牛",信手拈来,颠倒成文,有头头是道之妙。

5.(清)沈德潜《唐诗别裁集》:用《长恨传》中事(首二句下)。五六语逆挽法,若顺说便平。

【导读】

李商隐《马嵬》有两首,一为七绝,一为七律。此首七律,诗人把批判的锋芒指向了李唐前朝皇帝唐玄宗。首联由海外传来杨贵妃的音讯而发表感慨。传说杨玉环死后,唐玄宗命人搜寻杨贵妃的魂魄,有方士回说在海外蓬莱山见到了杨玉环,并且授之以钿合金钗。诗中"徒闻"二字点出此说没有根据,杨玉环成为魂魄与唐玄宗再续前缘已不可能。"他生未卜此生休",又用未来与现在对比,感叹李杨爱情此生已经完结。颔联紧承前句"此生休",把逃亡途中宵柝与昔日宫廷报时并置,表现今昔不同处境。跟随唐玄宗赴蜀的禁军夜里击柝,本是为了巡逻和警卫,而冠以"空闻"表示不能保卫皇家安全,也暗示禁军要发动兵变;昔日皇宫中有卫士拂晓报时,而现在"无复"出现,喻示李、杨不能再享受安适的宫廷生活。颈联分承上联两事,继续说明今昔不同境况。先言"此日六军同驻马",写六军逼迫其赐贵妃自缢;再忆"当时七夕笑牵牛",回想玄宗曾与杨贵妃曾海誓山盟,对唐玄宗讽刺不言而明。尾联进一步把杨贵妃与莫愁的命运进行对比,抒发感慨。莫愁为古代采桑女子,嫁到卢家后，生活安定快乐；而唐玄宗贵为皇帝，却不能保住杨贵妃性命。诗歌以反诘的语气收束，"不及卢家有莫愁"，既有对杨贵妃的悲剧的哀叹，又进一步讽刺唐玄宗在政治和爱情上的不负责任。诗歌几乎每联都采用对比的手法，通过未来与今生、马嵬与皇宫、此时与昔日、贵妃与莫愁相互比照，说明唐玄宗不仅难以保全四海，而且不能庇一贵妃，相较于《马嵬》七绝的恻隐之心，在批判的广度、深度上更高一筹。

温庭筠

温庭筠(812?—870?),原名岐,字飞卿,太原祁(今山西祁县)人。文与李商隐、段成式齐名,三人都排行十六,故合称"三十六体";诗与李商隐齐名,时号"温李";词被尊为"花间派"鼻祖,与韦庄并称"温韦"。

商山早行①

晨起动征铎②,客行悲故乡。鸡声茅店月,人迹板桥霜③。槲叶落山路④,枳花明驿墙⑤。因思杜陵梦⑥,凫雁满回塘⑦。

【注释】

①商山:在今陕西商县东,亦名商岭,地肺山、楚山。

②征铎:车上的铃铛。铎:大铃。

③板桥:泛指山间道路上的木板桥。

④槲(hú):一种落叶乔木。叶子在冬天虽枯而不落,春天树枝发芽时才落。

⑤枳(zhǐ):也叫"臭橘",一种落叶灌木或小乔木,春天开白花。枳花白色,故曰明。驿:旧时供来往送公文的人或出差官员中途换马或暂住的地方。

⑥杜陵:在今陕西西安东南。秦置杜县,汉宣帝筑陵于东原上,因名杜陵,并改杜县为杜陵县。

⑦凫(fú)雁:凫,野鸭;雁,一种候鸟,春往北飞,秋往南飞。回塘:曲折的池塘。

【选评】

1.(明)李东阳《麓堂诗话》:"鸡声茅店月,人迹板桥霜",人但知其能道羁愁野况于言意之表,不知二句中不用一二闲字,止提掇出紧关物色字样,而音韵铿锵,意象具足,始为难得。若强排硬叠,不论其字面之清浊,音韵之谐舛,而云我能写景用事,岂可哉!

2.(清)查慎行《初白庵诗评》:颔联出句胜对句。

3.(清)盛传敏《碛砂唐诗》释评:(鸡声二句)非行路之人,不知此景之真也。论章法,承接自在;论句法,如同吮出。描画不得者,偏能写得。("槲叶"二句)句句是早行,故妙。

4.(清)纪昀《瀛奎律髓刊误》卷十四:归愚讥五、六卑弱,良是。七、八复衍第二句,皆是微瑕,分别视之。

5.(清)查慎行《初白庵诗评》:颔联出句胜对句。

【导读】

这首诗描写了旅途中寒冷凄清的早行景色,抒发了游子在外的孤寂之情和浓浓的思乡之意,字里行间流露出人在旅途的失意和无奈。首联写离开家乡时的不舍之情。早晨备马车要启程,在这离行之际,诗人不禁悲从中来。颔联紧承上文,写早晨寂静之景,历来被引为佳句。诗人选择鸡声、茅店、月、人迹、板桥、霜六个意象,把初春山村黎明特有的景色,细腻而又精致地描绘出来。这几个意象中贯穿着时间的先后,诗人听到鸡鸣,抬起头来仰望月空,趁着月色赶路,看到板桥霜的景色。尤其值得一提的是,六个名词意象并置,给人巨大的想象空间。颈联写刚上路的景色。枳树、槲树多在商县、洛南一带,槲树叶片一般在第二年早春树枝发芽的时候才脱落,"槲叶落山路"表明这是早春时节。枳花为白色,在初春时节开放,因天未大亮,白色的花照在驿墙之上,就显得比较耀眼,这也突出"早行"之景。尾联写梦回故乡。"凫雁满回塘"为家乡之景,诗人在羁旅之夜梦到了自己的故乡,显示出其思乡之切,与前文"客行悲故乡"相呼应。白天看到他乡之景,夜间梦到自己的故乡,即由"早行"之景抒发思乡之情,达到了情与景的融合。

菩萨蛮①

小山重叠金明灭②,鬓云欲度香腮雪③。懒起画蛾眉④,弄妆梳洗迟。

照花前后镜,花面交相映。新帖绣罗襦⑤,双双金鹧鸪⑥。

【注释】

①菩萨蛮:唐教坊曲,后用为词牌,亦作"菩萨鬘",又名"子夜歌""重叠金"等。所选词双调四十四字,上下片各四句,两平韵两仄韵。

②小山:指屏风上的图案,由于屏风是折的,所以说小山重叠。一说小山是眉妆的名目,指小山眉弯弯的眉毛,晚唐五代此样盛行,见于《海录碎事》。金明灭:形容阳光照在屏风上金光闪闪的样子。一说描写女子头上插戴的饰金小梳子重叠闪烁的情形。金:指唐时妇女眉际妆饰之"额黄"。明灭:隐现明灭的样子。

③鬓云:像云朵似的鬓发,形容发鬓蓬松如云。欲度:将掩未掩的样子。度,覆盖,过掩,形容鬓角延伸向脸颊,逐渐轻淡,像云影轻度。香腮雪:香雪腮,雪白的面颊。

④蛾眉:女子的眉毛细长弯曲像蚕蛾的触须,故称蛾眉。

⑤罗襦:丝绸短袄。

⑥金鹧鸪:贴绣上去的图。用金线绣好花样,再绣贴在衣服上,谓之"贴金"。

【选评】

1.(清)张惠言《词选》卷一:此感士不遇也。篇法仿佛《长门赋》,而用节节逆叙。此章从梦晓后,领起"懒起"二字,含后文情事;"照花"四句,《离骚》"初服"之意。

2.(近)王国维《人间词话删稿》:飞卿《菩萨蛮》、永叔《蝶恋花》、子瞻《卜算子》,皆兴到之作,有何命意?皆被皋文深文罗织。

3.刘永济《唐五代两宋词简析》：此调本二十首，今存十四首，此则十四首之一。二十首之主题皆以闺人因思别久之人而成梦，因而将梦前、梦后、梦中之情事组合而成。此首则写梦醒时之情思也。

4.龙榆生《词曲概论》：在这短短的四十四个字中，情景双融，神气毕现。词的艺术造诣是很高的，可惜所描写的对象只是一个艳丽而娇弱的病态美人。

5.夏承焘《唐宋词欣赏》：这首词代表了温庭筠的艺术风格：深而又密。深是几个字概括许多层意思，密是一句话可起几句话的作用。这首词短短的篇章，一共只八句，而深密曲折如此，这是唐人重含蓄的绝句诗的进一步的演化。

【导读】

温庭筠的《菩萨蛮》是文人词集《花间集》的开篇之作，它被现代人广为传唱，不只限于影视剧的爆火，更以独特的美学意蕴感染着当代人。画屏上重叠的小山风景，闪露出时明时暗的晨光，仿佛雪地上飘过一缕青云，闺房思妇的头微微一动，乌黑的鬓发掠过她雪白的面颊。懒懒地无心去描弯弯的眉，迟了好久才起身梳理晨妆。照镜插花时前镜对着后镜，花容和人面交相辉映。身穿崭新的绫罗短衣，贴绣的鹧鸪似欲飞动；那金线绣成的鹧鸪成双，又撩起她相思的柔情。并非"岂无膏沐，谁适为容"蛾眉是美好的象征，画眉是对美好的向往和追求，但是由于无人欣赏所以才会懒和迟，暗含着一种哀怨的情意。虽然懒起但还是画了，虽然迟也弄妆完毕。兰生幽谷，不为无人而不芳。尽管无人欣赏，但仍要画眉，为的是保持自身的容德的美好。照花要用前后的镜子，追求自我完美珍重，镜子里的人面和花前后相生相应无穷无尽。梳洗之后穿上刚刚熨平的用上乘料子制作的短衣，上面还绣着一对对象征理想归宿和幸福的鹧鸪鸟。女为悦己者容，大抵都是如此。而这个女子此刻却是如此懒和迟，也侧面反映出孤独和寂寞，因为她的美丽无人欣赏，还不如绣罗襦上成双成对的金鹧鸪。全文无一字涉及寂寞，却将读者带入到一种泛着淡淡哀愁的孤寂里。从游子写到思妇，从羁旅写到闺愁，温庭筠的才情来自对细腻情思的体察,来自对世事人心的感悟。在自怜中温庭筠看到了自己的影子,他全情地注目着、深沉地浸润着、悲悯地描摹着,温词能叩开后人心扉的魅力也正在于此。

韦　庄

韦庄(836—910),字端己,谥文靖。京兆杜陵(今陕西西安东南)人。乾宁元年(894)进士及第。入蜀,官终吏部侍郎兼平章事。工诗善词,与温庭筠同为"花间词派"代表作家,并称"温韦"。

浣溪沙①

夜夜相思更漏残②,伤心明月凭阑干,想君思我锦衾寒③。

咫尺画堂深似海,忆来惟把旧书看,几时携手入长安?

【注释】

①浣溪沙:原唐教坊曲,后用为词牌。所选词双调四十二字,上下片各三句,上片三句三平韵,下片三句两平韵。

②更漏:古时夜间凭漏壶表示的时刻报更,所以漏壶又叫更漏。

③锦衾:锦缎的被子。

【选评】

1.(明)汤显祖评《花间集》卷一:"想君""忆来"二句,皆意中意、言外言也。水中着盐,甘苦自知。

2.(明)沈际飞《草堂诗余别集》卷一:替他思,妙。

3.(清)陈廷焯《云韶集》卷一:对面着笔妙甚,好声情。

4.(清)况周颐《餐樱庑词话》:韦端己《浣溪沙》云:"咫尺画堂深似海,忆来惟把旧书看。"……一意化两,并皆佳妙。

5.(近)俞陛云《唐五代两宋词选释》:端己相蜀后,爱妾生离,故乡难返,所作词本此两意为多。此词冀其"携手入长安",则两意兼有。端己哀感诸作,传播蜀宫,姬见之益恸,不食而卒。惜未见端己悼逝之篇也。

6.李冰若《花间集评注·栩庄漫记》:"想君思我锦衾寒"句由己推人,代人念己,语弥淡而情弥深矣。

7.唐圭璋《唐宋词简释》:此首怀人。上片,从对面着想,甚似老杜"今夜鄜州月"一首作法。下片,言己之忆人,一句一层。"咫尺"句,言人去不返;"忆来"句,言相忆之深;"几时"句,叹相见之难,亦"何时倚虚幌,双照泪痕干"之意。

【导读】

历代吟咏爱恋的词颇多,幽怨、热恋、暗恋,各种各样的爱恋相思构成了《花间词》情感的主旋律。相传因美姬被蜀王王建夺去,韦庄伤怀失意写下了这首词,道尽人间的惜别离。

上片三句,句式齐整,在情感表达上却颇具丘壑。"夜夜"一词起句诉说了相思的漫长,将思念的时空放缓。"伤心明月凭阑干",一切情语皆景语,这种"移情"的手法在诗词中屡见不鲜,唐代的戎昱有诗曰"思苦自看明月苦","伤心明月"正是这句诗的另一番表达。"想君"一句又是从他处着眼,不着痕迹地完成三句两折的意脉变换,一气流贯,极尽委曲婉转之致,将相思推入高潮。

词至下片,情感回转,伤怀之情具体而深入。"咫尺画堂深似海",两位相思之人在现实中的距离并不遥远,却有似海的鸿沟难以逾越。"忆来惟把旧书看",念人思旧物,只能从她曾经读过的书中重温昔日的美好。此句语淡而情深,所言者愈真,所感者愈深。韦庄是性情中人,明知爱而不得见,明知思而不得归,却依然执着地将情感一如既往地进行下去。"几时携手入长安",韦庄心中藏着一个长安城,那里蕴藏着他们多少美好回忆,何时再携手?或许永远得不到回答。

世人常以"温韦"并称,韦庄作为名臣之后却有温庭筠所不及之处,他性情通达,见事明白,析理深刻,在政治上亦有一番作为。他一方面在官场上冷静沉着,另一方面在情感上又真诚热烈,这使得他作品中的情感真切而深挚,沉静而浓郁。梁羽生的小说中有"中年心事浓如酒,少女情怀总是诗"之句,用来概括韦庄的这首作品再合适不过。

李 煜

李煜（937—978），初名从嘉，字重光，号钟山隐士、莲峰居士等。徐州彭城（今江苏徐州铜山区）人。南唐末代君主，宋建隆二年（961）继位，开宝八年（975）被迫降宋，世称南唐后主、李后主等。精书法绘画，通音律诗文，词的成就最高。

浪淘沙令①

帘外雨潺潺，春意阑珊②，罗衾不耐五更寒③。梦里不知身是客④，一晌贪欢⑤。

独自莫凭栏⑥，无限江山⑦，别时容易见时难。流水落花春去也，天上人间。

【注释】

①浪淘沙令：原唐教坊曲，后用作词牌。又名"浪淘沙""卖花声"等。唐人多用七言绝句入曲，南唐李煜始演为长短句。所选词双调五十四字，上下片各五句四平韵。

②阑珊：衰残。一作"将阑"。

③罗衾：被子。不耐：受不了。

④身是客：指被拘汴京，形同囚徒。

⑤一晌（shǎng）：一会儿，片刻。

⑥莫（mò）：不要。一说为"暮（mù）"本字。

⑦江山：指南唐河山。

【选评】

1.（宋）蔡绦《西清诗话》：南唐李后主归朝后，每怀江国，且念嫔妾散落，

164

郁郁不自聊。尝作长短句云"帘外雨潺潺……"含思凄惋，未几下世。

2.（清）《乐府纪闻》：后主归家后与故宫人书云："梦里不知身是客，一晌贪欢"，"流水落花春去也，天上人间"……旧臣闻之，有泣下者。七夕在赐第作乐。太宗闻之怒，更得其词，故有赐牵机药之事。

3.（清）王闿运《湘绮楼词选》：高妙超脱，一往情深。

4.（近）俞陛云《唐五代两宋词选释》：言梦中之欢，益见醒后之悲。昔日歌舞《霓裳》，不堪回首。结句"天上人间"，三句怆然欲绝。此归朝后所作。

5.俞平伯《读词偶得》：试观全章，有一句真在写景物乎？曰，无有也，勉强数之，只一首句说雨声，未尝言见也。况依文法言此只一读，谓全章无一句写景，非过言也。此等写法，非情胜者不能。

6.唐圭璋《唐宋词简释》：此首殆后主绝笔，语意惨然。五更梦回，寒雨潺潺，其境之黯淡凄凉可知。"梦里"两句，忆梦中情事，尤觉哀痛。换头宕开，两句自为呼应。所以"独自莫凭栏"者，盖因凭阑见无限江山，又引起无限伤心也。此与"心事莫将和泪说，凤笙休向泪时吹"，同为悲愤已极之语。辛稼轩之"休去倚危阑，斜阳正在烟柳断肠处"亦袭此意。"别时"一句，说出过去与今天之情况。自知相见无期，而下世亦不久矣。故"流水"两句，即承上申说不久于人世之意。水流尽矣，花落尽矣，春归去矣，而人亦将亡矣。将四种了语，并合一处作结，肝肠断绝，遗恨千古。

【导读】

李煜的词无论是伤春伤别，还是心怀故国，都写得哀感动人。这首《浪淘沙令》是李煜去世前不久所作，在一个春意阑珊的季节，李煜的感伤凄苦又将开启一个新的轮回。词人从梦中醒来，听着窗外雨声潺潺，感伤情绪也随着这雨声连绵不断。春色已残，但仍有寒意，丝罗被子也难挡春寒，或许外在的春寒与内心的凄冷产生了共鸣，引发了李煜的无限深思。词人由梦醒再追述梦中，"梦里不知身是客，一晌贪欢"，可谓写尽了李煜亡国后的辛酸。清醒时，他知道自己是亡国之君；进入梦乡之后，才能忘掉自己是羁旅之客，享受片刻欢愉；而再醒来之后，又要继续面对无法改变的现实。这种现实与梦想撕裂的疼痛,词人用一句话展现得淋漓尽致。短暂的欢乐终究是过眼云烟,梦醒后的李煜内心五味杂陈,他独自一个人在高楼上依靠栏杆遥望远方,试图穿过时空,回到旧时拥有的无限江山。"别时容易见时难",这不同于一般的生离死别,故国不再的巨大变故让一代君主无处倾诉,任悲伤涌上心头。落花流水是自然规律,人的生亡自己也不能把握,"流水落花春去也",暗喻李煜来日无多,不久于人世。尾句"天上人间",也暗指最后的归宿,一代君主最终含着毒药死亡。千秋百代过去,每念及李煜,还是会觉得无限怅惘。李煜的一生,不禁让人感叹:一个人,一场梦。

宋

王禹偁

王禹偁(954—1001),字元之,济州巨野(今山东巨野)人。太平兴国八年(983)进士,终官黄州知州,世称王黄州。北宋诗文革新运动先驱。有《小畜集》等。

村 行

马穿山径菊初黄,信马悠悠野兴长①。万壑有声含晚籁②,数峰无语立斜阳。棠梨叶落胭脂色③,荞麦花开白雪香④。何事吟余忽惆怅,村桥原树似吾乡⑤。

【注释】

①信马:任马行走而不加约制,这里指骑着马随意行走。

②籁:从孔穴里发出的声音,泛指大自然的声响。

③棠梨:杜梨,又名白梨、白棠,一种落叶乔木,叶含红色。

④荞麦:一年生草本植物,秋季开白色小花。

⑤原:原野,平野。

【选评】

1.(宋)林逋《读王黄州诗集》:放达有唐惟白傅,纵横吾宋是黄州。

2.钱锺书《宋诗选注》:山峰本来是不能语而"无语"的,王禹偁说它们"无语",或如龚自珍《己亥杂诗》说"送我摇鞭竟东去,此山不语看中原",并不违反事实;但是同时也仿佛表示它们原先能语、有语、欲语而此刻忽然"无语"。这样,"数峰无语""此山不语"才不是一句不消说得的废话。

3.缪钺等《宋诗鉴赏辞典》(金启华鉴赏):这首诗,风格飘逸,淡中有味,明白自然,看起来似不费力,实在是从千锤百炼中得来。王禹偁自称"本与乐天为后进,敢期子美是前身。"他确实是能得白居易七律的精神,而也能继承杜甫在长安、成都两地所作的七律风貌的。

4.霍松林《宋诗鉴赏举隅》:这是一首七律,从章法上说,七律是要讲起、承、转、合的:首联起,颔联承,颈联转,尾联合。但实际情况,并非如此简单。王禹偁的这首《村行》,就突破那种框框。首联"起",颔、颈两联"承",尾联则以上句突转,以下句拍合。章法井然,而又富于变化。

【导读】

王禹偁曾自嘲曰:"平生诗句是山水,谪宦方知是胜游。"(《听泉》)宋太宗淳化二年(991),王禹偁被贬为商州团练副使,商州山村也成了胜游之地,此首七律即是他贬谪次年山村闲行触景生情而作。开篇首句直接点题,写作者乘马到山中乡村行游,"菊初黄"表明村行在秋季;对句写作者骑着马随意行走在山间小路,尽情地体味野兴之趣,甚至不顾上下两句重字之忌,以"信马"进一步突出作者悠然自得的心态。颔联两句侧重从听觉、嗅觉方面写景,"万壑有声"与"数峰无语",用拟人手法形成对比,形象地衬托出山路的静寂;而"晚籁"和"夕阳"不仅点明村行的具体时间,丰富了读者的听觉和视觉形象,也以傍晚未回突出了作者的野兴之长。此时朝事之忧、贬谪之伤似乎都忘却了,村行的妙处大概就在此吧。颈联进一步从视觉、味觉方面写景,棠梨叶红如胭脂,荞麦花白似白雪,构成色彩鲜明的山村图画,而阵阵清香扑鼻而来更增加了生意。作者置身于幽静清香、色彩斑斓的秋晚山村图景中,应该感到更为惬意和舒畅,但是尾联却以设问的方式而突转,由乘兴而游的悠然变为即景吟诗后的怅然。为什么作者面对美景而忽然惆怅呢?这是因为眼前所见的村中石桥和平野树林,与作者家乡景物有些相似,思乡愁绪也就随之而来。王禹偁是济州钜野人,进士及第后曾在成武、长洲、京城开封等地任职,此番他为徐铉辩诬而被贬商州,仕途不顺、异乡漂泊,谪期又不能自由回家,面对暮色之中似曾相识的村景,思乡之愁及内心深处的悲伤都不经意冒了出来。这样看来,作者的心态突变又是合乎常情的。前文对景物不避其繁的具体描写,为最后的情感变化进行铺垫,曲折反映了作者微妙复杂的心理。

林逋

林逋(967—1028),字君复,谥和靖,后人称和靖先生。杭州钱塘人。隐居西湖孤山,终生不仕不娶,唯喜植梅养鹤,人称"梅妻鹤子"。北宋著名隐逸诗人。后人辑有《林和靖先生诗集》。

山园小梅(其一)

众芳摇落独暄妍①,占尽风情向小园。疏影横斜水清浅,暗香浮动月黄昏。霜禽欲下先偷眼②,粉蝶如知合断魂。幸有微吟可相狎,不须檀板共金尊③。

【注释】

①摇落:零落,凋残。北周庾信《枯树赋》:"既伤摇落,弥嗟变衰。"暄妍:气候温暖,景色明媚。南朝宋鲍照《春羁》:"暄妍正在兹,摧抑多嗟思。"

②霜禽:霜鸟,指白鸥、白鹭等。唐孟郊《立德新居》:"霜禽各啸侣,吾亦爱吾曹。"

③檀板:檀木制的拍板,歌唱时用以击节。

【选评】

1.(宋)欧阳修《归田录》:《梅花》诗云"疏影横斜水清浅,暗香浮动月黄昏",评诗者谓"前世咏梅者多矣,未有此句也"。

2.(宋)蔡启《蔡宽夫诗话》:林和靖《梅花诗》"疏影横斜水清浅,暗香浮动月黄昏",诚为警绝;然其下联乃云"霜禽欲下先偷眼,粉蝶如知合断魂",则与上联气格全不相类,若出两人。乃知诗全篇佳者诚难得。

3.(宋)王直方《王直方诗话》:王君卿在扬州,同孙臣源、苏子瞻适相会。君卿置酒曰:"'疏影横斜水清浅,暗香浮动月黄昏',此林和靖梅花诗,然而为咏杏与桃李皆可用也。"东坡曰:"可则可,只是杏李花不敢承当。"一座大笑。

4.(元)方回《瀛奎律髓》卷二十:予谓彼杏、桃、李者,影能疏乎?香能暗乎?繁秾之花,又与"月黄昏""水清浅"有何交涉?且"横斜""浮动"四字,牢不可移。

5.(明)王世贞《艺苑卮言》卷四:至"霜禽""粉蝶","直五尺童耳"。

6.(明)胡应麟《少室山房笔丛》卷二十三:"疏影横斜"于水波清浅之处,"暗香浮动"于月色黄昏之时。二语于梅之真趣,颇自曲尽,故宋人一代尚之。然其格卑,其调涩,其语苦,未足大方也。

7.(清)陶元藻《全浙诗话》卷十宋:《来马湖集》"水田飞白鹭,夏木啭黄鹂",唐李嘉祐诗也,摩诘增"漠""阴"二字。"竹影横斜水清浅,桂香浮动月黄昏",唐江为诗也,和靖易"疏""暗"二字,脍炙人口,遂掩前人。将人有重轻,抑文有显晦也。

【导读】

梅花因其独特的风姿和品性,被誉为"四君子"之首,在中国古典诗词中也最受文人喜爱。林逋种梅养鹤成癖,世称"梅妻鹤子",梅花自然成为诗人情思寄托和审美关注的对象,故"大凡《和靖集》中,梅诗最好",而尤以七律《山园小梅》其一为著。首联诗人直接把梅与凋落的众花进行比较,突出在岁寒时日梅花凌寒开放,因此在小园中独占风情。诗人运用通感的手法,以"暄"字描写由于梅花的光彩明妍,甚至让人感到有温暖和煦之意,这从观者的切实感受出发,进一步颂赞梅的凌寒不屈、风光无限。颔联"疏影横斜水清浅,暗香浮动月黄昏",多为诗家所称赞,如司马光谓"曲尽梅之体态"、韦居安称其为"古今绝唱"等。诗人巧妙地化用五代江为诗句"竹影横斜水清浅,桂香浮动月黄昏",仅改易二字而恰能抓住梅的神韵格趣。"疏影横斜"描写梅在月下特有的形态风姿,"暗香浮动"巧妙运用通感手法,赋予无形的香气以形色和动感。刻画了梅香的由内向外隐约散发,再加之清浅之水、黄昏月色的衬托,构成了一幅朦胧清幽、恬静超逸的山园梅景。颈联两句"霜禽欲下先偷眼,粉蝶如知合断魂",用拟人和夸张的手法,选择动物侧面反映梅备受喜爱。

白鸥还未落下就偷看几眼,粉蝶如知其色香也会销魂,鸟蝶的加入使小园之梅更具生机和趣味,但因与"上联气格全不相类,若出两人"(蔡启语),每被人引以为憾。尾联由写景转为抒怀,诗人认为在梅花面前静心观赏和低声微吟,彼此精神契合而相得其乐,根本无须檀板歌乐和金樽来增添俗趣。诗人从梅身上看到与自己相通的品性,由此对梅的审美观照和形象抒写,实际上正是诗人孤高清洁、幽独超逸的人生志趣的艺术写照。

柳 永

柳永（984？—1053？），原名三变，字景庄，后改名柳永，字耆卿。因排行第七，又称柳七。福建崇安人。暮年及第，以屯田员外郎致仕，世称柳屯田。有《乐章集》存世。

八声甘州①

对潇潇暮雨洒江天，一番洗清秋。渐霜风凄惨，关河冷落②，残照当楼。是处红衰翠减③，苒苒物华休④。惟有长江水，无语东流。

不忍登高临远，望故乡渺邈⑤，归思难收⑥。叹年来踪迹，何事苦淹留⑦。想佳人、妆楼颙望⑧，误几回、天际识归舟。争知我、倚阑干处⑨，正恁凝愁⑩。

【注释】

①八声甘州：词牌名，又名"甘州""潇潇雨""宴瑶池"。所选词双调九十七字，上下片各九句、四平韵。

②关河：本指函谷关和黄河，后泛指山河。

③是处：到处。

④苒苒：渐渐。物华：美好的景物。

⑤渺邈：遥远。

⑥归思（sì）：想念家乡的思绪。

⑦淹留：久久滞留。

⑧颙（yóng）望：昂头远望。

⑨争知：怎知。

⑩恁：如此。

【选评】

1.（宋）人皆言柳者卿词俗，然如"霜风凄紧，关河冷落，残照当楼"，唐人佳处，不过如此。（赵令《侯鲭录》引苏轼语）

2.（清）刘体仁《七颂堂词绎》：词有与古诗同妙者，如"问甚时同赋，三十六陂秋色"，即灞岸之兴也。"关河冷落，残照当楼"，即敕勒之歌也。

3.（清）沈祥龙《论词随笔》：词韶丽处，不在涂脂抹粉也。诵东坡"冰肌玉骨，自清凉无汗，水殿风来暗香满"句，自觉口吻俱香。悲慨处，不在叹逝伤离也。诵耆卿"渐霜风凄惨，关河冷落，残照当楼"句，自觉神魂欲断。盖皆在神而不在迹也。

4.（近）俞陛云《唐五代两宋词选释》：起二句有俊爽之致。"霜风""残照"三句音节悲沆，如江天闻笛，古戍吹笳，东坡极称之，谓唐人佳处，不过如此。以其有提笔四顾之概，类太白之"牛渚望月"、少陵之"夔府清秋"也。其下二句顺笔写之，至结句江水东流，复能振起。后半首分三叠写法，先言己之欲归不得，何事淹留。次言闺人念远，误认归舟。与温飞卿之"过尽千帆皆不是，斜晖脉脉水悠悠"，皆善写闺人心事。结句言知君忆我，我亦忆君。前半首之"霜风""残照"，皆在凝眸怅望中也。

5.（近）王国维《人间词话删稿》：长调自以周、柳、苏、辛为最工。美成《浪淘沙慢》二词，精壮顿挫，已开北曲之先声。若屯田之《八声甘州》、东坡《水调歌头》，则仙兴之作，格高千古，不能以常调论也。

【导读】

此词以浩荡苍茫之气来写登高怀远之情。情感基调虽婉约含蓄，气势却流走贯注。以赋笔来绘景，从高远处着笔，恰如一幅泼墨山水画，气韵跌宕，景象开阔。与晚秋凄清寥落之景相合的是清淡黯然的色彩。上片的镜头感非常强，或定格，或转换，或长镜头，一一呈现在读者面前。"潇潇暮雨洒江天"是一个定格镜头，暮雨如注倾泻而下，同样也是作者酣畅淋漓的情怀，"渐霜风凄惨"中的"渐"字当头，酣然畅快的镜头到此戛然而止，一转为抒情式的慢镜头，随着作者的安排，镜头中慢慢呈现出系列景象，冷落的"关河"，夕阳中的"楼台"还有零落的"花草",这个舒缓的镜头传达的是物换星移、万物凋残的人间寥落。随着"惟有"一句的到来,镜头转为定格。一切都在变幻,唯有长江水还在那里静静流淌。在镜头的切换、动静对比之间展现了作品的气韵节奏。下片则是情感的书写,先因登高思乡叹自家之淹留,复想佳人当亦思我,到"争知我"又谓佳人虽则思我,未必知我亦正思伊,词人尽变化之能事,情感呈现出不同类型。

范仲淹

范仲淹(989—1052),字希文,谥文正,世称范文正公。吴县(今江苏苏州)人。大中祥符八年(1015)进士,官至参知政事。主持庆历新政,推行改革。有《范文正公文集》传世。

御街行(秋日怀旧)①

纷纷堕叶飘香砌②,夜寂静,寒声碎③。真珠帘卷玉楼空④,天淡银河垂地。年年今夜,月华如练,长是人千里。

愁肠已断无由醉,酒未到、先成泪。残灯明灭枕头攲⑤,谙尽孤眠滋味。都来此事⑥,眉间心上,无计相回避。

【注释】

①御街行:词牌名,又名"孤雁儿"。所选词双调七十八字,上下片各七句四仄韵。

②香砌:有落花的台阶。

③寒声碎:寒风吹动落叶发出断断续续的声音。

④真珠:珍珠。

⑤攲(yǐ):通"倚",倾斜。

⑥都来:算来。

【选评】

1.(明)杨慎《词品》卷三:二公(韩琦、范仲淹)一时勋德重望,而词亦情致如此。大抵人自情中生,焉能无情,但不过甚而已。

2.(明)王世贞《艺苑卮言》:范希文"都来此事,眉间心上,无计相回避",类易安而小逊之。其"天淡银河垂地"语,却自佳。

3.（清）王士禛《花草蒙拾》：俞仲茅小词云："轮到相思没处辞，眉间露一丝。"视易安"才下眉头，却上心头"，可谓此儿善盗。然易安亦从范希文"都来此事，眉间心上，无计相回避"语脱胎，李特工耳。

4.（清）陈廷焯《白雨斋词话》：范文正《御街行》云……淋漓沉着。《西厢·长亭》袭之，骨力远逊，且少味外味。此北宋所以为高。小山、永叔后，此调不复弹矣。

【导读】

此词感时怀旧，字里行间中充满着浓浓的愁思。上片由落叶纷飞的秋夜写起，落叶的细碎声引发了作者对故人旧事的怀念。写秋夜景象，作者从秋声和秋色写起，便很自然地引出秋思。一叶落知天下秋，到了秋天，树叶大都变黄飘落。树叶纷纷飘坠香砌之上，不言秋而知秋。夜，是秋夜。夜寂静，但并非毫无音响，一句"寒声碎"道出了秋声的清冽寂静。这声音从树间散落地上，将愁思也碎落一地。不仅秋声萧瑟，秋色亦明净寥落。"真珠帘卷玉楼空，天淡银河垂地"，如此深沉清冽的秋色，珠帘玉楼、银河垂地、晶莹剔透、明光如练。此时此景引发了作者无限乡思，"长是人千里"，原来这样悠长的思念与此景是暗合的。由落叶而知秋声，由秋声而见秋色，由秋色而感思情，清冷孤寒既是物境也是心境。

下片以一个"愁"字写怀旧之情，情感也进一步铺展开来。"愁思""酒"与"泪"向来是古人笔下常用的意象，也时常被组合起来，单是范仲淹的词中就有出现多处。在《苏幕遮》中就有"酒入愁肠，化作相思泪"，而在此篇作品中则为"愁肠已断无由醉，酒未到，先成泪"。肠已愁断，酒无由入，虽未到愁肠，已先化泪。比起入肠化泪，又添一折，又进一层，愁更难堪，情更凄切。自《诗经·关雎》"悠哉悠哉，辗转反侧"出，古诗词便多以卧不安席来表现愁态。范仲淹这里说"残灯明灭枕头欹"，室外月明如昼，室内昏灯如灭，两相映照，自有一种凄然的气氛。枕头欹斜，写出了愁人倚枕对灯寂然凝思神态，这神态比起辗转反侧，更加形象，更加生动。"谙尽孤眠滋味"，由于有前句铺垫，这句独白也十分入情，很富于感人力量。"都来此事"，算来这怀旧之事，是无法回避的,不是心头萦绕,就是眉头攒聚。愁,内为愁肠愁心,外为愁眉愁脸。古人写愁情,设想愁像人体中的"气",气能行于体内体外,故或写愁由心间转移到眉上,或写由眉间转移到心上。范仲淹这首词则说"眉间心上,无计相回避"。两者兼而有之,不失为入情入理的佳句。

张 先

张先（990—1078），字子野，湖州乌程（今浙江湖州）人。天圣八年（1030）进士，以尚书都官郎中致仕。曾知安陆，人称"张安陆"；又因词作，世称"张三中""张三影"。有《张子野词》传世。

青门引（春思）①

乍暖还轻冷，风雨晚来方定。庭轩寂寞近清明②，残花中酒③，又是去年病。

楼头画角风吹醒④，入夜重门静。那堪更被明月，隔墙送过秋千影。

【注释】

①青门引：又名"玉溪清"。所选词双调五十二字，上片五句三仄韵，下片四句三仄韵。

②庭轩：庭院中的小室，泛指庭院。

③中酒：酣饮而醉。出自《汉书·樊哙传》。杜牧《睦州四韵》："残春杜陵客，中酒落花前。"

④画角：古管乐器，传自西羌。以竹木或皮革等制成，因表面有彩绘，故称。古时军中多用以警昏晓、振士气、肃军容。"楼头"句：谓楼头角声和微冷的晚风驱走了醉意。

【选评】

1.（明）沈际飞《草堂诗余正集》：怀则愈触，触则愈怀，未有触之至此极者。

2.（清）先著、程洪《词洁》：子野雅淡处，便疑是后来姜尧章出蓝之助。

3.（清）黄苏《蓼园词选》：落寞情怀，写来幽隽无匹。不得志于时者，往往借闺情以写其幽思。角声而曰"风吹醒","醒"字极尖刻。至末句"那堪""送影",真是描神之笔,极希窅渺之致。

4.(清)许宝善《自怡轩词选》:加上"隔墙送过秋千影",应目为"张四影"。

5.(近)俞陛云《唐五代两宋词选释》:残春病酒,已觉堪伤,况情怀依旧,愁与年增,乃加倍写法。结句之意,一见深夜寂寥之景,一见别院欣戚之殊。梦窗因秋千而忆凝香纤手,此则因隔院秋千而触绪有怀,别有人在,乃侧面写法。

【导读】

　　整首词从气候说起,这是个春寒料峭的春夜,带着几分清冷,与寂静落寞的庭轩相呼应。由身体上的触觉慢慢地渗透到了内心感知上,这是一种细腻敏锐的体验。张先从对自然的感知一转为对内心的反视与自省、调息与自控。以个体探求内心世界,将人的审美情感过滤和提纯到极致。张先所追求的不是外在物象的恢宏博大和苍茫浑厚,不是炽热情感的发扬蹈厉及仗剑走天涯的豪情壮志,不是艺术造境上的波涛起伏和汹涌澎湃,而是对某种心灵情境的精深透妙的观照,对某种情绪情感的体贴入微的辨察,对宇宙人生细腻的品味及对历史的领悟。借着清冷的时节、寂静的庭院、残花中酒,暗自生愁,人世沧桑几经流转。酒入愁肠人自醉,而凄厉的角声、清冷的晚风,使得酣醉的人赫然清醒,此时的愁苦是否又平添了几分?溶溶月色下的秋千之影也能触动作者心怀?作者通过肌肤的感觉、转而为视觉后又切入听觉,以敏锐的感触一步步呈现了酒入愁肠的寥落心境。多重感知的切换层层造境,使得词境层层翻进,最终通过虚像"秋千之影"来达到深邃幽渺的至高之境。

晏　殊

晏殊(991—1055),字同叔,谥元献,世称晏元献。抚州临川(今属江西)人。景德二年(1005)赐进士出身,官至同平章事兼枢密使。以词著于文坛,与欧阳修并称"晏欧";又与其子晏几道,被称为"二晏""大小晏"。有《珠玉词》等。

清平乐①

金风细细②,叶叶梧桐坠。绿酒初尝人易醉③,一枕小窗浓睡。

紫薇朱槿花残④,斜阳却照阑干。双燕欲归时节⑤,银屏昨夜微寒⑥。

【注释】

①清平乐:原唐教坊曲,后用作词牌。又名"清平乐令""醉东风""忆萝月"。所选词双调四十六字,上片四句四仄韵,下片四句三平韵。

②金风:秋风。古代以阴阳五行解释季节演变,秋属金。

③绿酒:古代土法酿酒,酒色黄绿,诗人称之为绿酒。南唐冯延巳《长命女》词:"春日宴,绿酒一杯歌一遍。"

④紫薇朱槿:花名。紫薇,落叶小乔木,花红紫或白,夏日开,秋天凋,又名"百日红"。朱槿,红色木槿,落叶小灌木,夏秋之交开花,朝开暮落,又名扶桑。

⑤归:归去,指秋天燕子飞回南方。

⑥银屏:屏风上以云母石等物镶嵌,洁白如银,故称银屏,又称云屏。

【选评】

1.(清)先著、程洪《词洁》:情景相副,宛转关生,不求工而自合。宋初所以不可及也。

2.(近)俞陛云《唐五代两宋词选释》：纯写秋来景色,惟结句略含清寂之思,情味于言外求之,宋初之高格也。

3.唐圭璋等《唐宋词鉴赏辞典》(徐培均鉴赏)：但从这首词来看,它的闲雅风调虽似冯词,而其华贵气象倒有点像温庭筠的作品。不过温词的华贵,大都表现词藻上的镂金错采,故王国维以"画屏金鹧鸪"状其词风。晏词的华贵却不专主形貌,而在于精神。"每吟咏富贵,不言金玉锦绣,而惟说其气象,若'楼台侧畔杨花过,帘幕中间燕子飞','梨花院落溶溶月,柳絮池塘淡淡风'之类是也。"

【导读】

这首词是《珠玉词》中的名篇,它用精细的笔触和闲雅的笔调,抒写了这位富贵宰相在秋天刚来时的一种舒适而又略带无聊的感触。宋词的清平乐小调与晏殊尊荣之位似乎不相搭,就好像闲雅格调与华贵气象不相融一般,但在这首词中我们看到了彼此间的统一与调和,这正是晏殊词的风格特色。晏殊以相位之尊,间为小歌词,得花间遗韵。作者从细细的秋风写起,原本让人忧愁的秋天,在他的笔下却幻化成一幅幅微妙的小图景。这里的秋风是细细的,酒香是浓浓的,还有残花和斜阳,这些事物所营造出来的意象闲适而散淡,远离生活日常的苦闷,没有繁杂琐事羁绊。有的只是色彩适宜、构图和谐的写意小景,还有作者对日常节奏变幻的淡淡惆怅。在这首词里,丝毫找不到自宋玉以来诗人们一贯共有的衰飒伤感的悲秋情绪,有的只是在富贵闲适生活之余对于节序更替的一种细致入微的体味与感触。主人公晏殊是在安雅闲适的相府庭园中从容不迫地咀嚼品尝着暑去秋来那一时刻的自然变化,一丝细小的改变就能给人以身心牵动之感。这当中,也含有因节序更替、岁月流逝而引发的一丝闲愁。整篇作品中的事物是淡淡的、细柔的,甚至是飘忽幽微似有若无的。作者通过对外物的描写,将他在这环境中特有的心理感触舒徐平缓地宣泄出来,使整个意境十分轻婉动人。

梅尧臣

梅尧臣(1002—1060),字圣俞,世称宛陵先生、梅直讲、梅都官。宣城人。宋仁宗赐同进士出身,累官尚书都官员外郎。诗与苏舜钦齐名,时号"苏梅",又与欧阳修并称"欧梅"。为诗力求平淡,被南宋刘克庄誉为宋诗的开山祖师。有《宛陵集》等。

东　溪①

行到东溪看水时,坐临孤屿发船迟。野凫眠岸有闲意,老树着花无丑枝。短短蒲茸齐似剪②,平平沙石净于筛。情虽不厌住不得③,薄暮归来车马疲。

【注释】

①东溪:即宛溪,在宣城,从宣城东南流至城东北与句溪汇合。

②蒲茸:初生的蒲草。

③厌:满足。住不得:不能长久停留之意。

【选评】

1.(宋)胡仔《苕溪渔隐丛话》后集卷二十四:圣俞诗工于平淡,自成一家,如《东溪》云:"野凫眠岸有闲意,老树着花无丑枝。"……似此等句,须细味之,方见其用意也。

2.(元)方回《瀛奎律髓》卷三十四:三、四为当世名句,众所脍炙。

3.(清)贺裳《载酒园诗话》:至"野凫眠岸有闲意,老树着花无丑枝",尤是吴体中寻常语,且下句更觉安排造作,何足为重!

4.钱锺书《谈艺录》:欧公《水谷夜行》称梅诗有云:"譬如妖韶女,老自有余态。"都官自作"接花"五律亦有"姜女嫁寒婿,丑枝生极妍"一联。丑枝生妍之意,都官似极喜之,《东溪》七律复云:"野凫眠岸有闲意,老树着花无丑枝。"

5.霍松林《霍松林古诗文鉴赏集》：这首诗，可以说实现了他的主张：意新语工，状难状之景如在目前，含不尽之意见于言外。

【导读】

这首诗起语似文，明白如话，先交代自己行动的地点和原因，接着写观景过程及结果，但两句又巧妙地形成对仗，不仅以两个动作连用相对，且"对举之中仍复用韵"，如杜甫《登高》首联用法，不过显得更为自然，似无意工而工。颔联对仗两句用语奇新，历来被引为名句。上句"野凫眠岸"化用杜甫《漫兴》"沙上凫雏傍母眠"诗句，又以"野"字引出"闲意"，与杜诗写景相比，诗人更为直接地表达自己的主观感受；下句"老树"而"着花"本身就具有新奇性，又以"无丑枝"与"老"相连，进一步强化陌生化效果，表现了诗人对于景物的独特的审美观照和理性分析。两句均采用前四字写景、后三字写意的方式，把具体鲜明的物象和诗人的主观意识结合起来，开启了宋诗的独特笔法。颈联由岸上动植物转向水中之景，诗人以拟人、夸张的手法，形象描写"蒲茸"的短小齐整和"沙石"的细小干净。这种"如印印泥"着力写景的笔法与上联明显有异，可见诗人有意采用不同的方式来呈现东溪多种景致之美。尾联又以散文句法结之，诗人唯恐不能清楚表达自己的意愿，用转折词"虽"说明自己喜欢东溪却又不能不回，故直到傍晚才迟迟归来。意义表达清楚完整，回味不尽的余味自然就减少了，这也反映出了宋诗突破唐诗的范式的普遍问题。

欧阳修

欧阳修（1007—1072），字永叔，号醉翁、六一居士。谥文忠，世称文忠公。庐陵（今江西吉安）人。天圣八年（1030）进士，官至参知政事。北宋诗文革新运动领袖，"唐宋散文八大家"之一。有《欧阳文忠集》传世。

边　户①

家世为边户，年年常备胡②。儿僮习鞍马，妇女能弯弧③。胡尘朝夕起④，虏骑蔑如无⑤。邂逅辄相射⑥，杀伤两常俱。自从澶州盟⑦，南北结欢娱。虽云免战斗，两地供赋租。将吏戒生事⑧，庙堂为远图⑨。身居界河上⑩，不敢界河渔。

【注释】

①边户：边境地区的住户，此处指宋辽交界处宋境内的居民。

②备胡：防备胡人侵扰。胡，古代对北方、西北少数民族的泛称，此处指契丹。

③弯弧：拉弓，指射箭。

④胡尘：辽军骑兵搅动起的沙尘，指辽军入侵。

⑤蔑如无：视如无人之境。蔑，轻视。

⑥邂逅：偶然相遇。

⑦澶州盟：即澶渊之盟。宋真宗景德元年（1004）闰九月，辽军南攻直抵澶州，汴京受到威胁。宰相寇准力排众议，坚持抵抗，真宗勉强去澶州督战，宋军士气高涨，在澶州大败辽军，辽军被迫请和。宋同辽签定和约，结果打了胜仗的宋朝同意每年赠辽国绢二十万匹，银十万两，史称"澶渊之盟"。

⑧生事：惹起纠纷。

⑨庙堂:指北宋朝廷。远图:深远的谋略,即所谓的和议。

⑩界河:辽宋两国分界的河流。

【选评】

1.缪钺等《宋诗鉴赏辞典》(王思宇鉴赏):此诗写法同杜甫的名篇"三别"相同,都是采用诗中人自叙的口吻。这样写可以使人感到更加真切,增强作品的感染力。诗中把澶州之盟(澶渊之盟)的前后作为对照,也使对朝廷主和派的揭露更加深刻有力。

2.欧阳砥柱《欧阳修诗文赏析》:全诗富于形象性,加上语言朴素而平易,叙事简练而真切,所以很有思想震撼力和艺术感染力。无怪乎此诗被称作神余言外的讽世佳作。

【导读】

至和二年(1055)冬,欧阳修充任贺契丹国母生辰使,出使契丹途经边界时有感而作《边户》。全诗可分为两部分,前八句叙说澶渊之盟以前边民对契丹的抵抗和斗争。由于家族世代在边地居住,边民要时时防备外族人侵略。在这种环境中养成了边民尚武之风,儿童年少开始练习骑马,甚至妇女也能弯弓射箭。从太宗以来,辽军不断频繁南攻,而边民对于敌军毫不畏惧,一旦相遇就互相射杀,双方死伤人数相当。后八句讲述澶渊之盟之后,边民要向两地供赋租而不能反抗。诗中直接交代,自从澶渊之盟后,南北结好不再战争。这样的边防政策看似对边民有利,但是边民却要向宋朝和辽国两方面缴纳沉重的赋租,边民的生活更加悲惨。更可悲的是,朝廷对辽交好屈服,将吏不仅约束边民不准生事,而且剥夺了边民去本是中原境地的界河打鱼的权利。宋朝所谓的妥协求和的外交政策,就连之前遭受侵略的边民都没有感受到"和平"带来的欢愉,反而遭受更沉重的灾难。诗歌以边民为叙述者,讲述了澶渊之盟前后边户的生活境况变化,表现了作者对边户不幸遭遇的深切同情,同时也表达了对异族侵略坚决抵抗的政治主张。

戏答元珍^①

　　春风疑不到天涯^②，二月山城未见花^③。残雪压枝犹有橘，冻雷惊笋欲抽芽^④。夜闻归雁生乡思，病入新年感物华^⑤。曾是洛阳花下客^⑥，野芳虽晚不须嗟。

【注释】

　　①元珍：即丁宝臣，字元珍。欧阳修被贬峡州夷陵县令，丁元珍任峡州军事判官。

　　②天涯：极边远的地方。诗人贬官峡州夷陵，距京城已远，故云。

　　③山城：亦指夷陵。

　　④冻雷：初春时节的雷，因仍有雪，故称。

　　⑤物华：美好的景物。

　　⑥洛阳花：北宋时西京洛阳以花著称。《洛阳牡丹记风俗记》："洛阳之俗，大抵好花。春时，城中无贵贱皆插花，虽负担者亦然。花开时，士庶竞为遨游。"宋仁宗天圣八年（1030）至景祐元年（1034），欧阳修曾任西京留守推官。

【选评】

　　1.（宋）欧阳修《笔说·峡州诗话》："春风疑不到天涯，二月山城未见花"。若无下句，则上句何堪？既见下句，则上句颇工。

　　2.（元）方回《瀛奎律髓》卷四：此夷陵作，欧公自谓得意。盖"春风疑不到天涯"一句，未见其妙，若可惊异；第二句云"二月山城未见花"，即先问后答，明言其所谓也。以后句句有味。

【导读】

　　此诗是诗人欧阳修贬官夷陵所写。诗题中虽取"戏"答，实则是诗人政治上"怨而不怨"的掩饰之辞。首二句起语巧妙绝伦，先是发出春风不到之"疑"，紧接着引出对"疑"的解释，已是二月，居然还未见到花，由此可见山城的荒僻冷落。一问一答中不仅点明了作诗的时间、地点、环境,而且寓含着诗人贬谪山居的落寞情绪。三四句承前细写山城荒凉之景,诗人巧妙运用"橘""笋"等意象,恰似山城早春画卷图铺展开来,别有韵味。五六句由山城春景直接转为诗人远谪山城的无限慨叹,"归雁"引发的无尽"乡思"让诗人感慨时光飞逝、万物更迭。末两句以自我安慰结语,诗人以洛阳牡丹来宽慰自己不须嗟叹"野芳虽晚",乐观的自嘲中也流露出一种无奈和凄凉。从全诗来看,诗人善于处理情与景的关系,于景中见春寒中的盎然春意,颇富生机;于情中见诗人落寞之意,但尚未绝望,景与情交融互生,表现出诗人谪居山乡积极寻求自我解脱的复杂心情。

生查子(元夕)①

去年元夜时②,花市灯如昼③。月上柳梢头④,人约黄昏后。

今年元夜时,月与灯依旧。不见去年人,泪湿春衫袖⑤。

【注释】

①生查子:原唐教坊曲,后用为词调。又名"相和柳""梅溪渡""陌上郎"等。所选词双调四十字,上下片各四句二仄韵。

②元夜:即元宵节之夜,农历正月十五为元宵节。

③花市:民俗每年春时举行卖花、赏花的集市。

④月上:一作"月到"。

⑤泪湿:一作"泪满"。春衫:年少时穿的衣服,也指代年轻时的自己。

【选评】

1.(明)卓人月、徐士俊《古今词统》卷三:元曲之称绝者,不过得此法。

2.(清)王士禛《池北偶谈》卷十四:今世所传女郎朱淑真"去年元夜时,花市灯如昼"《生查子》词,见《欧阳文忠公集》一百三十一卷,不知何以讹为朱氏之作。世遂因此词,疑淑真失妇德,记载不可不慎也。

【导读】

爱意随风起，风止意难平。《生查子·元夕》中说的是一位女子的意难平，全诗明白如话，穿梭在"去年元夜"与"今年元夜"两幅元夜图景，在蒙太奇的效果中展现相同节日的不同情思，述说了一位女子的爱恋。

去年元宵，花灯明，夜如昼。月上柳梢，多少人踏着黄昏走入良夜。词的上片写"去年元夜"情事，自唐时起即有观灯闹夜的风俗，苏味道的《正月十五夜》中就有"火树银花合，星桥铁锁开"。这正是"花市灯如昼"的情景，一个"昼"字既有气势，又很简洁。语言简单无需解释，用最简单的词汇，营造出更高超的境界。正月十五当天，男女老少几乎倾城而出，欣赏花灯，就连平时足不出户的女子也可以在这天晚上通宵达旦，热闹喧嚣。元宵节也被称为灯节，是年轻人"撒欢"的节日，也是那些自由恋爱者约会的好时机。"月上柳梢头"此刻静了下来，分明不在闹区，"人约黄昏后"这一句恰如水穷云起，言有尽而意无穷，引人无限遐想。人间花灯和天上月亮交相辉映，相得益彰，戛然而止，给人一种留白之美，这种留白给读者留下对那个禁锢时代，自由恋爱与朦胧爱情的无限遐想。

今又元宵，灯依旧，月如昨，只是不见当时同行友伴，美景当前却泪垂。下片写"今年元夜"情景，老时间老地点，等到月上柳梢，等到月亮西沉，等到灯火阑珊，却一直没有看到他的影子。在难熬的等待中，在时间流逝中，女子从迫切的期望，一点点失望，再到最后绝望，这一系列情感变迁，令女子在不知不觉中泪满衣袖，痛满心头。用时间的流逝来照应爱情的失落，去年元夜时还有"人约黄昏后"的缠绵缱绻，而今年元夜时却只留不见去年人的凄凉幽怨。时间对比前后是更为强烈的哀乐对比，这与《小雅·采薇》中"昔我往矣，杨柳依依。今我来思，雨雪霏霏"表达的情感有异曲同工之妙。

整首词之所以震撼人心，除了对比还有重复的力量。诗歌重叠方式应用全章早就应用于《诗经》国风，每章字句大同小异。这首词中的"去年元夜时""今年元夜时"并非简单重复，而是利用简单的词语重叠减少整首词的割裂感，有回旋咏叹之致。

上元佳节,如昼大街,惊鸿一瞥,一眼万年。这位女子是否还在期盼那个上元佳节,在花灯绚丽、灯影幢幢的世界里,期待着再一次的回首相遇。

王安石

王安石(1021—1086),字介甫,号半山,谥文。临川(今江西抚州)人。主持变法,官至同中书门下平章事,封为荆国公。后人称临川先生、王荆公、王文公等。诗自成一家,世称荆公体;文列"唐宋八大家"。有《临川先生文集》等。

明妃曲二首(其一)①

明妃初出汉宫时,泪湿春风鬓脚垂②。低徊顾影无颜色③,尚得君王不自持。归来却怪丹青手④,入眼平生几曾有。意态由来画不成,当时枉杀毛延寿。一去心知更不归,可怜着尽汉宫衣。寄声欲问塞南事,只有年年鸿雁飞。家人万里传消息,好在毡城莫相忆⑤。君不见咫尺长门闭阿娇⑥,人生失意无南北。

【注释】

①明妃:即王昭君,汉元帝宫女,时呼韩邪来朝,元帝以昭君等宫女五人赐之。晋时避司马昭讳,改昭为明,后人沿用。

②春风:春风面的省称,比喻面容之美。杜甫《咏怀古迹五首》其三:"画图省识春风面。"

③无颜色:指面色惨淡。

④丹青手:指宫廷画师。据葛洪《西京杂记》载,元帝后宫人多,故使画工画其形,按图召幸。昭君不肯贿赂画工,故不被帝召幸。

⑤毡城:游牧民族以毡为帐篷,此指匈奴王宫。

⑥长门:汉宫名。阿娇:陈皇后小名字。西汉武帝曾将陈皇后幽禁长门宫。

【选评】

1.(宋)李壁《王荆公诗笺注》：山谷跋公此诗云：荆公作此篇，可与李翰林、王右丞并驱争先矣。往岁道出颍阴，得见王深父先生，最承教爱，因语及王荆公此诗，庭坚以为词意深尽，无遗恨矣。深父独曰："不然。孔子曰：'夷狄之有君，不如诸夏之亡也。''人生失意无南北'非是。"

2.(清)方东树《昭昧詹言》：寄托。"归来"二字掷。此等题各有人寄托，借题立论而已。如太白只言其乏黄金，乃自叹也。公此诗言失意不在近君，近君而不为国士知，犹泥途也。六一则言天下至妙，非悠悠者能知，以自喻其怀，非俗众可知。

3.(近)陈衍《宋诗精华录》："低徊"二句，言汉帝之犹有眼力，胜于神宗。"意态"句，言人不易知。"可怜"句，用意忠厚。末言君恩之不可恃。

4.(近)高步瀛《唐宋诗举要》：持论乖戾。

5.朱自清《经典常谈·诗文常谈》：王安石笔下的明妃本人，并未离开那"怨而不怒"的旧谱儿，不过"家人"给她抱不平，口气却有点"怒"了。"家人"怒，而身当其境的明妃并没有怒，正见其忠厚之极。

6.游国恩《中国文学史》：诗人道出了在阶级社会中普遍存在的妇女受压迫、被蹂躏的不合理现实："君不见咫尺长门闭阿娇，人生失意无南北。"

7.漆侠《漆侠全集》第二卷：王安石《明妃曲》所塑造的王昭君这个具有浓厚爱国主义情怀的形象，如前所说，是以王安石的北使诗篇为基础。

【导读】

"昭君出塞"是古代诗歌中重要题材，创作者多"以失身胡虏为无穷之恨，读之者至于悲怆感伤"。王安石亦作《明妃曲二首》，因其对史说的翻新和议论的奇警在当时就引发了轰动，以至于欧阳修、梅尧臣、司马光等多位文坛大家纷纷唱和；同时也因诗歌语言的多歧性，自创作之后读者对其旨意的理解出现很大的分歧，直至现在仍聚讼纷纭。此选《明妃曲二首》其一。

诗歌从"明妃初出汉宫时"写起，着力刻画昭君的形貌意态，"泪湿春风"直言其悲苦伤心，"鬓角垂""无颜色"表现其无意打扮，"低徊顾影"突出其留恋不舍,即使昭君悲而无妆还使得君王"情不自持",并因此怪罪而后处死画师,这又从侧面进一步烘托昭君之美。如果说诗人对昭君形象的刻画表现了其艺术功力,由此引发的议论"意态由来画不成,当时枉杀毛延寿",则显示了其对于历史事件的卓出的认识。当然,这并不意味着王安石旨在为毛延寿翻案,事实上诗人重在强调人的气质神态无法通过外在描绘真正把握,这就为后文的"失意"议论设下伏笔。

诗歌下部分着重写昭君入塞之后的情思。尽管昭君心知一去而不归,使她一直保留着汉宫的衣饰装扮。衣冠服饰是代表一个民族的鲜明标志,昭君"着尽汉宫衣"表达了她对故国家人的深沉的思念。昭君多么盼望得到故乡的信息,但眼看着一年年飞过的鸿雁却无法传递,这种痛彻的思念与杜甫诗中"环佩空归月夜魂"类似。在此基础上,不少论者认为此诗重在表达明妃的爱国思乡的深厚感情,但是诗人的目的似乎并不止于此。诗歌最后四句又宕开一笔,写到家人传来消息对昭君安慰,尤其是"君不见咫尺长门闭阿娇,人生失意无南北",使得诗歌的旨意显得难以理解。宋王回认为此语违背了孔子"夷狄之有君,不如诸夏之亡也"的思想;陈衍认为"末言君恩之不可恃";朱自清认为此诗并没有离开"怨而不怒"的旧谱儿;游国恩认为此诗道出了"在阶级社会中普遍存在的妇女受压迫、被蹂躏的不合理现实"等。我们认为,此诗不在于比较胡汉恩遇,也不在于揭示妇女的遭遇,而是借明妃来寄托自己的感慨。

此诗作于宋仁宗嘉祐四年(1059),而在此前一年,王安石写《上仁宗皇帝万言书》已主张改革,并未被仁宗重视。诗中写明妃在宫中君王不知其美,画师也不能真正表现明妃的意态,实暗示自己未有遇到"相知者";尾句又以被皇帝宠幸的阿娇后被打入冷宫的遭遇来安慰昭君,进一步说明"士不遇"的普遍性。而这一主题,在《明妃曲二首》其二得以进一步说明,诗人以"人生乐在相知心"来进一步表达不遇的失意和知遇的期望。

北陂杏花①

一陂春水绕花身,花影妖娆各占春②。纵被春风吹作雪③,绝胜南陌碾成尘④。

【注释】

①陂(bēi):池塘。

②花影:花枝在水中的倒影。

③纵:即使。

④南陌:南面的道路上。

【选评】

1.(宋)许顗《彦周诗话》:荆工爱看水影,此亦性所好。

2.(近)陈衍《宋诗精华录》:末二语恰是自己身分。

3.缪钺等《宋诗鉴赏辞典》(吴汝煜鉴赏):王安石晚年曾眼看着自己亲手制定的新法被一一废止。他虽外示平淡,而内心实极痛楚。寓悲壮于闲淡的艺术风格,正是这种思想实际的深刻反映。

【导读】

这首七言绝句写于王安石贬居江宁之后,是诗人晚年寄情于物、托物言志之作。首句写景点题,一池碧绿的春水环绕着杏树,既以"春水"写出了杏花所处的环境,以此衬托了杏花的姿态;又以"绕"字摹写了陂水的曲折蜿蜒之流势,突出了水与花的相亲相依。次句从"花"与"影"相随到各占春色,不仅写出了在春光映照下花的妖娆美丽和影的隐约迷离,更以满池摇曳的花影见出花的绰约风姿。诗人没有仅仅展现杏花的外在形态之美,而是在第三句想象杏花被风吹落之情景,"吹作雪"形象地描写杏花的颜色和稠密,也似乎可见被风吹拂落英缤纷之动态。一般来说,由落花往往引发惜时伤逝的忧愁,但诗人一反此陈俗的抒情模式,尾句"绝胜南陌碾成尘",以"北陂"与"南陌"花对比托物言志。北陂幽僻清静,杏花纵然被吹落,还可以保持自身的纯洁;而南陌热闹喧嚣,杏花更引人注意,但凋落后却被碾成尘土。诗人对北陂杏花的品性的赞美,实际上是把北陂杏花作为自我的人格的象征,表示自己宁愿高洁清正、孤芳自赏,而不愿争逐于名利而自染尘浊。王安石曾两度拜相、位居高位,但他志在变法革新,虽被迫退出政治舞台,但绝不为了权势名利而放弃自己的信念。诗人在小诗中,极力赞美北陂杏花被吹落仍保持自身的素洁,这正是其高洁不屈的心志的反映。

王 观

王观(1035—1100),字通叟,号逐客,泰州如皋人。嘉祐二年(1057)进士,曾知江都。因高太后以其属王安石门生而罢职,自号"逐客"。善填词,与秦观并称"二观"。有《冠柳集》一卷。

卜算子(送鲍浩然之浙东)①

水是眼波横,山是眉峰聚。欲问行人去那边,眉眼盈盈处②。

才始送春归,又送君归去。若到江南赶上春,千万和春住③。

【注释】

①卜算子:又名"卜算子令""百尺楼"等。所选词双调四十四字,上下片各四句两仄韵。鲍浩然:作者友人,生平不详。

②盈盈:佳美貌。

③和:与,同。

【选评】

1.(宋)胡仔《苕溪渔隐丛话》后集卷三十九:山谷词云:"春归何处,寂寞无行路。若有人知春去处,唤取归来同住。"王逐客云:"若到江南赶上春,千万和春住。"体山谷语也。

2.(清)吴照衡《莲子居词话》:山谷云……通叟云……碧山云:"君行到处,便快折河边千条翠柳,为我系春住。"三词同一意,山谷失之笨,通叟失之俗,碧山差胜,终不若元梁贡父云"拚一醉留春,留春不住,醉里春归",为洒脱有致。

【导读】

自然流转的语言,清丽曼妙的图景,流畅洒脱的民歌式表述,构成了这首词的美学特点。王观的词作虽然题材范围有限,但在语言和构思上却独具一格。宋人王灼《碧鸡漫志》评王观词"新丽处与轻狂处皆是惊人",极为中肯。

词作开篇写景,采用了精妙奇绝的比喻,把清丽山水比作美人的眉眼,神韵盈然,顾盼生辉。将山水与女子容貌相类比,自古有之。托名于刘歆《西京杂记》"文君姣好,眉色如望远山",李白《长相思》"昔时横波目,今作流泪泉",白居易《筝诗》"双眸剪秋水,十指剥春葱",多是将美人作为本体,山水为喻体。在此词中则一反常态将山水比作美人,使得山水神韵倍现,化无情为有情,使原本不预人事的山水也介入送别的场面,为友人的离去而动容。"欲问行人去那边,眉眼盈盈处",一句简单的日常问答,点染出了春山春水的曼妙生机,"盈盈"一词如点睛之笔,绿意盎然的春景在读者眼前铺展开来。

下片前将友人的离去与春的逝去并作一处,将季节转换等同于人事别离,别离之愁倍增。然作者并没有只限于当前的离去,他以淡然洒脱之语来嘱咐友人:"若到江南赶上春,千万和春住。"这大概是最为风雅美妙的祝福了,既然挽留不了,那就祝福友人去陪伴春光去吧。

此词内容虽为传统的送别伤春题材,但笔触清丽灵动,构思奇巧,再加上淡然洒脱的口语化的表述,使得这场离别之愁淡化在春景的风流曼妙之中。

苏　轼

苏轼(1037—1101),字子瞻,又字和仲,号铁冠道人、东坡居士等,谥文忠,世称苏东坡、坡仙、苏文忠公等。眉州眉山(今四川眉山)人。嘉祐二年(1057)中进士乙科,后中制科三等,因反对变法仕途浮沉。北宋中期文坛领袖,诗与黄庭坚并称"苏黄";词开豪放一派,与辛弃疾并称"苏辛";文与欧阳修并称"欧苏",为"唐宋八大家"之一。又善书画,与黄庭坚、米芾和蔡襄并为书法"宋四家"。有《东坡七集》《东坡易传》《东坡乐府》等。

游金山寺①

我家江水初发源②,宦游直送江入海③。闻道潮头一丈高,天寒尚有沙痕在。中泠南畔石盘陀④,古来出没随涛波。试登绝顶望乡国,江南江北青山多。羁愁畏晚寻归楫,山僧苦留看落日。微风万顷靴文细⑤,断霞半空鱼尾赤⑥。是时江月初生魄⑦,二更月落天深黑。江心似有炬火明,飞焰照山栖鸟惊。怅然归卧心莫识,非鬼非人竟何物?江山如此不归山,江神见怪惊我顽。我谢江神岂得已,有田不归如江水⑧。

【注释】

①金山寺:始建于东晋,原名龙游寺,又名泽心寺、江天寺,在今江苏镇江西北的长江边的金山上,宋时山在江心。天禧初,宋真宗梦游此寺,乃赐名金山寺,"为诸禅刹之冠",殿宇巍峨,佛像庄严,文物既富,名胜也多。

②江:长江。苏轼的家乡眉山在岷江边上,岷江是长江的支流,古人误认为是长江上游,故此说是长江的发源地。

③宦游:外出做官,苏轼入京候官是沿岷江、长江出蜀的,这次赴杭州又来到近海的镇江,故有此句。

④中泠：泉水名，即闻名于世的天下第一泉。

⑤靴文：即靴纹，状江面因微风而起的粼粼细浪。

⑥鱼尾赤：形容血红晚霞，重叠如鱼鳞。

⑦魄：月缺时光线暗淡而仅有圆形轮廓的那一部分，初生魄：即初三，苏轼来游正当十一月初三。《礼记·乡饮酒义》："月之三日而成魄。"

⑧如江水：指水发誓，与对天盟誓相似，古人常用。《左传·僖公廿四年》："所不与舅氏同心者，有如白水！"

【选评】

1.（清）施补华《岘佣说诗》："我家江水初发源，宦游直送江入海"确是东坡游金山寺发端，他人抄袭不得，盖东坡家眉州，近岷江，故曰："江初发源"；金山在镇江，下此即海，故曰"送江入海"。中间"微风万顷"二句，的是江心晚景。收处"江山如此"四句两转，尤见跌宕。

2.（清）汪师韩《苏诗选评笺释》：一往作缥缈之音，觉自来赋金山者，极意着题，正无从得此远韵。起二句将万里程、半生事一笔道尽，恰好由岷山导江至此处海门归宿为入题之语。中间"望乡国"句，故作羁望语以环应首尾。"微风万顷"二句写出空旷幽静之致。忽接入"是时江月"一段，此不过记一时阴火潜燃景象耳，思及江神见怪，而终之以归田。矜奇之语，见道之言，想见登眺徘徊，俯视一切。

3.（清）纪昀《纪批苏诗》：首尾谨严，笔笔矫健，节短而波澜甚阔。结处将无作有，两层搭为一片。归结完密之极，亦巧便之极，设非如此挽合，中一段如何消纳。

4.（清）吴汝纶《唐宋诗举要》：机轴与《后赤壁赋》同，而意境胜彼。

5.（近）陈衍《宋诗精华录》：一起高屋建瓴，为蜀人独足夸口处。通篇遂全就望乡归山落想，可作《庄子·秋水篇》读。

6.程千帆《古诗今选》：苏轼由于反对神宗及王安石的变法，被人诬告贪污，因此请求外调。这篇诗中思归之情，是受陷害后感到抑郁的反映。但诗风壮丽，笔势骞腾，却正见出诗人开朗的胸襟，以及不容易被逆境压倒的乐观情绪。起句与结句,遥相呼应,不可移易地写出了蜀士之远游,也是本诗构思上值得注意的特点。

【导读】

　　这首七言古诗作于熙宁四年(1071)。时苏轼任命通判途经镇江,留宿金山寺,半夜观赏江上夜景而作。全诗共二十二句,可分为三个层次。

　　前八句描写白天在金山寺所见景象。开篇以"江水"为线索展开,气势磅礴。诗人登高远眺,浩荡东流的长江水尽收眼底,不禁想到了"江水"发源的故乡,勾起了诗人的乡思之情。江水入海不回,犹如自己仕宦不归,本是江水送人,诗人却道"宦游直送江入海",变成了人送江水,笔调新奇,耐人寻味。紧接着诗人描绘了眼前的长江景观,"闻道潮头一丈高","闻道"表明诗人是听说的,因此也就有了"潮头一丈高"这样巍巍壮观的想象奇景,继而诗人由虚转实,因为"天寒",所以往日波涛汹涌的潮头如今已然销声,但是却未匿迹,即"沙痕在"。看着江面上雄奇的"石盘陀",随着江水潮涨而没、潮落而出,引发了诗人"古来出没随涛波"的遐想,这正如自己的仕宦生涯一样潮起潮落。诗人由"沙痕"联想到气势磅礴的"潮头",由"石盘陀"的潮涨潮落遐想到自己的仕宦生涯,虚实转化,意境雄奇开阔。"试登绝顶望乡国,江南江北青山多",明知故土遥不可及,仍要登高一"试",可见诗人思乡情切,但看到的却是密布的青山,更增加了思乡之愁。

　　中间八句描绘了傍晚和夜间江上的景色。"羁愁"乃羁旅之愁,是苏轼当时心境的真实感受,此愁到了傍晚更加深刻,"畏晚"二字生动传神地表露了诗人愁苦的心理,故而想"寻归楫"回去。但"山僧苦留看落日","苦留"可见宝觉、圆通二僧的情意,同时也引出了诗人看落日之事。果然,落日时分景象十分迷人,"微风万顷靴文细,断霞半空鱼尾赤",微风轻拂,辽阔的江面上漾起细鳞,片片晚霞在空中如赤红色鱼尾排列,波之美在水中,霞之美在天上,近景与远景融为一体,上下相映,好似一幅色彩绚丽的画卷。奈何随之而来的是"是时江月初生魄,二更月落天深黑"。江月初挂,洒下淡淡光辉,二更时分,江月消失,天空一片漆黑。正当诗人兴致索然时,又出现了奇观,"江心似有炬火明,飞焰照山栖乌惊",长江江心冒出的火焰似炬火燃烧,惊动了栖息在金山树上的乌鸦,诗人将自己惊喜的情感赋予"栖乌","惊"的是鸟,更是诗人的内心。以上八句先是描绘落日奇观,继而渲染夜景,随后转入江火燃烧的奇异景象,一波三折,扣人心弦。

最后六句表达辞官归田的意愿。面对眼前的此情此景,诗人归卧百思不得其解,生出了"非鬼非人竟何物"的悬念,"非鬼非人"看似荒诞,实则是诗人矛盾痛苦的内心反映。"江山如此不归山,江神见怪惊我顽",明明是诗人斩不断仕宦,却反说"江神"怪自己冥顽不化,可见其命意所在,"顽"既道出了诗人的态度,又道出了诗人的无奈。在假设江神惊怪之后,诗人当即又辩解"我谢江神岂得已,有田不归如江水","岂得已"即不得已,蕴含着无可奈何之情,最后以"江水"为誓,解释自己置田后一定归隐,表现了诗人对仕宦生活的厌倦以及强烈的思乡情怀。

诗人以"江水"为主线贯穿思乡之情,而江水的波涛起落如同仕宦生活,诗人在江水的回环复迭中,借助亦真亦幻或实或虚的景物描写,宣泄了自己抑郁不得志的情感,表达了想要辞官归隐的愿望。

和子由渑池怀旧①

人生到处知何似?应似飞鸿踏雪泥②。泥上偶然留指爪,鸿飞那复计东西?老僧已死成新塔③,坏壁无由见旧题④。往日崎岖还记否?路长人困蹇驴嘶⑤。

【注释】

①子由:苏轼弟苏辙,字子由。渑(miǎn)池:今河南渑池县。苏轼经渑池,忆及苏辙曾作《怀渑池寄子瞻兄》而和之。

②飞鸿踏雪泥:这一譬喻,在宋代就被人称道,后变为成语"雪泥鸿爪"。

③老僧:指奉闲。苏辙诗《怀渑池寄子瞻兄》自注:"昔与子瞻应举,过宿县中寺舍,题其老僧奉闲之壁。"新塔:古代僧人死后,后人造个小塔来塔葬其

骨灰。

　　④坏壁：指奉闲僧舍。

　　⑤蹇(jiǎn)驴：腿脚不灵便的驴子。蹇：跛脚。苏轼自注："往岁，马死于二陵(按即崤山，在渑池西)，骑驴至渑池。"

【选评】

　　1.(清)纪昀《始己评苏诗》：前四句单行入律，唐人旧格；而意境恣逸，则东坡之本色。

　　2.(清)方东树《昭昧詹言》：此诗人所共赏，然余不甚喜，以其流易。

　　3.(清)吴汝纶《唐宋诗举要》：起超隽，后半率。

　　4.钱锺书《宋诗选注》："雪泥鸿爪"是苏轼的有名譬喻之一，在宋代就有人称道(魏庆之《诗人玉屑》卷十七、蔡正孙《诗林广记》后集卷三引《陵阳室中语》)，后来变为成语。

　　5.程千帆《古诗今选》：这篇诗前半盘旋流畅，与白居易《览卢子蒙侍御旧诗，多与微之唱和》一篇相似，但仍然互有短长。白诗将卢、元和自己一再并提，有回环往复之妙，则胜于苏。苏诗比喻新奇，属对工巧，则胜于白。白居易是苏轼素来敬仰的一位前辈，我们不能排除这两篇诗具有直接传承关系的可能性。

【导读】

　　此诗是苏轼经过渑池，忆起弟弟苏辙《怀渑池寄子瞻兄》一诗，从而和之。前四句展开议论，行文自然，超逸绝伦。首联直接以人生似"雪泥鸿爪"发出感喟，发人深思、引人入胜。次联紧承上句，单行入律，以"泥""鸿"领起，鸿"留指爪"为偶然，人生事世之遭遇亦是如此；鸿"飞东西"乃自然，人应当以顺适自然的态度对待人生。诗人以雪泥鸿爪巧设比喻，将人生看作漫长征途，所到之处皆为偶然，并非人生终点，展现了诗人亦庄亦禅的人生哲学。后四句照应"怀旧"诗题，以叙事笔法，深化"飞鸿踏雪"的感触。颈联书"僧死壁坏"，是"雪泥鸿爪"的具体化。故人已不在，旧题无处觅，可见人偶然留下的足迹随时都可能消失,进一步阐说了人生世事无常。尾联于怀旧中展望未来,回忆往日旅途崎岖艰辛,实则是勉励未来之意。往日艰难如今已苦尽甘来,兄弟二人如今都中的进士,前途一片光明。诗人借怀旧勉励弟弟珍惜当下,奋发进取,展现了诗人积极乐观的人生态度。全篇一气呵成,有散文之气脉,是苏轼七律名篇之一。

西江月①

顷在黄州,春夜行蕲水中②,过酒家饮。酒醉,乘月至一溪桥上。解鞍曲肱③,醉卧少休。及觉已晓,乱山攒拥④,流水锵然⑤,疑非尘世也。书此语桥柱上。

照野弥弥浅浪,横空隐隐层霄⑥。障泥未解玉骢骄⑦,我欲醉眠芳草。

可惜一溪风月⑧,莫教踏破琼瑶⑨。解鞍敲枕绿杨桥⑩,杜宇一声春晓。

【注释】

①"西江月",唐教坊曲,后用作词牌,又名"白蘋香""步虚词""江月令"等。所选词双调五十字,上下片各四句、两平韵一叶韵。

②蕲水:水名,流经湖北蕲春县境,在黄州附近。

③曲肱:弯曲胳膊。

④攒拥:丛聚、簇拥。

⑤锵然:这里形容流水声音清脆。

⑥层霄:指弥漫的云气。隐隐层霄:一作"暧暧微霄"。

⑦障泥:马鞯,垫在马鞍下垂于马背以挡泥土。玉骢:泛指骏马。骄:壮健的样子。

⑧风月:一作"明月"。

⑨琼瑶:美玉。这里形容月光下闪光的溪水。

⑩绿杨桥:据《黄州府志》卷三:"绿杨桥在县东里许,苏轼曾醉卧其上,作《绿杨桥》词。"

【选评】

1.(明)杨慎《词品》卷一：欧阳公词"草薰风暖摇征辔"，乃用江淹《别赋》："闺中风暖，陌上草薰"之语也。苏公词"照野弥弥浅浪，横空暧暧微霄"，乃用陶渊明"山涤余霭，宇暧微霄"之语也。填词虽于文为末，而非自选诗、乐府来，亦不能入妙。

2.(明)卓人月《古今词统》卷六：山谷词"老马章台，踏碎满街月。"坡公偏不忍踏碎，都妙。

3.(清)陈廷焯《词则·放歌集》卷一：《西江月》一调，易入俚俗，稍不检点，则流于曲矣。此偏写得洒落有致。

4.(近)俞陛云《唐五代两宋词选释》：诵其下阕四句，清狂自放，有"万象宾客"之概。觉相如题桥，未能免俗也。

【导读】

此词写于宋元丰五年（1082）三月，这是苏轼谪居黄州的第三个春天。词中小序无疑给这个作品增添了无限韵致，而且从这个小序中，我们读得了这首词的创作背景。春夜的一场酣饮使得作者醉卧溪桥之上，在葱茏草木中，在澄澈清明的月色下，作者恍如进入了仙境。整首词婉丽流转，处处洋溢着春夜的轻快愉悦，如果将整首词以西方乐曲来形容的话，那就是一首优美委婉旋律轻快的小夜曲。与这首词风格恰恰相反的是作者的人生处境。"乌台诗案"后的苏轼被贬黄州，这是他人生中最为落寞之时，亦是他孤苦彷徨之际。此时的苏轼"只影自怜"，"憔悴非人"，"疾病连年，人皆相传已死"（《经进东坡文集事略》）。他纵情山水游历于乡野间，在山间明月中寻得一丝慰藉。透过词中澄清雅静的图景画面，似乎有一种澎湃的情感在暗自涌动。"照野弥弥浅浪，横空隐隐层霄"，在浅雾朦胧之中春夜图景展开了，整齐对应的句式更增添韵致。情与景、陆与空有机地交织在一起。作者在醉意朦胧中将自身化为宇宙中一员，与山水花木相互关照。下片"可惜一溪风月，莫教踏破琼瑶"，将溪水入镜，明月相照应，月与溪融为一体的情景展现开来，如美玉般的水面脱离了风尘世俗，同时打开了一个幽美、静谧、纯洁的精神世界。人之醉、水之清、月之明、夜之静,给人恍如仙境之感。"杜宇一声春晓",如空谷传音,打破了之前的静寂,把迷幻在仙境中的作者拉回到人间,这是春天的声音,仍然是美妙的。不论是醉还是醒,是月夜还是春晨,都能"无入不自得",作者善于把情与境融合,与物同游,纵浪大化,因而也能做到随意点染成趣。这种能够将俗世纷扰弃置身后,与造化神游的畅适愉悦才是整个作品的灵魂所在。

蝶恋花(春景)①

花褪残红青杏小②。燕子飞时③,绿水人家绕④。枝上柳绵吹又少⑤。天涯何处无芳草。

墙里秋千墙外道。墙外行人,墙里佳人笑。笑渐不闻声渐悄。多情却被无情恼。

【注释】

①蝶恋花:原唐教坊曲,后用作词牌,又名"鹊踏枝""黄金缕""卷珠帘""凤栖梧"等。所选词双调六十字,上下片各五句四仄韵。

②花褪残红:指杏花刚刚凋谢。

③飞:一作"来"。

④绕:一作"晓"。

⑤柳绵:即柳絮。

【选评】

1.(宋)魏庆之《诗人玉屑》卷二十一:《词话》云:予得真本于友人处,"绿水人家绕"作"绿水人家晓"。"多情却被无情恼",盖行人多情,佳人无情耳。此两字极有理趣,而"绕"与"晓"自霄壤也。

2.(明)俞彦《爰园词话》:古人好词,即一字未易弹,亦未易改。子瞻"绿水人家绕",别本"绕"作"晓",为《古今词话》所赏。愚谓"绕"字虽平,然是实境;"晓"字无皈着,试通咏全章便见。

　　3.(清)王士禛《花草蒙拾》:"枝上柳绵",恐屯田缘情绮靡,未必能过。孰谓坡但解作"大江东去"耶? 髯直是轶伦绝群。

　　4.(清)李佳《左庵词话》卷下:此亦寓言,无端致谤之喻。

　　5.(清)王闿运《湘绮楼词选》:此则逸思,非文人所宜。

　　6.(近)俞陛云《唐五代两宋词选释》:絮飞花落,每易伤春,此独作旷达语。下阕墙内外之人,干卿底事,殆偶闻秋千笑语,发此妙想,多情而实无情,是色是空,公其有悟耶?

【导读】

　　此词虽曰伤春,却无忧郁颓废之感,在深情缠绵中又不失灵动愉悦。词的整体风格是清丽婉约的,与苏轼词所呈现出的放达豪迈截然不同。清人王士禛称赞道:"'枝上柳绵',恐屯田缘情绮靡未必能过。孰谓坡但解作'大江东去'耶?"

　　词的开篇是暮春之景,作者将目光集中到青杏树上,此时杏花已凋零,小小的青杏也冒了出来,但此时作者却没有流露出一丝伤感,转而将目光放在了周围的景致上,"绿水人家绕",一个"绕"字将暮春乡野崎岖蜿蜒、韵致幽深的景致呈现开来。而燕子绕舍而飞,绿水绕舍而流,行人绕舍而走,一切都是婉转幽曲的。"枝上柳绵吹又少,天涯何处无芳草。"这两句深受世人喜爱。柳絮纷飞,春色将尽,固然让人伤感;而芳草青绿,又自是一番境界。"天涯"一句,语本屈原《离骚》"何所独无芳草兮,尔何怀乎故宇",是卜者灵氛劝屈原的话。苏轼的旷达由此可见,总能在情绪低落之际能寻得一丝宽慰。

　　下片则呈现了一个令人回味的小场景。一道墙作为阻隔,隔开了作者的视线,使得墙内墙外呈现出两个迥然不同的世界。墙内是家人,墙外是行人;墙内有青春的欢笑声,墙外有行人的痴情驻足。短短几十字,情感却几经起伏,最终又回到一个"恼"字。被"无情"之人撩拨起的情绪究竟指的是什么? 也许是勾起他对美好年华的向往,也许是对君臣关系的类比和联想,也许倍增华年不再的感慨,也许是对人生哲理的一种思索和领悟,作者并未言明,以留白的方式给世人以无限遐想。

晏几道

晏几道(1038—1110),字叔原,号小山,晏殊子。抚州临川(今江西南昌)人。中年家境中落,官至开封府判官。词负盛名,与其父晏殊合称"二晏",词风似父而造诣过之。有《小山词》传世。

临江仙①

梦后楼台高锁,酒醒帘幕低垂。去年春恨却来时。落花人独立,微雨燕双飞②。

记得小蘋初见③,两重心字罗衣④。琵琶弦上说相思。当时明月在,曾照彩云归。

【注释】

①临江仙:原唐教坊曲,后用作词牌,又名"谢新恩""雁后归""庭院深深"等。所选词双调五十八字,上下片各五句三平韵。

②"落花"两句:"落花人独立,微雨燕双飞"句,用五代翁宏《宫词》句。见《诗话总龟》前集卷十一。

③小蘋:歌姬之名。《小山词序》有莲、鸿、蘋、云,皆人名。《木兰花》曰:"小蘋若解愁春暮。"

④心字罗衣:衣带结成心字形。

【选评】

1.(宋)杨万里《诚斋集·诗话》:近世词人,闲情之靡,如伯有所赋,赵武所不得闻者,有过之无不及焉。是得为好色而不淫乎?惟晏叔原云"落花人独立,微雨燕双飞",可谓好色而不淫矣。

2.(明)卓人月《古今词统》卷九:晚唐丽句。

3.(清)谭献《复堂词话》:名句千古,不能有二,所谓柔厚在此。

4.(清)陈廷焯《白雨斋词话》卷一:小山词,如"去年春恨却来时。落花人独立,微雨燕双飞"。又:"当时明月在,曾照彩云归"。既闲婉,又沉着,当时更无敌手。

5.(清)沈祥龙《论词随笔》:晏叔原之"落花人独立,微雨燕双飞",晏元献之"无可奈何花落去,似曾相识燕归来",非诗句也。然不工诗赋,亦不能为绝妙好词。

6.(近)俞陛云《唐五代两宋词选释》:前二句追昔抚今,第三句融合言之,旧情未了,又惹新愁。"落花"二句正春色恼人,紫燕犹解"双飞",而愁人翻成"独立"。论风韵如微风过箫,论词采如红蕖照水。下阕回忆相逢,"两重心字",欲诉无从,只能借凤尾檀槽,托相思于万一。结句谓彩云一散,谁复相怜,惟明月多情,曾照我相送五铢仙佩,此恨绵绵,只堪独喻耳。

【导读】

这首词代表了晏几道词艺的最高成就,体现了小山词所特有的深婉清丽、哀婉沉着的风格。在题材内容的表现上依然是对过去美好生活的追忆,作者将与美人的别离之情与"微痛纤悲"的身世之感杂糅在一起,将凄凉落寞的现实与美好幻美的梦境交织,谱写了这首梦残酒醒的凄凉之作。

整首词的上下两片相对应,上片写春恨,下片道相思。上片起句以现实开篇,"梦后""酒醒",在似醒非醒、真幻交织之际最令人神伤。放眼望去昔日众人宴饮游赏的华丽楼台今日已闭门深锁,在人去楼空、帘幕低垂的残夜,作者的孤独与落寞愈加凸显。起二句情景,非一时骤见而得之,而是词人经历过许多寂寥凄凉之夜,或残灯独对,或酽酒初醒,遇诸目中久矣,忽于此时炼成此十二字,由而呈现出佛家空寂的华严境界,这种空寂落寞是一种对现实伤心至极的美学情节,一种寂寞而无可奈何之美。"去年春恨却来时",画面回到了去年春暮那个时刻。"落花""微雨"句,画幕缓缓拉开,呈现出一个清美空寂的境界,那微雨中双双飞舞的燕子与孤独哀叹的愁人形成了对比。绵长的春恨,梦后酒醒的失落,仍令人惆怅不已。

下片转入更为遥远的回忆。"记得小苹初见",初见的场景令多少人怅惘回首,这位弹着琵琶,着心字罗衣的少女引得了作者无数次回眸。"琵琶弦上说相思",在铮铮的琵琶声中,小苹诉说着她隐隐的倾慕和缠绵的爱恋。此时镜头再次拉远抬高,窗外皎洁的明月正照应着冉冉飘逸的彩云。世间的美好一如天边的彩云,氤氲变幻、无形易散,一如小苹,一如他们的相遇。如今之明月,犹当时之明月,然此时的人儿、此时的情怀已与昔日截然不同了。梦后酒醒,明月依然,彩云不在,在空寂之中仍旧苦苦怀念,执着到了一种"痴"的境地,这正是晏几道词的艺术在深度和广度上远胜于"花间"之处。

黄庭坚

黄庭坚（1045—1105），字鲁直，号山谷道人，晚号涪翁。洪州分宁（今江西省九江市修水县）人。英宗治平四年（1067）进士，被卷入新旧党争旋涡，官至秘书丞兼国史编修官。"苏门四学士"之一，后又与苏轼并称"苏黄"。诗歌成就最高，为江西诗派领袖。善书法，列"宋四家"之首。有《豫章黄先生文集》《山谷诗》等传世。

题竹石牧牛

子瞻画丛竹怪石，伯时增前坡牧儿骑牛[1]，甚有意态。戏咏。

野次小峥嵘[2]，幽篁相倚绿[3]。阿童三尺箠[4]，御此老觳觫[5]。石吾甚爱之，勿遣牛砺角。牛砺角尚可，牛斗残我竹。

【注释】

①子瞻：苏轼，苏轼工画竹石枯木。伯时，李公麟，号龙眠居士，善绘人物与马，兼工山水。

②野次：野外。峥嵘：山高峻貌，这里代指形态峻奇的怪石。

③幽篁：深邃茂密的竹林。语出屈原《九歌》："余处幽篁兮终不见天。"这里代指竹子。

④箠（chuí）：竹鞭。

⑤觳觫（húsù）：形容牛恐惧害怕得发抖状，这里动词用作名词，代指牛。《孟子·梁惠王》："舍之，吾不忍其觳觫，若无罪而就死地。"

【选评】

1.（宋）范季随《诗人玉屑》：一日因坐客论鲁直诗体致新巧，自作格辙，次客举鲁直题子瞻伯时画竹石牛图诗云："石吾甚爱之，勿遣牛砺角；牛砺角尚可,牛斗残我竹。"如此体制甚新。公(韩驹)徐曰:"独漉水中泥,水浊不见月;不见月尚可,水深行人没。"盖是李白《独漉篇》也。

2.(金)王若虚《滹南诗话》:山谷《牧牛图》诗,自谓平生极至语,是固佳矣,然亦有何意味?黄诗大率如此,谓之奇峭,而畏人说破,元无一事。

3.(清)吴景旭《历代诗话》:余观此诗机致圆美,只将竹、石、牛三件顿挫入神,自成雅调。陵阳谓其袭太白《独漉篇》法……诗家老手,体制纵横,便直取古语,如孟德之"呦呦鹿鸣",渊明之"犬吠深巷中",老杜之"使君自有妇""而无车马喧",亦复何碍?

4.(近)陈衍《石遗室诗话》:若其石既为吾所甚爱,惟恐牛之砺角,损坏吾石矣,乃以较牛斗之伤竹,而曰砺角尚可,何其厚于竹而薄于石耶!于理似说不去。

5.吴熊和《唐宋诗词探胜》:诗仅八句。前四句写画,石、竹、牧童和牛各占一句。用五言一句叙一物,用笔省而净,并且都用代称,如"峥嵘"代石,"觳觫"代牛,却写出各自的状态"峥嵘"冠以"小"字,恰好状怪石;"幽篁相倚绿",见出是丛竹;阿童借用《晋书·羊祜传》中吴童谣"阿童复阿童"的话头,在这里用作对牧儿的称呼也有亲切感。后四句写意,从牛身上落笔,抓住牛砺角和牛好斗这些牛的性格特点,去写它同竹和石的关系,把画面写活了。设想奇妙,饶有风趣,还表现了作者爱石爱竹的心情。后四句一概不用代字,牛字还重叠三次,有古歌谣之风。但这个构思并非一无依傍,仍是有取于前人的。

6.缪钺等《宋诗鉴赏辞典》(陈伯海鉴赏):黄庭坚本人虽也不免受到朋党的牵累,但他头脑还比较清醒,能够看到宗派之争的危害性。诗篇以牛的砺角和争斗为诫,以平和安谧的田园风光相尚,不能说其中不包含深意。

【导读】

这首诗是黄庭坚为苏轼、李公麟合作的竹石牧牛图而咏。"野次小峥嵘,幽篁相倚绿。"郊野间有块小小的怪石,挺拔翠绿的幽竹紧挨着它生长。"峥嵘"显示了怪石的嶙峋特立,"幽"展现了丛竹的气韵。"阿童三尺箠,御此老觳觫。"小牧童手执三尺长鞭,驾驭着这头老牛。"三尺箠"让人联想到其动态,老牛在"三尺箠"的鞭打下步履蹒跚,而且诗人根据画中老牛的意态用"觳觫"二字来形容,堪称神来之笔。诗歌的前四句描写了石、竹、童、牛四个物象,看似毫无关联,实则不是孤立存在的。石、竹相"倚",反映出一种亲密的情趣;童"御"牛,可见牧童怡然自得的逍遥。四个物象分为前后两组,一静一动,形神毕具,共同构成了画的整体。于是,诗人发出了"石""牛""竹"的感想,并在层层递进中作了轻重区分,"石吾甚爱之",但是"勿遣牛砺角","牛砺角"还尚且说得过去,但不要"牛斗",因为牛要是斗起来,那可是要残损我的竹子。"石""竹"代指诗人所向往的田园生活,"牛砺角"不仅是画中的景象,更是诗人对变法党派之争的隐喻,磨石、残竹意味着打破安谧和谐的田园生活。诗人以"戏咏"之方式,从画中的竹石牧牛,转到生活中的"牛砺角"和"牛斗",寄寓诗人对政治的态度,表达了诗人对田园风光的向往,构思曲致,风趣而富有深意。

寄黄几复①

我居北海君南海②,寄雁传书谢不能③。桃李春风一杯酒,江湖夜雨十年灯。持家但有四立壁④,治病不蕲三折肱⑤。想得读书头已白,隔溪猿哭瘴烟藤⑥。

【注释】

①黄几复:即黄介,几复是其字,黄庭坚的少时好友,二人交往甚密。黄庭坚多次赠诗,如《留几复饮》《再留几复饮》《赠别几复》等。黄几复去世后,黄庭坚撰《墓志铭》。

②北海、南海:典出《左传·僖公四年》:"君处北海,寡人处南海,惟是风马牛不相及也。"时黄庭坚在德州德平镇,黄几复知广州四会县,都是海滨地。

③寄雁传书:典出《汉书·苏武传》。谢不能:推辞不能,相传雁南飞至衡阳回雁峰而止,不能达于岭南。王勃《秋日登洪府滕王阁饯别序》:"雁阵惊寒,声断衡阳之浦。"

④四立壁:典出《史记·司马相如传》:"家徒四壁立。"形容非常穷困。

⑤蕲:祈求。肱:上臂。《左传·定公十三年》云:"三折肱知为良医。""治病"句:谓未经挫折即已熟谙世事,练达人情。

⑥瘴烟:古代岭南边远之地多瘴气。"烟",一作"溪"。

【选评】

1.(宋)《王直方诗话》:张文潜尝谓余曰:"黄九诗'桃李春风一杯酒,江湖夜雨十年灯',真奇语。"

2.(宋)普闻《诗论》:初、二句为破题,第三、第四句为颔联。大凡颔联皆宜意对。春风桃李但一杯,而想象无聊,窘空为甚;飘蓬寒雨十年灯之下,未见青云得路之便,其羁孤未遇之叹,具见矣。其句意亦就境中宣出。"桃李春风""江湖夜雨",皆境也。昧者不知,直谓境句,谬矣。

3.(清)方东树《昭昧詹言》:山谷兀傲纵横,一气涌现,然专学之,恐流入空滑,须慎之。

4.(近)陈衍《宋诗精华录》:次句语妙,化臭腐为神奇也。三、四为此老最合时宜语;五、六则狂奴故态矣。

【导读】

这首诗是元丰八年(1085)黄庭坚写寄几复之作,当时两人分处天南海北,黄庭坚在诗中表达对友人的深挚的怀念。首联气势突兀,一气涌出。开篇写二人分处南北两地,路途遥远,相见无期;次句不仅以雁意象表达思念之意,而且通过拟人手法将"雁足传书""雁止衡阳"两个熟典糅合,"化臭腐为神奇",进一步突出了彼此相隔之远、音讯难通。颔联以名词性的意象并置构成了对仗,上句以"桃李春风"美景中"杯酒"相饮,来描写追忆相聚之欢乐;下句又以"江湖夜雨"漂泊中独对孤灯,抒写二人别后之凄苦。两句对比映衬,抒写彼此的相思之情。此联用语凝练而富有张力,为诗之警策。颈联转向对黄几复的描述,"四立壁"写其为官清正廉洁,"治病",意谓其善于治理县政,"不蕲三折肱",诗人不希望其屡遭"折臂"类似的经历。结句以"想见"引出诗人对友人的想象，"读书头已白"写其老而好学，"猿哭瘴烟藤"又以拟人化的形象映衬友人的坎坷境遇，其中也有诗人惺惺相惜、同病相怜的感慨。黄庭坚作诗取法杜甫，又不愿"随人作计"，其诗推陈出新、自成一家。一方面，他强调"点铁成金""夺胎换骨"，如诗中反用"雁足传书""治病三折肱"之典，化陈腐为新奇；另一方面，他主张"宁律不谐而不使句弱"，有意打破诗歌的音律规范，形成拗硬顿挫的句式，如颈联用语与上联的流利截然有别，"但有四立壁"五个仄声字相连，顿挫而奇崛，表现了一种兀傲不群、清操自励的人格力量。

秦 观

秦观(1049—1100),字少游,一字太虚,号淮海居士、邗沟居士。高邮军武宁(今江苏高邮)人。元丰八年(1085)进士,曾官秘书省正字。坐元祐党籍,屡遭贬谪。"苏门四学士"之一,善诗赋策论,尤工词。有《淮海集》等。

满庭芳①

山抹微云,天连衰草②,画角声断谯门③。暂停征棹④,聊共引离尊⑤。多少蓬莱旧事⑥,空回首、烟霭纷纷。斜阳外,寒鸦数点,流水绕孤村。

销魂。当此际,香囊暗解,罗带轻分。谩赢得、青楼薄幸名存⑦。此去何时见也,襟袖上、空惹啼痕。伤情处,高城望断,灯火已黄昏。

【注释】

①满庭芳:词牌名,又名"锁阳台""满庭霜"等。所选词双调九十五字,上下片各十句,上片四平韵,下片五平韵。

②连:一作"粘"。

③谯门:城门。

④征棹(zhào):指远行的船。北周庾信《应令》诗:"浦喧征棹发,亭空送客还。"

⑤引:举。尊:酒杯。

⑥蓬莱旧事:据严有翼《艺苑雌黄》:"程公闱守会稽,少游客焉,馆之蓬莱阁。一日席上有所悦,自尔眷眷不能忘情,因赋长短句,所谓'多少蓬莱旧事,空回首、烟霭纷纷'也。"

⑦谩(màn):徒然。薄幸:薄情。

【选评】

1.(宋)叶梦得《避暑录话》卷三：秦观少游亦善为乐府,语工而入律,知乐者谓之作家歌。元丰间,盛行于淮楚。"寒鸦千万点,流水绕孤村",本隋炀帝诗也,少游取以为《满庭芳》词。而首言"山抹微云,天粘衰草",尤为当时所传。苏子瞻于四学士中最善少游,故他文未尝不极口称善,岂特乐府。然犹以气格为病,故常戏云:"山抹微云秦学士,露花倒影柳屯田。""露花倒影",柳永《破阵子》语也。

2.(明)王世贞《艺苑卮言》:"寒鸦千万点,流水绕孤村",隋炀帝诗也。"寒鸦数点,流水绕孤村",少游词也。语虽蹈袭,然入词尤是当家。

3.(清)吴衡照《莲子居词话》卷一:词有袭前人语而得名者,虽大家不免。如方回"梅子黄时雨",耆卿"杨柳岸,晓风残月",少游"寒鸦数点,流水绕孤村",幼安"是他春带愁来,春归何处?却不解,带将愁去"等句。惟善于调度,正不以有蓝本为嫌。

4.(清)周济《宋四家词选》:将身世之感,打并入艳情,又是一法。

5.(清)陈廷焯《白雨斋词话》卷一:少游《满庭芳》诸阕,大半被放后作。恋恋故国,不胜热中。其用心不逮东坡之忠厚,而寄情之远,措语之工,则各有千古。

6.(清)谭献《复堂词话》:淮海在北宋,如唐之刘文房。下阕不假雕琢,水到渠成,非平钝所能藉口。

7.(近)俞陛云《唐五代两宋词选释》:起三句写凉秋风物,一片萧飒之音,已隐含离思。四、五句叙明停鞭饯别,此后若接写别离,便落恒径。作者用拓宕之笔,追怀往事,局势振起,且不涉儿女语而托之蓬岛烟云,尤见超逸。"斜阳外"三句传神绵渺,向推隽咏。下阕纯叙离情。结笔返棹归来,登城遥望征帆,已隔数重烟浦,阑珊灯火,只益人悲耳。

【导读】

此词是秦观代表作之一。开篇八字就暗含了极目远眺的动作,但所望见的,一是淡云把山峰稍稍遮掩,勾勒出的一幅暮霭纷纷苍茫的画面,二是入眼遍地衰草,点明暮冬时节的惨淡景致,描摹一幅悲凉萧瑟之景。"画角"一句,点明傍晚的时间,"暂停"两句,点明饯别送行的事件,写到此处,便油然而生回首往事的三句。"蓬莱"是传说中的仙岛,作者对往事的珍惜怀念可见一斑。对于这种美好的得而复失,作者难免悲伤不舍,但离别注定,不可更改,所以才有一个"空"字点出。"烟霭纷纷"一句,既对应前文的"微云",所以烟霭弥漫,有理有据,脉络清晰,此乃实写;又贴合"回首"之思,旧日之欢皆成云烟,如雾霭四散,此乃虚写。基于远眺之情怀,饯别之离愁,引出了千古赞叹的"斜阳外,寒鸦万点,流水绕孤村"。此句意象叠呈,染而不铺,提而不叙,晁补之盛赞说:"虽不识字人,亦知是天生好言语"。秦观紧抓意象,以点构面,细致入微,本是黄昏时分,所以劳人归家、飞鸟寻宿,这便将他微官子落、离别怀人的"无言"之恨诉说得淋漓尽致,颇有李后主"一江春水"的遗风,不言愁却已在愁中。

下片,"谩赢得"两句,化用杜牧"十年一觉扬州梦,赢得青楼薄幸名"一句,以寄悲怨愤慨之感。秦观少年时踌躇满志、志向远大,但后来仕途不顺、功名蹉跎,而前面又添一个"谩"字,徒然之意顿增,一种寂寞无可奈何之情扑面而来;所以连"赢得"二字中窥见一丝豪放,也变成了故作豪迈的自我安慰。最后,"望断"二字既前应开头又一笔收尾,隐约点明眺望之意;灯火黄昏也对应傍晚时刻。先有烟霭,而后天色渐晚,满城灯火,故而本词层层递进,条理清晰。秦观流露出"古之伤心人"的一面,"望断"最能体现他留恋不舍的感情,他渐行渐远,望着高城一点点不见;而"灯火"在中华观念里往往象征着安宁幸福,但秦观饮别黄昏,没入夜色,任万家灯火也没有属于他的一盏。

这首词,至情至性,离愁哀悲动人心弦。秦观确是当之无愧得"词心"者。

江城子①

西城杨柳弄春柔②。动离忧③。泪难收。犹记多情、曾为系归舟。碧野朱桥当日事,人不见,水空流。

韶华不为少年留④。恨悠悠。几时休。飞絮落花时候、一登楼⑤。便做春江都是泪,流不尽,许多愁。

【注释】

①江城子:词牌名,又名"江神子""村意远"。所选词双调七十字,上下片均七句五平韵。

②西城:指汴京西城。弄春:春日弄姿。

③离忧:离别的忧思,离人的忧伤。

④韶华:美好的时光,常指春光。

⑤飞絮落花时候:绍圣元年(1094)三月,秦观坐党籍,出为杭州通判,其离京时间,正与词中"飞絮落花时候"相合,词当作于此时。

【选评】

1.(清)陈廷焯《词则·大雅集》卷二:"飞絮"九字凄咽,以下尽情发泄,却终未道破。

2.(近)俞陛云《唐五代两宋词选释》:结尾二句与李后主之"恰似一江春水向东流"、徐师川之"门外重重叠叠山,遮不断愁来路",皆言愁之极致。

【导读】

秦观的感伤词是词史上的一个抒情范式。在词的创制中,晏殊因地位尊荣,显得富贵闲雅,而柳永则失于浅俗直白,苏轼因过于豪放不羁而非"本色当行"。秦观词以其凄美柔婉而传递了广大文士共同的哀伤,从而成为时人推崇和模仿的对象。此词上片前三句写初春的离别,并未出现悲泪滂沱、痛哭流涕的场面,由景物而引来淡淡的离别感伤。"西城杨柳弄春柔"一个"弄"字把青春的情感撩拨开了,然而这样的情感却充满了离别的感伤。"犹记"两句转为忆旧。作者在意象的设置上具有含蓄隐丽的特征,从而使得情感的表达柔婉曲缓。上片涉及的意象分别为"杨柳""归舟""碧野朱桥""流水",皆为离别伤感之物,这些意象的组合聚集,使得离别之情愈加绵长。作者以柔婉的笔触开启了下片的情感。"韶华不为少年留"一句极具哲学意蕴,"韶华"与

"少年"是两个相近词组,彼此间相互关联。但此句一反寻常的关联,直接论及两者的不相称。这种青春难常在,韶华易颓衰的感慨才是情感发生的根源。"恨悠悠。几时休",青春的感伤是悠长无尽的,就如江水一般连绵不休。最后一句"便做春江都是泪,流不尽,许多愁。"常为世人称道,当源于李后主的"问君能有几多愁,恰似一江春水向东流"。江西派诗人作诗,提倡脱胎换骨,秦观虽非此派中人,但其词法多与之相通,能从前人的语句中翻出新意。将春江比作泪水,情感的闸门打开,愁怨如江水一般奔涌而出,滔滔不绝。

贺 铸

贺铸(1052—1125),字方回,自号庆湖遗老,人称"贺鬼头",又称"贺三愁""贺梅子"。卫州共城(今河南汲县)人。曾任泗州、太平州通判,晚年杜门校书。能诗文,尤长于词。有《东山词》等。

青玉案①

凌波不过横塘路②,但目送、芳尘去③。锦瑟华年谁与度④?月台花榭⑤,琐窗朱户⑥,只有春知处。

碧云冉冉蘅皋暮⑦,彩笔新题断肠句。试问闲愁都几许⑧?一川烟草⑨,满城风絮,梅子黄时雨⑩。

【注释】

①青玉案:词牌名,又名"横塘路"。所选词双调六十七字,上下片各六句五仄韵。

②凌波:形容女子步态轻盈。横塘:贺铸晚年退隐至苏州,在城外十里处横塘有住所。

③芳尘去:指美人已去。

④锦瑟:饰有彩纹的瑟,此处指美好意。

⑤月台花榭:一作"月桥花院"。月桥:像月亮似的小拱桥。

⑥琐窗:雕刻或绘有连环形花纹的窗子。

⑦碧云:一作"飞云"。蘅皋:长着香草的水边高地。

⑧闲愁:一说"闲情"。都几许:总共多少。

⑨一川:一片平川,满地。

⑩梅子黄时雨:江南一带初夏梅熟时多连绵之雨,俗称"梅雨"。

【选评】

1.(宋)黄庭坚《寄方回》诗:少游醉卧古藤下,谁与愁眉唱一杯。解作江南断肠句,只今惟有贺方回。

2.(宋)周紫芝《竹坡诗话》:贺方回尝作《青玉案》,有"梅子黄时雨"之句,人皆服其工,士大夫谓之"贺梅子"。

3.(宋)罗大经《鹤林玉露》卷七:诗家有以山喻愁者,杜少陵云"忧端如山来,澒洞不可掇",赵嘏云"夕阳楼上山重叠,未抵闲愁一倍多",是也。有以水喻愁者,李颀云"请量东海水,看取浅深愁",李后主云"问君能有几多愁,恰似一江春水向东流",秦少游云"落红万点愁如海"是也。贺方回云:"试问闲愁都几许,一川烟草,满城风絮,梅子黄时雨。"盖以三者比愁之多也,尤为新奇,兼兴中有比,意味更长。

4.(清)刘熙载《艺概》卷四:贺方回《青玉案》词收四句云:"试问闲愁都几许,一川烟草,满城风絮,梅子黄时雨。"其末句好处,全在"试问"句呼起,及与上"一川"二句并用耳。或以方回有"贺梅子"之称,专赏此句,误矣。

5.(清)沈祥龙《论词随笔》:词以自然为尚。自然者,不雕琢、不假借、不著色相、不落言诠也。古人名句,如"梅子黄时雨""云破月来花弄影",不外自然而已。

【导读】

此词借美人以抒怀,托洛神以寄对君主的思慕,最终借美人迟暮、盛年不遇的叹惋而表现了作者现实中不得志、不为世用的苦闷之感。上片写与佳人的相遇与怀念,"凌波"一句源于曹植《洛神赋》中"凌波微步,罗袜生尘"。曹植于洛水滨遇洛神,恰似作者在横塘遇到意中人。佳人从作者身边飘然远去,只留一抹芳尘,让人无从寻觅。紧接着情感再一次生发,以问答的形式来述说。"锦瑟华年谁与度",青春美好的年华当与谁共度?在月桥花苑里,还是在绣楼朱门中,四处寻觅无从知晓,最终只有春知道。这种可望而不可即,正是作者对现实理想的追寻,最终的结果却是寻而不得。下片则承上片词意,写春日迟暮美人不来的闲愁。"碧云"一句,把作者于香草水滨久久凝望,直至暮色降临的情形展现出来。以暮色的暗沉来映衬愁的黯淡压抑。"彩笔"是作者对于愁的另外一番书写,借助诗句将苦闷的情感宣泄出来。本词以结句著称,在形式上仍为问答结构,将烟草、风絮、梅雨三种景物并置构成连绵无尽的意象组合,将飘忽不定的感情,转化为可知、可见、可感的实景。这种将无形的苦闷具象化的艺术手法实际上是博喻修辞手法的化用,也是作者高超艺术表现力的体现。周紫芝《竹坡诗话》记载:贺方回尝作《青玉案》,有"梅子黄时雨"之句,人皆服其工,士大夫谓之"贺梅子",可见此句的艺术魅力。整首词结构逻辑鲜明,因果相承,融情入景,设喻新奇。黄庭坚曾赞赏这首词:"解作江南断肠句,只今唯有贺方回。"这句评价是中肯的。

陈师道

陈师道(1053—1102),字履常,一字无己,号后山居士。彭城(今江苏徐州)人。苏轼荐其文行,官至秘书省正字。"苏门六君子"之一,江西诗派重要作家。有《后山先生集》等传世。

春怀示邻里

断墙著雨蜗成字①,老屋无僧燕作家②。剩欲出门追语笑,却嫌归鬓著尘沙。风翻蛛网开三面③,雷动蜂窠趁两衙④。屡失南邻春事约⑤,只今容有未开花。

【注释】

①蜗成字:蜗牛爬过之处留下的黏液,如同篆文,称为蜗篆。

②僧:诗人自指,自嘲之语。家:巢。

③网开三面:用商汤祝网故事。《吕氏春秋》:"汤见置四面网者,汤拔其三面,置其一面,祝曰:'昔蛛蝥作网,令人学之,欲高者高,欲下者下,吾取其犯命者。'"

④两衙:众蜂簇拥蜂王,如朝拜屏卫,称为蜂衙。任渊注引《雅》称:"蜂有两衙应潮。"蜂在排衙时,是海潮将上的征兆。任注引钱昭度诗:"黄蜂衙退海潮上,白蚁战酣山雨来。"

⑤南邻:指寇君,作者此时经常和邻人寇十一来往。

【选评】

1.(元)方回《瀛奎律髓》卷十:淡中藏美丽,虚处着功夫,力能排天斡地,此后山诗也。

2.(清)纪昀《瀛奎律髓刊误》卷十:刻意镌刻,脱尽甜熟之气。以为"排天斡地",则意境自高,推许太过。

3.(近)陈衍《宋诗精华录》:此诗另是一种结构,似两绝句接成一律。

【导读】

这首七律是诗人陈师道元符三年(1100)家居徐州自遣之作。诗题点明此诗是为邻里而作。开篇即萧瑟凄冷之景,奠定了全诗的情感基调。"断墙著雨蜗成字,老屋无僧燕作家。""断墙""老屋"点明了诗人居所的简陋;"蜗成字"描写了春雨连绵蜗牛在断墙爬行,尤见环境凄凉静寂之意;"燕作家"以燕子在老屋作巢,更衬托诗人所居的破败冷落;诗人又以"无僧"自嘲,表明诗人好似游方的和尚,经常浪迹在外。颔联写诗人欲出门寻欢声笑语,又恐怕归来"鬓著尘沙"的萧然情怀,表明诗人虽然生活清贫,却仍然保持傲然的情操,不愿在风尘中追逐。颈联再次写景,描写老屋的"蛛网""蜂窠"好不热闹,与首联的荒凉形成对比。诗人从细小处着墨,先写飞虫在风翻蛛网时尚可三面逃生,次写黄蜂在雷动蜂衙时有秩序地簇拥在一起,由此联想到人在现实中受党祸牵连难以回旋,暗寓了自身的不得其时。尾联照应诗题,点明诗人"屡失南邻春事约"的惋惜,也表达了诗人凄苦寂寥的心情。这首诗歌首联、颈联写景状物,而颔联、尾联叙事抒情,如同两首绝句自然组合在一起,构成了新奇独特的意境,字里行间表现了诗人贫居闲静的心境,也委婉地流露出世路艰辛的愤慨。

周邦彦

周邦彦(1056—1121),字美成,号清真居士。钱塘(今浙江杭州)人。嘉祐八年(1063)进士,曾提举大晟府。精通音律,词负盛名,被誉为"词家之冠""词中老杜"。有《片玉集》等。

庆宫春①

云接平冈,山围寒野,路回渐转孤城。衰柳啼鸦,惊风驱雁②,动人一片秋声。倦途休驾③,淡烟里、微茫见星。尘埃憔悴,生怕黄昏,离思牵萦④。

华堂旧日逢迎。花艳参差,香雾飘零。弦管当头,偏怜娇凤⑤,夜深簧暖笙清⑥。眼波传意,恨密约、匆匆未成。许多烦恼,只为当时,一晌留情。

【注释】

①庆宫春:词牌名,又名"庆春宫"。所选词双调一百零二字,上片十一句四平韵;下片十一句五平韵。

②惊风驱雁:指一阵突起的寒风吹散了雁行。语本鲍照《代白纻曲二首》其一:"穷秋九月叶落黄,北风吹雁大雨霜"。

③休驾:使车马停歇。

④牵萦:纠缠,牵挂。

⑤娇凤:即虎皮鹦鹉。此处应指作者中意的那个女子。

⑥簧暖笙清:指管乐器的音调柔和而清越。古时笙里的簧片用高丽铜制成,冬天吹奏前须先烧炭火,簧片烤暖之后,吹起来声音清脆悦耳。

【选评】

1.(宋)周密《齐东野语》卷十七:簧暖则字正而声清越,故必用焙而后可。陆天随诗云:"妾思冷如簧,时时望君暖。"乐府亦有"簧暖笙清"之语。

227

2.（宋）张炎《词源》：词欲雅而正，志之所之，一为情役，则失其雅正之音。耆卿、伯可不必论，虽美成亦有所不免。如"为伊泪落"；如"最苦梦魂，今宵不到伊行"；如"天便教人，霎时得见何妨"；如"又恐伊寻消问息，瘦损容光"；如"许多烦恼，只为当时，一晌留情"。所谓淳厚日变成浇风也。

3.（近）陈洵《海绡说词》：前阕离思，满纸秋气；后阕留情，一片春声。而以"许多烦恼"一句，作两边呼应，法极简要。

4.俞平伯《清真词释》：此乃上写实景，下抒忆想，措词含蓄之格也。

5.刘永济《微睇室说词》："云接"三句为秋时远景，"衰柳"三句则秋时近景。此六句写景颇工，写远景则写目所见，写近景则写耳所闻，六句中上八字皆密，下六字句皆疏，此疏密相间之法也。

【导读】

唐圭璋谓："北宋婉约作家，周最晚出，熏沐往哲，涵泳时贤，集其大成。"周邦彦继承前人词法，开创整饬字句的格律派之风，最终使婉约词在宋词艺术上走向高峰。本词的上片从风景写起，"云接平冈，山围寒野，路回渐转孤城"。此句从远处落墨，以铺叙着笔，用两句对偶勾勒出了云山广漠，原野萧疏的秋景，疏朗而开阔。"接"字拉远了望的视野，唯有极目远望之时，天地才会紧密相连，景象为之开阔。"围"字给人以受困重重山野之感，"渐"字突出了几经周折，才见城郭的焦急期盼之情。"衰柳啼鸦，惊风驱雁，动人一片秋声。"去往孤城的路上，柳枝残败，鸦声凄切。狂风骤起，群雁四散。秋声处处，惊动人心。此三句的视角发生转换，从近处写起，景象随目光流转迁移，以对偶手法，传达了凄惶的情感。"衰"字给人了无生机之感，突出寒秋肃杀氛围。"惊"写秋风骤然而起，"驱"字又将风拟人化，雁群仓皇，为之驱赶，进一步突出了秋风的猛烈迅速，令人无措。紧接着诗人以"动人一片秋声"收束了远近寒寂的秋景，水到渠成。"倦途"一句叙写了诗人旅途生活，"倦途""尘埃憔悴"描绘了旅人日常劳累疲惫的真实情状。"淡""微茫"营造了一种朦胧、惨淡、迷蒙、疏冷的意境。这样的意境再加上黄昏萧索，最易生发愁思。"生怕"体现了词人或曾因黄昏而牵起愁绪，然而所怕旋即而来，还未待悠闲片刻，未及消疲释劳,无际离思别绪席卷而来,避无可避,遣之难去。下片思绪回到了从前,厅堂华丽偶得艳遇,彼时美人如云,风情各异,香气飘溢,春光旖旎。追忆往日时光,极写宴饮之快。曾经华堂上流光溢彩,香气氤氲,乐声清响,美人目光流盼。然艳遇无果,反徒生烦恼。"眼波流转"将动情传情之态描摹备至。"恨"字写一段美好恋情的迅速破灭与无限怅憾之情。"一晌""许多"形成对比,时间虽短,不过一晌,然而烦忧无限,愁绪难穷,更突出情思深重,将彼时与当下贯通。

词上片叙写羁旅之事,描绘途中所见之景,即景生情,引起下片追溯宴饮之遇,回忆席间所起之情,因情生愁。下片宴饮富丽、美人绮艳、管乐繁盛,恰与上片羁旅疲累、秋日凄瑟、薄暮迷蒙形成鲜明的对比,两者之间形成强烈反差,哀乐互衬,使当日之乐在此时旅愁中愈显其乐,又使今时之哀在彼时欢愉中愈衬其哀。

李清照

李清照（1084—1155），号易安居士。齐州章丘（今山东章丘）人。李格非女，赵明诚妻。好搜集金石书画，能诗善词，提出词"别是一家"之说。有"千古第一才女"之称。有《漱玉词》等。

醉花阴①

薄雾浓云愁永昼②。瑞脑销金兽③。佳节又重阳，玉枕纱厨④，半夜凉初透。

东篱把酒黄昏后⑤。有暗香盈袖。莫道不销魂，帘卷西风，人比黄花瘦⑥。

【注释】

①醉花阴：词牌名，又名"九日"。所选词双调小令五十二字，上下片各五句，仄韵。

②云：《古今词统》等作"雾"，《全芳备祖》作"阴"。

③瑞脑：一种薰香名，又称龙脑，即冰片。金兽：兽形的铜香炉。

④纱厨：即纱帐。

⑤东篱：泛指采菊之地。陶渊明《饮酒诗》："采菊东篱下，悠悠见南山。"

⑥比：《花草粹编》等作"似"。

【选评】

1.（明）王世贞《艺苑卮言》：词内"人瘦也，比梅花，瘦几分"；又"天还知道，和天也瘦"；又"莫道不消魂，帘卷西风，人比黄花瘦"。三"瘦"字俱妙。

2.（清）陈廷焯《云韶集》卷十：无一字不秀雅。深情苦调，元人词曲往往宗之。

3.（清）沈祥龙《论词随笔》：写景贵淡远有神，勿堕而奇情；言情贵蕴藉，勿浸而淫衰。"晓风残月""衰草微云",写景之善者也;"红雨飞愁""黄花比瘦",言情之善者也。

4.唐圭璋《唐宋词简释》:此首情深词苦,古今共赏。起言永昼无聊之情景,次言重阳佳节之感人。换头,言向晚把酒。着末,因花瘦而触及己瘦,伤感之至。尤妙在"莫道"二字唤起,与方回之"试问闲愁都几许"句,正同妙也。

【导读】

词起句不加任何叙说,劈空抛出化释不开的愁绪。"薄雾"与"浓云"本易使人心情压抑,云雾笼罩整日散不开更让人无法排遣郁闷;深秋时节不可能"永昼",着一"愁"字显示了词人在愁苦情绪支配下的对时间的心理错觉,不着痕迹地流露出词人度日如年之感。词人独守空闺坐在铜香炉旁,随着香料一点点消融,词人的寂寞无聊也不断蔓延。偏偏又时逢亲友团聚的重阳佳节,而自己却不能与丈夫相携登高;尤其是夜半来临时,孤独的词人更难以安然入眠,"凉初透"表面写瓷枕纱帐不能抵御晚来的秋凉,也暗示了词人凄凉冷寂的感觉。下片开始转换空间,词人从室内移到庭院。黄昏后"东篱把酒",而且"有暗香盈袖",闲雅风流,饶有情趣,似乎之前的烦恼能得以排遣。然接下去"莫道不销魂",一语又道出了词人无尽的离愁别恨。原来刚才的饮酒赏菊并非心情好转,反而是赏菊时西风卷帘,词人见菊花而伤己。"人比黄花瘦"形象描写了词人的憔悴瘦损,也进一步表现了词人饱受相思之苦的程度之深。这首词情深而语婉,充分显示了词人善于捕捉细微感受和形象表达丰富情感的艺术功力。

渔家傲①

天接云涛连晓雾,星河欲转千帆舞②。仿佛梦魂归帝所③。闻天语,殷勤问我归何处?

我报路长嗟日暮,学诗谩有惊人句④。九万里风鹏正举。风休住,蓬舟吹取三山去⑤。

【注释】

①渔家傲:词牌名,又名"渔歌子""渔父词"等。所选词双调六十二字,上下片各五句,五仄韵。

②星河欲转:星河转动。

③帝所:天帝所居之宫殿。

④谩有:空有。

⑤蓬舟:轻舟。三山:传说中海上有蓬莱、方丈、瀛洲三座仙山。

【选评】

1.(清)黄苏《蓼园词选》:此似不甚经意之作,却浑成大雅,无一毫钗粉气,自是北宋风格。

2.梁令娴《艺蘅馆词选》乙卷:家大人云:此绝似苏辛派,不类《漱玉集》中语。

【导读】

这首词为《漱玉集》中最雄阔、最富浪漫色彩的作品。根据陈祖美的《李清照简明年表》记载,此词作于建炎四年(1130)。作品以梦境的述说方式来展开,极具传奇色彩。"天接云涛连晓雾,星河欲转千帆舞",在云海茫茫、星河流转中铺开背景,绮丽梦幻,壮阔奔腾。"仿佛梦魂归帝所"一句,直接提及了以幻笔来入词,这是一场浪漫的游仙之旅。这里有天帝殷勤和蔼的问候,也有作者造语雄奇的回复。在这一问一答当中,作者只说诗歌创作的彷徨和对仙境蓬莱的向往。奇幻的景象,缥缈的意境,不涉尘世的问答,让人忘却了人世间的凄凉苦楚。然而此时的人间却是截然不同的一番场景,高宗皇帝仓皇南渡,国家处于水深火热之中,战乱中的人民流离失所。统治者却对这种现状不闻不问,偏居一隅。作者也在这样的背景下背井离乡,与曾经情投意合的丈夫天人永隔,在孤苦无依的漂泊中尝尽世间悲凉。如此种种,作者只字未提,更无任何闺中之语,而是将所有人间苦闷隐于豪迈奔放的宏大气象中。将自身的理想抱负指向对诗歌艺术的追寻和对蓬莱仙境的向往中。作为婉约词宗的李清照,一反常态作豪迈语。正如梁启超所评:"此绝似苏辛派,不类《漱玉集》中语。"李清照人格境界之高,非单一某种风格能限定。

陈与义

陈与义（1090—1139），字去非，号简斋。洛阳人。政和三年（1113）上舍及第，官至参知政事。江西诗派后期代表作家，列为"洛中八俊"之"诗俊"。有《简斋集》传世。

巴丘书事①

三分书里识巴丘②，临老避胡初一游③。晚木声酣洞庭野，晴天影抱岳阳楼。四年风露侵游子④，十月江湖吐乱洲⑤。未必上流须鲁肃⑥，腐儒空白九分头⑦。

【注释】

①巴丘：今湖南岳阳，历代兵家战略要地。

②三分书：即《三国志》，载魏蜀吴三国战争，多涉巴丘。《武帝纪》："公（曹操）自江陵征备至巴丘。"《孙权传》："鲁肃以万人屯巴丘。"《周瑜传》："瑜还江陵为行装，而道于巴丘病卒。"

③胡：指金人。

④四年：按《年谱》，陈与义建炎二年"八月离均阳，经高舍，度石城，上岳阳"，计其行程与此诗"十月"合。建炎三年"九月，别巴丘，由南洋抵湘潭"。诗中明言"十月"，则断非建炎三年之作。

⑤吐乱洲：秋冬之际，洞庭湖水落，湖中露出许多不规则的沙洲。

⑥上流：三国吴的主要领地在长江下游，巴丘对它来说，乃是上流。鲁肃：三国时期东吴战略家，周瑜死后继任都督，统领军马。因蜀将关羽镇守荆州，吴使鲁肃以万人屯巴丘，与关羽对抗。

⑦腐儒：迂腐的读书人。此为诗人自嘲语。

【选评】

1.（明）胡应麟《诗薮》：周尹潜："斗柄阑干洞庭野，角声凄断岳阳城。"陈去非："晚木声酣洞庭野，晴天影抱岳阳楼。"二君同时，二联语甚相类，皆得杜声响，未易优劣。

2.（近）高步瀛《唐宋诗举要》："四年风露侵游子，十月江湖吐乱洲"雄秀。"吐"字下得奇警。

3.程千帆《古诗今选》：读这篇诗，请特别注意其虚词，如酣、抱、侵、吐等。由于诗人使用了这样一些极其生动的词汇，就赋予了自然景物以非常活跃的生命。

【导读】

陈与义是江西诗派后期代表作家。他推崇杜甫、苏轼和黄庭坚、陈师道等，却不墨守成规，能够融汇各家风格，自成一格。这首诗歌是诗人建炎二年（1128）避难于巴丘的所见所感。首联以《三国志》起首，点明"巴丘"为兵家战略要地。诗人读书时知道巴丘就想亲临，奈何而今年岁老迈，却因"避胡"才"初一游"，"避胡"表现了诗人此游之辛酸。紧接着诗人描写了此游所见之景，"晚木声酣洞庭野，晴天影抱岳阳楼"，寒风中的飒飒树木声响充满了广阔的洞庭原野，此为听觉，给人一种动乱危迫之感，紧接着听觉转为视觉，落在了古老的岳阳楼上，"晴天影抱"给身处动乱的诗人一丝安定的希望。"四年风露侵游子"承接"避胡"，"风露"既指诗人"避胡"的风餐露宿，也隐含政治上的挫折以及胡军的侵扰，故而生出了"十月江湖吐乱洲"的喟叹，"洲"着一"乱"字，隐寓着家国动荡，"吐"生动传神地展现了世乱之感。尾联"未必上流须鲁肃，腐儒空白九分头"，照应诗题《巴丘书事》。所谓"书事"，即诗人反用孙权使鲁肃屯巴丘事，暗指七月抗金老将宗泽因宋高宗逃跑政策气愤而死之事，这一消息传到诗人陈与义耳中已是十月，诗人用"书事"二字以表难言之隐。这首诗歌由叙事起，中间寓情于景，最后以感叹收尾，声情跌宕，气韵雄深。

陆 游

陆游(1125—1210),字务观,号放翁,越州山阴(今绍兴)人。孝宗时赐进士出身,官至宝章阁待制。南宋史学家、文学家、爱国诗人。有《南唐书》《剑南诗稿》《老学庵笔记》等。

关山月①

和戎诏下十五年②,将军不战空临边。朱门沉沉按歌舞③,厩马肥死弓断弦④。戍楼刁斗催落月⑤,三十从军今白发。笛里谁知壮士心,沙头空照征人骨⑥。中原干戈古亦闻⑦,岂有逆胡传子孙⑧。遗民忍死望恢复⑨,几处今宵垂泪痕!

【注释】

①关山月:汉乐府古题,属横吹曲。《乐府解题》:"《关山月》,伤离别也。"陆游以乐府旧题表现军事政策造成的现实局面。

②和戎诏:与金议和的书书。宋孝宗隆兴元年(1163),宋军在符离大败之后,南宋朝廷与金国达成和议。

③朱门:古代达官贵人的门多红色,代指达官贵人的宅第。杜甫《自京赴奉先县咏怀五百字》:"朱门酒肉臭。"按歌舞:按着节拍唱歌跳舞。

④厩马肥死:马房里的马不用,渐渐肥老死去。弓断弦:谓长期不修武备,致使弓断了弦。

⑤戍楼:边塞上守卫警戒的岗楼。刁斗:军用铜锅,可以做饭,也可作报时打更的器具。

⑥沙头:边塞沙漠之地。征人:出征戍守边塞的战士。

⑦中原:指沦陷在金人手中的淮河以北地区。干戈:古代的兵器,代指战争。

⑧逆胡：指金人。传子孙：自金太宗完颜晟进占中原，至此时已有四世，故云传子孙。

⑨遗民：沦陷区的老百姓。恢复：收复故土。

【选评】

1.霍松林《历代好诗诠评》：仅用十二句诗，高度概括地描绘出"隆兴议和"以来十多年间中国历史的基本面貌和不同人物的处境、心态，而作者忧国忧民，洋溢于字里行间，感人肺腑。

2.蔡义江《陆游诗词选评》：从今存诸多此题乐府诗来看，确实不脱士兵远戍思归或思妇念征夫的内容。陆游第一次改变了这个乐府旧题的内容，尽管此诗也写到远戍的士兵和月临边关，但诗的主题却完全变了，它不再"伤离别"，却伤朝廷不图恢复的"和戎"政策带来的苟安局面。这个乐府旧题也是第一次被完全用来表现当前的时事题材和抨击腐朽的现实政治。这是陆游的创新。

【导读】

"关山月"是汉乐府古题，内容多写戍边军士月夜思乡、家人对军士离别相思之情。陆游有感于宋孝宗"和戎诏"后十余年国内现实状况，以乐府古题形式对"和戎诏"导致的后果进行揭示和反思。诗人主要选取了"将军""壮士""遗民"三类典型，分别表现南宋不同阶层人物的现实境况和情感态度。根据诗歌的表现内容，诗人在篇章结构上进行了精心布置，全诗可分为三个部分，以四句一转韵作为标志，形成了三个相互对照的场景，这三个场景又组合成一个有机的整体。诗歌开头以"和戎诏下十五年"直入主题，先从"将军"的层面来说明朝廷苟安无为的后果。将军的职责在于带兵作战、抗击外侵，但是自议和后就空临边境、不思战争，每日沉醉于歌舞享乐消磨时光。与此相应的是，既不战争，也不练兵，战马养在马厩里慢慢肥老死去，弓箭久置武库中弦断变为废品。当权者已经忘记中原沦失的屈辱和外敌虎视眈眈的危机，把本应是权宜之计的和议当成了歌舞升平的保障，长此下去必然面临着民族危亡的灾难,这对于志在报国、收复国土的爱国之士来说,内心的悲慨和愤激可想而知。诗歌下四句调转笔头,从"壮士"层面来具体表现。每天听着急促的刁斗声送走一轮又一轮的明月,士兵们从军到现在已经白发,他们空有报国之志却无法有所作为,只能把杀敌归乡的愿望寄托于笛声中,但结果可能是老死边关后暴骨于野外的月照之中。诗人在表现士兵的内心情感时没有直接说明,而是选取了刁斗催月、月中吹笛、月照白骨几个与关山月相关的意境,含蓄地表达了其内心复杂的情感。和戎诏后不思收复故土,伤害最大莫过于中原遗民。诗歌最后四句,着力表现"遗民"的悲痛和失望。自古以来中原战争不断,中原儿女奋力抗争以捍卫国土的完整,而现在金军统治中原已经有几代了,中原遗民忍辱至死都在盼望恢复,但朝廷不思收复国土,不知多少遗民在夜晚伤心落泪。戍边战士和中原遗民热切希望恢复,朝廷将军高官却不思恢复,这形成了强烈的对照,有力地批判了统治者的苟安思想和投降政策,也表现了诗人希望收复故土的志向和忧国忧民的爱国情怀。

临安春雨初霁①

世味年来薄似纱②,谁令骑马客京华③。小楼一夜听春雨,深巷明朝卖杏花。矮纸斜行闲作草④,晴窗细乳戏分茶⑤。素衣莫起风尘叹⑥,犹及清明可到家。

【注释】

①临安:宋室南迁,建炎三年杭州升为临安府,后作为南宋都城。

②世味:人世滋味,社会人情。

③客:一作"驻",即客居。

④矮纸:短纸、小纸。草:指草书。

⑤细乳:沏茶时水面呈白色的小泡沫。戏,一作"试"。分茶:宋代流行的茶艺,又称茶百戏、汤戏。将茶置盏中,由上而下缓注沸水,或用茶匙搅动,使汤水波纹幻变成种种形状。

⑥素衣：白色的衣服。风尘叹：因风尘而叹息。陆机《为顾彦先赠妇》："京洛多风尘，素衣化为缁。"

【选评】

1.（清）舒位《书剑南诗集序》：小楼深巷卖花声，七字春愁隔夜生。

2.冯振《诗词杂话》：孟浩然诗云："夜来风雨声，花落知多少。"陆放翁诗云："小楼一夜听春雨，深巷明朝卖杏花。"陈简斋诗云："杏花消息雨声中。"……言风雨与花，俱臻妙境。

3.钱仲联《剑南诗稿校注》：简斋句实即陆诗所本。

4.殷光熹《宋诗名篇赏析》："小楼"一联，从诗的意境看，有三个层次：身居小楼，一夜听雨，是一诗境；春雨如丝，绵绵不断，杏花开放，带露艳丽，另一诗境；深巷卖花，声声入耳，又一诗境。

【导读】

淳熙十三年（1186），陆游在家赋闲五年后，重起任知严州，这首七律写于其赴任前入京准备觐见皇帝之时。严州知府不可谓微职，但这对于志在恢复大业的陆游来说却并非夙愿，而且经过多年的宦海沉浮，尤其是退居家乡几年，他对现实政治、社会人情的认识更为深刻，故此番起任陆游的感受比较复杂。诗歌开头直接切入现实社会世情，"薄似纱"的比喻描述对世态炎凉的真切体验；下句又以问句形式，表达他入京朝辞的困惑和矛盾心情。颔联却别开生面，转向对景物的描写。诗人抓住雨声意象，通过声觉感知和预知联想，描写了夜里小楼听春雨和早晨深巷卖杏花的景象，营造出让人回味不尽的意境。诗人沉浸在春雨杏花的诗情画意之中，似乎已经忘却了人情世故、宦海沉浮等事，但细细琢磨，诗人静听雨声而一夜未眠，这不只是对春雨声的欣喜着迷，而应是心情复杂难以入睡的流露。不过，对雨后卖杏花的诗意想象，也显示了诗人并未过于伤感和哀愁。颈联开始真正写春雨初霁后，诗人在客舍等待中的行为。上句化用了草书大家张芝"匆匆不暇草书"之典，更以"闲"字突出其无事可做；下句描述晴后细乳分茶之事，又以"戏"字显示以游戏打发时日。这两句表现了诗人的闲情雅致,或许这是赋闲时养成的爱好,但在国家尚未收复国土、正是内外交困时,一个爱国志士的闲适无聊本身就是不正常的,其中隐藏着诗人难以述说的无奈和苦楚。尾联,诗人又回到外在社会环境,由此发出感慨,"素衣莫起风尘叹",反用陆机《为顾彦先赠好》诗中"京洛多风尘,素衣化为缁"之意,说明自己不会受京城的不良风气污染;"犹及清明可到家",以急于回家再次表达对京城人事的不满。从全诗来看,诗歌首尾两联主要说世情浇薄、京中污浊,中间两联展现了诗情画意、闲情逸致,两相对照流露出诗人并不热心仕宦甚至还有厌倦退避之意,这说明了诗人在宦海沉浮后的复杂心态,也表现了一位爱国志士性格的丰富性。

临江仙(离果州作)①

鸠雨催成新绿②,燕泥收尽残红。春光还与美人同。论心空眷眷③,分袂却匆匆④。

只道真情易写,那知怨句难工。水流云散各西东。半廊花院月,一帽柳桥风。

【注释】

①临江仙:所选词双调五十八字,上下片各五句三平韵。果州:治今四川南充县,此地历来盛产黄果(广柑),故名"果州"。乾道八年(1172),陆游应四川宣抚使王炎辟为幕宾,由夔州到汉中,途经果州。

②鸠(jiū)雨:民间俗语:"天将雨,鸠逐妇。"相传鹁鸠鸟阴天将配偶赶走,等到天晴又呼唤回来。

③眷(juàn)眷:依恋不舍的样子。

④分袂(mèi):离别,分手。

【选评】

1.(宋)黄昇《中兴词话》:杨诚斋尝称陆放翁之诗敷腴,尤梁溪复称其诗俊逸,余观放翁之词,尤其敷腴俊逸者也。……如《临江仙》云:"鸠雨催成新绿……"皆思致精妙,超出近世乐府。

2.(明)卓人月《古今词统》卷九:昌黎云:"欢娱之词难工,愁楚之音易好。"岂深于愁者哉!

3.(清)先著、程洪《词洁》卷二:以末二语不能割弃。

【导读】

　　陆游是继李白、杜甫、白居易、苏轼之后又一位集前人之大成的文人。这首《临江仙》则集敷腴俊逸、典丽工整等风格于一体。开头"鸠雨催成新绿,燕泥收尽残红"以诗歌笔法起笔,对仗工整,意象丰富,在"新绿""残红"的鲜明色调中开启了春日叙事。春天与美人关联,在许多诗歌中都有所涉及,但在此处"春光还与美人同"一句最为平实的话语却给人以丰富联想,可见作者的造语之妙。"论心空眷眷,分袂却匆匆",写到对春的爱惜留恋但只能忍痛匆匆离别的无限伤感,怜春惜春之情溢于言表。上片三句由景入情,景密而情幽,情与景在浓淡相济之中,在浓密与清疏之间相合应和。下片的"只道真情易写,那知怨句难工"是一组精妙的反对,述说对于诗歌创作的真实体验。此句当源于韩愈《荆潭唱和诗序》中的"欢愉之辞难工,而穷苦之言易好也"一句。作者对此句意进行化用,意义更加翻进一层,尽管伤春之情已充盈满怀,但却无法找到更合适的言语去倾诉,本要宣泄出来的情感因为"怨句难工"而折回。但是很快又有了畅快淋漓的情感抒发,"水流云散各西东",既然春光难留,既然相聚总要离散,那就任它去吧。蓦然回首处只留下花草风月与人相伴。"半廊花院月,一帽柳桥风"这是一幅清丽的暮春小景,作者陶醉其中,人间风月无限情怀。整首词单句转接自然灵活,对句对仗工整精妙,画面疏密有致,浓淡适宜。情感抒发上则明快而不淡薄,轻松而见精美。

范成大

范成大(1126—1193),字至能,一字幼元,自号此山居士,晚号石湖居士,谥文穆,世称范文穆。平江府吴县人。绍兴二十四年(1154)进士,官至参知政事。素有文名,尤工于诗,与杨万里、陆游、尤袤合称南宋"中兴四大诗人"。有《石湖集》《吴郡志》等。

咏河市歌者①

岂是从容唱渭城②,个中当有不平鸣③。可怜日晏忍饥面④,强作春深求友声⑤。

【注释】

①河市:北宋开封城南到汴河之间的沿河市区,为乐舞谐戏艺人聚集的地方。时凡郡中有宴会,必召河市乐人。由此相沿成习,人们常称优伶等歌唱者为河市歌者。

②渭城:以地名代指《渭城曲》。据王维《送元二使安西》诗谱成的乐曲,以诗句中"渭城""阳关"作为曲名,即《渭城曲》或《阳关三叠》。后人们又以"渭城""阳关"代称送别歌曲。

③个中:此中。不平鸣:即不平之声。韩愈《送孟东野序》:"大凡物不得其平则鸣。"

④日晏:天色已晚。忍饥面:挨饿的脸色。黄庭坚《次韵晁元忠西归》:"日晏抱长饥。"

⑤求友声:典出《诗经》:"嘤其鸣矣,求其友声。"黄莺叫个不停,是为了寻伴侣,诗中指强作黄莺般的歌声来吸引听众。

【选评】

缪钺等《宋诗鉴赏辞典》(萧作铭鉴赏):这首诗就是以民间艺人为描写对象,而表现诗人深切同情和关怀下层人民的篇章。

【导读】

范成大继承唐代新乐府运动的现实主义精神,创作了许多反映民间疾苦的诗作,对农民、卜者、卖药者、艺人等不同职业的下层人民的贫苦生活进行抒写。《咏河市歌者》就是一首咏叹以歌唱为生的艺人的七言绝句。此诗起句不同寻常,以问句形式构成悬念,引发读者对歌者的行为进行猜测。"从容"是歌者更好发挥才艺的心态,也是歌者对技艺自信的显现,但是诗人劈空一语,对歌者表演时的心理状态进行质疑,实际上也指出歌者唱声和演唱内容的不相谐和。下句诗人进行说明,《渭城曲》本是抒发友人送别的情谊,而歌者的表演中出现了"不平"的音调,可见歌者并非悠然从容而歌。诗人对歌者表演时心理进行质疑发问,又自言自答,这自然反映了诗人良好的乐诗欣赏素养,但更重要的是诗人在代歌者发出心声。那么歌者有何不平之事呢?诗人在后两句进行具体解释。"日晏忍饥面",指出了歌者不平之鸣的最根本原因,"强作"揭示了歌者演唱的动机和表现。演唱艺术本来是人们追求高层次精神生活的反映,但当歌者尚且不能解决饮食这一基本的生存问题时,又如何能把演唱作为一种纯粹的艺术呢?更重要的是,既然选择演唱这种职业,而这种职业目的是为满足基本的生活需要,歌者只能违心地演唱,勉强作人们喜欢的"求友"之声以吸引观众。三、四句巧妙使用流水对,两句一意,又以"可怜"领句,不仅揭示了歌者的生活之艰辛,也直接表明了诗人同情下层民众的情感态度。此诗写于范成大晚年退职家居后,他从乐府诗中吸取"歌诗合为事而作"的现实精神,而且巧妙借用典故、采用问答等形式,平易而不失雅致,真切而又生动,表现出"自成一家"的诗风。

早发竹下①

结束晨装破小寒②,跨鞍聊得散疲顽③。行冲薄薄轻轻雾,看放重重叠叠山。碧穗吹烟当树直④,绿纹溪水趁桥弯。清禽百啭似迎客⑤,正在有情无思间⑥。

【注释】

①竹下:今安徽休宁县西黄竹岭。

②结束晨妆:早晨的衣冠穿戴停当。破小寒:冒着微寒。

③疲顽:即疲劳和愚钝。散疲顽,指放松一下紧张疲惫的身心。

④碧穗:青绿色部分谷穗。吹:通"炊"。

⑤百啭:百鸟和鸣。

⑥有情无思:有意无意之间。苏轼《水龙吟》写杨花:"思量却似,无情有思。"

【选评】

1.钱锺书《宋诗选注》:刘禹锡《柳花词》说:"无意似多情,千家万家去";李贺《昌谷北园新笋》第二首说:"无情有恨何人见";杨发《玩残花》说:"低枝似泥幽人醉,莫道无情却有情";苏轼描写杨花的《水龙吟》也说:"思量却似,无情有思。"这都是从《玉台新咏》卷九梁简文帝《和萧侍中子显〈春别〉》第一首又卷十《古绝句》第三首写葡萄、豆蔻、菟丝的诗句推演而出。范成大又把前人形容草木的话移用在禽鸟上。

2.高海夫《范成大诗选注》:诗以并不算很华丽的语言,把早行时所看到的雾散山来等优美秀丽的风光写得画所难到,读后宛如身临其境。

【导读】

范成大绍兴二十四年(1154)进士中第,次年任职徽州司户参军。此诗写休宁早行当作于其徽州任内。诗题指出行游时间和出发地点,首联又具体说明天气、出发情形和出行原因,当时已是清秋,早晨微有凉意,诗人穿好晨装后跨马出行,希望使自己疲惫愚钝的身心得到放松。颔联两句转向对景物的描写,诗人骑马穿行于山雾之间,"薄薄轻轻"形容雾的形态和对雾的感觉,"重重叠叠"描写山的连绵起伏之态;而"冲",突出了前行一层层破开笼罩的雾,"放",又用拟人和夸张手法写出了在一重重山中穿行的视觉感受,重叠形容词和动词的巧妙运用,使两句对仗精工,堪为写景佳句。颈联转换角度写景,分别以炊烟、溪水与颔联的雾、山相呼应。上句"碧穗吹烟当树直",写碧穗般的炊烟从树顶上笔直地升起。谷穗青绿未成熟时直立易理解,但炊烟碧色似不合情理。"碧穗"形容炊烟前所未有,诗人的创新应建立在独特的审美体验基础上。试想一下,当炊烟从树中升起时,由于四周树木青翠,炊烟被树照映也呈现出碧穗似色态,反常合道而生新趣。下句"绿纹溪水趁桥弯",写泛着绿纹的溪水从小桥下弯弯地流过。这两句分别写树上升起的炊烟和桥下流淌的溪水,一上一下,一直一弯,线条和态势上构成了变化之美;不过,上句写碧、下句对绿,在色彩上形成重复,诗人不顾"合掌"之嫌,以相近之色进一步凸显了山村翠绿青碧之特点,使整个山村景致在"碧绿"中得到和谐统一。尾联又把镜头转向禽鸟,并以自己的心情来推测禽鸟之意。林间鸟鸣清脆百啭,好像在迎接自己,诗人沉醉其中,至于鸟儿们是有情还是无意不好分辨,也许最美的情思正在于有意无意之间。诗人善于写景,不断转换视角摄取一个个景致,而且精于炼字,以清新别致的词句来展现一幅幅山行图景,反映了诗人从容驾驭语言的艺术功力。

杨万里

杨万里(1127—1206),字廷秀,号诚斋,自号诚斋野客,谥文节。吉州吉水(今江西省吉水县)人。绍兴二十四年(1154)进士,官至宝谟阁学士。诗自成一家,创诚斋体,"中兴四大诗人"之一。有《诚斋集》传世。

插秧歌

田夫抛秧田妇接,小儿拔秧大儿插。笠是兜鍪蓑是甲①,雨从头上湿到胛②。唤渠朝餐歇半霎③,低头折腰只不答。秧根未牢莳未匝④,照管鹅儿与雏鸭。

【注释】

①兜鍪(móu):古代战士戴的头盔。

②胛(jiǎ):肩胛,胳膊上边靠脖子的部分。

③渠:第三人称代词,此指农民。半霎:极短的时间。

④莳(shì):移植。匝:遍、满,指完毕。

【选评】

1.金性尧《金性尧选宋诗三百首》:全诗以极其灵活的手法,描写插秧的情景,连同一些细节都进入了他的画面,结末是代农民设想之词。由于观察细致,故能善用角度,笔墨周到。

2.周啸天《啸天说诗5:一江春水向东流》:以大众语写农家事,难得如此生动又如此紧凑,几无一闲笔。至于句句入韵,更出神入化地传达了插秧劳动所具的紧锣密鼓的节奏。

3.张维民、郭艳华《宋辽金元文学》:这首诗写插秧时节农民的辛勤劳动,全家男女老少紧张地耕耘在田间。诗中运用比喻和对话等手法,将艰苦的劳动场面写得饶有趣味。语言通俗浅近,极具口语化,在古代诗歌中独树一帜。

【导读】

这首古诗是杨万里淳熙六年(1179)过衢州,在乡村见农人插秧而作。开头两句直接呈现农户全家忙于插秧的场景:田父抛、田妇接、小儿拔、大儿插。插秧是讲究时间性的农活,全家老少一起劳动是常见之事,作者开篇有意加快节奏,通过插秧者身份转换和不同动作交接,表现了劳动的紧张和忙碌。接下去两句通过对雨具和雨势的描写,表现环境恶劣和插秧的艰辛。诗人把"斗笠""蓑衣"分别比作"头盔""铠甲",雨具描写生动形象,似乎还具有战场的气息,好像插秧者是全副武装的战士。尽管农户装备良好,但雨还从头上湿到肩膀,这不仅说明插秧如同战斗一样艰苦,而且透露出作者对农户甘于吃苦精神的赞叹。五、六句转向对话描写,问而不答进一步展现农活的忙碌。"唤渠朝餐歇半霎",省略了主语,而宾语又模糊处理,因此我们无从确定唤者和被唤者的身份。当时田里的人都在忙碌,或许是家中的老妇送来饭菜招呼吃饭,而插秧者都在低头工作,而不去回应吃饭的事。忙碌到现在还未吃早饭,而且召唤吃饭也置若罔闻,插秧者废寝忘食、争分夺秒的辛勤劳作充分得以展现。最后两句有人回话,补充说明插秧农活的紧张忙碌。说话者很可能是户主,他说这块田还没有插完,而且秧苗根还不稳,之后又交代送饭者赶紧回去照看好鹅鸭,以免到田里糟蹋秧苗,插秧者的勤劳和细心不言自明。全诗用通俗自然的口语写成,兼之形象机智的比喻叠用,诗歌显得活泼幽默、情趣盎然,这是"诚斋体"典型的特点,也是杨万里追求"活法"的成功实践。

暮泊鼠山闻明朝有石塘之险①

下水船逢上水船②,夕阳仍更涩沙滩③。雁来野鸭却惊起④,我与舟人俱仰看。回望雪边山已远,如何篷底暮犹寒。今宵莫说明朝路⑤,万石堆心一急湍。

【注释】

①鼠山:据万历《严州府志》,鼠山在建德县南三十八里,其形似鼠,今建德县南有老鼠坟,即其地。石塘:据《严州图经》,白鸠乡石塘,距建德县城四十五里,石塘应在鼠山北。

②下水船:杨万里自吉州出发,抵衢州后,乘舟沿江顺水而下,故言下水船。

③涩:不润滑。此处形容夕阳映照滞留沙滩的景象。

④起:一作"去"。

⑤宵:一作"朝"。

【选评】

1.陈衍《宋诗精华》:三、四似不对,而实无字不对,流水句似此,方非趁笔。

2.吴之振等《宋诗钞》:后村谓"放翁学力也,似杜甫;诚斋天分也,似李白"。盖落尽皮毛,自出机杼,古人之所谓似李白者,入今之俗目,则皆俚谚也。

【导读】

淳熙十一年(1184),杨万里丁母忧服满,奉诏自吉州到临安,此诗写于其由水路乘舟入严州界,傍晚停泊旌德县境内鼠山处。首联先言顺水而下的船与溯水而上的船相遇,作者虽未交代船上人交流过程,但由题目可推知,应是下游船人告知明朝到石塘会有险流;按通常思路下句应写听到的具体信息,但作者笔头调转描写泊船处的景象,"夕阳仍更涩沙滩",展现了日暮时分夕阳即将落下映照沙滩的美景,"涩"字形容词动用,既赋予余光滞留沙滩以质感,又含蓄地表现了作者不屑于对听闻信息的议论,更倾心于观赏当前的美景。颔联两句为流水对,描写野鸭因大雁飞来而惊起,引起作者与舟人的抬头观看,动物惊飞既赋予景物盎然的生意,也自然地把景物呈现于众人。接下去颈联写远处的雪山和作者的感受。作者通过前视、仰看、回望三个视角,依次展现夕阳、沙滩、大雁、野鸭、白雪、远山等景物,构成一幅辽阔又优美的图画,但作者似乎没有沉浸下去,反而感到船篷的寒冷,这除了点明了舟行的时节外,也流露出作者听闻明朝险情后微妙的心理:观看美景似波澜不惊、毫不在意,实际上对现实环境有着清醒的感知和思索。尾联呼应题目,作者对于听闻之事发表了看法,劝说大家今夜不要再说明天的险路,那只不过是万石激水形成的急流罢了,这充分表现了作者对于即将面临的危险的乐观和从容的心态,也可以解释之前作者听闻信息后欣赏美景的反应。全诗运用通俗的语言,把事、景、理有机地融合在一起,似信手拈来,自然流畅,但却放收自如,一波三折,这种出乎意料的写法,具有反常合道的奇趣之美。

辛弃疾

（1140—1207），字坦夫，改字幼安，号稼轩，谥忠敏。金朝济南府历城（今济南历城）人。抗金归宋，曾任江西安抚使、枢密都承旨等职。一生以恢复为志，然壮志难酬。致力为词，与苏轼合称"苏辛"，与李清照并称"济南二安"，有"词中之龙"之称。有《美芹十论》《稼轩长短句》等。

水龙吟（登建康赏心亭）①

楚天千里清秋，水随天去秋无际。遥岑远目②，献愁供恨，玉簪螺髻③。落日楼头，断鸿声里④，江南游子。把吴钩看了⑤，栏杆拍遍，无人会、登临意。

休说鲈鱼堪脍，尽西风、季鹰归未⑥？求田问舍⑦，怕应羞见，刘郎才气。可惜流年⑧，忧愁风雨，树犹如此⑨！倩何人唤取⑩，红巾翠袖⑪，揾英雄泪！

【注释】

①水龙吟：又名"鼓笛慢""小楼连苑"等。所选词双调一百零二字，上片十一句四仄韵，下片十一句五仄韵。建康：今江苏南京。赏心亭：在建康下水门之城上，下临秦淮。

②遥岑（cén）：远山。远目，一作远日，疑误。韩愈、孟郊《城南联句》："遥岑出寸碧，远目增双明。"

③玉簪螺髻（jì）：玉做的簪子，像海螺形状的发髻，这里比喻形状各不相同的山岭。

④断鸿：失群的孤雁。

⑤吴钩：古代吴地制造的一种宝刀。

⑥"休说"二句：典出《晋书·张翰传》，张翰"因见秋风起，乃思吴中菰菜、莼羹、鲈鱼脍"，后命驾而归。季鹰：张翰字。

⑦求田问舍：置地买房。《三国志·魏志·陈登传》载刘备曰："君（即许汜）有国士之名，今天下大乱，帝主失所，望君忧国忘家，有救世之意，而君求田问舍，言无可采，是元龙所讳也，何缘当与君语？"

⑧流年：流逝的时光。

⑨树犹如此：典出《世说新语·言语》："桓公北征经金城，见前为琅邪时种柳，皆已十围，慨然曰：'木犹如此，人何以堪！'攀枝执条，泫然流泪。"

⑩倩（qìng）：请托。

⑪红巾翠袖：代指女子。红巾，一作"盈盈"。

【选评】

1.（明）卓人月《古今词统》卷十四：（"倩何人"三句）若士取赠黄衫客，极当。

2.（清）李佳《左庵词话》卷上：辛稼轩词，慷慨豪放，一时无两，为词家别调。集中多寓意作，如……"把吴钩看了，栏杆拍遍，无人会，登临意。"……此类甚多，皆为北狩南渡而言。以是见词不徒作，岂仅批风咏月！

3.（清）陈廷焯《词则·放歌集》卷一：雄劲可喜。一结风流悲壮。

4.（近）俞陛云《唐五代两宋词选释》：前四句写登临所见，起笔便有浩荡之气。"落日"句以下，由登楼说到旅怀，而仍不说尽，仅以吴钩独看，略露其不平之气。下阕写旅怀，即使归去奇狮卜筑，而生平未成一事，亦羞见刘郎。"流年"二句以单句旋折，弥见激昂。结句言英雄之泪，未要人怜，倘揾以红巾，或可破颜一笑，极言其潦倒，仍不减其壮怀也。

5.邓广铭《稼轩词编年笺注》卷一：右词充满牢骚愤激之气，且有"树犹如此"语，疑非首次官建康时作。盖当南归之初，自身之前途功业如何，尚难测度，嗣后乃仍复沉滞下僚，满腹经纶，迄无所用，迨重至建康，登高眺远，胸中积郁乃不能不以一吐为快矣。

【导读】

辛弃疾南归八九年间一直担任闲散的官职，在他三十五岁这年登上建康的赏心亭,极目远望山川风物,感慨自己满怀壮志而老大无成,于是写下一首《水龙吟》这篇登临怀古之作。此词上片开头写景,秋风萧瑟的日落之际,最能给人寂寥惆怅之感。词人登上城楼极目远眺,无际楚天、滚滚江水和形状不同的远山映入眼帘,境界阔大。山水本无情,但以我观物,物皆着我之色彩,它们也因中原沦陷而"献愁供恨"。"落日""断鸿"又触发了流离在外江南游子的乡关之思和家国之恨,对国家战乱衰败的忧虑、空有报国热情却无以重用的愤恨,即使看尽吴钩、拍遍栏杆,也难有人能领会词人登临城楼心中郁结的壮志豪情。下片连用三个典故,通过对历史人物的评说,表明自己以天下为己任的伟大抱负。战事频仍、国家动荡,词人不愿如张翰那样留恋家乡美好,也不想如许汜那样只顾及自身安危买田置地,而渴望以此身长报国,赢得生前身后名。但是,词人却报国无门,壮志难酬,由此感慨年华很快逝去,忧虑收复失地无望。词人在失意之时多么希望有知己相伴,能为其擦拭泪水,但是却没有人理解英雄的难处,让人倍加感到孤独!该词抒发了词人登临远眺时壮志难酬的悲苦,于慨叹中暗含对朝廷能够慧眼识英雄的希冀。这是稼轩早期词中最负盛名的一篇,豪而不放,壮中见悲,艺术上渐趋成熟境界。

鹧鸪天（博山寺作）①

不向长安路上行②。却教山寺厌逢迎③。味无味处求吾乐④,材不材间过此生⑤。

宁作我⑥,岂其卿⑦。人间走遍却归耕⑧。一松一竹真朋友,山鸟山花好弟兄⑨。

【注释】

①鹧鸪天:词牌名,又名"思佳客"等。所选词双调五十五字,上片四句三平韵,下片五句,各三平韵。博山寺:据《广丰县志》,博山寺在广丰西南崇善乡。宋绍兴间悟本禅师奉诏开堂,辛稼轩为记。

②长安路:喻指仕途。

③厌逢迎:往来山寺次数太多,令山寺为之讨厌。此为调侃之语。

④味无味:语出《老子》:"为无为,事无事,味无味。"

⑤材不材间:语出《庄子·山木》:庄子笑曰:"周将处乎材与不材之间。"

⑥宁作我:语出《世说新语·品藻》:"桓公少与殷侯齐名,常有竞心。桓问殷:'卿何如我?'殷云:'我与我周旋久,宁作我。'"

⑦岂其卿:语出扬雄《法言·问神》:"君子德名为几,梁、齐、赵、楚之君,非不富且贵也,恶乎成名? 谷口郑子真不屈其志而耕乎岩石之下,名震于京师。岂其卿,岂其卿。"

⑧"人间"句:化用苏轼《江城子·梦中了了醉中醒》:"走遍人间,依旧却躬耕。"

⑨"一松"两句:化用杜甫《岳麓山道林二寺行》诗:"一重一掩吾肺腑,山鸟山花共友于。"

【选评】

沈雄《古今词话·词品》卷上:稼轩词亦有不堪者,"一松一壑真朋友,山鸟山花好弟兄"是也。

【导读】

这首词写了词人在追求人生理想的道路上,主体精神的出走再到重新指认的这一过程。上片写词人在一系列的矛盾挣扎过程中找寻自我的过程。"不向长安路上行",表面上写诗人想要远离官场,但是"山寺厌逢迎"一句立即产生了情感上的悖论。看似作者"以物观我",但其实是"以我观物",将自己想要退隐江湖但又同时不能完全甘心的情感,借助不能说话、没有情感的山水表达出来。后面一句"味无味处求吾乐,材不材间过此生",更能够很好地显现出作者的矛盾情感,有味之人生和无味形成一对悖论同时发生在作者的身上,都是作者内心情感的呈现,无论是想要闯荡官场还是寄情山水,都不能够得到很好的存在感,但随即释怀,悟出人生中乐趣就是在有味和无味之间产生。下片写作者主体精神的重新指认。词人宣言保持人格独立,不愿屈附公卿而求取声名,表示在历尽世事后,要与松竹花鸟为友,归隐山田。上下两片情感和思想的矛盾也构成了一组二元对立,如果没有上片作者对宇宙人生的思考过程,也就不能引出下片的豁达之情。二者对立统一写出作者主体精神从出走、矛盾到重新指认的心路历程,增加了诗歌情感表达的厚度,让读者在体会这份感情时随着作者的情绪变化而深刻思考。

姜　夔

（1155？—1221？），字尧章，号白石道人，饶州鄱阳（今江西鄱阳）人。终生未仕，转徙江湖。精善音律、书法、诗词，能自度曲，尤工填词。有《白石道人诗集》《白石道人歌曲》等。

点绛唇（丁未冬过吴淞作）①

燕雁无心②，太湖西畔随云去。数峰清苦，商略黄昏雨③。
第四桥边④，拟共天随住⑤。今何许⑥？凭栏怀古，残柳参差舞。

【注释】

①点绛唇：又名"点樱桃""十八香""南浦月"等。所选词双调四十一字，上片四句三仄韵，下片五句四仄韵。丁未：宋孝宗淳熙十四年(1187)。吴淞：亦作吴松，今上海松江。作者自湖州往苏州去见范成大，道经吴淞，作此词。

②燕雁：北方飞来的大雁。燕，战国时的燕国，在今河北北部。

③商略：商量，筹划。

④第四桥：即甘泉桥。《苏州府志》："甘泉桥一名第四桥，以泉品居第四也。"

⑤天随：晚唐诗人陆龟蒙，号天随子，隐居吴江甫里。

⑥何许：何处。

【选评】

1.(明)卓人月《古今词统》卷三："商略"二字诞妙。

2.(清)陈廷焯《白雨斋词话•丁未冬过吴淞作》卷二：白石长调之妙，冠绝南宋；短章也有不可及者。如《点绛唇》一阕，通首只写眼前景物，至结处云："今何许？凭栏怀古，残柳参差舞。"感时伤事，只用"今何许"三字提唱。"凭栏

"怀古"以下,仅以"残柳"五字,咏叹了之。无穷哀感,都在虚处,令读者吊古伤今,不能自止,洵推绝调。

　　3.(近)俞陛云《唐五代两宋词选释》:清虚秀逸,悠然骚雅遗音。

【导读】

　　由于受到历史情境和凄凉身世的影响,姜夔词时常呈现出清冷悲凉的意境。"燕雁无心,太湖西畔随云去",开篇就出现一个清幽孤冷的意象,北来的大雁,在太湖西畔随云南去,它本无心于去往,一如此时词人的飘零,身无所寄往来于天地之间。"数峰清苦,商略黄昏雨",这是一幅寥寥数笔点染的山水图,移情手法的运用使得人物与景物融为一体,天地万物都笼上了薄薄凄凉之意。这种侧面着笔,虚处传神的手法,让本为自然物的山水都具备了人物的姿态神韵。"第四桥边,拟共天随住",姜夔欣赏唐末隐士陆龟蒙,在他的许多作品中曾反复表达自己对陆龟蒙隐逸生活的向往,如"沉思只羡天随子,蓑笠寒江过一生"(《三高祠》);"三生定是陆天随,又向吴松作客归"(《除夜自石湖归苕雪》)。"拟共"二字,又将自身所在之处与古人隐居之所相关联,打破古今时间的界限,从精神、气质和人格上对古人相追随。"今何许"三字有何时、何处、为何、如何等多重含义,故包含今是何世、世运至于何处、为何至此、如何面对等意义,是充满哲学反思意味一大反诘。结三句,暗指现实世界的纷扰,一如参差起舞的残柳,只有凭栏怀古,寄其无限深慨了。此词写景极淡远之致,可见作者胸襟之洒落;而凭栏怀古的心情,委婉含蓄,引人遐想。

朱　熹

（1130—1200），字元晦，又字仲晦，号晦庵，谥号文，世称朱文公、朱子、紫阳先生等。祖籍徽州婺源县（今江西婺源），生于南剑州尤溪（今福建尤溪）。绍兴十八年（1148）进士中第，官至焕章阁待制兼侍讲。著名理学家，儒学集大成者，致力于立说传道。著述甚多，有《四书章句集注》《楚辞集注》等，后人辑有《朱子大全》《朱子全书》等。

偶题（三首）

门外青山翠紫堆，幅巾终日面崔嵬①。只看云断成飞雨，不道云从底处来②。

擘开苍峡吼奔雷③，万斛飞泉涌出来。断梗枯槎无泊处④，一川寒碧自萦回⑤。

步随流水觅溪源，行到源头却惘然。始信真源行不到，倚筇随处弄潺湲⑥。

【注释】

①幅巾：古代文士为表示儒雅，常用绢一幅束发，故称为幅巾。崔嵬（wéi）：山高大不平，这里指山。

②不道：犹不知。如李白《幽州胡马客歌》："虽居燕支山，不道朔雪寒。"底处：何处。

③擘开:冲开。

④断梗枯槎:残枝枯叶。

⑤萦回:徘徊荡漾。

⑥筇(qióng):竹名,宜制杖,故又用指手杖。潺湲:流水声。

【选评】

1.缪钺等《宋诗鉴赏辞典》(马祖熙鉴赏):朱熹的诗歌,常常从偶然闲适的生活中悟出一种做人治学的大道理来。他着笔不多,却耐人深思,能够打开人们积极的思路。《偶题》三首,正是这类的诗篇。

2.田开林等《品味古诗中的哲理》:这三首诗都属写景、抒怀、寓理的诗。和《观书有感》不同,没有丝毫雕琢的痕迹,写得非常流畅自然。而且三首都是写水:第一首写云与水的变幻关系,第二首写河流运动与地势的关系,第三首写溪水与源头的关系。诗的直面都在描写水的运动规律,诗的寓意都是讲治学之道。按我们现代人的说法,就是倡导人们要不断地探索大自然的规律。三首诗的主旨也比较连贯,确系内涵相贯的组诗。

【导读】

朱熹是南宋著名理学家,尽管他视文辞为"小伎",但深厚的理学修养和文学积累,使其往往在日常生活的吟咏中体悟到深刻的道理,诗歌具有睿智活泼的理趣美。除了《春日》《观书有感》等诗外,《偶题三首》也是一组耐人寻味的理趣诗。

第一首是观山中云雨有感。诗歌首先呈现了门外的青山美景,"翠紫堆"形象描写了山上色彩错杂堆积的景观;然后道出自己整天儒巾闲雅注视这巍峨的青山;接下去说明看到云浪断缺处雨飞来,从而引发了对自然景象的思索:人们只看到云腾致雨的现象,却不知云从何处而来。朱熹治学论道务求根底,对致雨飞云的追问,形象说明凡事都应寻其根源这一观点。

第二首是对泉水的题咏。诗歌出语不凡,以"擘开苍峡"的强猛动作和"吼奔雷"的声音威势,引出万斛飞泉奔涌而出、一泻万里的壮美景观;接着又进一步描写泉水冲淘断梗枯槎,最后奔注形成一川清寒澄碧的江水自由萦回。作者借泉水启示人们:只有冲破阻力、奋勇拼搏,才能达到理想的境界。

第三首写探水溯源的体悟。作者随着流水的踪迹去探寻水源,但在行到水源尽处时却感到并非源头而不免惘然,由此体悟到漫步寻源,往往不能寻得真源所在,于是倚着筇杖随处寻弄水流之源。作者以自己的亲身经历,说明一个道理:执其一端,不肯多方探寻,往往不能发现事物的真源。

这三首诗均是由与水有关的景事引发出哲理性的思考,物理契合,理趣浑然。不过说理的具体方式有所区别,第一首诗由景到人,人由景悟理,但又不以理语出之,而是借景说理;第二首诗全篇写景,人似隐去,理在景中,即景即理;第三首由人而景,由事悟理,且以理语出之,最后以景补充说明。

戴复古

戴复古（1167—1248?），字式之，自号石屏、石屏樵隐。天台黄岩（今浙江台州）人。一生不仕，浪游江湖。南宋江湖诗派诗人代表。有《石屏诗集》《石屏词》等。

江阴浮远堂^①

横冈下瞰大江流^②，浮远堂前万里愁。最苦无山遮望眼，淮南极目尽神州^③。

【注释】

①江阴：南宋置江阴军，今江苏江阴市，在长江南岸。浮远堂："浮远"名取苏轼《同王胜之游蒋山》诗中"江远欲浮天"意。

②横冈：指浮远堂所在的君山，一名瞰江山，登临可俯视长江。

③淮南：南宋与金议和，划淮为界，由江阴北望中原，要从淮南看过去。极目：穷尽眼力。

【选评】

1.(近)陈衍《宋诗精华录》：有气概。

2.缪钺等《宋诗鉴赏辞典》(黄珅鉴赏)：戴复古尚有《盱眙北望》一诗："北望茫茫渺渺间，鸟飞不尽又飞还。难禁满目中原泪，莫上都梁第一山。"写登高望远，无所遮隔，致使疮痍满目，涕泪难禁。这二首诗，虽一无山，一有山，但情意相似，只是《北望》诗用语显得更加含蓄。

【导读】

戴复古一生未仕，长期浪游江湖，此诗大约作于嘉定年间游行过江阴之时。题目为"江阴浮远堂"，但并非咏建筑之物诗，而是写其登临所见所感。

诗歌开篇出语就颇有气势,诗人登上横冈,向下俯视大江滚滚流淌,眼前呈现出一幅开阔宏远的壮丽景象,但这带给他的不是吞吐宇宙的气魄,也不是淘尽风流人物的历史感慨,而是涌动着无边无尽的悲愁。这两句写一意,"万里",既泛言长江的辽远,又形象说明愁的无限深重。第三句承接上文,把愁苦之情进一步突出。一般登临之人,都希望站高望远,被遮挡视线总是让人更加愁苦,如李白《登金陵凤凰台》:"总为浮云能蔽日,长安不见使人愁。"但作者出人意料地指出,最让人痛苦的是"无山遮望眼"。为什么作者有此反常的想法呢,尾句接着说明原因,由于没有山阻拦,可以从淮南直接眺望到北部的中原故土。南宋以来,淮河以北地区沦为异族统治,到如今还是无法恢复国土,作者想到这些,怎能不更加悲愁呢?戴复古是江湖诗人的代表,但是他并非不关心时事,此诗突破了登临感怀诗的惯套,含蓄地表达了他对朝廷未能收复失地的悲愤和忧虑,显示出其心系国事民生的爱国情怀。

刘克庄

刘克庄（1187—1269），初名灼，字潜夫，号后村。谥文定。福建莆田人。荫补入仕，以焕章阁学士致仕。南宋后期重要诗人，江湖诗派领袖。有《后村先生大全集》传世。

落　梅

一片能教一断肠，可堪平砌更堆墙①。飘如迁客来过岭②，坠似骚人去赴湘③。乱点莓苔多莫数④，偶粘衣袖久犹香。东风谬掌花权柄⑤，却忌孤高不主张⑥。

【注释】

①平砌：铺满台阶。

②迁客：被贬逐流放的人。岭：指五岭，其中大庾岭上多梅花。

③骚人：特指创作《离骚》的屈原，泛指忧愁失意的诗人词客。

④莓苔：青苔。

⑤权柄：权利。掌花权柄，指掌握着众花生杀大权。

⑥主张：主宰、作主。晏几道《与郑介夫》："春风自是人间客，主张繁华得几时？"这里反其意而用之。

【选评】

1.缪钺《宋诗鉴赏辞典》（张明非鉴赏）：此诗从咏梅这一常见题材中发掘出不平常的诗意，新颖自然，不落俗套，启人深思。从哀感缠绵中透露出来的那股抑塞不平之气，正是广大文士愤慨不平心声的集中表露，无怪当权者视为"讪谤"，一再加害于他，而这便是此诗的旨趣所在。

2.陈讠亢《宋诗三百首》：这首咏梅诗不同于一般的咏物诗，作者把落梅与志士有机地融为一体,将丰富的情感寄寓在有意无意的比兴笔墨之中。刘克庄针对南宋"国脉微如缕"的悲剧,一生写有大量慷慨激昂的诗词,其爱国之心"似放翁",豪迈之志"似稼轩",用梅花的品格来概括他的气节和品德,毫不为过。

【导读】

刘克庄现存123首咏梅诗和8首咏梅词,《落梅》是其咏梅诗词中的名篇,也是给他带来灾祸的诗作。

首联两句化用杜甫《曲江》诗句"一片花飞减却春,风飘万点正愁人",杜诗因一片落花而感伤春色已减,而刘诗一片花瓣就能让人断肠,更让人感受到愁苦的浓重;杜诗以风吹万花的动态描写表现其被撩拨的愁思,刘诗则以落花铺满台阶、覆盖墙头的静态描写层层渲染让人难以忍受的悲伤。颔联出乎意料地用了非描写化的比喻,以"迁客来过岭,骚人去赴湘"来写梅花的"飘""坠"之动态。"迁客过岭"暗用韩愈被贬后越过五岭到谪地潮州的典故;"骚人赴湘"用屈原流放湘地投汨罗江的典故。诗人把梅花"飘""坠"比喻为文人的贬谪流放,把落梅与迁客的品格命运融合一起,比喻不以形象具体取胜,而以抒发诗人情志而动人,引发人们对高洁孤特但命运坎坷的文人志士的悲悯之心。颈联又回到对梅花飘落的具体描写,"乱点莓苔多莫数",写数不清的梅花花瓣飘落在泥土里,与污泥和苔藓植物为伍,偶有少数花瓣沾在人衣服上,长久地散发出暗暗的清香。"乱点"形象地表现了花瓣的纷纷坠落,又显示出梅花飘落的数量之多;"久犹香",突出了梅花虽凋零依然馨香如故。上联梅花与迁客骚人合一,此联写梅花飘落的结局,实际上赞颂遭到迁谪放逐仍然坚守气节品格的文人。尾联由落梅纷纷飘落发表议论,把批评的矛头指向东风。晏几道《与郑介夫》云:"春风自是人间客,主张繁华得几时?"刘诗反其意而用之,认为东风嫉妒梅花的孤高圣洁,不仅不为梅花做主,反而肆意摧残,由其掌握梅花的生杀大权非常荒谬。

刘克庄虽有报国之志和治国之才,却得不到统治者的重用,而备受排挤和迫害。此诗写于嘉定十三年(1220),时刘克庄闲居在家,诗人以"落梅"意象表达自己的志向人格和身世命运,又借"东风"意象对嫉贤妒能、迫害人才的当权者进行了抨击。嘉定十七年(1224),权相史弥远因废立太子遭到许多朝臣反对,故网罗罪名大肆排除异己。次年,刘克庄《落梅》诗末尾两句被言事官指控为讪谤当国、影射史弥远,刘克庄由此获罪罢建阳县令,坐废乡野十年之久,这就是史上有名的"落梅诗案"。

方 岳

方岳(1199—1262),字巨山,号秋崖。徽州祁门(今安徽祁门县)人。绍定五年(1232)进士,曾知建康军、袁州等,因得罪权贵,屡被弹劾罢官。以诗名世,与戴复古、刘克庄被誉为南宋后期三大诗人。有《秋崖集》等。

观 渔

林光漏日烟霏湿①,鸬鹚簇立春沙碧。湘竿击水雪花飞,鸬鹚没入春溪肥。银刀拨刺争三窟②,乌兔追亡健于鹘③。搜渊剔薮无噍类④,余勇未厌心突兀⑤。十十五五斜阳边,听呼名字方趋前。吐鱼筼篮不下咽⑥,手捽琐碎劳尔还⑦。呜呼奇哉子渔子⑧,塞上将军那得尔。

【注释】

①烟霏:云烟弥漫。

②银刀:指白色的刀形鱼。拨刺,鱼从水中跳起的声音。三窟:比喻多种避祸的方法。《战国策·齐人有冯谖者》:"狡兔有三窟,仅得免其死耳。"

③乌兔:神话中谓日中有乌,月中有兔,故以"乌兔"代指日月,此处形容动作快速。左思《吴都赋》:"笼乌兔于日月,穷飞走之栖宿。"兔起鹘落:比喻动作敏捷。苏轼《文与可画筼筜谷偃竹记》:"急起从之,振笔直遂,以追其所见,如兔起鹘落,少纵即逝矣。"

④噍类:活着的人或生物。《汉书·高帝纪上》:"项羽为人剽悍祸贼,尝攻襄城,襄城无噍类,所过无不残灭。"颜师古注引如淳曰:"无复有活而噍食者也。青州俗呼无子遗为无噍类。"

⑤厌:满足。心突兀:心中不平。

⑥筼(yún)篮:竹篮。

⑦捽(zuó)：抓住。琐碎：琐细，零碎，此处指小鱼。

⑧子渔子：渔人。第一个"子"本是尊称，此处有开玩笑意味。

【选评】

秦效成《秋崖诗词校注》：此诗集中描述鸬鹚捕鱼情景。作者目睹鸬鹚潜洄春溪，搜渊踢薮，迅猛追捕，捕则丰获，食则听令。因而盛赞渔人善驯养、善指挥的才能。诗人触景生情，面对当时边患频仍，将帅无能，宜乎其有"塞上将军那得尔"的叹息。

【导读】

宋末方澄孙评方岳"奇奇怪怪之文如其人""磊磊落落之气如其文"。方岳清正傲然的气格、独特的审美感知，使其诗歌在南宋后期奇新不俗、自成一家。从七古《观渔》可略窥其诗奇趣之美。

首先，选材立意新颖独特。诗人选择了鸬鹚为渔人捕鱼的题材就让人耳目一新，更让人叹服的是最后出人意料地对边境的将军进行讽刺，从而使诗歌具有深刻的现实意义。

其次，构思布置别出心裁。全诗共十四句，前八句诗人具体描写鸬鹚下水奋力捕鱼的情景，开篇阳光从林光中透漏出来的景色渲染，引出鸬鹚在春沙上簇立待命，然后具体描写鸬鹚入水、奋力追捕、鱼无遗留的过程，以及推测鸬鹚意犹未尽的心理；后六句主要写鸬鹚听从召唤后吐出鱼的情景，由此转向对训练有方的渔人的赞叹，尾句又以边境将军进行对比，一层翻出另一层，最后读者才明白诗人以动物来讽喻现实的用心。

最后，语言运用得心应手、奇语迭出。一是炼字的精巧，如首句写烟霏"湿"，不仅体现了日光透过树木的朦胧迷离的形态，更突出了在水边的潮湿感觉；春沙"碧"又进一步突出了沙滩在林树的衬托下，呈现出碧绿的春色。二是比喻拟人的灵活运用，如击水的浪花比作"雪花"，"余勇未厌心突兀"以拟人手法写鸬鹚的勇猛和尽责。三是典故的奇妙组合，如第五、六句连用了三个与"兔"相关的典故，以"狡兔三窟"暗喻鱼的逃命，以"乌兔"形容鸬鹚的快速,以"兔起鹘落",进一步说明鸩鹈的迅猛。四是虚字的新用,如最后两句"呜呼奇哉""那得尔",以虚字构句自然妥帖。

　　方岳这首诗歌思想上表现出强烈的现实精神,艺术上显示出奇新之趣,是一篇耐人寻味的古体诗作。

吴文英

吴文英（1200？—1260？），字君特，号梦窗，晚号觉翁。四明（今浙江宁波）人。一生未第，游幕终身。词学清真，又善于创新，为南宋词坛大家。有《梦窗词》。

莺啼序（春晚感怀）①

残寒正欺病酒，掩沉香绣户②。燕来晚、飞入西城，似说春事迟暮。画船载、清明过却，晴烟冉冉吴宫树③。念羁情游荡，随风化为轻絮。

十载西湖，傍柳系马，趁娇尘软雾④。遡红渐、招入仙溪⑤，锦儿偷寄幽素⑥。倚银屏、春宽梦窄⑦，断红湿、歌纨金缕⑧。暝堤空，轻把斜阳，总还鸥鹭。

幽兰旋老，杜若还生⑨，水乡尚寄旅。别后访、六桥无信⑩，事往花委⑪，瘗玉埋香⑫，几番风雨。长波妒盼⑬，遥山羞黛⑭，渔灯分影春江宿。记当时、短楫桃根渡⑮。青楼仿佛，临分败壁题诗，泪墨惨淡尘土。

危亭望极，草色天涯，叹鬓侵半苎⑯。暗点检、离痕欢唾⑰，尚染鲛绡⑱，挦凤迷归⑲，破鸾慵舞⑳。殷勤待写，书中长恨，蓝霞辽海沉过雁。漫相思、弹入哀筝柱。伤心千里江南，怨曲重招，断魂在否？㉑

【注释】

①莺啼序：词牌名，又名"丰乐楼"。所选词四片二百四十字，第一片八句四仄韵，第二片十句四仄韵，第三片十四句四仄韵，第四片十四句五仄韵。

②沉香绣户：居处美称。此处以女子香熏绣幕的闺房称杭州旧居之处。

③吴宫：吴国宫殿，在苏州。此处并非实指。

④娇尘软雾：指女子车乘扬起的尘雾。

⑤遡：同"溯"。红：代指桃花，此处指桃溪。此句借用刘晨、阮肇天台山桃溪遇仙女之典。

⑥锦儿:杭州名妓杨爱爱侍婢名,泛指侍婢。素,尺素,指书信。

⑦银屏:镶银的屏风;一说用汉白玉石薄片做成的屏风。春宽梦窄:春夜长而梦短。

⑧断红:眼泪流尽。红,即红泪。据王嘉《拾遗记》,文帝所爱美人薛灵芸,别父母后,泪下沾衣,以玉唾壶承泪,壶中泪凝如血。

⑨杜若:一种香草。屈原《九歌·湘君》:"采芳洲兮杜若。"

⑩六桥:西湖苏堤上有六座桥,故云。此处代指杭州。

⑪委:通"萎",衰败。

⑫瘗玉埋香:形容佳人死后埋葬。瘗,埋。

⑬长波妒盼:佳人顾盼传情,让长波妒忌。

⑭遥山羞黛:佳人眉黛之色,让青山羞愧。

⑮桃根渡:即桃叶渡。晋王献之送爱妾桃叶于此处渡河,作《桃叶歌》:"桃叶复桃叶,渡江不用楫。但渡无所苦,我自来接汝。"后人即称此渡口曰桃叶渡。

⑯鬓侵半苎:鬓发多半花白也。苎,苎麻,苍白色。

⑰欢唾:欢娱之戏唾。李煜《一斛珠》:"烂嚼红茸,笑向檀郎唾"。

⑱尚染鲛绡:陆游《钗头凤》:"泪痕红浥鲛绡透。"

⑲䍐凤:指双翼下垂的凤钗。

⑳破鸾:指残破的鸾镜。鸾舞典出《白孔六帖》:"孤鸾见镜,睹其影谓之雌,必悲鸣而舞。"

㉑"伤心"句:化用《楚辞·招魂》句:"目极千里兮伤春心,魂兮归来哀江南。"

【选评】

1.(清)陈廷焯《别调集》卷二:此调颇不易合拍,《词律》详言之矣。兹篇操纵自如,全体精粹,空绝古今。

2.(近)陈洵《海绡说词》:通体离合变幻,一片凄迷,细绎之,正字字有脉络,然得其门者寡矣。

3. 刘永济《微睇室说词》：考梦窗生平最使之难忘者，乃寓吴时曾纳一妾。此妾于淳祐四年遣去，其因何被遣，则不可得知。遣妾之后，在杭复眷一妓。此妓似未及成娶，不久既殁，其因何未及成娶，亦不可知。此词之作，在妓殁之后。梦窗老年独客，追念往事，情不能已，故有此缠绵往复之词，正姜夔所谓"少年情事老来悲"也。

4. 张伯驹《丛碧词话》：陈亦峰云："全章精粹，空绝千古。"余以为此调过长，必须排比凑泊，只好拆碎楼台矣。如后主"小楼昨夜又东风"词，可以云"空绝千古"。此调任何作者，亦不能空绝千古，固不止梦窗也。

5. 唐圭璋《唐宋词简释》：此首春晚感怀，字字凝炼，句句有脉络，绵密醇厚，兼而有之。而转身运气之处，尤能使全篇生动飞舞，信乎陈亦峰云"全章精粹，空绝千古"矣。

【导读】

《莺啼序》是吴文英自度曲，全词四片二百四十字，是词史上最长的词调。吴文英共创作三首《莺啼序》，此词抒发伤春悼亡及羁旅之情，词人以心理活动来结构全篇，"通体离合变幻，一片凄迷"，似显晦涩凌乱，而"细绎之，正字字脉络"。

首片写羁旅独居的伤春情怀。时值春暮，由于残寒和醉酒，词人焚香闭门，而见晚来之燕，勾起惜春之情；在清明过后，词人乘画船去西湖，见湖边烟柳，又起羁旅思念之情。次片回忆十年前西湖所遇艳情。词人系马换舟，凭借婢女的传书示意，溯水而到如仙境的女子居处，两人相遇的美好时光非常短暂，离别时泪湿衣衫难分难舍，随着船行已看不到堤上人影，只有斜阳映照着的鸥鹭。第三片追思别后的寻访和怀念之情。词人思绪先回到水乡寄旅的现实，接着又联想到别后寻访而女子已去世的往事；再由山水想到女子的顾盼美貌，接着回忆当时分别的具体情景。第四片极写悼亡和相思的哀情。词人又回到现实，言自己望远怀人、饱受相思折磨；又转到反复思量过去的欢聚和伤别，因此自己更加孤独和痛苦；词人无法以书信表达内心情感，只能借哀筝来抒发悼亡之苦和招魂的期望。

　　词人没有按照清晰的时空顺序来纪事抒情,而是随着词人的意识流动,拈出人事片段组合一起,过去和现在交错颠倒,空间位置也不断跳跃变化,加之词中代字、典故等手法大量运用,使得词的语言表达呈现出非逻辑性和模糊性,无怪乎四库馆臣谓"词家之有文英,亦如诗家之有李商隐"。吴文英以创新性的结构方式建造了眩人眼目的"七宝楼台",虽不免有迷离晦昧、流于生涩之弊,但细加寻绎可以见此词构思谋篇之细密、笔法转变之灵活、炼意琢句之新奇,堪为长调中"空绝千古"之作。

文天祥

文天祥(1236—1283),初名云孙,字宋瑞,又字履善。自号浮休道人、文山。明代追赐谥号"忠烈"。吉州庐陵(今江西吉安)人。宝祐四年(1256)进士第一,官至右丞相兼枢密使。抗元被俘后誓死不屈,与陆秀夫、张世杰并称为"宋末三杰"。后代辑其文为《文山先生全集》。

南安军①

梅花南北路②,风雨湿征衣。出岭谁同出③? 归乡如不归④! 山河千古在,城郭一时非。饿死真吾事⑤,梦中行采薇⑥。

【注释】

①南安:今江西大余。军:宋代一种地方行政区划名,与府、州同级。宋帝昺祥兴元年(1278),文天祥被俘,次年押解北行,路过此地。

②梅花:代指梅岭。大庾岭上多梅树,又名梅岭,是南北交通要隘,也是广东和江西的分界。

③出岭:即出梅岭。《集杜诗·至南安军序》:"予四月二十二日离五羊,五月四日出梅岭。""谁同出",钱锺书《宋诗选注》作"同谁出"。

④归乡:文天祥是吉州庐陵人,出梅岭就踏上了家乡的土地。因被俘押解北上路过家乡,所以有"如不归"悲哀。

⑤饿死:作者至南安军即开始绝食,估计抵达庐陵时可以饿死,以实现其"首丘"之志。

⑥采薇:商朝末年,孤竹君之子伯夷、叔齐反对周武王伐纣,曾扣马而谏。商亡,他们誓不食周粟,隐于首阳山,采薇蕨而食,及饥且食,遂饿死于首阳山。后以"采薇"指归隐。《送别》:"遂令东山客,不得顾采薇。"

【选评】

1.(元)刘埙《隐居通议》:"如此归"三字最有深味。今谬者误刊作"如不归",则意味索然矣。

2.钱锺书《宋诗选注》:文天祥向纤巧的句型里注入了新内容,精彩顿异。

3.缪钺等《宋诗鉴赏辞典》(张志岳鉴赏):作者对杜甫的诗用力甚深,其风格亦颇相近,即于质朴之中见深厚之性情,可以说是用血和泪写成的作品。

【导读】

此诗作于元世祖至元十六年(1279),是诗人被俘后押解北上途经南安军时的所见所感。首联,诗人由梅岭联想到"梅花",与"风雨"交相呼应,风雨不仅"湿"在诗人的征衣上,更"湿"在诗人的内心深处,虚实转换中烘托了诗人沉重的心情。颔联,巧用设问,一问一答中尽显诗人悲苦的心情。踏上故土,诗人忆起当年带着子弟兵出岭时的意气风发,生出了"谁同出"的孤寂?而如今身加镣铐,锒铛归来,无颜面见父老,发出了"归乡如不归"的悲怆!"出"和"归"的重复对照,不仅增强了诗歌的节奏感,更使得诗歌声情激荡。颈联,通过今昔对比,化用前人"国破山河在""城郭犹是人民非"等名句,蕴蓄了诗人的亡国恨、救国心。尾联,诗人先表明了欲以忠义之血明志的决心,使诗歌显得更为高亢激昂,有震撼人心之力量;后巧用典故,寄意深远,自然地将诗人的亡国恨、救国心过渡为殉国志、爱国情。诗歌慷慨悲凉,层层递进,不仅吟诵出了诗人的"一片丹心",也体现了文天祥慷慨激昂的爱国主义精神和舍生取义的民族气节。

蒋 捷

蒋捷(1245?—1305?),字胜欲,号竹山。人称"竹山先生""樱桃进士"。阳羡(今江苏宜兴市)人。咸淳十年(1274)进士,宋亡入元后隐居不仕。长于词,与周密、王沂孙、张炎并称"宋末四大家"。有《竹山词》传世。

一剪梅(舟过吴江)①

一片春愁待酒浇。江上舟摇,楼上帘招②。秋娘渡与泰娘桥③。风又飘飘,雨又萧萧。

何日归家洗客袍?银字笙调④,心字香烧⑤。流光容易把人抛。红了樱桃,绿了芭蕉。

【注释】

①一剪梅:词牌名,又名"玉簟秋""腊梅香"。所选词双调六十字,上下片各六句六平韵。吴江:今江苏苏州,西濒太湖。

②帘:酒旗。

③秋娘、泰娘:唐代著名歌伎。"渡",一作"度";"娇",一作"桥"。

④银字笙:古笙的一种,笙管上标有表示音调高低的银字。

⑤心字香:以香末萦篆成心字的香。

【选评】

1.(明)潘游龙《古今诗余醉》卷十一:末句两用"了"字,有许多悠悠忽忽意。

2.(清)沈雄《古今词话·词品》下卷:银字,制笙以银作字,饰其音节。"银字笙调",蒋捷句也。"银字吹笙",毛滂句也。

　　3.(清)刘熙载《艺概》卷四:蒋竹山词未极流动自然,然洗炼缜密,语多创获。其志视梅溪较贞,其思视梦窗较清。刘文彦为五言长城,竹山其亦长短句之长城欤?

【导读】

　　这是一首写离愁漂泊的词作。开篇就是"一片春愁待酒浇",造语之奇令人赞叹。蒋捷以愁来起篇,主要在于南宋灭亡后词人漂泊在太湖之滨,纵然是江南的美妙景色也难以排解内心之苦。在江上的小舟中,作者彷徨四顾,醉意朦胧之间看到了酒幌帘招,"秋娘渡"与"泰娘桥",这本是当时游人如织的繁华之地,如今也在风雨中飘摇萧瑟。"风又飘飘,雨又萧萧",听觉上的风雨声叠音回环,视觉上的飘飘扬扬、萧萧寂寂,触觉上的寒凉、潮湿感,一直蔓延到心头上,随之饱经离乱、人生如寄的酸辛感、彷徨感、苦涩感油然而生。在这样的情形下,对家乡和亲人的思念愈加浓烈,于是禁不住发出归乡的心声,"何日归家洗客袍?银字笙调,心字香烧。"家中佳人相伴、素手调笙、烧起心字形清香的宁静怡乐的生活场景,与上片孤舟漂泊、风雨飘摇的辛酸场景形成了鲜明对比。看似普通的日常生活,因国破家亡已经成为作者遥不可及的梦想。整个作品无论是景还是情,一直是一种流动的状态。情韵在回环周转地流荡,呈一种漩涡状,有顿挫,有吞吐,有抑扬之势。最后的"流光"三句,成为众所传唱的千古名句。时光流逝每每容易触及诗人的敏锐情思,庄子在《大宗师》中如是说:"夫藏舟于壑,藏山于泽,谓之固矣。然而夜半有力者负之而走,昧者不知也。"这个看不见摸不着的"力者"就是时光。怎样去捕捉这个令人感伤叹惋又无形无迹的时光呢?作者将这些附着在有形的事物当中,让人们从樱桃的红艳和芭蕉的鲜绿上去感知时节的流转,以实来写虚的笔法让作品极具绘画色彩,自然的绚丽明媚、灵动转换都集中在这妙句当中。

张 炎

张炎(1248—1320?),字叔夏,号玉田,又号乐笑翁。临安(今浙江杭州)人。生于钟鸣鼎食之家,宋亡入元后,贫难自给,落魄而终。善音律,工填词,与周密、王沂孙、蒋捷并称"宋末四大家"。有《山中白云词》。

清平乐①

候蛰凄断②,人语西风岸。月落沙平江似练,望尽芦花无雁。

暗教愁损兰成③,可怜夜夜关情④。只有一枝梧叶,不知多少秋声。

【注释】

①清平乐:原唐教坊曲,后用作词牌,又名"清平乐令""醉东风""忆萝月"。所选词双调四十六字,上片四句四仄韵,下片四句三平韵。据元陆辅之《碧梧苍石图题跋》,此词张炎赠与陆辅之,词乃为陆家女妓卿卿而作。

②候蛰:即蟋蟀。

③兰成:庾信,小字兰成。有《哀江南赋》等,寄情凄苦。

④"可怜"句:《彊村丛书》本作"多情因为卿卿"。

【选评】

1.(清)许昂霄《词综偶评》:("只有一枝梧叶"二句)淡而能腴,常语有致,唯玉田为然。

2.(清)陈廷焯《云韶集》:秋江图画,笔法自高,亦是因感有得。

3.(近)俞陛云《唐五代两宋词选释》:"梧叶"十二字,如絮浮水,如露滴荷,虽沾而非着,词中胜境,妙手偶得之。欧阳公赋"秋声",从广大处落笔,此从精微处着想,皆极文词之能事。

【导读】

据杨海明《张炎年表》,此词作于元大德四年(1300),此时张炎53岁。此词的创作有一本事。明代汪珂玉《珊瑚网名画题跋》卷八载:"碧梧苍石一幅,姑苏汾湖壶天居士陆行直辅之所作。行直有家妓名卿卿,以才色见称,友人张叔夏为作古词赠之,所谓'多情因为卿卿'是也。"由此可知,此词创作源于陆辅之家中的歌妓卿卿。"多情因为卿卿"并未出现在现有的作品中,因一句的变动,使得整首小令在主题和意境上发生了质的深化,将风流艳情之作一转为家国哀叹。

上片"候蛩"四句写出秋意:蟋蟀的哀鸣,西风的衰飒,秋月的清冷,秋江的澄净,无雁的芦花,一幅肃杀清冷的"秋晓图",一如元人的山水画,处处透着"寂寞而无可奈何之美"。下片的落叶梧桐则更具秋感,以梧桐来写秋愁不乏先例,白居易《长恨歌》中有"春风桃李花开日,秋雨梧桐叶落时",温庭筠《更漏子》又有"梧桐树,三更雨,不道离情正苦。一叶叶,一声声,空阶滴到明"。秋叶梧桐在历代诗人笔下呈现出丰厚的情感积淀。作者在此处虽只言其"一枝",却将秋的萧索、孤寂、寥落之态集中呈现开来。此词笔调精练,含蓄,风韵淡雅清幽,意境清空淡远,情感真实细腻。在写秋的作品中,可与欧阳修的《秋声赋》相媲美。

辽金

耶律洪基

耶律洪基(1032—1101),即辽道宗,辽朝第八帝。以风雅好学自命,积极学习汉文化,通音律,善书画,好诗赋,与臣下有"诗友"之交,常以诗赐戚臣。

题李俨黄菊赋①

昨日得卿黄菊赋,碎剪金英填作句②。袖中犹觉有余香,冷落西风吹不去。

【注释】

①李俨:字若思,赐姓耶律,也称耶律俨,析津(今北京)人。有诗名,官至参知政事,深受辽道宗耶律洪基宠遇。李俨曾作《黄菊赋》,道宗为之题诗。

②金英:指菊花。

【选评】

钱仲联等《元明清诗鉴赏辞典》(邱鸣皋鉴赏):这首诗的好字好韵皆在结句,因而警策、精神亦在结句,短短七个字,毫不见刀斧痕,却把全诗的精神升华到一个新的境界。

【导读】

据陆游《老学庵笔记》载,李俨作《菊花赋》呈道宗,道宗作诗题其后以赐之。诗歌开篇直接说明此事,君臣以诗文相交、关系融洽由此可见。次句开始对《黄菊赋》进行品评,作者没有用陈腐的套语,而别开生面地用"碎剪金英填作句"作评。"金英"即指黄菊,这并非辽道宗的创造,而是选用前人诗歌的语词。南朝梁王筠《摘园菊赠谢仆射举诗》:"菊花偏可喜,碧叶媚金英。"以"金英"描写菊花花瓣的颜色。后代多以金英代指黄菊花,如初唐陈叔达《咏菊》"霜间开紫蒂,露下发金英",中唐刘禹锡《和令狐相公九日对黄白二菊花见怀》中"素萼迎寒秀,金英带露香",晚唐杜牧《九日》中"金英繁乱拂阑香,明府辞官酒满缸"等。此句最精妙处在于"碎剪"二字,这一形象化动作词语与"金英"组合,可以解为李俨对黄菊的描写细致具体,又可解为细细剪裁而构成佳句丽篇,由此肯定了赋作的笔法细腻、辞藻华美,赞扬了李俨仔细推敲的写作态度。第三句沿着菊花的双关意脉,具体说明阅读赋作的感受。"袖中犹觉有余香",表面写菊花放在袖中余香沁人心脾,实际上指《黄菊赋》读后余味无穷。第四句进一步承接上句双关之意,补充说明赋作产生的艺术效果。余香"冷落西风吹不去",这既是赞美黄菊在严寒季节傲霜吐芳,也是称赞《黄菊赋》的艺术影响力长久不衰。诗歌用黄菊这一具体物象来称赏《黄菊赋》,同时又借赋对菊的品格进行赞颂,以此对李俨进行肯定和勉励,也表达出诗作者的志趣和审美理想。而这首诗歌本身也是细加剪裁、巧妙构思,正如其所赞的赋,余香不绝、韵味无穷。

吴 激

吴激(1090—1142),字彦高,自号东山散人,建州(今福建建瓯)人。由宋入金文学家、书画家。词作与蔡松年齐名,时称"吴蔡体"。元好问推其为"国朝第一作手"。

春从天上来①

会宁府遇老姬②,善鼓瑟。自言梨园旧籍③,因感而赋此。

海角飘零,叹汉苑秦宫④,坠露飞萤。梦里天上,金屋银屏。歌吹竞举青冥。问当时遗谱,有绝艺、鼓瑟湘灵⑤。促哀弹,似林莺呖呖,山溜泠泠。

梨园太平乐府⑥,醉几度春风,鬓变星星。舞破中原,尘飞沧海,飞雪万里龙庭⑦。写胡笳幽怨,人憔悴、不似丹青。酒微醒。对一窗凉月,灯火青荧。

【注释】

①春从天上来:词牌名,又名"春从天外来"。所选词双调一百零四字,上片十一句六平韵,下片十一句五平韵。

②会宁府:指金国都城,旧址在今黑龙江省阿城县南。

③梨园旧籍:梨园是唐玄宗培养伶人的处所,这里指白发宫姬原籍北宋教坊。

④汉苑秦宫:汉苑即汉代上林苑,秦宫即秦朝阿房宫。

⑤湘灵:即湘水之神,传说善鼓瑟。

⑥太平乐府:泛指乐曲。金朝戏剧院本盛行,当时已有太平乐府之称。

⑦龙庭:匈奴单于祭天的场所,也指匈奴的王庭。据说匈奴俗尚龙神,因而得名。

【选评】

1.(金)元好问《中州乐府》:好问曾见王防御公玉说,彦高此词,句句用琵琶故实,引据甚明,今忘之矣。

2.(清)叶申芗《本事词》卷下:有故宫离黍之悲,南北无不传诵焉。

3.(清)陈廷焯《词则•大雅集》:故君之思,恻然动人。

【导读】

开篇的小序道出了作者的创作契机,好似《江南逢李龟年》《琵琶行》的情景创制,历史兴衰、人世变幻都是从乐人口中道出。

整首词从虚处着笔,在如梦似幻的空间背景中,道出了国破家亡的哀痛与颠沛流离的凄凉。上片起首的"叹"字开启了整首词的基调,"汉苑秦宫""金屋银屏",看似古老遥远的事物,也逃不过消逝的命运,最终呈现在声声叹惋中。"坠露飞萤""梦里天上",以飞动梦幻之词,在真幻交织下、虚实交替之间展开了对历史情境的抒写。然梦幻的笔调掩饰不了对朝代变迁的哀叹。那故国的艺人曾身怀绝技,犹记当年遗谱,在鼓瑟中奏出哀婉调式,好比林莺呖呖,山涧泠泠。清怨的乐声与家国之思、飘零之感融为一体,使得上片的情感起伏跌宕、连绵无尽。此处运笔巧妙,对比强烈。梦里天上,金屋银屏,而现实却是国破家亡,今昔难比。

下片的镜头对准了这个来自旧朝的女艺人,她曾经在梨园中乐享盛世太平,在醉生梦死间度过年复一年,直至鬓间白发斑星。然"舞破中原,尘飞沧海,飞雪万里龙庭",金国的铁骑打破了这份美好,山河破碎、物是人非,回首往事,不胜凄凉。在幽怨的胡笳声中,容颜憔悴,美人迟暮。迟暮的不只是这位老姬,更有那个曾经充满歌舞欢笑的家国。酒微醒,伤心的人儿从回忆中醒来,现实中只有窗外明月与青灯相伴,世事恍如春梦,徒留一宵寒凉。此句所呈现出的意境如倪云林山水画般疏简清逸、空灵淡远。

蔡松年

蔡松年(1107—1159),字伯坚,号萧闲老人,谥文简。原籍余杭(今浙江杭州西)。累官至右丞相,封卫国公。词作与吴激齐名,时称"吴蔡体"。有《明秀集》传世。

鹧鸪天(赏荷)①

秀樾横塘十里香②,水花晚色静年芳③。胭脂雪瘦熏沉水④,翡翠盘高走夜光⑤。

山黛远,月波长,暮云秋影蘸潇湘⑥。醉魂应逐凌波梦⑦,分付西风此夜凉⑧。

【注释】

①"鹧鸪天",词牌名,又名"思佳客"等。所选词双调五十五字,上片四句三平韵,下片五句三平韵。

②樾(yuè):树荫;道旁林荫树。十里香:指荷花。柳永《望海湖·东南形胜》:"有三秋桂子,十里荷花。"

③水花:即荷花。晚色静年芳:出杜甫《曲江对雨》诗"城上春云覆苑墙,江亭晚色静年芳"。

④胭脂雪:红色和白色,形容荷花白里透红。沉水:植物名,木材为名贵的香料,又名沉水香。

⑤翡翠盘:比喻荷叶。夜光:即夜明珠,这里指水珠。

⑥潇湘:潇湘泛指江水。蘸潇湘,化自黄庭坚《西江月》"远山横黛蘸秋波"。

⑦凌波:即凌波仙子,语出曹植《洛神赋》:"凌波微步,罗袜生尘。"此即荷花。

⑧分付：同"吩咐"，有消遣、打发意。

【选评】

1.(金)王若虚《滹南诗话》：萧闲乐善堂赏荷词云"胭脂肤(异文)瘦熏沉水，翡翠盘高走夜光"，世多称之。此句诚佳，然莲体实肥，不宜言瘦。予友彭子升尝易"腻"字，此似差胜。若乃走珠之状，唯雨露中然后见之，据辞意当时不应有雨也。"山黛""月波"之类，盖总述所见之景。而雷溪注云"言此花以山为眉，波为眼，云为衣"，不亦异乎。

2.(近)况周颐《惠风词话续编》：滹南老人云："莲体实肥，不宜言瘦，似易腻字差胜。"龙壁山人云："莲本清艳，腻得其貌，未得其神也。"余尝细审之，此字至难稳称，尤需与下云"熏沉水"相贯穿。拟易"润"字、"媚"字、"薄"字，彼胜于此。似乎"薄"字较佳，与下"高"字亦称。

【导读】

这首词写初秋之晚月下赏荷的所见所感，以其精致新巧的文辞和清丽脱俗的意境，堪为金代咏物词佳作。

上片从不同层面对荷花进行描写。首两句由描写环境突出荷花，先写月光之下的秀木佳树的倒影围绕着荷塘，并巧妙化用柳永《望海湖》词句"三秋桂子，十里荷花"，以"十里香"突出荷花的香气四溢；接着化用杜甫《曲江对雨》诗句"江亭晚色静年芳"，补充说明晚上赏荷环境的静谧，进一步强调荷花的芳香。后两句词人转向对荷花的具体特写。"胭脂雪瘦熏沉水"，形象描写荷花白里透红的颜色和浓郁的香气，其中"瘦"用语新奇，也引发了后人质疑，如王若虚认为"莲体实肥，不宜言瘦"，还有人用"腻""润""媚""薄"等字进行替换。殊不知，词人是在写秋晚树影映照之莲，"瘦"更见其别样的风致。"翡翠盘高走夜光"，从静态和动态两方面分别写荷叶的色泽和形态，尤其是"走夜光"比喻水珠在荷叶上滚动，更是惟妙惟肖。在静谧幽美的荷塘中，芳香四溢的荷花光彩照人，词人对荷花的喜爱欣悦之情不言自明。

下片主要写词人赏荷引发的感受。首三句视角又进行转移，词人由对荷的近观移向远望。黛色的远山,流转的月波,暮云与秋影,倒蘸于十里飘香的荷塘中,如同一幅浓淡有致、幽美朦胧的风景画,此时此境怎能不让人畅想。最后两句表现词人的心境和追求,词人在赏荷时如痴如醉,想象自己追逐着荷花凌波之梦,尽享这清凉幽香的境界。此时词人与荷花、凌波仙子融为一体,荷花的清香、高洁、超逸,正是词人理想人格的显现,而四周的清凉、静寂,也显示了词人淡淡的忧伤和惆怅。

词人由宋入金,虽官高位尊,然屈事新朝,心中并非欣然接受。他在词中表现了对清幽芳洁的荷花的欣赏,实际上也流露出其对闲雅超逸生活的向往和对高洁人格的追求。

蔡 珪

蔡珪(?—1174),字正甫,蔡松年之子,真定(今河北正定)人。海陵王天德三年(1151)进士,官至官至礼部郎中,以文名世。

医巫闾①

幽州北镇高且雄②,倚天万仞蟠天东③。祖龙力驱不肯去④,至今鞭血余殷红。崩崖岸谷森云树,萧寺门横入山路⑤。谁道营丘笔有神⑥,只得峰峦两三处。我方万里来天涯,坡陀绕绕昏风沙⑦。直教眼界增明秀⑧,好在岚光日夕佳⑨。封龙山边生处乐⑩,此山之间亦不恶。他年南北两生涯,不妨世有扬州鹤⑪。

【注释】

①医巫闾:即医巫闾山,古称微闾、无虑、医无闾等。地处古幽州之北,在今辽宁锦州市北镇境内。

②幽州:古代行政区划,大致范围为北京、天津、河北北部及辽宁南部。北镇,中国古代有五大镇山,北镇即医巫闾山。

③万仞:形容山极高。仞,古代计量单位,以八尺为一仞。蟠:屈曲,环绕。

④祖龙:指秦始皇。"祖龙"二句,用神人鞭石之典。据《三齐略记》:秦始皇过海看日出处,"有神人驱石,去不速,神人鞭之,皆流血,今石桥犹赤色"。

⑤萧寺:佛寺。

⑥营丘:指北宋画家李成,曾避乱迁居山东益都营丘,故世称李营丘。

⑦坡陀:崎岖不平的山路。

⑧眼界:能见到事物的范围。

⑨岚光:山间雾气经日光照射而发出的光彩。

⑩封龙山：又名飞龙山，金代属河北西路真定府辖境，今河北元氏县与石家庄鹿泉区交界。

⑪扬州鹤：南朝梁人殷芸《小说》："有客相从，各言所志，或愿为扬州刺史，或愿多资财，或愿骑鹤上升。其一人曰'腰缠十万贯，骑鹤上扬州'，欲兼三者。"

【选评】

1.（明）胡应麟《诗薮》：具节奏，合者不甚出宋、元之下。

2.钱仲联等《元明清诗鉴赏辞典》（詹杭伦鉴赏）：金世宗大定年间，出现了代表金本朝文学特色的"中州文派"。蔡珪便是这一文派的杰出代表，他的诗显示出昂扬奋发的时代精神和雄健豪迈的气势风格，《医巫间》便是具有这种特色的代表性作品。

【导读】

这首七言歌行共十六句，四句一转韵，依此可分为四个层次。诗歌首四句从远望的视角，描写医巫间山雄跨塞外的不凡气势。作者开篇就赞颂北镇山医巫间山的地理位置、军事作用和宏伟山势，并以"倚天万仞""蟠天东"进一步强调山的高峻和雄伟，接着又用神人鞭石流血的典故，为山色殷红增加了神话色彩，同时更突出了其岿然屹立的态势。接着四句视角转向山中，描写医巫间山的壮美景观。首先映入眼帘的是崩塌的山崖和两岸山谷中的茂密高耸的树木，接下去由佛寺进入山路，之后诗人不直接写景，而以著名山水画家李常丘画作佳处仅得两三处峰峦，来侧面赞颂医巫间山的磅礴壮美。其后"我方"四句，又转而述说他来医巫间山的所见所感和心态变化。山路盘曲缭绕，风沙弥漫暗日，自有流落天涯的悲慨；而看到山间雾气的光彩明秀，又觉得精神大振、心情舒畅。最后四句，以封龙山作比，直接抒发宦游南北的感慨。封龙山在诗人家乡，居家自有安适和快乐；医巫间山在北地，但只要能感受到山中美景，也能享受骑鹤下扬州的人生乐趣。蔡珪是金代"中州文派"的代表诗人，此诗表现出金代大定时期昂扬奋发、雄健康迈的时代精神。不过，从全诗艺术处理来看,前半部分写景,意象壮奇,气势雄放,体现了高远不凡的主体精神;后半部分抒情,虽然也显示了诗人乐观的心态和积极的人生态度,但似觉气力不足,未能与前半部分抗衡。

赵秉文

赵秉文(1159—1232),字周臣,号闲闲居士,晚号闲闲老人,磁州滏阳(今河北磁县)人。金世宗大定二十五年(1186)进士,累拜礼部尚书。工草书,能诗文,有《闲闲老人滏水文集》等。

栗①

渔阳上谷晚风寒②,秋入霜林栗玉干。未拆棕榈封万壳③,乍分混沌出双丸④。宾朋宴罢煨秋熟⑤,儿女灯前爆夜阑。千树侯封等尘土⑥,且随园芋劝加餐⑦。

【注释】

①栗:即栗子,又名板栗、毛栗壳。栗子是树生的果实,包在多刺的壳斗内,成熟时壳斗裂开而散出。栗子属坚果,可食,味甜,营养丰富,自古就是珍贵的果品,有"干果之王"的美誉。

②渔阳、上谷:均为古代北方地名,在长城附近。《史记·燕世家》载,燕筑长城,自造阳至襄平,置上谷、渔阳、右北平、辽西、辽东郡,秦二世发闾左戍渔阳即此。战国时上谷郡为北长城的起点,治所在今河北省张家口市怀来县,隋迁今河北易州;渔阳郡在上谷郡东,治所在今北京市密云县西南,唐迁今天津市蓟县。

③棕榈:此指栗子果实外多刺的壳斗像棕榈制成的棕衣。

④双丸:日、月形圆如丸,故称双丸,此指栗子果实。

⑤煨(wēi):此处指食物直接放在带火的灰里烧熟。秋熟,秋天成熟的果实。

⑥千树侯封:即千树封侯。《史记》载,蜀汉江陵千树桔,此其人皆与千户侯等。杨亿《梨》:"繁花如雪早伤春,千树封侯未是贫。"

⑦园芋：田园中生产的芋头。

【选评】

（金）元好问《中州集》：七言长诗，笔势纵放，不拘一律。律诗壮丽，小诗精绝，多以近体为之。至五言大诗，则沉郁顿挫似阮嗣宗，真淳古淡似陶渊明。

【导读】

这是一首别开生面的咏食物诗。在赵秉文之前，苏轼、范成大、陆游等都有写栗子的诗歌，但只是在诗中提及烹煮栗子及功用。而赵秉文以"栗"为题，全诗以栗子为吟咏对象专门吟咏。首联交代栗子的产地和成熟季节。渔阳、上谷地处北方，自古以来就是栗子的重要产地，当秋天寒霜来临，包裹着栗子的碧玉色圆形多刺壳斗干枯，栗子就成熟了。次联描写栗子果实从壳斗出来的过程。栗子在干枯多刺壳斗里，就像裹着棕衣一样；而一旦毛刺壳斗裂开后，就炸出圆圆的栗子。诗人把果实在壳斗中比作"混沌"，壳斗中分出的果实比作"双丸"，连用两个夸张性比喻，形象刻画栗子成熟的过程，如果没有在北方看到栗子的经历，是不可能这么清楚的。需要指出的是，栗子多是两个合在一个毛刺壳斗中，诗歌用"双丸"形象逼真，但实际上也有多或少的情况。颈联接着写家人烧烤栗子的过程。在宾朋欢宴之后，趁着炉火中炭灰未全灭，把栗子放进去煨烤，孩子们兴奋地拿着灯来等待栗子爆壳。最后一联就栗子表达自己观点。诗人由栗子联想到"千树橘封侯"之典，认为千树能有封侯的收入也等同尘土，显示出作者把封侯拜爵视同于尘土的傲然态度；最后一句，既承上联写栗子熟后配上香芋头加餐，同时也接着上句的议论，以自嘲的方式表现诗人的生活情趣。

元好问

　　（1190—1257），字裕之，号遗山，世称遗山先生。太原秀容（今山西忻州）人。金宣宗兴定五年（1221）进士及第，官至知制诰。金朝文坛盟主，被尊为"北方文雄""一代文宗"。有《元遗山先生全集》《中州集》等传世。

颖亭留别①

　　同李治仁卿、张肃子敬、王元亮子正，分韵得画字。②

　　故人重分携③，临流驻归驾④。乾坤展清眺，万景若相借。北风三日雪，太素秉元化⑤。九山郁峥嵘⑥，了不受陵跨⑦。寒波澹澹起⑧，白鸟悠悠下⑨。怀归人自急，物态本闲暇⑩。壶觞负吟啸⑪，尘土足悲咤⑫。回首亭中人⑬，平林淡如画。

【注释】

　　①颖亭：在河南登封。金哀宗正大二年（1225），元好问由登封赴昆阳，友人在颖亭送行。

　　②李治字仁卿，张肃字子敬，王元亮字子正，元好问好友，临行前大家吟诗留别。

　　③分携：分手，离别。

　　④归驾：回家的车驾。

　　⑤太素：古代指构成天地万物的物质，这里指大自然。元化：天地间万物的发展变化。

　　⑥九山：指河南省西部的九座大山。峥嵘：山势高峻的样子。

　　⑦了（liǎo）不：一点儿也不，完全不。陵跨：欺侮，践踏。

　　⑧澹澹：水波动荡的样子。

⑨白鸟：指鸥、鹭等白羽水鸟。

⑩物态：事物的存在形态，这里指事物的固有规律。

⑪壶觞(shāng)：酒壶酒杯，这里指举杯饮酒。

⑫尘土：路途的尘土，这里指代尘世的劳碌奔波生活。悲咤：悲凉慨叹。

⑬亭中人：指前来颍亭送行的李治、张肃、王元亮等人。

【选评】

(近)王国维《人间词话》："采菊东篱下，悠然见南山。""寒波澹澹起，白鸟悠悠下。"无我之境也。……无我之境，以物观物，故不知何者为我，何者为物。

【导读】

这是一首与众不同的离别诗，诗人没有渲染离别时的伤感和愁苦，而是用大量的景物描写，来表现诗人对自然超逸的境界和平淡从容的生活的追求。首两句点题，说明友人为诗人送别。"重分携""驻归驾"，表达了依依惜别的深重情意。接下去八句侧重描写景物。诗人先用"乾坤展清眺"，突出天气清爽开阔，使自己开阔了眼界；又以"万景若相借"，说明自然界万物的彼此依赖、此消彼长。在此基础上，诗人由风雪说明万物相互凭借，由九山显示其壁立万仞、不可凌辱之自身气势。下两句"寒波澹澹起，白鸟悠悠下"，与前面阔大明朗、清刚雄健的壮观不同，诗人选择寒波、白鸟两个典型的意象，通过拟人化的动态描写，绘就了一幅冲淡平和、悠然娴雅的意境。这两句对仗工整，用字自然巧妙，笔法含蓄简洁，尤其是诗人的心境与客观景物完全融合，历来引为佳句。之后四句主要发表议论。诗人由对自然景物的观望中，体会到物态本自闲暇，而这与怀归人的急迫形成明显的对比，表现出对闲适生活的向往。由此，诗人以"壶觞""吟啸"的任性放达方式，来对抗尘世间的漂泊奔波。最后两句照应题目和开头，又回到与友人惜别。诗人与朋友分别后上路，当渐行渐远时回首望颍亭送别的朋友，他们的身影已经融于疏淡的平林图画之中了。诗人再次转向景物描写，以景结情，给人以回想不尽之韵味。

水调歌头(赋三门津)①

黄河九天上,人鬼瞰重关②。长风怒卷高浪,飞洒日光寒。峻似吕梁千仞③,壮似钱塘八月④,直下洗尘寰。万象入横溃⑤,依旧一峰闲⑥。

仰危巢⑦,双鹄过⑧,杳难攀。人间此险何用,万古祕神奸⑨。不用燃犀下照⑩,未必佽飞强射⑪,有力障狂澜。唤取骑鲸客⑫,挝鼓过银山⑬。

【注释】

①水调歌头:词牌名,又名"元会曲""凯歌""水调歌"等。所选词双调九十五字,上片九句四平韵,下片十句四平韵。三门津:即三门峡,在今河南省三门峡市东北黄河中,因峡中有三门山而得名。

②人鬼:即三峡中的南鬼门、北人门。

③吕梁:即吕梁山,今山西省西部山脉。《列子·黄帝》载:"孔子观于吕梁,悬水三十仞,流沫四十里,鼋鼍鱼鳖之所不能游也。"

④钱塘八月:钱塘江八月潮水最为壮观。苏轼《催试官考较戏作》:"八月十八潮,壮观天下无。"

⑤横溃:河水决堤横流。

⑥一峰:一说中神门;一说砥柱,三门峡东一石岛,屹立于黄河激流中。

⑦危巢:悬崖高处的鸟巢。语出苏轼《后赤壁赋》:"攀栖鹘之危巢"。

⑧鹄(hú):水鸟名,俗称天鹅。

⑨神奸:害人的鬼神怪异之物。《左传·宣公三年》:"(夏禹)铸鼎象物,百物而为之备,使民知神奸"。

⑩燃犀:点燃犀角。《晋书·温峤传》载,峤至牛渚矶,"峤遂燃犀角而照之",见水族中许多怪物。

⑪佽(cì)飞:汉武帝时期官名,掌弋射鸟兽。

⑫骑鲸客:喻仙家、豪客。亦作骑鲸李,特指李白。杜甫《送孔巢父谢病归游江东兼呈李白》:"南寻禹穴见李白,道甫问讯今何如。"清仇兆鳌注曰:

"南寻句,一作'若逢李白骑鲸鱼'。"苏轼《和陶都主簿》:"愿因骑鲸李,追此御风列。"

⑬挝(zhuā):敲击。银山:代指浪涛。张继《九日巴丘杨公台上宴集》:"万叠银山寒浪起。"

【选评】

1.况周颐《蕙风词话》:遗山之词,亦雄浑,亦博大。有骨干,有气象。以比坡公,得其厚矣,而雄不逮焉者。豪而后能雄,遗山所处不能豪,尤不忍豪。……其《水调歌头·赋三门津》"黄河九天上"云云,何尝不奇崛排霄。坡公之所不可及者,尤能于此等处不露筋骨耳。《水调歌头》当是遗山少作。晚岁鼎镬余生,栖迟零落,兴会何能飚举。

2.夏承焘等《金元明清词选》:词写三门之险,笔势奇横,罕有其匹。上片写景:"万象入横溃",言黄河水势之大;"依旧一峰闲",言砥柱山势之稳。一动一静,相映成趣。下片"人间"以下,转入感慨:天地设险,不过成为大盗巨蠹依凭之所;中流砥柱,也未必能挡住狂澜。这是对政治的批判,语气沉痛、激愤。不是一般的登临之作。

【导读】

这首词是元好问豪放词代表作,也是首次以词的体式专门赋咏三门峡的佳作。元好问挟幽并豪侠之气,以其丰富的想象和雄放的笔力,绘就了三门峡奇伟壮险的景观。

上片从不同的侧面描写三门峡的奇险。起句写黄河自九天之上飞泻而下,有李白诗"黄河之水天上来"之势;进而由仰望而俯瞰,突出三门峡的险要,"人鬼"既指黄河水倾泻到"重关"中"人门"和"鬼门",又以人和鬼俯瞰增添了惊心动魄的感受。接下去开始特写三门峡水流的雄伟奇观:先用拟人和通感手法,描写长风高浪的猛烈冲击,使日光也具有森寒之气;接着连用两个比喻,以北方的吕梁山和南方的钱塘江,强调三门峡山势的高峻和峡中浪潮的壮奇;继之以"直下洗尘寰",突出黄河水凌空直下的豪壮气概。最后两句用对比手法收束，"万象入横溃"承上进一步说明黄河水势之猛，"依旧一峰闲"转而写三门峡中砥柱山之稳，一纵一收，奔腾不已的迅猛与岿然不动的悠闲相互映衬，具有难以言说的意味。

下片侧重于写词人的主体感受。承接上片"一峰闲"，词人又转移视角，仰望砥柱山，想象山上只有鸟儿筑巢、天鹅飞过，人却难以攀登。词人由山峰高险，又联想到人世之险，开始发表感慨：先叹惜人世间的险要之地没有多大用场，历来只是藏匿了作恶的鬼神；接着用"燃犀下照"和"佽飞强射"两个典故，说明即使洞察妖物、轻疾善射，都未必能阻挡住狂澜。面对险恶重重，似乎人已经无能为力，词人却毫不畏惧，最后两句"唤取骑鲸客，挝鼓过银山"，词人表示与相传骑鲸游江海的李白一道，击鼓稳渡波涛如银山叠起的三门峡，张扬豪迈放达的精神气概。

从全词来看，上片多写景，先纵笔铺陈三门峡山水雄奇险峻的壮观，后以主峰的稳闲而收；下片多抒情、议论，先极力渲染峡谷的险恶，又以骑鲸漫游而结束。词笔力雄健，境界宏大，以气势夺人，然又能放收有度，表现出词人自如结构作品的高超功夫。

元

白　朴

　　白朴(1226—1306)，原名恒，字仁甫，后改名朴，字太素，号兰谷。祖籍隩州(今山西河曲)，后迁居真定(今河北正定)。少受父执元好问抚教，终身未仕。以杂剧蜚声，与关汉卿、马致远和郑光祖并称为"元曲四大家"，有《梧桐雨》等传世。散曲和词均见于《天籁集》。

清平乐①

朱颜渐老，白发添多少。桃李春风浑过了②，留得桑榆残照③。

江南地迥无尘④，老夫一片闲云⑤。恋杀青山不去⑥，青山未必留人。

【注释】

　　①清平乐：所选词双调四十六字，上片四句四仄韵，下片四句三平韵。

　　②桃李：比喻青春年华。《诗经》："华如桃李。"浑：全，都。

　　③桑榆：指日暮时分，比喻晚年光景。据《淮南子》，日落时分，夕阳照在桑树、榆树之颠。曹植《赠白马王彪》："年在桑榆间，影响不能追。"

　　④迥：遥远，僻远。亦作"迎"。

　　⑤老夫：作者自指。一作老天。

　　⑥恋杀：极度喜爱。杀，用在动词后面，表示程度之深。

【选评】

　　1.(清)朱彝尊《天籁集·跋》：兰谷词源出苏、辛，而绝无叫嚣之气，自是名家。元人擅此者少，当与张蜕庵称双美，可与知音道也。

　　2.黄兆汉《金元词史》：清丽隽永，含蓄而有别致。

【导读】

　　这是一首叹惋迟暮之作。从词中内容来看,应是白朴晚年寓居江南所作。上片开端即以"朱颜渐老"与"白发添多少"对比,叹息自己日渐衰老。之下先以意象化词语"桃李春风"和俗语"浑过了",生动表现过去的青春不复再现;又以"留得桑榆残照",形象呈现夕阳余晖映照桑榆的苍凉的晚年图景。下片调转笔头,写自己所居的江南之地迥远无尘,也暗示远离俗世、清净高远。接着以"一片闲云"自喻,进一步说明词人超脱自在、娴淡自然。这样的生活应该是非常惬意了,但最后两句又进行了翻转。词人巧妙叠用具有隐逸意的"青山"意象,先以"恋杀"这一俗语,明确表示自己非常喜欢隐逸青山,又以"青山未必留人"拟人化手法,含蓄表示永留青山的愿望也许不能实现。词人没有说明原因,这或是物质得不到保障,或是社会不相容,或是词人面对永恒的自然而想到人的生命的短暂等。词人以寥寥数语留下了让人回味反思的巨大空间,正是这首词的魅力所在。

刘　因

刘因（1249—1293），字梦吉，一字梦骥，号静修，谥文靖。保定容城（今河北徐水）人。元朝理学家、诗人。元廷两度征召，辞归，以传业授徒为生。追赠翰林学士、资政大夫、上护军。有《静修集》。

白雁行

北风初起易水寒①，北风再起吹江干②。北风三起白雁来，寒气直薄朱崖山③。乾坤噫气三百年④，一风扫地无留残。万里江湖想潇洒，伫看春水雁来还。

【注释】

①易水：河流名，发源于河北易县境内。《战国策》载，荆轲入秦行刺秦王，燕太子丹送荆轲在易水作别，高渐离击筑，荆轲合乐高歌："风萧萧兮易水寒，壮士一去兮不复还！"

②江干：地名，今杭州市东部。泛指江边。诗中或指江淮地带。

③朱崖山：即崖山，位于今广东新会县南。祥兴二年（1279），元将张弘范大举进攻，宋军溃败后，陆秀夫背负宋帝赵昺于此投海而死。

④噫气：本指胃中气体上行从咽口排出，此处形容天地的吐气。三百年：宋代历319年，这里取其整数。

【选评】

1.钱仲联等《元明清诗鉴赏辞典》（孙小力鉴赏）：这首七言古诗采用象征比喻的艺术手法，表现了对赵宋王朝惨遭覆灭的哀悼。……诗中"北风"，皆喻强悍的蒙元势力。

2.张秉戍《元明清诗》：这首诗是用象征的艺术手法，表达了诗人对赵宋王朝覆灭的哀悼,故实为一首寄慨良深的挽歌。虽说是挽歌,却又无过分的悲哀,无太多的伤感,而且诗中还隐隐透露出几多荡气回肠的豪迈气概。

【导读】

刘因诗"风格高迈,比兴深微",具有盛唐名家的气概。这首七言歌行《白雁行》,可以略见其创作的特色。诗歌采用类似于律诗的歌行体式,在较为整齐的节奏韵律中,能够自由地抒发情感。诗歌前三句反复三次陈说北风吹起,不仅营造了悲凉肃杀的氛围,而且还具有象征意义。有学者认为,"北风初起"指蒙古势力对中原的最初入侵;"北风再起",指金朝灭亡后蒙古势力侵入江淮地区;"北风三起"指蒙元覆灭南宋。如果说前两起解释似显泥实,由第四句点出宋帝沉海之地"崖山",可以清楚地获知"北风三起"喻指宋朝的灭亡。接下去第五、六句发表感慨,强调了延续三百余年的赵宋王朝,在蒙元军队的侵略下如风扫落叶般完全覆灭。刘因一生生活在蒙元统治下,未经历过亡国变故,诗人虽悼惜宋朝的灭亡,也表现出对异族统治中原的不满,但并没有过于伤感和愤激,这与由宋入元文人对故国的哀思不可同日而语。最后两句转向深沉的思索,朝代的兴衰更替,乃社会发展的规律,个人如想潇洒地行走江湖,不妨伫立于江滨静待春水漾绿和白雁归来。诗人将对历史的感慨转化为平静的思索,显示了一位具有诗人气质的学者在彻悟之后的宁静淡泊的心境和对潇洒生活的追求。

赵孟頫

赵孟頫(1254—1322),字子昂,号松雪道人,又号水晶宫道人、鸥波等,谥文敏。宋太祖赵匡胤十一世孙。吴兴(今浙江湖州市)人。曾任真州司户参军,宋亡后隐居不仕。后受元世祖赏识,累官翰林学士承旨、荣禄大夫。宋元之交著名书法家,也擅长诗词。有《松雪斋文集》等。

蝶恋花①

侬是江南游冶子②,乌帽青鞋③,行乐东风里。落尽杨花春满地,萋萋芳草愁千里。

扶上兰舟人欲醉④,日暮青山,相映双蛾翠⑤。万顷湖光歌扇底⑥,一声催下相思泪。

【注释】

①蝶恋花:所选词双调六十字,上下片各五句四仄韵。

②侬:古吴语,指我。

③乌帽青鞋:指平民的穿戴。乌帽,本是唐时贵族戴的乌纱帽,后来上下通用,成为闲居的常服。青鞋,草鞋,古代贫贱者所穿。

④兰舟:木兰木制造的船。泛指精美的船。

⑤双蛾:双眉。以上二句以青山喻眉,二者相映,益显其美。

⑥歌扇:演唱时用的传情达意的扇子。晏几道《鹧鸪天》(彩袖殷勤捧玉钟):"舞低杨柳楼心月,歌尽桃花扇底风。"

【选评】

1.(清)陈廷焯《词则·别调集》卷三:凄凉哀怨,情不自已。又《词则·闲情集》卷二:凄凉哀怨,艳词中亦寓忧患之意。

2.钱仲联等《元明清词鉴赏辞典》(罗忠族鉴赏):此词寄托的正是一种"黍离之悲",即故国之思,同时也寓有一种华年虚度的伤感。词中叙事、写景、抒情交错而下,化用前人诗句也浑然天成,如自己出,因而饶有流动自然之美。

【导读】

赵孟𫖯本南宋王室子孙,历经国破家亡的巨大变故,其内心的悲苦也常透于小词之中。这首游春词就是别有寄托之作。上片写春游行乐之事。出句以吴地口语进行自嘲,"江南游冶子"的身份标签、"乌帽青鞋"的平民装饰,实际上蕴含着多少的无奈和辛酸。词人本想趁着东风出游及时行乐,然而目之所及的却是杨花尽落、芳草萋萋,一下引发出无尽伤逝恨别的春愁。落花本已让人善感,如杜甫《曲江》"一片花飞减却春,花飞万点更愁人",杨花落尽遍地洒落,其伤春叹逝之愁可想而知;芳草萋萋,让人不免想到离别,如白居易《赋得古原草留别》"萋萋满别情",千里芳草更显示别愁的深远。下片又转到游湖行乐之事。在湖光山色中,兰舟醉饮,女子歌舞,似乎尽享风流快活,然而日暮易让人生发归思之愁,尤其是歌声一起更催发出相思离别之泪。这首词构思精巧,情景反衬,本来写春行游湖之乐,却以东风花草、湖光山影反转出无尽的悲愁;又善用比兴,含蓄悲婉,表面上抒发春行游湖带来的伤感,而无论是伤逝恨别的春愁,还是男女相思的苦泪,实际上都蕴含难言的故国之思和黍离之悲。

虞　集

虞集(1272—1348),字伯生,号道园,世称邵庵先生、青城樵者、芝亭老人,谥"文靖"。临川崇仁(今江西抚州崇仁县)人。著名学者,官至翰林侍讲学士。元中期最负盛名诗人,与揭傒斯、范梈、杨载并称"元诗四大家"。有《道园学古录》《道园遗稿》等。

挽文丞相①

徒把金戈挽落晖②,南冠无奈北风吹③。子房本为韩仇出④,诸葛宁知汉祚移⑤。云暗鼎湖龙去远⑥,月明华表鹤归迟⑦。不须更上新亭望,大不如前洒泪时⑧。

【注释】

①挽:哀悼死者。文丞相:即文天祥,字宋瑞,号文山,德祐二年(1276)任右丞相兼枢密使,景炎三年(1278)兵败被俘,拒不投降。至元十九年(1282)在燕京就义。

②金戈挽落晖:典出《淮南子·览冥训》:"鲁阳公与韩构难,战酣,日暮,援戈而㧑之,日为之反三舍。"这里指文天祥力挽南宋危局。

③南冠:楚冠,代指囚犯。语出《左传·成公九年》:"晋侯观于军府,见钟仪,问之曰:'南冠而絷者谁也?'有司对曰:'郑人所献楚囚也。'"杜预注:"南冠,楚冠也。"

④子房:即张良,字子房。秦灭韩,张良谋为韩报仇,使刺客击秦始皇于博浪沙,误中副车,未能得手,后佐刘邦灭秦兴汉。

⑤诸葛:指诸葛亮,字孔明,号卧龙。佐蜀,曾六出祁山,谋恢复汉室,终抱负落空。宁:岂。汉祚移:即汉王朝福运转移。

⑥云暗:比喻蒙古族势力的猖獗和宋室的倾覆。鼎湖:传说黄帝铸鼎于

荆山下。鼎成,有龙垂胡须迎黄帝上天。后世因名其处曰鼎湖。龙去远:比喻宋室倾覆而难以复兴。

⑦"月明"句:典出《搜神后记》:"丁令威本辽东人,学道于灵虚山,后化鹤归辽,集城门华表柱。时有少年举弓欲射,鹤乃飞,徘徊空中而言曰:'有鸟有鸟丁令威,去家千年今始归,城郭如故人民非。何不学仙冢垒垒。'遂高上冲天。"这里隐喻世事变迁。

⑧"不须"二句:言南宋灭亡,局面尚不如东晋之南渡。典出《世说新语·言语》:"过江诸人,每至美日,辄相邀新亭,借卉饮宴。周侯中坐而叹曰:'风景不殊,正自有山河之异。'皆相视流泪。唯王丞相愀然变色曰:'当共勠力王室,克复神州,何至作楚囚相对!'"

【选评】

(元)陶宗仪《南村辍耕录》:读此二诗而不泣下者几希。

【导读】

文天祥是宋末元初的民族英雄,作为状元宰相,历经三朝,国家飘摇之际,奉旨勤王,辗转奔走以抗击元军。被捕后,不为名爵所动,忽必烈亲自招降时,文天祥别无所愿,只求一死。他在绝笔诗中曰:"孔曰成仁,孟曰取义,唯其义尽,所以仁至。"文丞相服膺孔孟的理想,临刑不惧,坚持忠贞不屈的民族气节,千载之下,令人钦佩。

首联概括文天祥救危亡不成、被俘殉节的悲剧结局。这里运用鲁阳挥戈返日的典故,展示文天祥受任于败军之际、欲挽狂澜于既倒的英雄气概,然历尽艰难,却无法改变南宋亡国的命运,"徒"字用得特别有力量,写出了无力回天的悲壮。"南冠无奈北风吹"更是连用两个典故,曲折地表现出文天祥无法抵挡元军的进攻,只落得被俘殉国。

颔联用张良为韩复仇、诸葛亮匡扶蜀汉的典故,赞颂文天祥起兵报国、恢复宋室的壮举。无奈大厦倾颓,纵然不计利禄、舍生忘死也无能为力。突出其鞠躬尽瘁、明知不可为而为之的壮烈和崇高。

颈联用鼎湖龙去、华表鹤归的典故,叙述了大宋灭亡和文天祥遇害的事实,寄托对文天祥的追思,笔调悲凉沉痛。尾联用新亭对泣的典故,表明国事每况愈下,直抒诗人景色不殊,却山河易主的悲痛。

这首挽文天祥的诗,在同类作品中特点鲜明,句句用典,却意脉贯通,既概括了文天祥壮怀激烈的一生、坚贞不屈的精神,也巧妙地表达出作者对恢复宋室无望的感慨。全诗笔力雄健,气氛悲凉,寄寓深远,感人至深,是虞集的驰名佳作之一。

张翥

　　张翥(1287—1368),字仲举,号蜕庵。晋宁(今山西临汾)人。晚年被举荐入仕,终至翰林学士承旨。善诗词音律,后代学者奉其为"元代词宗"。今存《蜕庵诗集》《蜕庵词》。

浪淘沙(临川文昌楼望月)①

　　醉胆望秋寒②,星斗阑干③。小窗人影月明间。客里不知归是梦,只在吴山④。

　　行路自来难,长铗休弹⑤。黄尘到底涴儒冠⑥。一片白鸥湖上水,闲了鱼竿。

【注释】

　　①浪淘沙:原唐教坊曲,后用作词牌,又名"浪淘沙令""卖花声"等。所选词双调五十四字,上下片各五句四平韵。临川:今江西省抚州市。文昌楼:供奉主宰文运、点派状元的魁星的楼阁。

　　②醉胆:醉酒后的胆量。形容豪气。元好问《过希颜故居》:"缺壶声里《短歌行》,星斗阑干醉胆横。"

　　③阑干:纵横错落的样子。

　　④吴山:在山西平陆县北,又名虞山、吴坂等。张翥家乡晋宁,吴山在其南,此以吴山代指家乡。

　　⑤长铗:指长剑。长铗休弹反用冯谖弹铗典,据《战国策·齐策四》载:齐人冯谖寄居孟尝君门下,因食无鱼、出无车、无以为家,三弹其剑铗,歌曰:"长铗归来乎!"此处指无所干求。

　　⑥涴(wò):污染,弄脏。儒冠:古代儒生戴的帽子,借指儒生。

【选评】

(清)张德瀛《词征》卷一:李后主词:"梦里不知身是客,一晌贪欢。"张蜕岩词:"客里不知身(异文)是梦,只在吴山。"行役之情,见于言外,足以知畦径之所自。

【导读】

张翥词"典雅温润,每阕皆首尾完善,词意兼美"(李佳《左庵诗话》),被后人推为元代一大家。我们以《浪淘沙·临川文昌楼望月》为例,可略窥其貌。

这首词是词人客居临川所作。词人开篇写酒后登临文昌楼,秋寒袭来,仰望夜空星斗纵横,俯视月光下的人家,小窗里透着人影,这朦胧温馨的夜景使词人一时迷离恍惚。"客里不知归是梦,只在吴山",化用李煜词"梦里不知身是客,一晌贪欢",李煜在梦中忘记自己当前的处境,而张翥是在现实的幻觉中,忘记自己客居在临川,以为自己回到家乡吴山,旅愁乡思充溢字里行间。

下片开始就人生出处发表感慨。"行路自来难","行路难"作为乐府旧题经常被诗人词客题吟,已经具有仕途或人生道路充满阻碍的含义;"长铗休弹"反用冯谖客孟尝君时三弹长铗而歌之典,意在说明即使生活不顺也不要干求他人。但是"黄尘到底浣儒冠",儒者最终也免不了落入尘世俗事之中。词人长期隐逸不仕,直到五十多岁被荐举入朝,词人也许感慨此事。最后两句,用了两个与隐逸相关的意象"白鸥""鱼竿",勾画出江边垂钓的理想生活,但是"闲了"二字又说明隐逸生活被打破,留下无尽的遗憾。

词人继承着南宋骚雅词风的遗响,善于用妥帖精致的意象和语词,营造别有风味的意境来含蓄表意。上片由异乡秋寒望月引发的恍惚迷离的幻觉,由中流露出浓重的旅愁乡思;下片以湖上白鸥却闲了钓竿收束,含蓄表达人生出处选择的怅惘。全词不仅首尾完善,词意兼美,而且以景传情,典雅蕴藉。

杨维桢

杨维桢（1296—1370），字廉夫，号铁崖、铁笛道人、东维子等。诸暨人。泰定四年（1327）进士，官终江西儒学提举。元末明初著名诗人，倡古乐府诗，创"铁崖体"，贬者谓其"文妖"，誉者尊其"一代诗宗"。有《东维子文集》《铁崖古乐府》等。

庐山瀑布谣

甲申秋八月十六夜①，予梦与酸斋仙客游庐山②，各赋诗，酸斋赋彭郎词③，予赋瀑布谣。

银河忽如瓠子决④，泻诸五老之峰前⑤。我疑天孙织素练⑥，素练脱轴垂青天。便欲手把并州剪⑦，剪取一幅玻璃烟。相逢云石子⑧，有似捉月仙⑨。酒喉无耐夜渴甚，骑鲸吸海枯桑田⑩。居然化作十万丈，玉虹倒挂清泠渊。

【注释】

①甲申：指元顺帝至正四年（1344）。

②酸斋仙客：贯云石之号，元代散曲家。

③彭郎词：指《梦中贯酸斋彭郎词》，见陈衍辑《元诗纪事》。

④瓠子：黄河堤名，汉武帝时曾决堤。在今河南濮阳。

⑤五老之峰：在庐山东南，像五位老人并肩耸立。

⑥天孙：即织女，相传是玉帝的孙女。一作"天仙"。

⑦并州剪：古时并州（今山西太原一带）生产的剪刀，以锋利著称，亦称并刀、并剪等。泛指锋利的剪刀。

⑧云石子：即贯云石。

⑨捉月仙：这里指李白。洪迈《容斋随笔》载，李白酒醉泛舟，俯身去抓水中之月，溺水而死，后世称为"捉月仙"。

⑩骑鲸:扬雄《羽猎赋》:"乘巨鳞,骑京鱼。"相传李白曾骑鲸游海,被称为"海上骑鲸客"。见前"骑鲸客"注。

【选评】

1.(明)蒋一葵《尧山堂外纪》:(吴复)曰:酸斋之词,滑稽谑浪,固风流才仙;而先生之谣,雄伟俊逸,真天仙也。各以其才相胜。

2.(清)顾嗣立《寒厅诗话》:廉夫古乐府上法汉魏而出入于少陵、二李。

3.(清)顾奎光《元诗选》:陶玉禾曰:老横。铁崖笔力横处,无人可及。

【导读】

这首诗的创作缘由,序中交代很清楚。诗人因八月十六日夜梦中与友人贯云石同游庐山,深有感怀而作。诗人选取历代吟咏较多的瀑布景观,以乐府诗的体式进行创新,从而形成别具一格的《庐山瀑布谣》。

诗歌前六句写瀑布的壮丽景象。李白望见瀑布飞流,"疑是银河落九天";而杨维桢梦到瀑布,直接说是银河如瓠子决堤一样倾泻而成;接着诗人出现,因所见瀑布的形态、颜色而进行猜想,怀疑瀑布是织女所织的素练脱轴垂于青天;于是进一步联想,竟想拿并州之利剪,来剪取一幅如水晶玻璃一般的烟雾。其下四句不写瀑布,而直接写人。诗人以梦中之事入诗,写自己与贯云石相遇,而贯云石颇像"捉月仙"李白,夜间无酒解渴,便骑鲸要来吸干海水。最后两句又回归于瀑布。原来是海水化作了十万丈瀑布,像玉虹一样从天上倒挂下来,泻入清冷的深渊。

杨维桢诗歌创作显然受李白影响,不仅引用或化用《望庐山瀑布》《庐山谣寄卢侍御虚舟》中的一些诗语,承继李白的大胆想象和夸张、比喻的手法,而且选用与李白相关神话入诗,如"捉月仙""骑鲸吸海"等,使诗歌极富浪漫主义色彩。杨维桢也有所创新,其夸张更为大胆,比喻形式更繁复,尤其是诗人以梦的形式,突出了人吸海悬瀑的力量,不仅形成奇谲迷离的艺术境界,也创造了雄阔非凡的壮美图景。这也是"铁崖体"的特色所在。

萨都剌

萨都剌（1305？—1355？），字天锡，号直斋。先世为西域人，出生于雁门（今山西代县）。泰定四年进士，累迁江南行台侍御史。精书画，善诗词。有《雁门集》等。

燕姬曲①

燕京女儿十六七②，颜如花红眼如漆。兰香满路马尘飞，翠袖笼鞭娇欲滴③。春风骀荡摇春心④，锦筝银烛高堂深⑤。绣衾不暖锦鸳梦⑥，紫帘垂雾天沉沉。芳年谁惜去如水⑦，春困著人倦梳洗。夜来小雨润天街⑧，满院杨花飞不起。

【注释】

①燕姬：燕地的女子。燕，古代国名，范围大致为今北京市、天津市、河北省北部、辽宁省西部。

②燕京：今北京市，辽代称幽州南京为燕京；金、元均以燕京都城，金称中都、元称大都。

③笼鞭：将马鞭笼在袖子里。笼，一作短。

④骀（dài）荡：形容春风舒适徐缓。骀，一作澹。春心：男女之间相爱慕的情怀。

⑤锦筝：装饰精美的筝。

⑥锦鸳：锦缎被子上绣有鸳鸯图案，喻男女情恋。

⑦芳年：青春年华。

⑧天街：古代称京城里的街道。

【选评】

1.钱仲联等《元明清诗鉴赏辞典》（史良昭鉴赏）：这首作品蕴藉婉丽，融情入景。它运用富于色彩和表现力的语言,以及暗示、象征的手法,由燕京女儿的外部肖像,不露痕迹地渡入了人物的内部生活与内心世界,一直深入到封建女子命运悲剧的核心。

2.张秉戍《元明清诗》:这首诗蕴藉婉丽,情景交融。诗人采用暗示、象征等手法,由燕姬的外部形象,层层深入地写到她的内心世界,进而高度概括出封建时代女子悲惨的命运。落句以景结情,意韵悠然,增加了诗的艺术感染力度。萨氏乐府学晚唐温庭筠、李商隐,于秾艳细腻之中,时有自然生动之趣,本诗可以作为代表。

【导读】

萨都剌诗"最长于情,流丽清婉",这首描写燕地女子的诗歌,也同样体现了这一特色。全诗四句一转韵,依韵分为三层,从乘马游春、春晚扰心、春困懒妆三方面来刻画燕姬的外在形象和内心世界。

首四句通过燕姬骑马出游,刻画了她容貌服饰的独特美。燕姬正值妙龄,容颜红润如春花,眼珠黑亮如点漆,身上散发兰花香气,更吸引人的是她策马飞奔英姿飒爽,而翠袖笼鞭又娇艳欲滴,集健美与娇美于一身,恐怕南方女子都望尘莫及了。

中间四句主要从燕姬夜晚难寝,表现她对美好爱情的渴望。承接上文出游之意,写春风摇荡女子的对男子的爱慕之心,因此高堂大院、锦筝银烛都让她感到压抑,而夜里在绣被里团圆的梦也做不成,更让她觉得愁雾沉沉。

最后四句侧重于燕姬春困慵懒,反映她内心的空虚和失落。燕姬的苦闷在于,美好年华流逝又无人怜惜,这使得她懒于梳妆打扮,而夜来的小雨使得杨花都飞不起来,恰如摇荡的春心又被打落,其内心的绝望也不言自明。

全诗运用清丽流畅的语言,从正面描写燕姬的外貌、动作,到通过典型意象反映内心世界,一层层地展示了女子丰富复杂的情感变化。尽管我们不能确定诗中女子是否婚嫁,但可以感知到元代女性不能自主追求美好爱情、主宰自己命运的悲剧意蕴。

王　冕

王冕（1310—1359），字元章，号煮石山农、梅花屋主等。浙江诸暨枫桥人。元末著名画家、诗人。轻视功名利禄，隐居会稽九里山，广栽梅竹，以卖画为生。有《竹斋集》，存世画迹有《南枝春早图》《墨梅图》等。

墨　梅①

我家洗砚池头树②，个个花开淡墨痕③。不要人夸好颜色，只留清气满乾坤④。

【注释】

①墨梅：画梅的一种手法，以墨为主，用墨笔勾勒出来的梅花。

②我家：因王羲之与王冕同姓，所以王冕便认为王姓自是一家。洗砚池：写字、画画后洗笔洗砚的池子。王羲之有"临池学书，池水尽黑"的传说。这里化用这个典故。头：边。

③淡墨：水墨画中将墨色分为清墨、淡墨、浓墨、焦墨。这里是说朵朵盛开的梅花，是用淡淡的墨迹点化成的。

④清气：清香之气，这里指代梅花的清气。

【选评】

1.（明）郎瑛《七修类稿》：王冕字元章，号山农。身长多髯。少明经不偶，即焚书读古兵法。戴高帽，披绿蓑，著长齿屐，击木剑，行歌于市，人以为狂。士之负材气者，争与之游。尝游京城，名贵侧目。平生嗜画梅，画成未尝无诗也。

2.（清）《四库全书总目提要·竹斋集》：冕天才纵逸，其诗多排戛遒劲之气,不可拘以常格。然高视阔步,落落独行……在元、明之间,要为作者。集中无绝句,惟画梅乃以绝句题之。

【导读】

王冕是元代的高人逸士,酷爱读书,满腹经纶,却绝意功名,不愿为官,后隐居九里山。虽生活贫苦,亦能自守。品行高洁,以梅自许,"爱梅自云梅花仙"。曾结茅庐三间,自题为"梅花屋"。他一生种梅、赏梅、咏梅、画梅。郎瑛《七修类稿》中云其"暮校《梅花谱》,朝诵《梅花篇》,水边篱落见孤韵",王冕俨然梅花的化身。

本诗是一首题画诗。凡落笔之前,立意为上。梅花,在中国古代文化的世界里,被赋予多种的品格。有凌寒独自开的凌霜傲雪,有香自苦寒来的坚韧,有香如故的风骨。王冕自出机杼,无论是绘画还是写诗,始终关注梅花的"淡"。绘画时,用淡墨勾勒,写作时紧扣画作,一、二两句直接描写墨梅,朵朵梅花都是用淡淡的墨水点染而成的,三、四句突出梅花"淡"的本质,不求颜色的娇艳,不慕外表的浮华,只愿散发一股清香,把清正之气周流在宇宙之间。盛赞墨梅的神清骨秀、高洁端庄、幽独超逸的内在气质,表现了诗人鄙薄流俗,独善其身,不求荣达的品格。王冕对梅花的"淡"的把握,丰富了梅花的文化内涵。

绝句作为诗体,篇幅短小,却化用了王羲之"临池学书,池水尽黑"的典故,同时"一淡"与"一满"的对比,极具张力,使得这首诗作舒展而又沉着,清俊而又磊落,平淡而又包蕴丰富,简短而又尺幅千里,把梅、人、志巧妙地融合在一起。这首题画诗,既点出绘画意图,又寄托操守志趣,在艺术史上甚至比《墨梅图》本身还要出名。

明

高　启

　　高启(1336—1374),字季迪,号槎轩,又号青丘子,长洲(今苏州)人。曾参修《元史》,擢户部右侍郎,辞归故里。因与魏观代写《上梁文》,获罪被诛。高启工诗,与杨基、张羽、徐贲并称"吴中四杰";后世推其"明三百年诗人称首"。

登金陵雨花台望大江[①]

　　大江来从万山中,山势尽与江流东[②]。钟山如龙独西上[③],欲破巨浪乘长风[④]。江山相雄不相让,形胜争夸天下壮。秦皇空此瘗黄金,佳气葱葱至今王[⑤]。我怀郁塞何由开[⑥],酒酣走上城南台[⑦];坐觉苍茫万古意[⑧],远自荒烟落日之中来! 石头城下涛声怒[⑨],武骑千群谁敢渡? 黄旗入洛竟何祥[⑩],铁锁横江未为固[⑪]。前三国[⑫],后六朝[⑬],草生宫阙何萧萧[⑭]。英雄乘时务割据,几度战血流寒潮。我生幸逢圣人起南国[⑮],祸乱初平事休息[⑯]。从今四海永为家[⑰],不用长江限南北。

【注释】

　　①金陵:今江苏南京。雨花台:在南京市南中华门外。相传梁武帝萧衍时,云光法师在此讲经,落花如雨,故名。

　　②"山势"一句:这句说,山的走势和江的流向都是自西向东。

　　③钟山:在江苏南京,又名紫金山,山势险峻,蜿蜒如龙。

　　④"欲破"一句:语出《南史·宗悫传》"悫年少时,炳问其志,悫曰:'愿乘长风破万里浪'"。这里形容钟山的走向是由东向西,好像欲与江流抗衡。

　　⑤"秦皇"二句:《丹阳记》:"秦始皇埋金玉杂宝以压天子气,故名金陵。"瘗(yì),埋藏。葱葱,茂盛貌,此处指气象旺盛。

　　⑥郁塞:忧郁窒塞。

⑦城南台：雨花台在南京城南，故又称城南台。

⑧坐觉：自然而觉。

⑨石头城：古城名，故址在今南京清凉山，以形势险要著称。

⑩黄旗入洛：三国时吴王孙皓因为迷信方士所言"黄旗紫盖见于东南"，"即载其母及后宫数千人"入洛阳，以顺天命。途中遇大雪，"若遇敌，便当倒戈耳"，才不得不返回。此处说"黄旗入洛"其实是吴被晋灭的先兆，所以说"竟何祥"。

⑪铁锁横江：三国时吴军为阻止晋兵进攻，曾在长江上设置铁锥铁锁，均被晋兵所破。

⑫三国：魏、蜀、吴，这里仅指吴。

⑬六朝：东吴、东晋、宋、齐、梁、陈均建都金陵，史称六朝。

⑭萧萧：冷落，凄清。

⑮圣人：指明太祖朱元璋。

⑯事休息：指明初实行减轻赋税，恢复生产，使人民得到休养生息。事，从事。

⑰四海永为家：四海之内，尽属一家。指全国统一。语出《史记·高祖本纪》："萧何曰：'……天子以四海为家'。"刘禹锡《西塞山怀古》"今逢四海为家日"。

【选评】

1.(清)汪端《明三十家诗选·初集》卷二：起调矫健。

2.(近)王文濡《历代诗评注读本·宋元明诗评注读本》卷二：起势雄杰，一结尤颂扬得体。

【导读】

高启天才高逸，诗诸体并工，与杨基、张羽、徐贲并称吴中四杰，然"其诗之才力声调，过三人远甚"(李东阳《怀麓堂诗话》)。高启诗歌风格多样，或气势奔放如星虹垂江山，或清新俊逸如烟露滋华英。《登金陵雨花台望大江》充分表现出奔放驰骋的气势。

诗歌开篇即写所望之景,点明金陵王气之盛。大江从万山沟壑中,自西向东呼啸而出;而钟山如龙,逆势峥嵘西上。以远势写大江,以近势写钟山,远近对比,抓住了金陵钟山形胜的特征,笔力遒劲,气势如磐。"相雄不相让",正是对以上四句的高度概括;"形胜争夸",则是对下文的有力开拓。正因为虎踞龙盘之势,秦始皇在南京埋下黄金,以镇压金陵的"王气",然而,明太祖建都金陵,象征帝王伟业的"佳气",更是郁郁蒸腾。"秦始"二句,承上启下,由自然山水过渡到下面的怀古忧思。

登临雨花台,望到的不仅是江山胜景,更望到了悠远的历史。中间六句,诗人的眼光从所见之景转向深邃的历史。"我怀郁塞"为何?相继建都于金陵的三国东吴、六朝,皆恃险为固,又都不免王朝覆灭的悲剧。当年,"石头城下涛声怒,武骑千群谁敢渡"?最后也逃不过"草生宫阙何萧萧""几度战血流寒潮"的历史命运,东吴的孙皓更是沦为历史的笑柄。"前三国,后六朝"两句,是诗人对六朝历史的探索和反思,也是对金陵命运的忧虑。

最后四句又回到现实,诗人庆幸躬逢盛世。明太祖朱元璋初平祸乱,四海一家,与民休息,再"不用长江限南北"。联系全诗主旨,与其说是诗人对现实的歌颂,毋宁说是诗人对国家的担忧与期望。居安思危,新建起来的明朝会不会重蹈历史的覆辙?所以这四句,欢乐中夹杂着隐忧,爽朗中含混着低沉。

此诗作于洪武二年(1369),诗人应征赴京修撰《元史》。当时明代开国未久,天下一统,百废待兴,作者感到兴奋和喜悦,当他登上金陵雨花台,眺望荒烟落日笼罩下的江山,思古之情,油然而发。全诗气势奔放,纵横恣肆,诗意表达却沉郁顿挫,跌宕起伏,使得诗歌极具艺术张力。

李东阳

李东阳（1447—1516），字宾之，号西涯，明湖广茶陵人。历官礼部、户部、吏部尚书，文澜阁、谨身殿、华盖殿大学士，居宰辅十五年。有《怀麓堂集》。

寄彭民望

斫地哀歌兴未阑①，归来长铗尚须弹②。秋风布褐衣犹短③，夜雨江湖梦亦寒④。木叶下时惊岁晚⑤，人情阅尽见交难。长安旅食淹留地⑥，惭愧先生苜蓿盘⑦。

【注释】

①"斫地"句：化用杜甫《短歌行赠王郎司直》"王郎酒酣拔剑斫地歌莫哀"句。斫地：砍地，表示悲愤。阑：尽。

②"归来"句：典出《战国策·齐策四》，冯谖为孟尝君食客，怀才不遇，左右贱之，曾经三次倚柱弹剑而歌。铗：长剑。

③布褐：粗布衣服，古代平民所穿。

④江湖：这里指彭民望归乡后的居处。语出自黄庭坚《寄黄几复》："江湖夜雨十年灯。"

⑤木叶下：指秋季树叶飘落。屈原《楚辞·九歌·湘夫人》："袅袅兮秋风，洞庭波兮木叶下。"

⑥长安：今西安，汉、唐时的都城，诗中指北京。淹留：停留。

⑦苜蓿盘：指盘中之菜，形容清贫的生活。《唐摭言·闽中进士》："薛令之……累迁左庶子。时开元东宫官僚清淡，令之以诗自悼，复纪于公署，曰：'朝旭上团团，照见先生盘。盘中何所有？苜蓿长阑干。'"

【选评】

(清)《明三十家诗选·初集》卷三引用澄怀云:西崖七律不必奇句,惊人自有叔子轻裘缓带之度。

【导读】

明代弘治、正德年间,李东阳开创了茶陵诗派,彭民望是诗派的成员之一。彭民望是景泰七年举人,曾任应天通判,后失意回归家乡湖南攸县。这首诗是李东阳在北京寄给他的七言律诗。

首联借用杜诗所述王朗斫地与冯谖弹铗的典故,描写彭民望学无所用、高才不遇、无所依托的悲愤情怀。颔、联颈联选取秋风、短褐、夜雨、梦寒、落叶等意象营造落寞、凄清、孤寂的意境,感慨于宦海的凶险、人情的浇薄、知音的难得,凸显英雄失意的哀痛。尾联描写自己生活的清贫,位卑言轻的境遇,流露出无力援手的无奈。

用典是这首诗的重要特色,除去第六句,句句皆有所出。语言沉实,与作者的感情贴合自然,避免晦涩难懂的弊病,使诗歌具有极强的感染力。彭民望看到这首诗歌,亦认为深得其心。作者在《怀麓堂诗话》中说彭民望得诗后"潸然泪下,为之悲歌数十遍不休"。

杨 慎

杨慎(1488—1559),字用修,初号月溪、升庵,四川新都人,首辅杨廷和之子。授修撰,因"大礼议"杖谪永昌。天启初,追谥文宁。

临江仙①

滚滚长江东逝水,浪花淘尽英雄②。是非成败转头空。青山依旧在,几度夕阳红。

白发渔樵江渚上③,惯看秋月春风。一壶浊酒喜相逢。古今多少事,都付笑谈中。

【注释】

①临江仙:所选词双调六十字,上下片各五句三平韵。

②"滚滚长江"二句:化用杜甫诗歌"不尽长江滚滚来"和苏轼"大江东去浪淘尽,千古风流人物"。

③渔樵:渔人和樵夫。

【导读】

清初毛纶、毛宗岗父子将《临江仙》(滚滚长江东逝水)置于《三国演义》篇首,使后人误以为罗贯中所作。考究其篇,乃出自杨慎的《二十一史弹词》第三段,是其谪戍云南时所作,用词话体例,表达历史观念。

人类的生活世界无过于两种,一种是世俗世界,汲汲于功名利禄;一种是超越世界,追求山水意蕴,精神高远。在这首诗中,作者用道家思想观照现实人生,追步潇洒任运,超然物外的人生。英雄事业,是世俗人生的追求。它的价值,作者在《二十一史弹词》中多次说明,一是"空",无价值无意义;一是"伤情"。王朝兴亡更迭,带来的是苦难,因此提出"谁强谁弱都罢手"的观点。

"空"在作品里有完整的表达。"残山剩水年年在，不见谋王图霸人"，"前人田地后人收"，是反为他人作嫁衣的讽刺。而且"百岁光阴弹指过，成得甚么功果"。世人追求的价值，在杨慎看来，"是非成败总虚名"，"万般回首化尘埃"，人生短暂，如白驹过隙，即使是愿望达成，杨慎依然认为"龙争虎斗漫劬劳"，不过是白忙活，因为是虚名，早已引入尘埃，因此毫无意义，只落得"一场笑谈"。

　　这首词同样在表达这样的观点，开篇就是"滚滚长江东逝水，浪花淘尽英雄"，把英雄事业放置在历史长河中观照，时间的无限与人生的短暂，宇宙的洪荒与个人的渺小，即使是英雄，也是大浪淘沙一般，无有踪迹，产生"是非成败转头空"的历史虚无观念，把自己从是非成败中解脱出来。同样在"青山依旧在，几度夕阳红"永恒自然的映衬下，在变与不变、动与不动的对比中，展现沧桑悲壮之感，同时凸显功名如同过眼云烟的荒诞，暗含高山隐士对名利的淡泊。上片气度恢宏，境界扩大。下片通过"渔樵"形象，表达超越世俗的精神世界与追求。"多少六朝兴废事，尽入渔樵闲话"（张昇《离亭燕》）、"古今多少事，渔唱起三更"（陈与义《临江仙》），作为传统意象的"渔樵"，阅尽历史兴衰、人事浮沉，因而归隐山水，志在林泉，是彻悟人生的智者。这首词中的"渔樵"，明显从张昇、陈与义的词作中转出。既关注历史兴亡，英雄功业，又能勘破放下，追求"惯看秋月春风"的逍遥自适，也有相逢把酒，笑谈兴亡的潇洒、随缘自在。帝王将相所热衷追逐的功业，在渔樵的形象中彻底消解，写得感慨万千，而又从容不迫。

　　《四库总目提要》评曰："慎以博洽冠一时，其诗含吐六朝，于明代独立门户。"王夫之称赞其诗词为"三百年来最上乘"，由此词可见其文学造诣。

谢 榛

谢榛(1495—1575),山东临清人,字茂秦,自号四溟山人,又号脱屣山人。与李攀龙、王世贞等结诗社,为明"后七子"之一。有《四溟集》。

榆河晓发①

朝晖开众山,遥见居庸关。云出三边外②,风生万马间。征尘何日静,古戍几人闲③。忽忆弃繻细者④,空惭旅鬓斑。

【注释】

①榆河:今北京市东北温榆河,赵万里校辑《元一统志》卷一:榆河"河源出(昌平)县孟村西一亩泉,东流至顺州入白河"。

②三边:古称幽州、并州、凉州为三边,后泛指边疆。

③古戍:古老的戍楼。

④繻:古时用帛制成的出入关卡的凭证。弃繻者,指终军。《汉书·终军传》载:"初,军从济南步入关,关吏予军繻。军问:'以此何为?'吏曰:'为复传,还当以合符。'军曰:'大丈夫西游,终不复传还。'弃繻而去。"

【选评】

1.(明)王世贞《艺苑卮言》卷七:谢茂秦曳裾赵藩,尝谒崔文敏铣,崔有诗赠之。后以救卢次楩,北游燕,刻意吟咏,遂成一家。句如"风生万马间",又"马渡黄河春草生",皆佳境也。

2.(明)陈子龙《皇明诗选》卷四:读其警语,恍然塞云不飞,胡天四合,朔气凛凛侵肌骨。

3.(清)沈德潜、周準《明诗别裁集》卷八:读"风声万马间",纸上有声,若衍成二语,气味便薄。

【导读】

　　谢榛,明代布衣诗人,因营救出被诬陷入狱的卢柟,声名四起。诸公贵族,争与结交。一生客游于诸藩王之间,难免有寄人篱下卑微沉痛之感。1575年,死在游历途中。早年因为诗才,与李攀龙、王世贞等人结社。当时学诗者,无所适从,宗唐宗宋,莫衷一是。谢榛提出模拟盛唐系列诗论,推为"后七子"之首。清代王渔阳在《四溟诗话序》中认为他在"七子""五子"中,具有首开风气的肇始价值,而且创作"功力深厚,句响字稳",是其他诗人不能望其项背的。

　　以题材论,这首五律属于边塞诗。古人为生计、游宦等原因,往往要奔走各处。谢榛曾游历幽燕,于拂晓从榆河出行,经过居庸关,沿途领略到边塞要隘的非凡气象。首联、颔联,气势奔腾,开阔宏大,起手即为不凡,为全篇定下了高逸超迈的格调。朝晖拂照下的群山、遥望可见雄伟的居庸关、"杀气三时作阵云"的三边、在万马间呼啸而过的长风,皆因"开"字,而依次展开,边疆磅礴壮丽的图景也扑面而来,有着极强的情感震撼力和视觉冲击力。"开"是本诗的诗眼,因为这个字,全篇气韵生动起来。同时,遣词精确,造句奇巧,"风声万马间",戍边的将士骑着战马,飞奔而过,卷起一代风尘,正如沈德潜所说,读来仿佛"纸上有声","若衍成二语,气味便薄"。颈联从边疆之景过渡到边疆之情。面对如此江山,作者感慨战乱的纷扰。"何日静"与"几人闲"流露出对于边患的忧虑和关注。末联,由西汉立志报国的终军,联想到自己年华老去,一事无成,深感惭愧,委婉地表达出作者热爱山河、渴望报效国家之志。

　　这首诗歌的首尾章法,以壮丽群山开篇,以壮怀激烈结束。开篇正如谢榛论诗,"凡起句当如爆竹,骤响易彻;结句当如撞钟,清音有余"。中间两联,字锤句炼,格调高逸,则又是他"诗以两联为主,起结辅之,浑然一气","诗以佳句为主,精练成章,自无败句"等主张的体现。因为格调的苍凉高迈,气势的沉雄疏朗,成为直逼唐人风范的作品。

袁宏道

　　袁宏道(1568—1610)，字中郎，号石公。湖广公安人，万历二十年(1592)进士，官至吏部郎中，与兄宗道，弟中道合称三袁。有《袁中郎集》。

听朱生说水浒传①

　　少年工谐谑②，颇溺滑稽传③。后来读水浒，文字亦奇变④。六经非至文⑤，马迁失组练⑥。一雨快西风，听君酣舌战⑦。

【注释】

　　①朱生：无锡说书艺人。此诗为作者在无锡时作，年三十岁。其《游惠山记》云："邻有朱叟者，善说书，与俗说绝异，听之令人脾健。每看书之暇，则令朱叟登堂，娓娓万言不绝。"

　　②谐谑：诙谐逗趣，犹今言玩笑。

　　③《滑稽传》：指司马迁《史记》中的《滑稽列传》。

　　④奇变：这里指《水浒传》"情节出人意料、文字新奇有趣"。

　　⑤六经：指《诗》《书》《礼》《易》《乐》《春秋》，司马迁在《滑稽列传》中对六经的特点皆有指引。

　　⑥组练：组甲、披练，指将士的衣甲服装，这里是精锐的意思。

　　⑦酣：本义指饮酒尽兴，这里指痛快。

【导读】

　　《水浒传》除雕版刊刻以外，还以戏曲、说书、弹词等方式广泛传播。明代，吴地说《水浒》由来已久。钱希言(字功父)《戏瑕》卷一："文待诏(征明)诸公暇日听艺人说宋江，先讲摊头半日，功父犹及与闻。"明末张岱《柳敬亭说书》中，记录他在南京时，听柳麻子说武松打虎的故事。袁宏道《游惠山记》云："邻有朱叟者，善说书，与俗说绝异，听之令人脾健。每看书之暇，则令朱叟登堂，娓娓万言不绝。"这首诗中的朱生，当指此人，是一位听之令人快活的说书艺人。

在这首诗里，作者概括了《水浒传》的特质，即奇变、至文、酣、快。作者首先从少年时的阅读兴趣说起，幼时喜欢读谐谑的文章，尤其《史记·滑稽列传》，更是汉代奇绝文字。因此看到水浒传后，被它的"奇变"所感染。在这里，他指出了《水浒传》的"奇变"源出于《史记》，同时，因为与史记、六经相提并论，起到尊体的效果。《水浒传》被当时人认为是篇奇文，已成公论。钟惺《水浒序》评价："《水浒》为绝世奇文也者。"袁宏道在《觞政·十之掌故》中指出："凡《六经》《语》《孟》所言饮式，皆酒经也。……传奇则《水浒传》《金瓶梅》等，为逸典。不熟此典者，保面瓮肠，非饮徒也。"胡应麟《少室山方笔丛》："《水浒》……第述情叙事，针工密致，亦滑稽之雄也。"袁宏道的评价应是符合《水浒传》的特点的。

李贽始终认为《水浒传》是"古今至文"，袁宏道受到李贽影响很深，从禅学到文章理论有着一以贯之的踪迹。袁宏道在诗里直接化用"至文"概念，认为《水浒传》整体水平超过六经、《史记》，语虽夸张，但亦有所寻。

最后一联，一方面肯定《水浒传》的酣畅，另一方面是在评价朱生高超的说书技艺，给人以酣、快的审美感受。对于这一阅读体验，明代的李贽曾经在《续焚书》中说："批点的甚快活人。"盛于斯在《休庵影语》也说："读之令人喜，复令人怒，令人涕泗淋浪，复令人悲歌慷慨。"这些评价均认为《水浒传》具有令人酣畅淋漓的阅读效果。

袁宏道和袁宗道、袁中道被尊为公安三袁，主张性灵，反对复古。从这首诗里，能够看到袁宏道的诗学理论和他的文学旨归。

夏完淳

夏完淳（1631—1647），原名复，字存古，夏允彝子。明松江府华亭人。十四岁从父及陈子龙参加抗清活动。鲁王监国，授中书舍人。事败被捕下狱，不屈而死。有《南冠草》等。

别云间①

三年羁旅客②，今日又南冠③。无限河山泪，谁言天地宽。已知泉路近④，欲别故乡难。毅魄归来日⑤，灵旗空际看⑥。

【注释】

①云间：上海松江区古称云间，作者家乡。顺治四年（1647），夏完淳在这里被逮捕。

②三年：作者自顺治二年（1645）起，参加抗清斗争，出入于太湖及其周围地区，至顺治四年（1647）被捕，共三年。羁旅：客居他乡，这里作者言他从军之后的三年军旅生活。

③南冠（guān）：被囚禁的人。语出《左传·成公九年》"晋侯观于军府，见钟仪，问之曰：'南冠而絷者谁也？'有司对曰：'郑人所献楚囚也。'"杜预注："南冠，楚冠也"。后世以"南冠"代指被俘。

④泉路：黄泉路，死路。

⑤毅魄：坚强不屈的魂魄。语出屈原《楚辞·九歌·国殇》："身即死兮神以灵，魂魄毅兮为鬼雄。"

⑥灵旗：又叫魂幡，古代招引亡魂的旗子。这里指战旗、军旗，意谓抗清的后继者。

【选评】

1.（清）汪端《明三十家诗选·二集》卷八引澄怀：悲凉激烈而得性情之王，文信国后所仅见也。

2.（清）沈德潜《明诗别裁集》：存古十五从军，十七授命，生为才人，死为鬼雄，汪锜不足多也，诗格亦高古罕匹。

【导读】

夏完淳是明清易代之际著名反清复明的将领和诗人。因参加其父夏允彝、师陈子龙领导的抗清活动，十七岁慷慨就义。其诗歌创作也深受被称为"明诗殿军"陈子龙的影响，诗风悲壮苍凉，正如柳亚子《题〈夏内史集〉》第五首所云："悲歌慷慨千秋血，文采风流一世宗。我亦年华垂二九，头颅如许负英雄。"

这首诗歌，是他1647年被捕诀别故乡松江（又名云间）时所作。"三年羁旅客，今日又南冠"，是他反清三年来的真实写照。夏完淳十四岁就慷慨从军，往来奔走于江浙一带，飘零辗转，各种辛苦遭逢，不足为外人所道，在返回松江老家之后，被清当局抓捕。这两句写来平实、深沉，"又"字，实则点出与父、师那些忠臣义士相同的人生命运，道出作者内心的无数辛酸与苦楚。国破不复，事业未竟，江山易主，棋局难翻，山河破碎，恢复无望，因而发出"无限河山泪，谁言天地宽"的悲愤之语。

诗歌的第三联，显然没有承续前两联的慷慨，而是情感一转，语意低回婉转。"已知泉路近，欲别故乡难"，黄泉路近，生日无多，自然也有与家人的殷殷不舍之情、生离死别之叹。以身殉父，却不得以身报母的两难，"淳一死不足惜"，然"哀哀八口，何以为生"的担忧，都真实再现英雄的柔软内心。结末二句反振而起，书写壮志未泯的慷慨之情，把诗歌情感推向高潮。虽然对故土和家人依恋不舍，难以忘怀，他依然以"复明"事业为重，"毅魄归来日，灵旗空际看"，生前不能完成这样的功业，死后即使化为魂魄，也要亲眼看着士兵奋勇前进推倒清朝的统治。铁骨铮铮的誓言，明确展示出作者坚贞不屈的奋斗精神，忠心报国的爱国情怀。他在《狱中上母书》云"人生孰无死？贵得死所耳",正是他人生志向的最好诠释。

　　作者在诗中抒写了面对死的矛盾心情以及不歇的斗志,情感表达起伏跌宕。在艺术上,抛却了拟古的痕迹,使得诗风更加刚健有力。

清

吴伟业

吴伟业（1609—1683），字骏公，号梅村。江苏太仓人。顺治十一年（1654）被迫出仕，历官秘书院侍讲、国子监祭酒。有《梅村集》。

圆圆曲

鼎湖当日弃人间①，破敌收京下玉关②。恸哭六军俱缟素③，冲冠一怒为红颜④。红颜流落非吾恋，逆贼天亡自荒宴⑤。电扫黄巾定黑山⑥，哭罢君亲再相见⑦。相见初经田窦家⑧，侯门歌舞出如花。许将戚里箜篌伎⑨，等取将军油壁车⑩。家本姑苏浣花里⑪，圆圆小字娇罗绮⑫。梦向夫差苑里游⑬，宫娥拥入君王起。前身合是采莲人⑭，门前一片横塘水⑮。横塘双桨去如飞，何处豪家强载归⑯？此际岂知非薄命，此时只有泪沾衣。熏天意气连宫掖，明眸皓齿无人惜⑰。夺归永巷闭良家⑱，教就新声倾座客。座客飞觞红日暮⑲，一曲哀弦向谁诉？白皙通侯最少年⑳，拣取花枝屡回顾。早携娇鸟出樊笼，待得银河几时渡㉒？恨杀军书底死催㉓，苦留后约将人误。相约恩深相见难，一朝蚁贼满长安㉔。可怜思妇楼头柳，认作天边粉絮看㉕。便索绿珠围内第，强呼绛树出雕栏㉗。若非壮士全师胜㉘，争得蛾眉匹马还。蛾眉马上传呼进，云鬟不整惊魂定。蜡炬迎来在战场㉚，啼妆满面残红印㉛。专征萧鼓向秦川㉜，金牛道上车千乘㉝。斜谷云深起画楼㉞，散关月落开妆镜㉟。传来消息满江乡，乌桕红经十度霜。教曲妓师怜尚在，浣沙女伴忆同行㊱。旧巢共是衔泥燕㊲，飞上枝头变凤凰㊳。长向尊前悲老大㊴，有人夫婿擅侯王。当时只受声名累，贵戚名豪尽延致。一斛珠连万斛愁㊵，关山漂泊腰支细。错怨狂风扬落花，无边春色来天地。尝闻倾国与倾城㊶，翻使周郎受重名㊷。妻子岂应关大计，英雄无奈是多情。全家白骨成灰土㊸，一代红妆照汗青㊹。君不见馆娃初起鸳鸯宿，越女如花看不足㊺。香径尘生鸟自啼，屧廊人去苔空绿㊻。换羽移宫万里愁㊼，珠歌翠舞古梁州㉑。为君别唱吴宫曲,汉水东南日夜流㉒。

【注释】

①鼎湖:比喻帝王去世,此指崇祯帝自缢于煤山。典出《史记·封禅书》:"黄帝采首山铜,铸鼎于荆山下。鼎既成,有龙垂胡髯下迎黄帝。黄帝上骑,群臣后宫从上者七十余人,龙乃上去。……故后世因名其处曰鼎湖。"

②破敌:指打败李自成起义军。玉关:即玉门关,这里借指山海关。

③恸(tòng)哭:放声痛哭。缟(gǎo)素:丧服。

④冲冠一怒:即怒发冲冠。典出《史记·廉颇蔺相如列传》。红颜:此指陈圆圆。

⑤天亡:天意使之灭亡。荒宴:荒淫宴乐。

⑥黄巾、黑山:汉末张角、张燕领导的农民起义军,这里借指李自成的起义军。

⑦君亲:即崇祯帝和吴三桂亲属。吴三桂降清后,李自成杀了吴父一家。

⑧田窦(dòu):西汉时外戚田蚡、窦婴。这里借指崇祯的外戚。

⑨戚里:皇帝姻亲的住所。箜篌伎:弹箜篌的艺妓,此指陈圆圆。

⑩油壁车:妇女乘坐的以油漆饰车壁的车子。

⑪浣(huàn)花里:唐代名妓薛涛居住在成都浣花溪,此指陈圆圆在苏州的住处。

⑫罗绮(qǐ):漂亮的丝织品。娇罗绮,形容长得比罗绮还鲜艳美丽。

⑬夫差(chāi):春秋时吴国的君王。

⑭合:应该。采莲人:指西施。

⑮横塘:地名,在苏州西南。

⑯豪家:指外戚,一说是田畹家,一说是周奎家。

⑰明眸皓齿:语出杜甫《哀江头》,诗中指杨贵妃。这里借指陈圆圆。

⑱永巷:皇宫中妃嫔的处所。良家:指田宏遇家。此句指陈圆圆被送出宫,仍归田家为家妓。

⑲飞觞(shāng):一杯接一杯不停地喝酒。

⑳通侯:古代爵位名,此指吴三桂。

㉑娇鸟:指陈圆圆。

㉒银河几时渡:借用牛郎织女七月初七渡过银河相会的传说,比喻陈圆圆何时能嫁吴三桂。

㉓底死:拼死,拼命。

㉔蚁贼:对李自成起义军的诬称。长安:借指北京。

㉕"可怜"两句:意谓陈圆圆已被吴三桂纳为妾,却仍被当作歌妓来对待。天边粉絮,指未从良的妓女。

㉖绿珠:晋朝大臣石崇的宠姬。内第:内宅。

㉗绛树:汉末著名舞伎。这里绿珠、绛树,皆指陈圆圆。

㉘壮士:指吴三桂。

㉙争得:怎得,怎能够。蛾眉:喻美女,此指圆圆。

㉚"蜡炬"句:据钮琇《觚賸》记载,吴三桂听说部将传送搜得的陈圆圆后,大喜,结五彩楼,列旌旗,箫鼓三十里,亲往迎接。

㉛啼妆:东汉女子妆容的一种,这里指陈圆圆的泪痕。

㉜专征:指军事上可以独当一面,自主征伐,不必奉行皇帝的命令。秦川:陕西关中一带。

㉝金牛道:从陕西沔县进入四川的古栈道。

㉞斜谷:陕西郿县西褒斜谷东口。画楼:雕饰华丽的楼房。

㉟散关:即大散关,在陕西宝鸡西南大散岭上。

㊱浣纱:西施入吴宫前曾在绍兴的若耶溪浣纱。这里指陈圆圆。

㊲衔泥燕:比喻地位低下的人。

㊳凤凰:比喻地位高的人。这里指陈圆圆。

㊴尊:酒杯。

㊵斛(hú):古代十斗为一斛。

㊶倾国、倾城:形容极其美貌的女子。典出《汉书·李夫人传》:"北方有佳人,绝世而独立。一顾倾人城,再顾倾人国。"

㊷周郎:指三国时吴国名将周瑜,因娶美女小乔为妻而更加著名。这里借喻吴三桂。

㊸"全家"句:指吴三桂全家被灭。

㊹一代红妆:指陈圆圆。照汗青:名留史册。

㊺馆娃:即馆娃宫,在苏州附近的灵岩山,吴王夫差为西施而筑。

㊻越女:指西施。

㊼屧廊(xièláng):即响屧廊,吴王宫中的廊名。吴王让西施穿木屐走过以发出声响来倾听。

㊽羽、宫:都是古代五音之一,借指音乐。这里用音调变化比喻朝代变迁。

㊾古梁州:指明清时的汉中府,吴三桂曾在汉中建藩王府第,故称。

㊿"汉水"句:语出李白《江上吟》:"功名富贵若长在,汉水亦应西北流。"暗寓吴三桂覆灭的必然性。

【选评】

1.(清)杨际昌《国朝诗话》:世称杜少陵为诗史,学杜者不须袭其貌,正须识此意耳。吴梅村歌行,大抵于感怆,可歌可泣。余尤服膺《圆圆》前幅云:"恸哭六军皆(俱)缟素,冲冠一怒为红颜。"俊幅云:"全家白骨成灰土,一代红妆照汗青。"使吴逆无地自容。体则、白,可为史则已如杜也。

2.(清)潘清《挹翠楼诗话》:梅村诸体,七古最佳,才力最大,书卷之富,又足供其驱使,如《圆圆》诸曲,真令读者醉心。

3.(清)袁枚《语录》:梅村七古,用元白叙事之体,拟王、骆用事之法,调即流转,语复奇丽,千古高唱矣。

4.(清)赵翼《瓯北诗话》卷九:梅村之诗最工者,莫如《临江参军》《松山哀》《圆圆曲》《茸城行》诸篇,题既郑重,诗亦沉郁苍凉,实数可传之作。

5.(近)王文濡《历代诗文名篇评注读本·清诗卷》:不满延陵,微辞寓意,一纵一收,经营惨淡。结处将吴亡影射明亡,固有换羽移宫云云。

【导读】

清初有影响的诗人中，能够有资格与吴伟业并列的是钱谦益。钱氏兼宗唐宋，吴氏学唐，此后清代的各种诗派，大抵不出此二人门户，足见二人对清代诗歌影响之深远。吴伟业各体皆工，尤其擅长七言歌行体，自成"梅村体"，记述明末清初时事，突出叙事写人，足"可备一代诗史"。《圆圆曲》是"梅村体"的代表作，具有很高的叙事造诣。

第一，以人物为中心的叙事结构。本诗是陈圆圆的人物传记，她与吴三桂的悲欢离合，成为诗歌的主线。诗歌分为四部分。前八句是第一部分，讲述陈圆圆与吴三桂所处的时代背景，甲申事变，崇祯帝煤山自缢，吴三桂引清兵入关。其中"恸哭六军俱缟素，冲冠一怒为红颜"，形成鲜明对比。一面是六军恸哭，披麻戴孝；另一面，吴三桂破敌收京，只是为一红颜。其中白与红、民族沉沦的哀痛与吴三桂只为一人的极大反差，使得整首诗开篇不凡，先声夺人。同时把陈圆圆放在鼎湖巨变的历史变革中来写，增加了作品的历史深度，也从侧面反衬陈圆圆的美丽。第二部分，从第九句至四十二句，铺叙陈圆圆与吴三桂的悲欢离合，故事变化曲折，情节跌宕起伏。陈圆圆是姑苏名妓，秦淮八艳之一，因色艺俱佳，成为权贵之家猎艳的对象。陈圆圆先为田贵妃之父田弘遇所得，又转赠给吴三桂为妾，后被李自成部下掳走，最后吴三桂引清兵入关复得陈圆圆。"若非将士全师胜，争得峨眉匹马还"与"电扫黄巾定黑山，哭罢君亲再相见"遥相呼应，形成惊奇、巧妙的叙事效果。第三部分，四十三句至六十四句，叙述陈圆圆与吴三桂美好的结局。第四部分，六十五句至七十八句，模仿史家纪传笔法，有论有赞，评价吴、陈往事，暗示二人命运走向。诗歌中，吴王夫差与西施的典故多次出现，"梦向夫差苑里游，宫娥拥入君王起"，"君不见馆娃初起鸳鸯宿，越女如花看不足"，西施是亡国的尤物，陈圆圆最终也成为导致明代覆亡的红颜。这样的描写，有红颜祸水的谴责，也有身世飘零的怜悯，或许也有美的赞叹。诸多复杂而矛盾的情感，统一在陈圆圆的身世命运之中。

第二，顺叙、倒叙、插叙等多种叙事方法的交错使用，形成波澜起伏，回环完整的艺术效果。诗歌从甲申之变，吴三桂冲冠一怒写起，自然地引出二人相见的缘起。之后诗歌转为倒叙，二人在贵戚府中相见；然后进一步倒叙，介绍陈圆圆的身世。美好的童年，被人反复抢夺的不幸，都在这一段陈述出来。第三部分，描写陈圆圆的苦尽甘来时，又插叙当年教曲伎师、浣纱女伴的追忆，通过各自不同的人生归宿，凸显陈圆圆"飞上枝头变凤凰"的幸福。不同的叙事时间的交错设置，使得现在、过去的时空不断地穿插往复，经过重组的历史事件，动人心魄，同时情节波澜曲折，富于传奇色彩。

第三，叙事视角的不断变化。诗歌中，有吴三桂的视角，"红颜流落非吾连，逆贼天亡自荒宴"，是他对自己的辩护；有陈圆圆的视角，"当时只受声名累，贵戚名豪尽延致。一斛珠连万斛愁，关山漂泊腰支细。错怨狂风扬落花，无边春色来天地"，是陈圆圆对自己凄苦命运的独白；有伎师、浣纱女伴的视角，老大伤悲与嫁入豪门截然相反的境遇、陈圆圆本人前后迥异的贫贱与富贵，烘托陈圆圆的泼天富贵；有作者的视角，"恸哭六军俱缟素，冲冠一怒为红颜"，"尝闻倾国与倾城，翻使周郎受重名。妻子岂应关大计，英雄无奈是多情"，"全家白骨成灰土，一代红妆照汗青"，作者化为全知全能人物，对吴三桂、陈圆圆的爱情故事发表议论、评价。尤其是最后借夫差与西施的命运，暗示功名富贵的短暂。视角体现为文本看世界的角度，叙事视角的不断流动变化，把现实人生转化为艺术人生的透镜，更加生动、丰富地展开历史画面。

第四，作为叙事诗，采取了对比、双关、用典、比喻、顶针等修辞手法。吴三桂全家的被杀与陈圆圆一人的受宠、国家的伤痛与陈圆圆一人的闪亮、当日浣纱同伴的老大伤悲与嫁入豪门截然相反的境遇、陈圆圆本人前后迥异的贫贱与富贵，两两放在一起，分别进行对照，层次分明，寓意深刻。对于《圆圆曲》的写作主旨，有"刺吴""美吴""羡吴"等，众说纷纭。这与作者采用双关、典故、隐喻等含蓄隐晦的写作方式有直接关系。诗歌中反复出现的西施故事，甚至用"明眸皓齿"的典故，用杨贵妃指代陈圆圆，还有曹操的失败与周瑜、小乔的关联，烟水迷离，其中寓意见仁见智，使得文本极具阐释张力。作为歌行体，数句一转韵，平仄韵间隔使用，音调抑扬变化且和谐圆转；并且运用顶针格,前后词句的转换平滑自然,达到流利婉转的艺术效果。

整首诗规模宏大,结构新颖,情节曲折。作者"遭逢丧乱,阅历兴亡"(《四库全书总目》),把人物浮沉荣辱,与国家易代怆痛交织在一起,在错金镂彩的华丽辞藻中,隐含深刻的历史批判,同时笔调委婉,表现出高超的叙事艺术。这首歌行诗诗史风范和哀怨情韵相结合,堪为"梅村体"第一名篇。

顾炎武

顾炎武(1613—1682),本名绛,字忠清,明亡后,改名炎武,字宁人,号亭林,自署蒋山佣。江苏昆山人。明末清初思想家、史学家、音韵学家。曾参加抗清斗争,后致力于学术研究。有《日知录》《天下郡国利病书》《亭林诗文集》等。

精　卫①

万事有不平,尔何空自苦②。长将一寸身③,衔木到终古! 我愿平东海,身沉心不改。大海无平期,我心无绝时。呜呼! 君不见西山衔木众鸟多,鹊来燕去自成窠④。

【注释】

①精卫:古代神话中所记载的一种鸟。《山海经·北山经》:"炎帝之少女,名曰女娃。女娃游于东海,溺而不返,故为精卫。常衔西山之木石,以湮于东海。"

②尔:你,指精卫。

③一寸身:形容躯体弱小。

④窠:鸟巢。鹊燕成窠,比喻贪图富贵而屈节仕清者。

【选评】

1.(清)汪端《明三十家诗选》卷七:若顾亭林磊落英多,陆桴亭雄深渊雅,则又独辟门径,前无古人矣。(凡例)又云:其诗凭吊沧桑,语多激楚,茹芝采蕨之志,黍离麦秀之悲,渊深朴茂,直合靖节、浣花为一手,岂宋《谷音》《月泉》诸人所能伯仲哉?

2.(近)王蘧常《顾亭林诗集汇注》:徐注:陶渊明读《山海经》时,"精卫衔微木,将以填沧海",先生身世既与陶同,而壮心不已,故亦赋精卫以寄托也。

【导读】

明清之际，两都陷落后，反清斗争持续不断。在复杂、激烈的民族矛盾斗争中，涌现出众多的爱国志士，顾炎武是其中的杰出人物。他矢志参加抗清活动，复明无望后，遵嗣母遗言，拒绝朝廷征召，一生不出仕清朝。虽然参与的抗清活动一再受挫，但并未因此而颓丧。此诗中，顾炎武以填海的精卫自比，表达自己坚韧不拔的意志。

"精卫"是古代神话中所记载的一种鸟，相传是炎帝的女儿，因为贪玩在东海中溺水而亡，死后化为鸟，名叫精卫，常常衔着石木飞到东海上来填海。这则神话与愚公移山故事并列，体现坚持不懈和永不放弃的精神。东晋时，陶渊明在《读山海经·其十》中写道："精卫衔微木，将以填沧海。刑天舞干戚，猛志固常在。"顾炎武继续沿用这一母题，在诗中把自己比作精卫鸟，表达自己坚持舍身报国的决心和志气。

诗前四句，以精卫自喻，是自我追问。"万事有不平，尔何空自苦。""长将一寸身，衔木到终古。"沧海横流，无有边际，而自己又人小势微，无人同行，为何去填难平的大海，遭受这样的苦痛？这样的发问劈空而来，振聋发聩的同时，也营造出一种低沉悲伤的感情基调。四至八句，借精卫自言，是自我回答。"我愿平东海，身沉心不改。大海无平期，我心无绝时。"只要大海未平，反清的初心绝不动摇。坚定的誓言，把之前的迷茫一扫而去。诗低迷的基调一挥而散，显露出一种慷慨开阔的气势。九至十一句，用鹊燕成窠比喻贪图富贵而屈节仕清者，诗人对他们极尽蔑视和嘲讽。西山衔木的鹊、燕很多，但都是为了自己成窠的私利。这些所谓的凡鸟与精卫形成鲜明的对比，更表现出精卫形象的高洁、坚定、伟岸，传达出诗人不愿与世人同流合污的民族气节和不屈的意志。

顾炎武的诗歌，以杜甫为宗，以精切之用典，书写兴亡之感，灌注强烈的爱国精神。这首诗作者化身精卫，寄托心迹，同时用问答和对比的方式，表达力图恢复明室的决心，行文节奏干脆利落，语言简单质朴、明快自然，堪为"风骚诗史之遗"代表之作。

陈维崧

陈维崧(1625—1682),字其年,号迦陵,宜兴(今属江苏)人。康熙年间举博学鸿词科,授翰林院检讨,参与编修《明史》。善诗词、骈文,阳羡词派领袖。有《陈迦陵文集》等。

醉落魄(咏鹰)①

寒山几堵,风低削碎中原路②。秋空一碧无今古③,醉袒貂裘④,略记寻呼处⑤。

男儿身手和谁赌⑥。老来猛气还轩举⑦。人间多少闲狐兔⑧?月黑沙黄,此际偏思汝⑨!

【注释】

①醉落魄:词牌名,又名"一斛珠""怨春风""章台月"等。所选词双调五十七字,上下片各五句四仄韵。

②"风低"句:写风力很猛。

③秋空一碧:秋季蓝天,万里无云。无:不论,不分。

④袒(tǎn):裸露。

⑤寻呼:指猎人呼鹰寻猎。

⑥赌:较量输赢。

⑦轩举:高扬,振奋。

⑧闲狐兔:比喻奸佞之徒。

⑨汝:你,这里指鹰。

【选评】

1.(清)陈维岳《湖海楼词序》:或驴背清霜,孤篷夜雨;或河梁送别,千里怀人;或酒旗歌板,须髯奋张;或月榭风廊,肝肠掩抑;一切诙谐狂啸、细泣幽吟,无不寓之于词。甚至里语巷谈,一经点化,居然典雅,真有意到笔随,春风化物之妙。

2.(清)陈廷焯《白雨斋词话》:迦陵词气魄绝大,骨力绝道,填词之富,古今无双。只是一发无余,不及稼轩之浑厚沉郁。然在国初诸老中,不得不推为大手笔。

【导读】

陈维崧词豪迈奔放,在延续苏轼和辛弃疾二人写作格调的基础上,又增强了作品的情感张力。他在作品中经常抒发自己怀才不遇、国家兴亡的感慨。这首词便是其中一例。

咏鹰是诗词中的传统题材,词人借鉴杜甫"安得尔辈开其群,驱出六合枭鸾分"的诗意,侧笔写鹰,在上下两片的结尾处点明主题,构思新颖,行文风格超然旷达,格调苍凉,体现出阳羡词派的豪放词风。

词的上片破空而来,词人以粗犷的笔墨描写寒山、秋风、飞鹰,秋空一碧,正是呼鹰击兔的时节,作者勾勒了一副秋寒料峭的图景。"风低削碎中原路",秋风萧索,暗含天地之杀机,树叶凋落,在风中翻涌;"削碎"二字夸张地描写出风的猛烈、鹰呼啸而掠的威猛,生动鲜活;"中原"与"千古"二字相对,指时间和空间的远大。"醉袒貂裘,略记寻呼处",在辽阔的秋空之下,词人醉袒貂裘,呼鹰击兔,凸显英雄豪杰的本色。词由鹰转人,开启下片。

下片抒情言志,开头三句与上片结尾处的"略记寻呼处"紧紧呼应,语言虽豪迈,却流露出一种悲愤的情感。"和谁赌"三字,是词人怀才不遇的悲伤、壮志难酬的愤懑。"老来猛气还轩举",雄鹰虽然已经衰老,但仍然展翅翱翔,这句正面咏鹰,赞扬雄鹰一如既往的凶猛,同时也是词人的自勉之语,表达出自己仍有建功立业的决心和志向。更何况,"人间多少闲狐兔",又怎能随随便便就认为自己无用呢?下片末尾,从"偏思汝"可以从中看出词人对鹰的喜爱。月黑沙黄,正是飞鹰逐猎的时机,此时词人想起雄鹰,表达出渴望施展抱负、建功立业的人生理想。

唐宋咏物词中，多集中于风花雪月、蝉、梅、柳等比较纤柔的事物，而很少咏写猛禽这类刚雄的物象，咏写的物类有明显的局限。陈维崧的这首词咏写鹰，使读者充分感受到了阳刚之美，是清词豪放派的代表作。

朱彝尊

朱彝尊(1629—1709),字锡鬯,号竹垞、金风亭长,浙江秀水人。康熙十八年(1679)应博学鸿词科,授检讨。清代学者、诗人,浙西词派代表。有《曝书亭集》《明诗综》《词综》等。

云中至日①

去岁山川缙云岭②,今年雨雪白登台③。可怜日至长为客④,何意天涯数举杯⑤。城晚角声通雁塞⑥,关寒马色上龙堆⑦。故园望断江村里,愁说梅花细细开⑧。

【注释】

①云中:古郡名,今山西大同市。至日:冬至节。

②缙云岭:又名仙都山,在今浙江缙云县境。

③白登台:汉高祖被匈奴围困处,在今山西大同市东北。

④日至:日南至,即冬至。

⑤何意:何曾想到。数:屡次。

⑥雁塞:即雁门塞,又名雁门山,在今山西代县西北。

⑦关:即雁门关,在山西省代县北部,为长城要塞之一。马色:指地有积雪,呈现出斑驳之色。《唐书·回纥传》有"马色皆驳"。龙堆:亦称白龙堆,在新疆罗布泊以东至甘肃玉门关,古代为西域交通要道。

⑧细细开:形容花枝繁盛,花时长久。语出杜甫《江畔独步寻花》其七:"嫩蕊商量细细开。"

【选评】

(清)沈德潜《清诗别裁集》:学北地高人杜陵,通首一气,能以大力负之而趋。

【导读】

钟嵘在《诗品序》中说:"气之动物,物之感人,故摇荡性情,行诸舞咏"。节令气候的变化,萌动着万物,万物的盛衰又触发人的情感。尤其在外的游子,对物候的变化最为敏感。杜审言说:"独有宦游人,偏惊物候新。"王维说:"独在异乡为异客,每逢佳节倍思亲。"节日思乡成为文学表达的传统母题。

朱彝尊早期曾为抗清奔走,失败后为避祸四处游历。这首诗作于康熙三年(1664),时作者客游大同,投奔山西按察副使曹溶。正值冬至,独寓异乡的诗人,生发出终年漂泊的人生感慨和浓烈的思乡之情,作《云中至日》。

这首诗笔势跌宕流转。从结构上看,首联通过时间、地点变换,暗示羁旅在外;颔联常年为客,抒发无奈的悲叹,语意堪怜;颈联描写边地的荒凉萧瑟;尾联想象故乡梅花盛开的旖旎,与眼前的萧条形成对比,语意惆怅。一、三联写景,随即感情宕开,二、四联抒情。景物描写与感情抒发穿插往复,形成顿挫的节奏美感。

从时空背景的转换看,"去岁"与"今年","山川"与"雨雪","缙云岭"与"白登台","雁塞"与"龙堆",两两对举,通过时间、空间不断变化,凸显客游人辗转奔波的孤苦,形成语意流动的效果。这种写法,与杜甫《闻官军收河南河北》的地点描写,有异曲同工之妙。

从故乡和云中的对比来看,江浙的温润与塞上的冬寒,云中城头的落日、苍凉的号角与故园云岭中的江村、细细盛开的梅花,在一一对举当中,体现诗人的情感波动。而且,边地的景物描写雄浑质朴,故园的描绘则是温婉别致,两种相反的美学格调,前后交替出现,造成气韵的起伏跌宕。

整首诗风格沉郁、笔力沉雄,是一篇流露真情实感的佳作。

桂殿秋①

思往事,渡江干②,青蛾低映越山看③。共眠一舸听秋雨④,小簟轻衾各自寒⑤。

【注释】

①桂殿秋:词牌名,所选词单调二十七字,五句二平韵。

②江干:即江边。

③青蛾:形容女子眉黛。越山:嘉兴地处吴越之交,故云。

④舸(gě):船。

⑤簟(diàn):竹席。轻衾(qīn):薄被。

【选评】

1.(清)丁绍仪《听秋声馆词话》卷二:史梅溪《燕归梁》云:"独卧秋窗桂未香,怕雨点飘凉。玉人只在楚云旁,也著泪,过昏黄。西风今夜梧桐冷,断无梦,到鸳鸯。秋钲二十五声长。请各自,耐思量。"竹垞太史仿其意,即变其词为《桂殿秋》云,较梅溪词尤含意无尽。

2.(清)况周颐《蕙风词话》卷五:或问:国初词人,当以谁氏为冠?再三审度,举金风亭长对。问佳构奚若?举《捣练子》云:"思往事,渡江干,青蛾低映越山看。共眠一舸听秋雨,小簟轻衾各自寒。"

3.(清)谭献《箧中词》:复振五代,北宋之续。

【导读】

朱彝尊是浙西词派的创始人,与阳羡词派代表陈维崧齐名。陈维崧去世后,以悲慨健举为特点的阳羡词派逐渐走向落寞,然以朱彝尊为代表的风格清丽的浙西词派却愈加繁盛,考其缘由,龚鹏程认为是朱派词风更适宜初学者的缘故。

朱彝尊十七岁入赘冯家,顺治六年(1649),随岳父一家迁至练浦塘西北梅会里,这首词回忆的正是这段途中往事。前三句,忆作者往昔渡江之事,后二句写舟楫夜宿、拥衾听雨的场面。即使片段的情景描写,也有一种清冷意境,是朱彝尊代表作品之一。

"思往事"三字统起全文,为该词定下感情基调,江水倒映佳人倩影,远山美丽,词人用轻灵之笔描写自己与妻妹渡江的情形。"青蛾低映越山看"中,"青蛾"是古代妇女画的眉毛,蛾眉下模糊的双眸,给人以想象的空间。"低映"生动地描绘了少女远望越山雨色迷蒙的情态。后两句是情感的继续和延伸,词人与妻妹同在一条船上听着秋雨,然而各自想着各自的心事,是一种心愿难遂的凄苦状态。这是一首清美之极的小词,是对作者与妻妹之间生活细节的追忆。此词之韵味,重在后两句"共眠一舸听秋雨,小簟轻衾各自寒",写出各自不同的人生况味,以及发乎情止乎礼的节制之美。

此词短制,五句二韵,二十七字,却表现出词人落寞、持守的微妙心境。词中的景物描写,鲜活灵动,更精巧地表露主人公跌宕起伏的心情。作者婉转的情感,化作一行行清丽秀雅的文字,令人感动,为人传诵。清代词人谭献推此词"复振五代,北宋之续",评价极高。以后谈清词者,朱彝尊和他的《桂殿秋》皆不能绕过。

查慎行

查慎行(1650—1727),浙江海宁人。原名嗣琏,字夏重,号他山,又号查田,晚号初白,后改名慎行,字悔余。康熙癸未进士,官翰林院编修。有《敬业堂集》等。

舟夜书所见①

月黑见渔灯②,孤光一点萤③。微微风簇浪④,散作满河星。

【注释】

①舟夜书所见:夜晚在船上记下所看见的景象。

②渔灯:渔船上的灯火。

③孤光:孤零零的灯光。萤:萤火虫,比喻灯光像萤火虫一样微弱。

④风簇浪:风吹起了波浪。簇,聚集,簇拥。

【选评】

1.(清)袁枚《随园诗话》卷八:查他山先生诗,以白描擅长;将诗比画,其宋之李伯时乎?

2.霍松林《历代好诗诠评》:以大景衬小景,以暗景衬亮景,以一点化万点,展现深邃、宁静而富于变化的艺术境界,令人神往。

【导读】

查慎行善于捕捉富有诗意的一刹那情景,提炼典型的意象,通过白描和映衬手法,营造出令人神往的意境。五绝《舟夜书所见》即为代表。

渔火是中国古典诗词的传统意象,有着孤独、乡愁、希望、温暖等丰富的文化内涵。"月黑见渔灯,孤光一点萤",黑暗中的渔灯,微弱的像萤火,却使人看到了希望与方向,但是毕竟太过微弱,所以诗人的内心是孤冷的。"微微风簇浪，散作满河星"，微风吹起，荡起涟漪，"一点萤"忽地散作"满河星"，以一化万，一片盛大光明，整体意境奇幻开阔。

　　五言绝句不像律诗那样，有着完整的起承转合，但是后两句一般会发生句意转折。纵观整首诗，黑暗变作光明、一点化为万点、孤寂变得温暖，恰恰是因为"微微风簇浪"的相助，那孤独的灯光才能在江水里瞬间地散开，整首诗的意境才发生奇幻而生动的改变。这句话是画龙点睛的神来之笔，使得整幅作品跃然而活。这很有点像查慎行的人生，他希望在历史的长河里，点亮文化之灯，也许很长时间都是孤独的灯火，但只要机会来到，就会熠熠生辉，光芒四射。

　　这首五绝只选取了五个意象，黑夜、渔灯、微风、簇浪、满河星，便写出了舟夜小景的深邃、宁静而奇妙。诗人运用白描手法，达到挥洒自如、出神入化之境界。

纳兰性德

纳兰性德(1655—1685),清满洲正黄旗人,大学士明珠子。原名成德,字容若,别号楞伽山人。康熙十五年(1676)进士,授乾清门侍卫。诗文均工,尤长于词。有《通志堂集》等。

长相思①

山一程,水一程,身向榆关那畔行②,夜深千帐灯③。

风一更,雪一更④,聒碎乡心梦不成⑤,故园无此声。

【注释】

①长相思:所选词双调三十六字,上下片各四句四平韵。

②榆关:即今山海关,在今河北秦皇岛东北。那畔:即山海关的另一边,指身处关外。

③帐灯:皇帝出巡临时住宿的行帐的灯火。千帐言军营之多。

④更:旧时一夜分五更,每更约两小时。风一更、雪一更,言整夜风雪交加。

⑤聒:声音嘈杂,这里指风雪声。

【选评】

(近)王国维《人间词话》:"明月照积雪""大江流日夜""中天悬明月""长河落日圆",此种境界,可谓千古壮观。求之于词,唯纳兰容若塞上之作,如《长相思》之"夜深千帐灯"、《如梦令》之"万帐穹庐人醉,星影摇摇欲坠"差近之。

【导读】

康熙二十年(1681),三藩之乱平定。翌年三月,康熙出山海关至盛京告祭祖陵,纳兰性德随从。词人由京城赴盛京途中,关外的一切对于生于关内、长于京城的性德来说,都是那么荒凉、寂寞。他的妻子卢氏也于几年前去世,如今又背井离乡,孤身漂泊,于是有感而发,写下这首饱含思乡之情的千古佳作。

词作上片描写将士们在塞外行军与驻扎的环境,流露出驻边将士诸多无奈的情绪。开篇以"山一程,水一程"六字叠韵发端,重复使用"一程"一词,突出路途遥远而漫长,他们跋山涉水,经历重重难关,距离家乡却越来越远;而且重复、循环的句式,更有着一种一叠又一叠前行的动感,这种空间上的巨大张力,更加突出远离家乡的落寞。"身向榆关那畔行",明确了前进的目的地和方向,但词中写"身"走向榆关,又暗示着词人的"心"还在京师。"那畔"说明词人对即将要到达的地方是陌生的,颇含疏远的感情色彩,词人这次奉命前往"榆关"实属无奈之举。

下片叙述风雪交加的夜晚,词人因思念故园而难以入眠。"风一更,雪一更"与上片格式相同,写出遥远路途上风雪交加的恶劣环境。"聒碎乡心梦不成,故园无此声"呼应上片"夜深千帐灯"。征途的风雪声和故园的无此声的对比,"夜深千帐灯"的壮观与塞上艰苦条件的对比,更加引发作者对家乡深切的思念。

本词有别于传统边塞诗的豪放慷慨,而是风格婉约,通过描写山水风雪、灯火声音等平凡的事物,寓情于写景之中。

蝶恋花①

辛苦最怜天上月,一昔如环②,昔昔都成玦③。若似月轮终皎洁,不辞冰雪为卿热④。

无那尘缘容易绝⑤,燕子依然,软踏帘钩说。唱罢秋坟愁未歇⑥,春丛认取双栖蝶⑦。

【注释】

①蝶恋花：所选词双调六十字，上下片各五句四仄韵。

②昔：同"夕"，见《左传·哀公四年》："为一昔之期"。环：圆形玉璧，借指月圆。

③玦(jué)：玉玦，环形有缺口，借指月缺。

④"不辞"句：典出《世说新语·惑溺》："荀奉倩(粲)与妇至笃，冬月妇病热，乃出中庭，自取冷还，以身熨之。"

⑤无那：无奈，无可奈何。

⑥"唱罢"句：唐李贺《秋来》："秋坟鬼唱鲍家，恨血千年土中碧。"这里借用此典表示，满怀愁情仍不能消解。

⑦认取：注视着。取，语助词。双栖蝶：传说梁山伯与祝英台死后双双化蝶。这句化用李商隐《偶题二首》句："春丛定是双栖夜，饮罢莫持红烛行。"

【选评】

(清)谭献《箧中词》：有明以来，词家断推湘真(即陈子龙)第一，饮水(即纳兰性德)次之。

【导读】

这首悼亡词，是纳兰性德为悼念亡妻卢氏而写。在纳兰性德传世的三百多首作品中，约有五十首与悼亡相关。他在最后一首悼亡词《采桑子》中写道："谢家庭院残更立，燕宿雕梁。月度银墙，不辨花丛那辨香。此情已自成追忆，零落鸳鸯。雨歇微凉，十一年前梦一场。"长达十一年的岁月中，纳兰性德仍旧思念着卢氏，流露出对妻子深挚的感情。

作者在《沁园春·丁巳重阳前》的小序中曾写道："丁巳重阳前三日，梦亡妇淡妆素服，执手哽咽，语多不复能记，但临别有云：'衔恨愿为天上月，年年犹得向郎圆。'"这首《蝶恋花》就是从梦里的两句诗生发而来。

开篇三句语词清丽凄美。词从"天上月"写起，以"天上月"比喻亡妻，月亮的阴晴圆缺，象征人间的悲欢离合。而且圆少缺多，一月之中，只有十五这一夜月亮如玉盘般圆满,其他则如玉玦般有所缺陷,正像爱情难以久长的遗憾,如今斯人已去,唯留思念永存。"若似月轮终皎洁,不辞冰雪为卿热",典故出自《世说新语》。荀奉倩与妻子的感情深厚,正值寒冬腊月,天气寒冷,妻子患病发热,荀奉倩在情急之下,多次赤身裸体到庭院里,让寒风降低身上的温度,借此来给妻子降温,然而妻子依旧离他而去,荀奉倩病重不起,很快也随着妻子离世了。作者借用这个典故,表达自己对妻子的深情厚谊。

下片以双燕的帘间呢喃叙语,反衬自己的孤单哀愁,并用梁祝双双化蝶的典故,诉说自己对亡妻生死不渝的感情。"无那尘缘容易绝,燕子依然,软踏帘钩说",尘世的情缘最易断绝,此时的纳兰睹物思人,由燕子的呢喃,想到自己与妻子昔日那段甜蜜而温馨的快乐时光,作者的悲与燕子的喜形成鲜明的对比,更突出了悲情。"唱罢秋坟愁未歇",化用李贺诗句"秋坟鬼唱鲍家诗"的意象及诗意,表达痛彻心扉的愁苦。尾句"春丛认取双栖蝶",由人到物,双双化蝶的美好想象,正是纳兰对亡妻的无尽倾诉。

这首词写来缠绵凄切,感人至深,表达了词人的一片痴心与忧愁。陈维崧认为,纳兰的词"哀感顽艳,得南唐二主之遗",确为恰评。

厉 鹗

厉鹗(1692—1752),字太鸿,号樊榭,浙江杭州人。清代雍乾盛时期著名词人、学者。有《宋诗纪事》《樊榭山房词》等。

扫花游^①

乙巳三月二十三日,客扬州,孤愁特甚;问人,始知是春尽日也。黯然于怀,附寄尺凫^②。

折花泛舸^③,又夜浅灯孤,绿阴如许。旧游间阻。听檐声压酒^④,醉醒无据^⑤。落魄多愁,尚记罗裙雁柱^⑥。向南浦^⑦,讶杨柳今朝,腰瘦慵舞。

行遍深院宇,已负了春来,忍教春去。笑人易误,似山中枕石^⑧,顿忘时序。小榼樱桃^⑨,更忆西园胜聚。寄情处,画当年满湖烟雨。

【注释】

①扫花游:词牌名,又名"扫地花""扫地游"。所选词双调九十五字,上片十一句六仄韵,下片十句七仄韵。

②尺凫:厉鹗杭州友人吴焯的号。

③舸:较大的船只。

④檐声:下雨时屋檐的流水声。压酒:米酒酿制将熟时,压榨取酒。

⑤据:依靠。

⑥雁柱:筝上的木柱。

⑦南浦:在中国古代诗歌传统中,南浦是水边的送别之所。

⑧枕石:枕于石上,多喻隐居山林。

⑨榼(kē):古代盛酒或贮水的器具。泛指盛物的器物。

【导读】

厉鹗是浙西词派自朱彝尊之后最重要的作家。他与纳兰性德专学北宋词不同，推崇以姜夔、张炎为代表的宗南宋词，因此在艺术风格上以幽新隽妙、婉约淡冷为主，在山水中消解烟火气息。

本词有个小序，点明写作缘起。乙巳年三月二十三日，厉鹗做客扬州时，时值春末，作者黯然神伤，特写一篇寄予友人。

首四句即扣住惊惜春暮、寄词友人的二重意韵，春日随着折花泛舟即将过去，在夜浅灯孤之时，才恍然发觉，绿茵繁盛，而与朋友共游的乐趣也已阻隔许久。鲜花、小船、孤灯、绿荫，四个意象便勾勒出词人闲暇时光的优雅。在醉醒无据的时刻，作者细数往昔旧游时的罗裙之美、琴筝之乐，但到现在那一切都消逝了。厉鹗家境贫寒、出身卑微，少时因无力支撑生活而差点被送去出家，青年时科举屡遭挫折，可谓"落魄多愁"。上片的结尾"讶"字体现了词人看到杨柳随风飘摇的惊叹之情。这一段写来意繁语复，窈曲幽深。

词的下片，作者感叹既已负了春来，不忍再负春而去，所以特地出来，行遍庭院深处。表面上词人孤单前行，但实际上有了美景作伴，词人内心是充盈的。就算偶有失意，就算辜负了早春之景，但是为之未晚。正因懂得欣赏，所以美景亦不会辜负他。他一边惜春，一边自嘲让春随意流逝，正是词的妙趣所在。末尾再补出旧游欢聚情景，这种朋友欢聚的情感就像春天，当时不甚在意，离开后始觉珍惜，所以在惜春的今夜，要画一幅当年烟雨共游的情景图来记录春天。

《扫花游》一词，写出了作者在江南的烟雨阁楼间的放松与暗暗的苦闷，词人将自己无处抒发的情绪，寄情在这令人心醉的山水之间，堪为山水词佳作。

袁　枚

（1716—1797），浙江杭州人。字子才，号简斋，晚年自号仓山居士，随园主人，随园老人。乾隆四年（1739）进士。乾嘉时期代表诗人、诗论家。有《小仓山房诗集》等。

苔

白日不到处^①，青春恰自来^②。苔花如米小，也学牡丹开^③。

【注释】

①白日：太阳。

②青春：指苔藓富有生机的绿意。

③也：一作"亦"。

【导读】

袁枚是乾嘉时期代表诗人、诗论家，与赵翼、蒋士铨合称为"乾隆三大家"。乾隆四年进士。他写诗主性灵，古文骈体亦自成一格。

《苔》是一首咏物小诗，诗人托"苔"而言志。"苔"生长在阴暗潮湿的角落，花朵小如米粒，但是它同样有着自己的青春理想，也学着像牡丹花一样富有光彩的绽放。每一个生命，或许卑微、或许渺小，但是都有着属于自己的生命价值。诗人通过"苔"的描写，写出平凡而卓越、渺小而伟大的生命真谛，并赋予了"苔"以人格，抒发了自己的人生怀抱。

《苔》也是一首理趣诗。诗中物象选择精当、新颖，苔花很小，但如果仔细看，也会看到盛放一朵朵小花。诗人非常敏锐地捕捉到这个生命瞬间，并进行艺术性的展现。苔的宁静淡泊又富有生命力的特质与诗人所要表达的思想高度统一。诗人又巧妙运用对比的写法,把苔的渺小卑微和牡丹花的盛大高贵、把潮湿灰暗的环境和青春多彩的绽放,两两相较,使得诗歌浅近轻盈而富有灵性,饶有趣味。

赵 翼

赵翼（1727—1814），字云崧，一字耘崧，号瓯北，又号裘萼，晚号三半老人，阳湖人。清代史学家、诗人。有《瓯北诗话》等。

论诗五首（其二）

李杜诗篇万口传，至今已觉不新鲜。江山代有才人出①，各领风骚数百年②。

【注释】

①才人：有才情的人。

②风骚：指《诗经》中的"国风"和屈原的《离骚》。后来把关于诗文写作的事叫"风骚"。这里指在文学上有成就的"才人"的崇高地位和深远影响。

【选评】

（清）朱克敬《暝庵杂识》：赵瓯北诗才大学博，而过于纵肆，不免沧海横流，惟能以诗说理，博辨无碍，亦一奇也。

【导读】

中国古代文学批评史上，有这样的传统——以七绝组诗的形式论诗，表达诗学理论。唐代诗人杜甫的《戏为六绝句》首开先河，其后有金元时期元好问的《论诗绝句三十首》，清初王士禛的《戏仿元遗山论诗绝句》，清中叶则有赵翼的《论诗》。

这首诗是赵翼《论诗》五首中的一首，反映了诗歌创作贵在创新的主张。前两句以李白、杜甫为例来说理："李杜诗篇万口传，至今已觉不新鲜"，李白、杜甫的诗歌才调绝伦，无人比肩，然而，就算是如此伟大的诗篇，如果只是沿袭，没有改变，也会觉得不新鲜。无论是创作灵感，还是审美感受，都不能带来全新的阅读体验。在这里,作者强调了求新求变。更何况李、杜在当时的时代之下,也讲究借鉴创新。杜甫说:"别裁伪体亲风雅,转益多师是吾师"。作者以李、杜两位大家,形象地阐述创新的观念。"江山代有才人出,各领风骚数百年",这两句是说,江山无限,不是只有李白、杜甫,同时也不要迷信此二人,因为时代会造就很多不同风格、不同流派的诗人,他们以一代新篇,各自统领诗坛数百年。作者强调创新要随着时代的发展而不断更替,要成就每个时代自己的文学。

元明以降,虽也讲求"生新",但文坛宗唐、宗宋、宗李、宗杜的复古主义的浪潮,一波未平一波又起。作者在这首诗里,敢于直评李白、杜甫的历史局限性,鼓励后辈诗人勇于打破偶像,树立超越古人的信心,充分体现了作者发展的眼光和创新的自信。整首诗语言浅近直白,寓意深刻,具有振聋发聩的艺术批评效果。

张惠言

张惠言（1761—1802），原名一鸣，字皋文，一作皋闻，号茗柯，武进（今江苏常州）人。嘉庆四年进士，官至编修。深于易学，与惠栋、焦循一同被后世称为"乾嘉易学三大家"。喜词赋，为常州词派之开山，尝辑《词选》，有《茗柯文编》等。

风流子（出关见桃花）①

海风吹瘦骨，单衣冷、四月出榆关②。看地尽塞垣③，惊沙北走，山侵溟渤④，叠障东还⑤。人何在、柳柔摇不定，草短绿应难。一树桃花，向人独笑。颓垣短短，曲水湾湾。

东风知多少？帝城三月暮，芳思都删。不为寻春较远，辜负春阑⑥。念玉容寂寞⑦，更无人处，经他风雨，能几多番⑧？欲附西来驿⑨，寄与春看。

【注释】

①风流子：原唐教坊曲，后用作词牌，又名"内家娇""神仙伴侣"等。所选词双调一百一十字，上片十二句四平韵，下片十一句四平韵。

②榆关：即今山海关，在河北临榆县。

③塞垣（yuān），指长城。山海关为长城东端。

④侵：近。溟渤：海水。鲍照《代陆平原君子有所思行》诗："筑山拟蓬壶，穿池类溟渤。"

⑤叠障：边塞险要防御城堡重叠，此处指长城。还：即环。

⑥春阑：春残。

⑦玉容：指桃花。

⑧"经他"二句：化用辛弃疾词《摸鱼儿》句"更能消几番风雨"。

⑨西来驿使：奉天府盛京在东，驿使由西而来。

【选评】

1.徐中玉《元明清诗词文》：此词上片以溟勃、叠嶂为背景,选用海风、寒垣、凉沙、柔柳、短草等意象突出四月关外的春迟,而这一切,又反衬出一树桃花的娇美和人见桃花的惊喜。下片由京城此时的春暮联想眼前桃花的寂寞与几番风雨后桃花的归宿,流露惜春之情。结拍设想托驿使寄花,表现出词人对桃花的怜爱和愿花长在的希望。

2.田军等《金元明清诗词曲鉴赏辞典》(唐玲玲鉴赏):唐人的"春风不度玉门关"之叹,词中化成为"春风已度山海关"的描写。作者让内心世界的感情起伏,通过"一树桃花"进行即景抒怀,索物见意,在景物的描写与气氛的渲染中,由景入情,借物言情,情隐物显,层层翻出,词风俊逸深沉,不失为边塞词的佳作。

【导读】

嘉庆五年(1800),张惠言奉命到盛京(今沈阳),四月出山海关,见关外桃花尚开,欣喜、叹息之余以词立意。

词上片出语奇高,"海风吹瘦骨""单衣冷",让人似乎感受到山海关外春寒料峭、海风袭人之冷意,词人孤峭伶落的形象也隐然在目前。"四月出榆关",补充说明暮春诗人出关之感,也引出关外特有的景象。诗人看到关外之地风狂飙猛、飞沙走石,群山延伸近海、长城连绵起伏。"地尽""惊沙"与"山侵""叠障",分别从气候与地势特征,凸显塞外特具的辽阔壮美。"人何在"一句反诘,说明这里人烟稀少,也流露出诗人孤独冷寂的心情。"柳柔摇不定,草短绿应难",尽管时已四月,塞外弱柳柔条摇摆不定,小草也才刚刚泛青,"难"字更进一步强调塞外春迟和荒寒景象。不过,即使是柔条、短草,也已经透露出春天的信息,更让人欣喜的是,在那低矮的断壁残垣旁,弯曲的小湾边,有一树桃花好像是笑着迎接远方的来客。桃花的"独笑",活画出桃花凌寒怒放的风姿,这与词人的独来正好呼应,也见出诗人孤高刚毅的品格。

词的下片承上文之景,引出对"东风"的反问,"知多少"不仅说明塞外东风晚来春意迟迟的特点,也引发出词人对京城春天的联想。关外四月方见春色,而帝城三月已到暮春,萋萋芳草也已将消失殆尽,词人的惜春之意渐露。"不为寻春较远,辜负春闽",自己不是因寻春才到关外,也并非躲避京城的残春景象。此番奉差出关,当看到桃花寂寞地开放在荒无人烟的关外,没有人欣赏她那美丽的"玉容",作者不由得想到桃花还能经受几番风雨,从而同情起桃花不幸的命运来。"欲附西来驿使,寄与春看"句,化用陆凯《赠范晔诗》意,不过陆诗是在江南折花寄与陇头人,以江南早春之景生思念之意;而词人是在关外折花寄向京城,以关外春迟流露出怜花惜春之情。

　　这首词上片以"溟渤""叠嶂""海风""飞沙""颓垣"等意象,表现关外的荒寒雄阔;又选择"柔柳""短草"等意象,描写关外的春迟;最后聚焦在"桃花"意象上,突出其凌寒独放、傲然而笑的风姿。下片由关外之景联想京城的春闽,由此设想桃花的遭遇,最后用欲托人把桃花捎给京城,进一步表现词人对桃花的珍惜和爱怜。张惠言解词重"比兴寄托",其创作也如是。这首词通过对"桃花"感叹到怜惜的情感变化,表现了词人孤傲独善的人格,也流露出词人沦落飘零的身世之感。

龚自珍

（1792—1841），字璱人，号定庵，又号羽琌山民，仁和（今浙江杭州）人。清代思想家、文学家和改良主义先驱。曾任内阁中书、宗人府主事和礼部主事等职。诗文主张"更法""改图"，被柳亚子誉为"三百年来第一流"。有《定庵文集》等。

己亥杂诗（其五）

浩荡离愁白日斜①，吟鞭东指即天涯②。落红不是无情物③，化作春泥更护花。

【注释】

①浩荡离愁：离别京都的愁思浩如水波，广阔无际。杜甫《秦州杂诗》："浩荡及关愁。"

②吟鞭：相伴吟诗的马鞭。

③落红：即落花。

【选评】

钱仲联等《元明清诗鉴赏辞典》（铁明鉴赏）：龚自珍说的是落花，实际上是倾吐自己的心曲。他此次弃官出都，虽然表现出自己在仕途上的挫折，然而，他绝不会自此一蹶不振；相反，他要投身更广阔的天地，进行新的奋斗，为改革和振兴生我养我的中华大地奉献自己的毕生精力乃至生命。

【导读】

道光十九年（1839），龚自珍毅然辞官南归，在南北往返途中，作诗三百一十五首，此年是己亥年，故名组诗《己亥杂诗》。此选其第五首。

首句直言自己辞别京师，离愁浩如波涛难以平静。"白日斜"一语双关，既以夕阳暮色来烘托别离之苦，又以日薄西山隐喻当时国势渐颓，可见"浩荡离愁"还蕴蓄着对当时社会不满、对国家前途担忧等各种复杂的思想感情。次句说明此行的交通方式和目标所在。"吟鞭"强调了诗人的身份归属，也自然点出出行方式；"东指"点明诗人向东行进，诗人的家乡在浙江，向东即是归乡；在古人诗词中，多以"天涯"代指远离家乡之地，此处诗人却反常用之，把家乡比作"天涯"，可以见出诗人本以京城为中心，此番离京回家实有难言之痛。

三、四句以落花自况，表达心志。三句承上启下，诗人选用"落红"这一意象，一方面寄托其身世之感，与前所述离愁呼应；另一方面又强调自己离开京师并非无情，自然引发下文。最后借落花的宣言为自己的行为作答。落花腐烂成泥，还能养育来年的春花，喻示自己虽然辞官归乡，还要传道授业，启迪教育后之来者。古人写"落红"，多感慨青春已逝，寄寓无限愁思；而此诗却以"落红"显示表现诗人辞官仍不忘报国之志，始终关心着国家的命运。

全诗尽管只有四句，却跌宕起伏，包孕着复杂的思想情感。尤为可贵的是，诗人创新运用"落红"意象，表达了其乐观、爱国等积极的生命价值观，时至今日仍有着重要的教育意义。

主要参考文献

[1]北京大学古文献研究所.全宋诗[M].北京:北京大学出版社,1991—1998.

[2]曹胜高,岳洋峰.汉乐府全集汇校汇注汇评[M].武汉:崇文书局,2018.

[3]陈伯海.唐诗汇评[M].增订本.上海:上海古籍出版社,2015.

[4]陈子龙.皇明诗选[M].上海:华东师范大学出版社,1991.

[5]陈廷焯.白雨斋词话[M].北京:人民文学出版社,2005.

[6]程千帆,沈祖棻.古诗今选[M].西安:陕西师范大学出版社,2019.

[7]丁福保.历代诗话续编[M].北京:中华书局,1983.

[8]方回.瀛奎律髓汇评[M].李庆甲,集评校点.上海:上海古籍出版社,1986.

[9]顾嗣立.元诗选[M].北京:中华书局,1987.

[10]何文焕.历代诗话[M].北京:中华书局,1981.

[11]姜亮夫,等.先秦诗鉴赏辞典[M].上海:上海辞书出版社,2000.

[12]况周颐.蕙风词话[M].上海:上海古籍出版社,2009.

[13]缪钺,等.宋诗鉴赏辞典[M].上海:上海辞书出版社,1987.

[14]彭定求.全唐诗[M].北京:中华书局,1960.

[15]钱锺书.宋诗选注[M].北京:生活·读书·新知三联书店,2002.

[16]钱仲联,等.元明清诗鉴赏辞典[M].上海:上海辞书出版社,1994.

[17]钱仲联,等.元明清词鉴赏辞典[M].上海:上海辞书出版社,2002.

［18］沈德潜.唐诗别裁集［M］.上海：上海古籍出版社，1979.

［19］沈德潜.清诗别裁集［M］.上海：上海古籍出版社，1984.

［20］唐圭璋.全宋词［M］.北京：中华书局，1965.

［21］唐圭璋.全金元词［M］.北京：中华书局，1979.

［22］唐圭璋.词话丛编［M］.北京：中华书局，1986.

［23］唐圭璋，等.唐宋词鉴赏辞典［M］.上海：上海辞书出版社，1988.

［24］陶宗仪.南村辍耕录［M］.济南：齐鲁书社，2007.

［25］谭献.箧中词［M］.北京：人民文学出版社，2015.

［26］王夫之.唐诗评选［M］.上海：上海古籍出版社，2011.

［27］王夫之.明诗评选［M］.上海：上海古籍出版社，2011.

［28］王夫之，等.清诗话［M］.上海：上海古籍出版社，1978.

［29］王国维.人间词话［M］.北京：中华书局，2018.

［30］王世贞.艺苑卮言［M］.南京：凤凰出版集团，2009.

［31］王蘧常.顾亭林诗集汇注［M］.上海：上海古籍出版社，2006.

［32］王文濡.历代诗评注读本［M］.长沙：岳麓书社，2001.

［33］吴小如，等.汉魏六朝诗鉴赏辞典［M］.上海：上海辞书出版社，1998.

［34］吴熊和.唐宋词汇评［M］.杭州：浙江教育出版社，2004.

［35］萧涤非，等.唐诗鉴赏辞典［M］.2版.上海：上海辞书出版社，2004.

［36］严可均.全上古三代秦汉三国六朝文［M］.北京：中华书局，1965.

［37］杨镰.全元诗［M］.北京：中华书局，2013.

［38］俞陛云.唐五代两宋词选释［M］.上海：上海古籍出版社，2011.

［39］袁行霈.中国古代文学史［M］.北京：高等教育出版社，2005.

［40］袁枚.随园诗话［M］.杭州：浙江古籍出版社，2016.

［41］袁枚.小苍山房诗文集［M］.上海：上海古籍出版社，2006.

［42］张景星，姚培谦，王永祺.宋诗别裁集［M］.上海：上海古籍出版社，1978.

［43］张玉穀.古诗赏析［M］.许逸民点校.上海：上海辞书出版社，2000.

[44]赵翼.瓯北诗话[M].北京:人民文学出版社,2006.

[45]钟嵘.诗品集注[M].曹旭集注.上海:上海古籍出版社,2011.

[46]朱东润.历代文学作品选[M].上海:上海古籍出版社,2002.

[47]朱克敬.暝庵杂识[M].扬州:广陵古籍刻印社,1995.

后　记

　　这部书稿写作,源于汉语言文学专业课程教材建设需要。2021年,"中国古典诗词鉴赏"课程教材,纳入石家庄学院规划教材项目。我们最初计划编写一本通用教材,后根据教学情况商讨确定,"中国古典诗词鉴赏"课程教材一分为二:一本是《中国古典诗词鉴赏要论》,侧重鉴赏理论和方法;一本是《中国古典诗词名篇导读》,侧重鉴赏选篇和指导。

　　这部书稿凝聚了诸位老师的心血,王峥主要负责先秦、两汉、魏晋、南北朝诗歌部分,赵乾坤主要负责隋、唐、五代诗歌部分,王譞主要负责五代、宋、金词部分,高览小、刘倩主要负责宋、金诗歌部分,朱燕主要负责元、明、清诗词部分,高树芳统筹全稿及核对文献,王昕审读全稿并参与唐、宋、辽、金、元、清诗词部分。

　　这部书稿得到石家庄学院教务处、文史学院的大力支持,在此表示诚挚的感谢! 在这部书的撰写过程中,阎福玲、马琳萍、田建恩、李英然、朱铁梅、柴秀敏几位老师提出了许多宝贵的指导意见,再次衷心道一声感谢!

　　这部书的出版,还得益于安徽师范大学出版社的相关工作人员,在此致以敬意和谢意!

王　昕

二〇二三年三月二十八日